日本近代
短歌史の構築

―晶子・啄木・八一・茂吉・佐美雄―

太田　登

八木書店

日本近代短歌史の構築　目次

序章　近代短歌史の輪郭

1　和歌から短歌へ

明治維新以後、文明開化の名のもとにわが国の近代化は推進されていったが、最も古い伝統を誇る和歌の世界には、そうした新しい時代の空気はたやすく浸透していかなかった。少なくとも明治十年（一八七七）頃までは、近世後期以来の堂上派・鈴屋派・江戸派・桂園派などの諸流派が当時の歌壇を形成していた。とりわけ、香川景樹を祖とする桂園派の歌人の多くは、明治二年、明治天皇が三条西季知に宮中の歌道御用を命じられたことに由来する御歌所でその任に当たっていたので、御歌所派あるいは宮内省派と呼ばれ、明治初期の歌壇に最も大きい勢力を占めるようになった。

もともと御歌所という名称じたいは、二十一年六月、宮内省に御歌所が設置されたことにはじまるが、その初代所長に景樹門下の八田知紀を師とする高崎正風が拝命されたこともあって、御歌所すなわち桂園派と称されるにいたり、宮内省の機構縮小で廃止される第二次世界大戦後までその詠風を保っていた。しかし、その反面、外山正一、矢田部良吉、井上哲次郎編『新体詩抄』（明治15年刊）や萩野由之『国学和歌改良論』（明治20年刊）などの新時代の革新的な気運から遠ざかることになり、やがて旧派和歌の名をもって新派和歌運動の攻撃の矢面に立たされることになる。

清新な歌語・歌題によって伝統和歌の改良をはかろうとする由之らの改良論は、多彩な論議を呼びつつ落合直文（一八六一―一九〇三）によって具体的に実践されることになった。当時、新進気鋭の国文学者であった直文は、由之らと『新撰歌典』を二十四年に編纂し、二十六年には近代短歌結社の草分けともいうべき浅香社を結成した。

緋縅のよろひをつけて太刀はきて見ばやとぞおもふ山ざくら花

この一首で「緋縅の直文」と呼ばれた直文は、各人各様の個性を尊重するという指導理念のもとに、実弟の鮎貝槐園、与謝野鉄幹（一八七三―一九三五）、久保猪之吉、服部躬治（一八七五―一九二五）、尾上柴舟（一八七六―一九五七）、金子薫園（一八七六―一九五一）、丸岡桂らの青年歌人を育成した。しかし、「歌は思ひと形と共に善美でなければならぬ」とする直文の歌論は、いわば新旧折衷の改良論にすぎなかった。これをうけて先鋭的な革新論に高めたのが、二十七年五月、「二六新報」に連載した鉄幹の「亡国の音」である。その副題「現代の非丈夫的和歌を罵る」が示すように、日清戦争期の高揚した国民的感情を背景とした明治和歌革新の第一声というべきものであった。

旧派和歌を痛撃した鉄幹は、その後、日本語教師として渡韓、帰京後の二十九年七月に第一詩歌集『東西南北』を出版した。その自序に「小生の詩は、短歌にせよ、新体詩にせよ、誰を崇拝するにもあらず、誰の糟粕を嘗むるものにもあらず、言はば、小生の詩は、即ち小生の詩に御座候ふ」と、自我意識の発揚を表明している。

屋上には、いたくも虎の、吼ゆるかな、夕は風に、ならむとすらむ。

この誇大なまでのますらおぶりは「虎の鉄幹」の異名を生みだし、三十年代初頭の新派和歌運動の先駆けを正岡子規（一八六七—一九〇二）と争うことになる。

2 「明星」と『みだれ髪』

第一高等学校で直文の教えを受けていた久保猪之吉、尾上柴舟、服部躬治らが、三十一年六月に「歌文の革新を期する事」を目的としていかづち会を結成、さらにその刺激を受けた直文門の若い世代を中心とする若菜会、あけぼの会などの和歌革新団体が簇出、三十二年三月に子規の根岸短歌会、四月に佐佐木信綱（一八七二—一九六三）の竹柏園などもくわわり、三十年代初頭の歌壇はさながら群雄割拠の様相を呈していた。

三十年に第二詩歌集『天地玄黄』を刊行し、新派和歌運動に着実な地歩を占めていた鉄幹は、満を持していたかのように三十二年十一月、東京新詩社を創設した。新詩社の歴史はすなわち「明星」の歴史でもあるが、その初期には「文庫」と大阪の「よしあし草」の同人や投稿家の後援によるところが大であった。「よしあし草」明治三十三年一月号には、「与謝野鉄幹先生を推して社幹たらんことを請ひ其快諾を得て『東京新詩社』を結び相与に新派和歌および新体詩の研究を試みん」という広告が目につく。鉄幹の詩作では最も人口に膾炙する「人を恋ふる歌」

が同誌二月号に、その翌三月号には主筆鉄幹による韻文雑誌「明星」創刊号の要目が掲載されている。
明治三十三年（一九〇〇）四月、「明星」は新詩社の機関誌として創刊される。三十三年九月発行の「明星」第六号は改正新詩社清規を掲げ、「われらは互に自我の詩を発揮せんとす、われらの詩は古人の詩を模倣するにあらず、われらの詩なり」「自我独創の詩」であるという強烈な自我意識を印象づけている。この「明星」派の文学運動は、「太陽」誌上に高山樗牛によって鼓吹されていたニイチエ主義と相まって三十年代の浪漫主義詩歌を推進させていくことになるが、その中核はやはり与謝野晶子（一八七八―一九四二）であり、彼女の第一歌集『みだれ髪』であった。
『みだれ髪』が刊行された三十四年には、薫園の『片われ月』、鉄幹の『鉄幹子』『紫』、躬治の『迦具土』などの名歌集が相ついで刊行されている。しかし、斎藤茂吉が『明治大正短歌史』のなかで、

早熟の少女が早口にものいふ如き歌風であるけれども、これが晶子の歌が天下を風靡するに至るその第一歩として讃否のこゑ喧しく、新詩社以外のものも、歌人も非歌人も、この歌集の出現に脅威の眼を瞠ったのである。

と述懐するように、『みだれ髪』ほど反響を呼んだ歌集は明治期にはなかった。

夜の帳にささめき尽きし星の今を下界の人の鬢のほつれよ

この巻頭の一首が象徴するように、鉄幹との波瀾にみちた恋愛がきわめて奔放にうたいあげられたところに、『みだれ髪』が「詩壇革新の先駆として、又女性の作として、歓迎すべき価値多し」(上田敏「みだれ髪を読む」)とされたゆえんがある。めくるめくような恋の歓喜・懊悩やナルシシズムを謳歌すべく、既成の詩型概念にとらわれぬ独自の用語や句法を駆使した晶子の短歌は、まさに新詩社がめざす「自我独創の詩」としていわゆる「明星」調と呼ぶべき浪漫歌風をうちたてたといえる。さらに『みだれ髪』は、この年の三月にライバルの新声社が策動したとされる『文壇照魔鏡』事件によって窮地に追いこまれていた鉄幹および新詩社「明星」にあらたな活気をもたらすとともに、無名のうら若い晶子をまたたく間に三十年代ロマンチシズムの輝かしい女王に祭りあげてしまった。もっとも、すばやく虎の鉄幹から紫の鉄幹に変貌したジャーナリスト鉄幹の才覚が『みだれ髪』誕生に大きくかかわっていたことは否めない。

3　子規と根岸短歌会

鉄幹の『東西南北』の序に「余も亦、破れたる鐘を撃ち、錆びたる長刀を揮うて舞はむと欲する者、只其力足らずして、空しく鉄幹に先鞭を着けられたるを恨む」と書きしるした正岡子規は、すでに明治三十年創刊の「ホトトギス」によって俳句革新を達成していたが、明治三十一年(一八九八)、「仰の如く近来和歌は一向に振ひ不申候。正直に申し候へば万葉以来実朝以来一向に振ひ不申候」という冒頭で有名な歌論「歌よみに与ふる書」を新聞「日本」に連載、本格的な短歌革新運動に乗りだしていった。翌三十二年から子規庵で根岸短歌会が開かれ、三十三年には相前後して入門した伊藤左千夫(一八六四―一九一三)、長塚節(一八七九―一九一五)らの活躍によって、子規の提唱する万葉集尊重の写実主義がはっきりと標榜されるにいたった。

このように立場の相違はあっても子規と鉄幹はたがいに短歌革新運動の盟友としてきわめて協力的な関係にあった。ところが、「心の花」三十三年五月号の投書欄に「毎号の撰者に与謝野鉄幹正岡子規渡辺光風金子薫園なんどの新派若武者をして乙課題の方を分担なさしめ……」という一文が掲載されたことから、にわかにその友好の絆は切れることになった。好戦的な左千夫がそれに執拗に抗議し、また鉄幹も「子規子に与ふ」(「明星」明治33年9月号)を発表、三十三年九月にはいわゆる子規鉄幹不可並称説の主要な論評が集中した。さながら新派歌壇秋の陣としてただならぬ様相を呈したが、子規の鉄幹への篤実な書面で両者の感情的対立もおさまり、不可並称論議に一応の結着がみられた。しかし、それはあくまでも表面的な融和であって、「吾れ以為へらく、両者の短歌全く標準を異にす。鉄幹是ならば子規非なり、子規是ならば鉄幹非なり、鉄幹と子規とは並称すべき者にあらず」(「墨汁一滴」「日本」明治34年1月25日号)と子規みずからが言明するように、この両者および新詩社派対根岸派というきわだった異質の対立こそが近代短歌史の源流を形成することになるのである。

根岸派の盟主である子規は、三十五年九月、病臥八年のはてに壮絶きわまる死をとげる。子規没後の三十六年六月に根岸短歌会の最初の機関誌「馬酔木」が創刊され、〈写生〉を基盤とした子規のリアリズム精神を継承しつつ、のちの「アララギ」の基礎を固めてゆくにいたった。ところが、根岸短歌会といえども当時の歌壇では微弱な勢力でしかなかった。やはり「明星」の絶頂期であり、それに対抗せんとする注目すべき動向はほかにもあった。

たとえば、三十五年一月、尾上柴舟・金子薫園の共編になる『叙景詩』の刊行がある。この歌集は「新声」の投稿歌壇のいわばアンソロジーであるが、日本画家の結城素明、平福百穂らの無声会の画境とも交流する清新な自然諷詠に特色があった。柴舟と薫園はこの歌集を基盤としながら反新詩社・反「明星」の立場である叙景詩運動を展開した。運動そのものは「明星」歌風に拮抗するまでにはいたらなかったが、薫園の白菊会や柴舟の車前草社から四十年代の歌壇を席捲することになる若山牧水（一八八五—一九二八）、前田夕暮（一八八三—一九五一）らの自然主義歌人たちを輩出したことに大きな意義がみられる。さらに、三十一年二月創刊の竹柏会の歌誌「心の花」の動きも見のがしがたい。主宰の信綱もまた鉄幹や子規とともに和歌革新の旗手であったが、「父弘綱以来の、歌道の弘布が自分の使命だという動かしがたい信念があった」（佐佐木幸綱）ためか比較的中庸な立場を堅持した。〈広く、深く、おのがじしに〉という信綱の作歌信条にもそのことは明白である。

4　「スバル」と「アララギ」

子規鉄幹不可並称以来の新詩社派と根岸派の対立は、明治四十年（一九〇七）前後の歌壇においてかなり深刻な展開をみせていた。そこでかねて独自の短歌革新論をもっていた森鷗外（一八六二—一九二二）は、両派を接近融和させて「国風新興」をなそうと、それぞれの代表歌人を自宅に招いて歌会を催すことにした。この観潮楼歌会は四十年三月から四十三年六月頃まで続けられ、鷗外の真摯な詩精神がその主義の違いを越えて若い歌人たちに大きな影響を与えた。ところが、三十年代の歌壇に君臨した「明星」も漸く衰微しはじめ、四十年末の北原白秋（一八八五—一九四二）、吉井勇（一八八六—一九六〇）、木下杢太郎（一八八五—一九四五）らの連袂脱退をきっかけに、翌四十一年十一月、満百号をもって廃刊するの止むなきにいたった。そこで「明星」の後身とでもいうべき「スバル」が、石川啄木（一八八六—一九一二）、平野万里（一八八五—一九四七）、勇、杢太郎らを中心とする新詩社派の

俊英によって、四十二年一月に創刊された。「スバル」には、その創刊号の扉に、

我々は決して一定の主義若くは簡単な動機の下に相集つた訳ではない、が何かその趣味、その思想、またはその境遇に於て相通ずる所があつたのに違ひない。

と明記するように、明確な主義主張も結社意識もなかった。むしろ、誌名の命名者である鷗外を精神的支柱と仰ぐ青年文学者たちによる、反自然主義派の集合体であったといえよう。そして、その中核は鷗外や啄木を別にすれば、文学と美術の交流を目的とする耽美派のパンの会に属するメンバーであった。とりわけ、白秋、勇の多彩な活動には目をみはるものがあった。

春の鳥な鳴きそ鳴きそあかあかと外の面の草に日の入る夕
かにかくに祇園はこひし寝るときも枕の下を水のながるる

それぞれ第一歌集『桐の花』（大正2年7月刊）や『酒ほがひ』（明治43年9月刊）の世界を形成する代表作を「スバル」誌上に発表していることは注目される。

一方、子規没後の根岸短歌会では、四十一年一月、その結社誌「馬酔木」が通巻三十二冊をもって終刊したが、左千夫を中心とする節、島木赤彦（一八七六―一九二六）、石原純（一八八一―一九四七）、斎藤茂吉（一八八二―一

九五三)、古泉千樫(一八八六―一九二七)らによって、「明星」廃刊の前月にあたる四十一年十月に「アララギ」を創刊する。「アララギ」創刊の経緯については入りくんだ内部の事情も絡んでいるが(詳細は茂吉の「アララギ二十五年史」を参照されたい)、実質的な創刊は赤彦ら信州同人の「比牟呂」との合同が決定した四十二年九月であるとも考えられる。ともあれ、明治四十一年以後の歌壇の趨勢が「明星」から「アララギ」へと移っていったことだけは明白であった。

5 短歌滅亡論と「創作」

「明星」から「スバル」へ、「馬酔木」から「アララギ」へという二大潮流の渦巻く明治四十三年(一九一〇)は、三十四年に続く近代歌集史の第二期黄金時代を迎えた。たとえば、一月に若山牧水の『独り歌へる』、三月に薫園の『覚めたる歌』、前田夕暮の『収穫』、鉄幹の『相聞』、四月に牧水の『別離』、土岐哀果(一八八五―一九八〇)のローマ字歌集『NAKIWARAI』、九月に勇の『酒ほがひ』、十二月には啄木の『一握の砂』など、近代短歌の成立にかかわる類いまれな名歌集が陸続と誕生した。

この現象は明治四十年代の文壇に興隆する西欧近代思潮や自然主義文学による反映であると考えられるが、これを高揚させたのはこの年の三月に創刊された「創作」の存在にほかならない。結社誌としての「創作」は近代詩の発展にも寄与しつつ、現在(平成十七年)もなお継続中であるが、とくに牧水の編集になる第一期(明治四十三年三月~四十四年十月)には、牧水、夕暮、啄木、哀果、空穂、白秋、水穂らの新鋭歌人の代表作のほかに、創刊号の「所謂スバル派の歌を評す」をはじめとする近代短歌の本質をめぐる重要な論議が少なからず掲載された。そのなかでも十月号の柴舟の「短歌滅亡私論」と翌十一月号の啄木の「一利己主義者と友人との対話」は、いわゆる短歌滅亡論をめぐる画期的な歌論（文学論）として看過できない。柴舟の評論は当時の自然主義の思潮に動かされたもので、「短歌の形式が、今日の吾人を十分に写し出だす力があるものであるかを疑ふ」として「韻文時代は、すでに過去の一夢と過ぎ去つた。（略）短歌の存続を否認しよう」と提起した。これにたいし啄木は、「歌といふ詩形を持つてるといふことは、我々日本人の少ししか持たない幸福のうちの一つだ」として性急な滅亡論にはっきりと異を唱えた。この滅亡論を詳しく論証した篠弘『近代短歌論争史　明治大正編』にしたがえば、「近代短歌は、いわば滅亡論とのたたかいであった」といえるが、柴舟が無限定に投げ出した短歌における根源的な問題にいわば死に身でぶつかろうとした啄木の反論は、「歌のいろ〳〵」（「東京朝日新聞」明治43年12月10〜20日）とあわせて近代歌論の一つのピークを示したばかりでなく、時代思潮として低迷していた当時の自然主義文学を批判的に超える方向を切りひらくものであった。

さらにこのような滅亡論争は次代を担う歌人を刺激する大きなエネルギー源ともなった。第一歌集『まひる野』（明治38年刊）を刊行後、しばらく作歌から遠ざかり小説を書いていた窪田空穂（一八七七―一九六七）を『濁れる川』（大正4年刊）によってふたたび歌の世界に引き戻したことや、またこの時期から旺盛な評論活動をみせはじめる太田水穂（一八七六―一九五五）に「創作」誌上（明治43年5月）で〈比翼詩人〉と呼称された牧水と夕暮のめざましい活躍などにその顕著な例がみられる。とくに後者は牧水・夕暮時代として自然主義の影響による歌壇の主潮流をなした。牧水は夕暮とともに柴舟の車前草社から出発したが、歌壇の注目をあつめた『別離』の清新な感受性を田山花袋への傾倒や啄木との交友によって、『死か芸術か』（大正1年9月刊）の自己凝視を深める重厚な歌調へと発展させていった。また同じく夕暮も柴舟門下として白日社を創設、その結社誌「向日葵」を四十年に創刊、「明星」浪漫主義の排撃に努めた。第一歌集『収穫』の刊行にひきつづき四十四年四月には「詩歌」を創刊し、四十四年六月号に掲出の

曇り日の青草を藉けば冷たかり自愛のこころかなしくもわく

ような都市居住者の哀感を繊細な感覚でうたいあげた自然主義短歌を確立した。

また明治四十年代末期の歌壇では、牧水・夕暮時代ほどのあざやかな存在ではなかったが、啄木・哀果時代とでもいうべき動向があった。「彼らは、写実主義的な白菊会や、反写実主義的な新詩社から出てきた。そして、その両極的対立を、より高い次元で批判的に超えようとするものであった」（久保田正文『現代短歌の世界』）が、それを可能ならしめたのは大逆事件後の社会主義思想への傾斜であった。かれらはそれぞれの歌号によって命名した文芸雑誌「樹木と果実」の発刊を計画したが、啄木の病臥で結局は幻の雑誌に終わった。かれらは「時代進展の思想を今後我々が或は又他の人かゞ唱へる時、それをすぐ受け入れることの出来るやうな青年を、百人でも二百人でも養つて置く」という当初の目的は果たせなかったものの、啄木没後、その遺志を継承すべく大正二年九月に創刊された「生活と芸術」に結集した、いわゆる生活派短歌の源流となったという短歌史を形成することになる。

6　「アララギ」の内部論争

信州の「比牟呂」と合同した新生「アララギ」は、明治四十四年（一九一一）から斎藤茂吉が編集を担当するようになり、あわせて先師子規の十周年忌ということでその誌面に微妙な変化をみせるようになった。大須賀乙字、阿部次郎、木下杢太郎らの寄稿やシモンズやイエーツの近代西欧詩の積極的な紹介などによって、「アララギ」の新気運がこの時期にいたり漸く歌壇の注目をひきはじめた。ところが、こうした新しい傾向がきわだつにつれて、左千夫と赤彦、茂吉らとのいわば新旧世代の内部対立がぬきさしならぬ様相をあらわすようになった。編集担当の茂吉は、その経営難を表向きの理由に四十五年九月一日発行の子規没後満十年の記念号をもって「アララギ」を廃刊することを覚悟していたが、赤彦ら信州同人の後援によってその危機を乗り切ることができた。しかし、四十五年一月号「アララギ」の巻頭をかざる左千夫の「黒髪」八首によってひきおこされた本格的な内部抗争は「アララギ内におのずから二つの流が出来た形となつた」（茂吉）。のみならず、

かぎりなく哀しきこころ黙し居て息たぎつかもゆるる黒髪

と自己の痛切な恋愛心情をあからさまにうたう左千夫と、それを〈絶唱〉と賞賛しつつも〈離れて味ふ歌、叫ばずして沈吟する歌〉に新しい傾向を求めようとする赤彦とのあいだに深刻な亀裂をもたらした。

このいわゆる「アララギ」内部論争は、明治四十四年一月から大正二年三月までの誌上できわめて痛烈かつ真摯

に展開された。平成九年（一九九七）まで歌壇最大の結社誌として継続した「アララギ」発展史からいえば、この内部抗争は幾多の曲折を経ることになる道程の最初の一里塚であった。いわば世代交替にともなう内部革新は、四十五年七月号から「馬酔木」以来の選歌を休止したいという左千夫の宣告によって、新人層の台頭が認められるというかたちで一応の実現をみた。が、実際には茂吉の歌

赤茄子の腐れてゐたるところより幾ほどもなき歩みなりけり

などに顕著なように、「何か盲目的な心の機転に引きずられて行つてゐるやうな形勢を示し居る」（茂吉）新人層にくらべて、左千夫の作歌意欲はますます高まり透徹した歌境を達成していた。大正元年（一九一二）十一月「アララギ」に発表された「ほろびの光」五首は、すでに茂吉も「翁の大力量は、寧ろ翁の作物と相対立して居るものの観があつた若手の作物を追越して既にかくの如き歌を作り遂げた」と言及しているように、内部論争がもたらした左千夫畢生の傑作であるといえよう。

ところで、自然主義短歌の潮流にあって孤立化していた与謝野鉄幹（寛）は、歌人としての真価を問うべく最初の単独歌集『相聞』に次いで詩歌集『檞の葉』（明治43年7月刊）を妻晶子の協力によって刊行したが、もはや時流を左右するにはいたらなかった。のみならず作歌上の行き詰りを打開すべく、四十四年十一月に渡欧を決行した鉄幹のそれは新詩社派の落陽を思わせるものであった。こうして短歌史における〈明治〉は最末年を迎える。四十五年二月に高崎正風が七十七歳で長逝し、四月には石川啄木が二十七歳で陋巷に病斃した。枢密院顧問官兼御歌所長

正二位勲一等男爵の正風の死にくらべれば、無名青年の啄木のそれは社会的にも歌壇的にも何らの意味ももたなかったであろう。しかし二人の死は短歌史にとって実に象徴的なめぐりあわせであるといえよう。つまり、近世和歌以来の伝統を遵守しつづけた継承者と近代短歌のあるべき可能性を問いつづけた改革者との死そのものが、いわば明治の短歌史の終焉を意味するからである。ともあれ、啄木の近代短歌へのさまざまなこころみは、一冊の陰気な灰色の歌稿ノートにうたいこめられた。

五歳になる子に、何故ともなく、
ソニヤといふ露西亜名をつけて、
呼びてはよろこぶ

啄木没後の六月、歌友哀果（善麿）によって第二歌集『悲しき玩具』が出版された。そして、「アララギ」にもっとも遠かった啄木の『悲しき玩具』が、左千夫によっていち早く「アララギ」誌上に紹介された。左千夫の「『悲しき玩具』を読む」（大正1年8月）の

吾輩は茲で、アララギ諸同人に忠告を試みたい、我諸同人の歌は、慨して形式を重じ過ぎた粉飾の過ぎた弊が多いやうであるから、石川君の歌などの、とんと形式に拘泥しない、粉飾の少しもないやうな歌風を見て、自己省察の料に供すべきである。

という結語は、明治から大正へと移行する近代短歌史の内実を明瞭にかつ鋭敏に物語っているようである。

7　左千夫の死と『赤光』

啄木の遺歌集『悲しき玩具』が刊行された翌月の明治四十五年（一九一二）七月、明治天皇の崩御にともなって明治は大正と改元された。

大正二年一月、白秋の第一歌集『桐の花』が東雲堂から刊行され、大正初頭の歌壇に新風を吹きこんだ。これより先に第一期「創作」が明治四十四年十月に廃刊したのを受けて翌月に主宰誌「朱欒」を創刊し、近代的な感覚や官能をあまねく発揮していた白秋であったが、四十五年夏の人妻との恋愛事件で世間のきびしい指弾を受けねばならなかった。しかし、この思いがけない人生的な試練は、「朱欒」大正元年九月号に

　君と見て一期の別れする時もダリヤは紅しダリヤは紅し

とうたわれ、「哀傷篇」として『桐の花』に特異な作品世界を構築した。この白秋の清新な歌風は、「アララギ」二年四月号に合評「『桐の花』をよむ」として取り上げられ、またたく間に歌壇の若い世代に広く浸透した。とくに「アララギ」では「朱欒」と交渉の深かった茂吉の影響によって、「何か盲目的な心の機転に引きずられて行つてゐるやうな形勢」（茂吉）のいわゆる〈乱調子〉の歌が目立つようになった。

すぐ基處に栗稈の畠しら樺の裂けたる幹獣のをんな　赤彦
ひよどりの赤き木の実を食ひしかば煉瓦の壁は言葉なかりき　文明
笛の音のとろりほろろと鳴りたれば紅色の獅子あらはれにけり　茂吉

こうした〈乱調子〉の傾向は、茂吉じしんが「アララギ二十五年史」で述懐するように、

歌としての価値からいへば、たいしたものは一つもない。ただ此等の歌を通過したために、一つの新しいそして比較的乱調子でない歌風が既に生れかかつてゐた。この新生は矢張りこの乱調子を通過してはじめて成つた。

大正期「アララギ」歌風の形成のうえに大きな意味をもったことは否めない事実である。しかし、そのさなかの二年七月、左千夫が脳溢血で急逝した。左千夫はすでに「アララギ」大正元年九月号と二年二月号に歌論「叫びと話」を発表し、赤彦、茂吉らの作歌に〈計らひ〉〈拵へ〉があることを批判するという立場から「叫びには余裕がない。さうして無我の発作が多い。従て自己の計らひが殆ど無い」という〈叫び〉の説を主張していた。これは「アララギ」派におけるリアリズム短歌の抒情質を検討するうえでも重要な問題を提起している。とにかく、「アララギ」の精神的支柱である左千夫の急逝は若い同人たちにとって大きな衝撃であった。その痛切な衝撃をのりこえるように彼らは乱調からの脱皮に立ち向かった。まずアララギ叢書の刊行が企画され、その第一編として島木赤彦、中村憲吉（一八八九―一九三四）合著『馬鈴薯の花』を二年七月に出版した。次いでこれを機に「アララギ」を会員組織

にあらためてその強化をはかった。さらに十月には第二編として茂吉の第一歌集『赤光』が刊行された。

ひた走るわが道暗ししんしんと堪へかねたるわが道くらし

師左千夫への挽歌を巻頭に据えた『赤光』は、茂吉および「アララギ」派の存在を歌壇のみならず文壇にも広めることになった。集中の「死にたまふ母」五十九首は近代挽歌の一典型を築くとともに、茂吉のいう「いのちのあらはれ」が結実したものとして注目された。芥川龍之介が「茂吉ほど時代を象徴したものは一人もゐなかつた」とまで意義づけたように、『赤光』一編は短歌(史)における近代短歌の成熟を象徴するものでもあった。

「アララギ」は十一月号を伊藤左千夫追悼号とし、その執筆者を歌壇文壇に広く求めることで着実に地盤を固めていた。ところが、一方では、耽美派詩歌を支えていた白秋の「朱欒」が二年五月に、また耽美派による反自然主義運動の拠点であった「スバル」が二年十二月にそれぞれ廃刊し、さらに翌三年十一月には「スバル」の後継誌と目された「我等」が終刊したことで、「『明星』『スバル』を経た新詩社の流れというものが、ひとまずここに終焉を告げた」(木俣修『大正短歌史』)ことになった。「スバル」廃刊直前の二年九月、東雲堂書店の西村陽吉(一八九二―一九五九)の協力で善麿によって創刊された「生活と芸術」などの新興勢力も無視できないけれども、三年四月に新生の道を求め上京した赤彦の編集専念によって、それまで三百部であったのが、「只今六百部刷り二百部寄付二百部会員という有様」(三年の赤彦書簡)とし、五年には発行部数一千部になり、さらに「只今アララギ会員四百余人」(七年の赤彦書簡)にまで急躍進し、「アララギ」は結社誌としての立場を揺るぎのないものにしつつあった。

8　結社分立の時代

左千夫の没後、「アララギ」の新進同人たちにとって先輩格の長塚節の復活は心強いものであった。小説「土」の執筆、婚約解消、喉頭結核療養などの事情で作歌から遠ざかっていた節は、大正三年（一九一四）四月、「茂吉に与ふ」「千樫に与ふ」を「アララギ」に発表し、乱調からの脱出に向かうかれらに的確な批評と助言を与えていた。のみならず、三年六月から翌四年一月まで、五回にわたって「アララギ」誌上に二百三十一首にのぼる大作「鍼の如く」を詠出した。

白埴の瓶こそよけれ霧ながら朝はつめたき水くみにけり

病床の節が若い同人たちにこの一首を示して、「『今のアララギの諸君の歌とはだいぶ違ふが、僕の歌に対する考はこんなものだ』といふ意味のことを話された」と茂吉は「アララギ二十五年史」に伝えているが、いかにも歌の気品を重くみる節の気骨がうかがい知れる証言である。説として体系化こそしていないが、「鍼の如く」の連作によって到達された作者独自の〈冴え〉の歌境は、子規以来の写生歌の真髄をあまねく示すものでもあった。しかし、四年二月、三十七歳の節は闘病生活のはてにあえなくも九州大学病院で他界した。

節が病没した大正四年の「アララギ」は、その編集発行名義人を斎藤茂吉から島木赤彦に変えるとともに、赤彦、茂吉、千樫、憲吉の四人の名をあきらかにした選歌欄を設けるようになった。この新機軸によって「アララギ」は結社的性格を強めつつ大正歌壇の主潮流を形成するにいたるが、この頃まさに百花咲き乱れるように結社誌が誕生している。大正二年に創刊の「生活と芸術」を皮切りに、三年に柴舟主宰の車前草社の流れを汲む「水甕」、空穂の創刊になる「国民文学」、四年に白秋の「ARS《アルス》」、日本的象徴を主張した水穂の「潮音」、六年に復刊の「創作」、歌壇時評に力を入れた「珊瑚礁」、薫園主宰の「光」、八年に橋田東声（一八八六—一九三〇）の主宰になる「覇王樹」、十一年に「水甕」系の小泉苳三（一八九四—一九五七）の創刊になる「ポトナム」などが次々に発刊された。こうした結社誌とは別に歌壇最初の総合誌である「短歌雑誌」が六年に東雲堂から創刊され、いわゆる歌壇ジャーナリズムの動きも活発になりつつあった。

このような歌壇の動向のなかでもひときわ注目を呼んだのが「アララギ」をめぐる写生論争であった。大正四年から九年にかけての一連の写生論争については篠弘『近代短歌論争史　明治大正編』に精密な整理がなされているが、四、五年の「生活と芸術」の善麿や八、九、十年の「潮音」の水穂にたいする執拗なまでの茂吉、赤彦らの論戦は「アララギ」の命運をかけたものとして記憶する必要がある。

赤彦は五年三月の「アララギ」の「編集便」で、〈一心集中〉による写生の根幹を提示し、のちの歌論集『歌道小見』（大正13年刊）へと集大成される〈鍛錬道〉をきわめてゆくにいたった。また茂吉もすでに三年三月の「アララギ」の「短歌雑論」で、子規の写生を「単に輪郭だけの急所でなく、もつと深い生命の急所にまで突込んで捉へる様に努力したい」とのべていたが、八年一月の「アララギ」の「写生といふ事」では、「写生とは実相観入に縁つて生を写すの謂である」という〈実相観入〉説を唱えた。さらにこの写生理念を芸術の根本におく茂吉は、九年四月から「アララギ」に「短歌に於ける写生の説」を連載、ついに九月「実相に観入して自然・自己一元の生を写す、これが短歌上の写生である」という定義をくだすに及んだ。

このように結社分立という歌壇状況での「アララギ」をめぐる熾烈な攻防は、かつての左千夫や節による内部批判を作歌上の方法意識の問題として真剣に受けとめていた赤彦、茂吉らに先師子規以来の〈写生〉説を「アララギ」のリアリズム表現のうえにとらえ直す契機をもたらすとともに、「アララギ」内部の体制強化に拍車をかけることにもなった。大正十年（一九二一）一月、第二歌集『あらたま』によって歌壇に不動の地位を築いた茂吉は、その年の十月に文部省在外研究員として渡欧した。翌十一月には第二次「明星」が与謝野夫妻によって創刊され、鷗外の「奈良五十首」などの異色作を掲載したもののいかにも晩鐘の趣はまぬかれなかった。ここに赤彦主導の「アララギ」歌風は大正歌壇を制覇するにいたったのである。

9　女性歌人の台頭

結社の分立がきわだつようになった大正中期の歌壇で注目にあたいするのが女性歌人の台頭である。まず「明星」派では、与謝野晶子が『夏より秋へ』（大正3年刊）で新生面を開拓し、女性歌人の先達としてゆるぎない地位を占めていた。その晶子とともに新詩社の三才媛として活躍した山川登美子（一八七九—一九〇九）、茅野雅子（一八八〇—一九四六）らは、合著歌集『恋衣』（明治38年刊）に独自の才華を発揮した。不遇のうちに夭逝した登美子の才能は惜しまれるが、雅子は「スバル」「青鞜」にも作品を発表し、大正六年に『金沙集』を刊行している。新詩社から出発した女性歌人としては、ほかに三ケ島葭子（一八八六—一九二七）、原阿佐緒（一八八八—一九六九）、岡本かの子（一八八九―一九三九）らがいる。葭子と阿佐緒はともに「女子文壇」への投稿時代を経て新詩社に入社、「スバル」「青鞜」誌上で活躍した。しかし新詩社の歌風にあきたりぬ二人は相前後して「アララギ」に入社、島木赤彦に師事した。ところが、大正十年、「アララギ」同人の石原純と阿佐緒の恋愛が新聞紙上に大きく報道され、その事件で当事者の二人はいうまでもなく、阿佐緒を弁護した葭子も「アララギ」を離れることになった。この年に、葭子にとって生前唯一の歌集『吾木香』や阿佐緒の第三歌集『死をみつめて』が、十四年にはかの子の第三歌集『浴身』が出版された。いずれも「明星」と「アララギ」が女性歌人の歌風に及ぼした影響を知るうえでも興味深い歌集である。

「アララギ」の女性歌人として重きをなした今井邦子（一八九〇―一九四八）は大正四年に『片々』、杉浦翠子（一八九一―一九六〇）は六年に『寒紅集』を刊行している。邦子は昭和十一年に「明日香」、翠子は八年に「短歌至上主義」を創刊・主宰し、昭和の女性短歌運動を推進することになる。

このような「明星」「アララギ」のほかにも、すぐれた女性歌人が輩出している。佐佐木信綱の「心の花」では、片山広子（一八七八―一九五七）が大正五年に『翡翠』、柳原白蓮（一八八五―一九六七）が四年に『踏絵』、九条武子（一八八七―一九二八）が九年に『金鈴』を第一歌集として刊行し、それぞれ独得の味わいを示している。太田水穂の「潮音」では、夫の水穂を助けた四賀光子（一八八五―一九七六）が十三年に第一歌集『藤の実』を出し、さらに若山牧水の「創作」でも、若山喜志子（一八八八―一九六八）が四年に第一歌集『無花果』、六年に夫牧水との合著『白梅集』を刊行し、それぞれ抑制のきいた抒情味を伝えている。また金子薫園の実妹で夭折した武山英子（一八八一―一九一五）も四年に唯一の単独歌集『傑作歌選第二輯武山英子』を出し、女歌の繊細な感性をみごとにうたいこんでいる。

しかし、この大正歌壇に見るべき動向として台頭しつつあった女性歌人の活躍も、戦後に折口信夫（釈迢空）が「女人の歌を閉塞したもの」で指摘したように、次第に赤彦主導の「アララギ」によって後退してゆかざるをえなくなったのである。

10 「日光」と赤彦の死

赤彦を中心とする「アララギ」が大正歌壇に一大王国を確立していた十一年（一九二二）四月、啄木歌碑がかれの故郷渋民村に無名青年の徒によって建立された。その啄木を高く評価していた詩人の萩原朔太郎が五月号の「短歌雑誌」に、「現歌壇への公開状」と題する論文を発表した。朔太郎のそれは「歌壇は詩の本分を忘れてゐる」「歌壇は時世に遅れて居る」「歌壇は万葉集を理解しない」「歌壇は叡智の偏重に陥つてゐる」の四つの論点から、直接に名指しこそしていないが、万葉集偏重の「アララギ」的なリアリズムをきびしく批判するものであった。この朔太郎の公開状をめぐる歌壇沈滞論議は翌年にかけてかなり活発な展開をみたが、肝心の「アララギ」および赤彦はまったく沈黙を守っていた。「短歌雑誌」の九年三月号から口語歌欄の選者をしていた西村陽吉らの編になる『現代口語歌選』が十一年十一月に刊行されるという新しいこころみもみられたが、朔太郎の批判をまつまでもなく、結社分立の時代以後ますます党派的な抗争を強める大正後期の歌壇は、その沈黙状況を打開する方向性をもちえないでいた。

ところが、関東大震災の翌十三年四月、自由で明るい歌人の集合体を作ることで、近代短歌および歌壇の活性化をはかろうとする意図のもとに参加した、北原白秋、土岐善麿、古泉千樫、石原純、前田夕暮、木下利玄（一八八六―一九二五）、川田順（一八八二―一九六六）、釈迢空（一八八七―一九五三）、吉植庄亮（一八八四―一九五八）らの歌人によって「日光」が創刊された。この開かれた同人誌「日光」の創刊から終刊までの全容は、木俣修『大正短歌史』や藤田福夫『近代歌人の研究』に詳しい。

創刊号は燦然と赤く輝く太陽に向かって伸びゆく若草を描いた津田青楓の表紙絵に象徴されるように、日本の社会を根底から揺り動かした大震災後の歌壇に新しい空気を吹きこむにふさわしい内容であった。白秋、善麿ら主要同人の短歌や評論の他に、純の口語歌や島崎藤村、河井酔茗らの寄稿があり、さらに志賀直哉、武者小路実篤ら「白樺」同人による「利玄と利玄の歌」の文章もくわわって実に多彩な誌面であった。反「アララギ」歌人を結集した「日光」の出現は、朔太郎の公開状には沈黙を守った「アララギ」にもさすがに少なからぬ衝撃であった。「アララギ」五月号に書いた、

石原純氏古泉千樫氏折口信夫氏は今回日光同人に加はつて、雑誌日光を出すことになつた。これは自然の成り行きとも思ふが、多年同行の道程を顧みて感慨が深い。切に健在を祈る。三氏を中心としてアララギにゐた会員諸氏は、この際矢張り日光に行くのが本当であると思ふ。遠慮なく御決めを願ふ。

という赤彦の感想はそのことを物語るに余りある。

ともかくも「日光」同人たちはそれぞれの個性を自由濶達に発揮した。とくに「アララギ」から離反した迢空は、

十四年に刊行の第一歌集『海やまのあひだ』の代表作の原型を次々と発表し、またおなじく千樫も十四年新年号に秀作「稗の穂」の一連を詠出することで各自の独得な持ち味をあらわした。さらに前年刊行の『一路』によって透徹した歌風を完成させていた利玄が十四年新年号に発表した「曼珠沙華の歌」の絶唱も見のがすことはできない。こうした潑剌とした「日光」創刊をもって近代短歌史における昭和期の開幕とみなすことも可能ではあるが、やはり「アララギ」の総帥赤彦の死をまつまでは容易に昭和短歌史への道はひらかれなかったといえる。歌壇とはまったく没交渉であった会津八一（一八八一—一九五六）が十三年に刊行の『南京新唱』で特異な存在をあきらかにしたことや、翌十四年刊行の第一歌集『ふゆくさ』で土屋文明（一八九〇—一九九〇）が「アララギ」の新しい旗手として認められたことなどもたしかに時代の転換期を予感させるものではあった。が、やはり十五年三月の赤彦の死は、そのことをより確実なものにする重要なモメントであった。

大正十五年（一九二六）七月、雑誌「改造」は、「短歌は滅亡せざるか」の特集を組んだ。この特集に参加した斎藤茂吉、佐藤春夫、芥川龍之介、古泉千樫、北原白秋らにくらべて最も熱心な滅亡論者であった釈迢空は、その「歌の円寂する時」のなかで、「アララギ」の総帥赤彦の死をつぎのように意義付けた。

一段落だ。はなやかであつた万葉復興の時勢が、こゝに来て向きを換へるのではなからうか。赤彦の死は、次の気運の促しになるのではあるまいか。いや寧、其れの暗示の寂かな姿を示したものと見るべきなのだらう。

迢空は、歌の命数に限りがあること、歌人が人間としての苦しみをもたなすぎること、真の意味の批評が出てこないことなどの三点から「歌は既に滅びかけて居る」と断言し、その対策として口語的発想による新詩型の推進を唱えた。「改造」誌上の滅亡論議は、滅亡論の迢空とそれを否定する茂吉、白秋らとが真正面から対立したが、赤彦の死を契機とする迢空の「歌の円寂する時」は、明治期以来のかがやかしい近代短歌（史）の終焉をきびしく見据えた、まさしく告発の歌論として、大正末期の沈滞した歌壇に波紋を投じ、昭和初期の歌壇に短歌革新をめぐる複雑な課題を与えることになったといえよう。

［補記］本稿は、『和歌史—万葉から現代短歌まで—』（昭和60年4月、和泉書院）所収の「明星とアララギ」に加筆したものであるが、近代短歌と現代短歌との接点を「日光」以後、赤彦の死に設定するという基本的視点には変わりがない。

第一章　明治短歌史の展望

一　明治三十四年の短歌史的意味
――『片われ月』と『みだれ髪』の絵画的特性をめぐって――

近代短歌史の構想というこころみにおいて、与謝野鉄幹と石川啄木という二人の歌人的位相を考察しながら明治四十三年の短歌史的意味をあきらかにした拙稿「明治四十三年の短歌史的意味―鉄幹から啄木へ―」（「山邊道」第40号、平成8年3月、本書第一章に所収）で、明治三十四年という年を近代短歌史の大きな転換点として設定したいというもくろみをのべておいたが、本稿では、金子薫園の第一歌集『片われ月』と与謝野晶子の第一歌集『みだれ髪』の絵画的特性をめぐって、明治三十四年の短歌史的意味を考察することにしたい。

1　落合直文から与謝野鉄幹、金子薫園へ

明治二十四年十一月編纂の『新撰歌典』および二十五年三月創刊の「歌学」を経て、落合直文は二十六年二月に近代短歌結社の創始ともいうべき浅香社を結成した。このとき与謝野鉄幹は数え二十歳の無名の文学青年であった。その鉄幹が直文の門生として頭角を現したのは、二十七年五月に「二六新報」に連載した歌論「亡国の音」であった。それはいわゆる御歌所派の旧派和歌を痛撃した和歌革新の雄叫びでもあった。さらに二十九年七月刊行の第一

詩歌集『東西南北』によって、三十年代初頭の新派和歌運動の先陣に躍り出た。

当時、新進気鋭の国文学者であった直文は、国文和歌の改良にきわめて意欲的であったが、本質的には「直文はどこまでも典型的な《進歩的な新和文家》である」（小泉苳三『近代短歌史明治篇』昭和30年6月、白楊社）といわざるをえない限界があった。この直文の限界を突き破るところに鉄幹が三十二年十一月に東京新詩社を創設した意味があった。そうした鉄幹の華々しい活躍とは対照的に薫園は地道に師風の継承につとめていた。第一高等学校、東京帝国大学の出身者が居並ぶ浅香社にあって、正規の学歴をもたない鉄幹と薫園の二人は、直文からもっとも愛された兄弟弟子としての関係にあった。

すでに明石利代『関西文壇の形成―明治・大正の歌誌を中心に―』（昭和50年9月、前田書店）が指摘するように、三十三年一月の「よしあし草」第二十二号に鉄幹と薫園の詠草が見開きに掲載されたのは、「中央歌壇で新しい和歌の作者として活躍している薫園の協力を暗に示す意図のもとに、新詩社を結成した鉄幹を支持するための編集」であったといえよう。また同年四月号の「新声」でも鉄幹「紫墨吟」十二首と薫園「菜花集」十七首が見開きに掲載され、選者薫園を新派和歌運動の先頭に立つ鉄幹と並称することによって、「新声」歌壇の躍進をはかろうとする意図が読みとれる。ときあたかも「明星」創刊の明治三十三年四月の鉄幹薫園はいわば蜜月時期のさなかにあった。

ところが「新声」「明星」に相互にきわめて協力的であった二人の関係は、子規鉄幹不可並称論議が集中した三十三年九月頃から急速に疎遠となった。「よしあし草」の後継誌である「関西文学」の三十三年十月号の「来者不拒」欄は、「新声」の選者薫園の短歌を酷評し、十二月号では「本月の『新声』に鳳女史の歌は鬼才なりと云ふ様なことが見え候、生意気も程のあることに候、新声社の中に一人でも国詩の智識を有する人有之候や、……」という「鉄幹子よりの来書」が掲載されている。翌三十四年一月号の「新声」は、「与謝野鉄幹足下に与ふ」という公開書をもって新詩社「明星」にたいする宣戦布告書となした。如上の論駁にしたがえば、「新声」の薫園、「明星」の晶子が新声社新詩社の両者にとって最大の攻撃目標であったことが理解できる。

こうした新派和歌運動の先陣をめぐる険悪な気運のなかで、薫園の『片われ月』と晶子の『みだれ髪』は出版された。

2 『片われ月』とその絵画性

明治三十四年一月に刊行された『片われ月』は、薫園の第一歌集であると同時に新声社にとっても最初の本格的な歌集の出版であった。薫園じしんの回想によれば、「与謝野氏等の明星派が恋愛至上主義で、歌壇を風靡するばかりであつた時に、私は亡き母を恋ひ、師を慕ひ、祖父母や妹を想ひ、友に親しみの情を寄する一方、自然に愛慕の心を捧げてゐた。『片われ月』一巻はこの心持の結晶であつた」(「巻末小記」『現代短歌全集第八巻』昭和6年2月)という。たしかに二百六十五首の所収歌は、三十一歳で急逝した母ちかを偲んだ「母のためうゑし小萩もをれふして御墓のまがき秋くれむとす」などの多くの追悼歌、兄弟子の鉄幹を思う「世のちりに汚れやせむと雲の中に秘めけむ君がうたをきかばや」などの交友の歌、そして「菜の花のさきつゞきたる山ばたのかぎり見えけ

『片われ月』の表紙

り茅ふける家」などの叙景歌という三つに大きく分類される。とりわけ「自然に愛慕の心を捧げてゐた」という薫園の本領は、二十九年八月号「文学界」掲載の「ひと雫」二十五首の巻頭歌である

やまざとは軒もる音もしのびつゝ柴のあみ戸に春さめぞふる

に顕著なように自然の景物を客観的にとらえた温雅な叙景歌にあった。

1 あけがたのそゞろありきにうぐひすのはつ音きゝたり藪かげの道
6 鳳仙花照らすゆふ日におのづからその実のわれて秋くれむとす
12 花ぐもりしばしははれてのどやかに日影さすなり嵯峨の山里
13 ゆふづく日かすかにのこる山もとの菜の花ばたけ妹が家見ゆ

いずれも歌集の導入部に位置する歌であるが、「うぐひす」という〈鳥〉、「鳳仙花」「菜の花」という〈草木〉、「秋くれむ」「花ぐもり」「ゆふづく日」という〈時令〉〈天象〉などの歌語や歌材を取り入れつつ、集中のおよそ大半を占める叙景歌の特色を明示している。巻頭歌である1「あけがたの」は、いかにも初心者らしい一本調子の歌で直文の浅香社に入門直後の作と考えられるが、「あけがたのそゞろありき」「うぐひすのはつ音」「藪かげの道」という平淡清明なことばの調べによって、早春の爽やかな情趣を平明にとらえている。6「鳳仙花」は、「鳳仙花照

らすゆふ日に」という視覚的表現と「おのづからその実のわれて」という聴覚的表現との重奏によって、深まりゆく秋のさやけさが立体的に浮かんでくる。12・13も「花ぐもり」「日影」「嵯峨の山里」、「ゆふづく日」「菜の花ばたけ」「妹が家」という自然の景物を絵画的に配合することによって、春陽のぬくもりがほのぼのと伝わってくる。

とはいえあまりにも自然を素描しただけの生地そのままの叙景歌として、歌一首から醸しだされる情感に乏しいという憾みはある。薫園は自然の景物として好んで「月」や「梅」という歌材を詠んでいるが（「月」を詠み込んだ二十四首、「梅」を詠み込んだ十三首を合わせると集中の叙景歌のおよそ半数になる）、つぎに引用する歌にそれが明白である。

20 まる窓に老木の梅のかげ痩せてすみ絵のまゝのうす月夜かな

おそらく「老木の梅」と「うす月夜」との配合によって「まる窓」に映し出されたシルエットに興趣をそそろうとしたが、「すみ絵のままの」というあまりにも直截な表現がその興趣を雲散させたきらいがある。このことを晶子の『みだれ髪』のつぎの歌などとくらべてみるとより歴然とする。

18 清水へ祇園をよぎる桜月夜こよひ逢ふ人みなうつくしき
240 みなぞこにけぶる黒髪ぬしや誰れ緋鯉のせなに梅の花ちる

18・240もともに『片われ月』の20「まる窓に」と同様にきわめて絵画的な発想を特色としている。しかし薫園短歌の絵画性がモノクロームを基調としているのにたいし、「桜月夜」という晶子の造語が「こよひ逢ふ人」たちの優艶な美しさを、「緋鯉」と「梅の花」との組合せが水底から浮かび出された黒髪の女人の妖艶な美しさをそれぞれ色彩的に際立たせながら、一首全体に幻想的な情趣をきわめて映像的に映しだしている。『片われ月』『みだれ髪』のこれらの歌はいずれも絵画的発想によりながら、「月」「梅」という歌材の広がりに大きな差異が見られることに気づかされる。後述するように、その大きな差異こそがそれぞれの歌集の絵画的特性であることはいうまでもない。

ところでこうした自然の景物を素描する『片われ月』の叙景歌には、ひとつの定型的な構図がある。薫園みずからが「調鶴集と私」（「光」大正13年8月）で述懐するところによれば、その修業時代、幕末から明治維新にかけて活躍した江戸派最後の歌人ともいうべき井上文雄の家集『調鶴集』（佐佐木弘綱の序を付し、慶応3年刊行）の詠風の摂取につとめていたことがわかる。

河春雨
隅田川なか洲をこゆる潮先にかすみ流れて春雨のふる

河上暮秋
秋くるゝ夕河そひのくぬぎ原うすき日影に小雀なくなり

いずれも春秋の景情をこまやかな自然観察によってとらえた叙景歌の典型といえる。前川佐美雄「井上文雄」（『短歌講座』第7巻、昭和6年12月）は、文雄の歌風が「軽妙」「品のいいやさしさ」「小味ではあるが清新であり、感覚も鋭くはないけれども細かく行き届いてゐる」とし、かれの作風には直文をはじめとする新派和歌の歌人たちに相通ずる一面があり、明治歌壇の先駆をなす作家であると評価している。[1] 前川のいう文雄の歌風の特色は同時に薫園のそれでもあり、実際に、軽妙洒脱な江戸前の歌風によって用語や技巧にとらわれず自然の景趣を清新かつ細心に詠み込んだ、いわば「文雄式構図」の模倣にだれよりも熱心な歌人が若き薫園であった。

前掲6「鳳仙花照らすゆふ日におのづからその実のわれて秋くれむとす」の一首にしても、『調鶴集』の「八月つごもりばかり物へまかりける道にて」という詞書をもつ

　山里のそとものの豆生《まめふ》おのづからこぼるゝ見れば秋更けにけり

の「文雄式構図」の叙景歌に与るところ大であった。

64　夕やけの中にたちたる柿の木の柿のひとつに目白つどひよる
153　てる月にひれふる魚のかげ見えてゆく舟かろし江戸川のみづ
185　はつ時雨よきてもふれや朝顔のちひさく咲きて秋くれむとす
241　朝霧のうするゝままに梅もどきさやかになりて日は出でにけり

中村不折の口絵

これらの歌もやや類型的ではあるが、自然の風趣をこまやかな観察眼によって自在にうたう文雄の歌境に近づこうとする『片われ月』の持ち味でもあったことはたしかである。その持ち味は、「柿の木」と「目白」、「ひれふる魚」と「舟」、「時雨」と「朝顔」、「朝霧」と「梅もどき」という素材の配合が、「夕やけ」「江戸川」「秋くれむとす」「日は出でにけり」という全体の構図のなかにどう生かされているかによって左右されるが、ここに『片われ月』の絵画的特性を見いだすことができよう。

結城素明の挿画

薫園は師直文の『新撰歌典』に倣って『作歌新辞典』（明治45年4月、新潮社）という手引き書を編纂しているが、その「第壹編四季」のはしがきに「写生が一般芸術の基礎をなして居る如く、和歌研究の根柢となるべきものも、矢張り此の写生に基づかねばならぬ。写生の用務は、主として自然の景物を写すにある」と記している。周知のように、正岡子規が俳句短歌の表現技法として唱えた〈写生〉は、もともと中村不折らの洋画家の画法であるスケッチに示唆をえたといわれている。したがって、ここにいう〈写生〉が『片われ月』における絵画的特性に密接に関与していることはいうまでもない。(2)

『片われ月』の「例言四」に薫園はつぎのようにいう。

この書の挿画のひとつなる結城素明君の作は、君が志願兵にて、入営せむとするにあたり、なにくれと、いそがはしかりしにかゝはらず、わがために、画きおこせたるもの、君が友につくすまごゝろは、あらためて、言はざるべし。また、不折画伯の、わきて意匠をこらされしものをよせて、さびしきわが歌の集に、匂ひをそへられたる。一条成美君の、かねて、われに贈られし作を、たまたま、こゝに載することをえたるなど、いづれも、よろこばし。

まさに地味そのものというほかない四六判紙装仮綴の歌集が瀟洒な仕上がりになったとすれば、中村不折の口絵、結城素明、一条成美の挿画などの絵画的効用によるものであろう。「片われ月に題する図」という題詞のある中村不折の折り込みの口絵には、中央の手前に松の大木を配し、その後方に茅葺きの家が描かれ、左の隅端にかすかに片割れの月が見えるという田園の野趣が汲みとれる。また結城素明の描く山家の風景も一条成美の描く川辺の風景もともに端正な筆致でおだやかな自然の景情をよく伝えている。その意味では、『片われ月』の詩趣とみごとに調和した口絵であり挿画であったといえよう。

もとより『片われ月』の背景には、「素明君と共に舟を泛べて」「不折画伯の贈られたる画に」「下村観山君のゑがきし『長安一片月』に」という詞書が示すように、画家との幅広い交渉が当時の薫園にあった。とくに明治三十三年の春、鉄幹の紹介で相知る友となった結城素明にたいしては、

137 花あやめみな君が手の画に入りてわが歌ぶくろ歌なかりけり

などの交遊の歌六首が集中におさめられ、その親密な関係がわかる。

匠秀夫『近代日本の美術と文学―明治大正昭和の挿絵―』（昭和54年11月、木耳社）によれば、円山派の川端玉章に師事した後、三十年に東京美術学校の日本画科を卒業した素明は、浅井忠が西洋画科の教室を開いた三十一年に西洋画科に再入学し、三十二年には福井江亭、平福百穂らとともに「理想主義を旗幟とした日本美術院のいわゆる朦朧画体とはまた異った立場から洋画の影響を咀嚼し、平明な客観的写実を追求」するために无声会という小画会を結成していた。

一条成美の挿画

こうした新傾向を打ちだそうとしていた気鋭の日本画家の素明に共感した薫園もまた、「文雄式構図」による叙景歌により視覚的な奥行きをもたらすことに意欲的であった。光線偏重の日本美術院派とは対比的な淡い自然味を特色とする无声会の画風は、かかる薫園にとって願ってもない指標となった。その无声会の第一回展覧会が三十三年春に開催され、三十三年五月の「明星」第二号の「文界雑俎」欄に、「瀟洒清新、何処までも自然は貴ぶ所の見えたのは悦しかつた。分けて素明氏の作の清新にして野趣に富めるは、この会の白眉であつた。これを外国の詩人に譬へて見やうなれば、先づウオルズウオルスといふ趣きがある。陶淵明といふ趣がある。我が国の近世の歌人に求むれば、マア井上文雄といふ趣があるやうだ」というように好意的に紹介されたが、井上文雄の歌風と結城素明の画風とに一致する詩境があることを看破したのは薫園ひとりではなかったことがわかる。

ともあれ無声会の中心的存在であった素明が三十三年暮れに近衛兵第二連隊に入営したために、川端塾以来の画友である平福百穂が健筆を発揮するようになるが、その百穂に全面的に協力したのが同郷の「新声」記者の田口掬汀であった。(3)したがって無声会と「新声」との連携は、おのずから強固なものとなった。『片われ月』が刊行された三十四年一月の「新声」の「甘言苦語」欄には、「新に日本美術の根帯を作らう」として「自然主義の旗幟を翻へした無声会」は「美術団体中の第一位であらう」という紹介があり、同号には、三十三年十一月の裸体画問題による鉄幹との確執で新詩社を脱退したばかりの一条成美の挿画「乳搾りの少女」も新登場し、後述するように、外光と色彩によって近代西洋画の確立をめざす白馬会に密着する「明星」との対決姿勢を明瞭に表明している。

この「新声」の編集方針（と同時に文学的立場）は当然ながら「新声」和歌欄の選者薫園の立場を限定するものであった。もとよりそれは薫園の歌人としての資質にかなうところであった。田園の野趣に清新な味わいを見いだした文雄の歌風を敬慕しつつ、自然界の〈写生〉に徹することで新しい日本画をめざそうとした素明および無声会の画風を積極的に摂取した『片われ月』は、その叙景歌に独自の絵画性を発揮しえたといえよう。(4)

3　『みだれ髪』とその絵画性

明治三十四年八月に東京新詩社から刊行された晶子の第一歌集『みだれ髪』は、新詩社および「明星」の命運をかけた出版であった。

三十三年九月発行の第六号から創刊以来のタブロイド判の新聞型を四六倍判の雑誌型へとスタイルを一新した

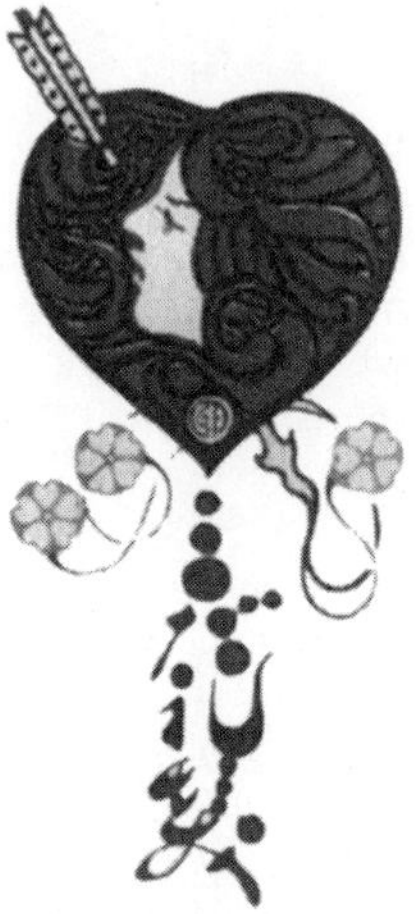

『みだれ髪』の表紙

「明星」は、「文学美術等の上より新趣味の普及せんことを願ひて、雑誌『明星』を公にす」という意気込みにふさわしい斬新なセンスによって、当代の文学青年たちの感受性を大いに刺激した。ところが三十三年十一月発行の第八号に掲載された「仏国名画二葉」がいわゆる風俗壊乱を理由に発売禁止処分となり、さらにその挿画を模写した人気挿絵画家の一条成美が退社し、翌三十四年三月には鉄幹の品行を誹謗中傷する『文壇照魔鏡』によって、鉄幹じしんはもとより新詩社および「明星」は窮地に追い込まれることになった。こうした危機的状況を打開するために鉄幹が選択した戦略は、社会的に指弾されたおのれの〈現実〉に根ざした女弟子との恋愛生活を文壇ジャーナリズムにたいして〈文学〉として提示することであった。

かくして『紫』が鉄幹の第四詩歌集として三十四年四月に、『みだれ髪』が晶子の第一歌集として八月にそれぞれ東京新詩社から出版された。「むらさきの襟に秘めずも思ひいでて君ほほゐまば死なんともよし」と鉄幹が『紫』でうたえば、「たまはりしうす紫の名なし草うすきゆかりを歎きつつ死なむ」と『みだれ髪』で晶子はこたえる。上田博「鉄幹と晶子――『みだれ髪』抒情の源流を求めて――」（「短歌」平成7年2月）のいう「『紫』をひとつのいのちの水源として、晶子の『みだれ髪』の世界、水流が生じた」という達見にしたがえば、『紫』と『みだれ髪』とはさながら合わせ鏡のような関係の相聞歌集として恋愛者の物語を構築したともいえよう。

154　小百合さく小草がなかに君まてば野末にほひて虹あらはれぬ

329 湯あがりを御風めすなのわが上衣ゑんじむらさき人うつくしき
364 春の小川うれしの夢に人遠き朝を絵の具の紅き流さむ

この豊かな色彩感覚が恋愛者の物語である『みだれ髪』の重要な絵画的特性であることはいうまでもない。(5) しかもいずれも「君」「人」という恋人の存在を一首の焦点としているところに絵画的構図の特色がある。これを『片われ月』のつぎの歌と比較すると一目瞭然である。

2 桃のはな君に似るとはいひかねてたゞうつくしと愛でゝやみしか
53 ちぎりてし人待ちをれば椎がもと椎の実落ちて夜はふけにけり

「君」「ちぎりてし人」への思い入れが「桃」「椎」という淡い色彩の配合によってそれぞれほのかな慕情として抑制されているのにたいして、『みだれ髪』では恋愛者の抑えがたい情動が豊富な「絵の具」の色彩を自在に駆使するように表現されている。さらに恋しい人を待つ身の心情にしても、「椎がもと椎の実落ちて夜はふけにけり」というように自然の情趣のうちに沈静化平板化された『片われ月』にたいして、154「野末にほひて虹あらはれぬ」とか、

237 野茨をりて髪にもかざし手にもとり永き日野辺に君まちわびぬ

「野茨をりて髪にもかざし手にもとり」とか、きわめて高揚した夢幻的浪漫的な気分が『みだれ髪』には充溢している。とりわけ「野茨をりて髪にもかざし手にもとり」は、『みだれ髪』の恋愛歌が女人の姿態を絵画的に発想することにもとづいていることを顕著に示している。

こうした『みだれ髪』特有の絵画的発想は、自明のことながら「明星」第六号の百合の花を口もとに寄せる黒髪の裸婦像を描いた表紙画や、アルフォンス・ミュシャのポスター「サラ・ベルナール」を模写したカットなどに具象化されたアール・ヌーヴォーのモダンでセンシュアルな感覚によるものでもあった。そのきわまりを「臙脂紫」の章におさめられたつぎの二首に見ることができよう。

39 ゆあみする泉の底の小百合花二十の夏をうつくしと見ぬ

40 みだれごこちまどひごこちぞ頻なる百合ふむ神に乳おほひあへず

「ゆあみする」「みだれごこち」の二首の左頁には、目隠しをした愛の神クピドが矢をつがえている藤島武二の挿画がある。そのタイトルが「恋愛」ということからいえば、見開きにある39・40は、「性愛」「女体」の象徴ともいうべき「小百合」「百合」のイメージと若々しい裸婦像の肉感的イメージとを絵画的視覚的にかさねあわせることによって、センシュアルな『みだれ髪』の恋愛歌のひとつの典型を示しているといえよう。

別言すれば、このセンシュアリズムこそが文壇ジャーナリズムにたいする鉄幹の文学的戦略であった。もとよりそのことに晶子がどれほど自覚的であったかは不分明であるが、むしろすでに中晧『与謝野鉄幹』（昭和56年2月、おうふう）が「晶子の歌に寛が明らかに手を加えたと思われる」例として39「ゆあみする」をあげて、「この添削によって一首が生動していて、寛の指導ぶりの鮮かさの一端を示している」と論証するように、あるいは島津忠夫「『みだれ髪』の成立と鉄幹・晶子」（「国語国文」昭和53年10月、『和歌文学史の研究　短歌編』所収、平成9年9月、角川書店）が「『みだれ髪』が晶子の好みのままの詠作でなく、鉄幹の意向に添ってあえて作りあげられた作物」であるとし、「晶子と鉄幹との合作の集であった」と論及するように、如上の鉄幹じしんの意図が『みだれ髪』の官能表現には微妙に作用していたと考えるべきであろう。(6)

たしかに鮮明で濃厚な視覚的色彩的イメージを主調とする『みだれ髪』の官能表現には、〈やは肌派〉〈魔書〉〈春画〉として文壇ジャーナリズムから批判される要素があった。たとえば「恋愛は美的生活の最も美はしきものの一乎」として、その「人生至楽の境地」に絶対的価値を認めた「美的生活を論ず」（「太陽」明治34年8月）の高山樗牛が自我独創の詩歌を標榜する「明星」の浪漫主義理想主義に一定の理解を寄せていたにもかかわらず、「『乱れ髪』は一時奇才を歌はれたれども、浮情浅想、久しうして堪ゆべからざるを覚ゆ」と批判せざるをえないところに大方の見方があった。こうした文壇的批判（と同時に道徳的批判でもあった）をあえて挑発するような文学的戦略が『みだれ髪』におけるセンシュアリズムであった。

鉄幹は40「みだれごこち」にたいしていう、「百合ふむ神、乳掩ひあへぬ、かう絵画的に云ひ現した所が面白いので、読者は之に対してまばゆい様な平和の光明に打たれる。裸形を詩に入れるのを兎角に批難する人のあるのは、寧ろその人の興味の低いのを自白するもので、美感の上の事を陋劣な自己の実感で解釈する愚論である」（「明星」明治34年9月）。

この鉄幹の解釈をふまえて、木股知史「『みだれ髪』の画像世界」（「甲南大学紀要」平成15年3月）は、「与謝野鉄幹は、女性の身体の官能を表現した晶子の歌を読解する際に、西洋絵画を下敷きとして使っている」とし、「鉄幹は、西洋化を近代の根拠とするという発想によって、西洋絵画からの影響という要素を重要視し、新しい参照規範を設定しようとし」、「鉄幹は、裸体画の芸術性を主張したように、西洋絵画の芸術性を近代の証ととらえながら、西洋美術を参照しつつ晶子の歌を読解することによって、道徳的な批判を封じ込め、近代的な恋愛の神話を作り上げることに力をそそいだのである」と指摘している。さらに中山和子は『みだれ髪』の校注『新日本古典文学大系明治編23女性作家集』（平成14年3月、岩波書店）の当該歌の補注で、ボッティチェルリの絵画「ヴィーナスの誕生」に「自己像を重ねた趣きもこの歌にはある」とし、「ヴィーナスの神／ミユウズの神／いざいざわれと共に去り給へ／この国の人みな盲目なり」という鉄幹の「日本を去る歌」（「明星」明治34年1月）との関係から、「晶子の歌は鉄幹と運命を共にする作者が、鉄幹の詩のヴィーナスにみずからを擬した挑戦の歌とも読める」と提示している。

いずれも当時の裸体画問題を視野に入れた卓抜な解読であるが、『みだれ髪』のセンシュアルな恋愛歌に裸体画の芸術性と通いあう近代的な美意識を価値づけようとする鉄幹の意図を重視していることは注目にあたいするといえよう。くりかえしていえば、そのことに鉄幹の文学的戦略があった。前述したように、「明星」第六号の一条成美が描いた「百合を持つ裸婦像」の表紙画に『みだれ髪』の絵画的発想の端緒があるとすれば、それが成熟するのは明治三十四年二月発行の第十一号の表紙画を描いた藤島武二の斬新な美的感覚との交感にあった。その第十一号の目次の左頁に、「渺たる小冊子、欧米に行るる『珍本』の体裁を参酌せり」という『紫』の広告が掲載されているが、ラファエル前派、フランス印象派、アール・ヌーヴォーなどの西洋美術の摂取に熱心であった白馬会の俊英藤島武二の装幀にたいする鉄幹の期待が読みとれる。それは同時に「明星」創刊以来の協力者であった一条成美との関係悪化による鉄幹じしんの思惑でもあった。いわば一条成美から藤島武二への路線変更には、白馬会との連携を強化することによって、無声会との連帯を強める「新声」および『片われ月』とは異質の絵画的特性を顕示しようという明白なねらいがあった。

そうした鉄幹のねらいを確固たるものにしたのがその年の三月の『文壇照魔鏡』事件であった。(7) すでに木股知史が綿密に考証しているように、当初の予定では『みだれ髪』の体裁は『紫』と同一であったが、「製本の体裁も亦意匠を変更致し候ため、小生の『紫』などの遠く及ばざるものと相成り候」(「明星」明治34年8月)という「社告」の背後には、『みだれ髪』の装幀を急に変更せざるをえない鉄幹の意志が働いていたと考えられる。木股のいう「渋さから華やかさへの転換」は、私見によれば、『文壇照魔鏡』事件によって一層その対立が激しくなった新声社と、袂を分かつことになった一条成美とにたいする執拗なまでの対抗意識を意味していた。(8)

かくして、「表紙画みだれ髪の輪廓は恋愛の矢のハートを射たるにて矢の根より吹き出でたる花は詩を意味せるなり」という藤島武二の装幀や挿画の図像的モチーフとみごとに共鳴した三六変形判の華麗な歌集『みだれ髪』は、センシュアリズムに共感する青年層に広く支持され、新詩社「明星」の救世主となったことはいうまでもない。

4　近代短歌の発生から開花へ

高山樗牛が「現代思想界に対する吾人の要求」(「太陽」明治35年1月)で、「三十四年の文壇を最も好く代表するものは書籍の表装と雑誌の挿画となるべし」とし、「妄りに洋風の皮相を摸して頻りに新様を衒ひ、形似なく、骨法なく、明清なく、漫然東西を混じて帰適する所を知らず」と批判したように、「明星」および『みだれ髪』の斬新かつ奇抜な意匠には理解されにくい一面もあった。しかし「表紙画と挿画との面目を一新せるは絵画術の進歩」であると、「高山樗牛に与ふ」（「明星」明治35年2月）で反論したように、「文学美術の両面より、国民一般の芸術眼を一新せむ」という鉄幹の意欲はすさまじく、また白馬会の洋画家たちも熱意をもってそれにこたえる気運の高まりがあった。

こうした西洋画を媒体とした文学と美術との旺盛な交流にくらべれば、地味ではあったが日本画を媒体とした相互交流もあったことは前述のとおりである。自然を写真のように写すだけの叙景歌は作者の個性や主観があらわれず詩として価値がない、という批判にたいして、金子薫園は『文話歌話』（大正1年11月）のなかで、川合玉堂と菱田春草の日本画家を例に引いて、ともに自然の愛重者でありながら「其の真味を看取しようとする態度は、両者に大なる相違」があり、「自然に対する主観の際やかに表はれてゐる」作物によって、叙景歌の真の意義を学ぶべきであるとのべている。

このように文学と美術との交流において、きわめて対蹠的な立場に鉄幹と薫園は位置していた。しかし詩画一致あるいは絵画的発想という観点からいえば、その源流は浅香社の師落合直文にあった。たとえば、直文の代表作ともいうべきつぎの一首は、

緋縅のよろひをつけて太刀はきて見ばやとぞおもふ山ざくら花

伝統的和歌の詠法である題詠「桜」を継承しつつ、優美さと勇壮さを躍動感をもって表現するために絵画的発想に留意していることがわかる。

さわさわと我が釣り上げし小鱸の白きあぎとに秋の風ふく
渡殿を通ふ更衣の衣の裾に雪と乱れて散るさくらかな

爽やかな秋の情趣をうたう「さわさわと」の一首には、「小鱸の白きあぎと」の動きを見据えるような絵画的視点があり、「渡殿を」にしても王朝的雰囲気を絵画的様式美によりながら発想しているところに特色がある。こうした直文の歌風における絵画的発想は、当時の新派和歌胎動期にあってはきわめて清新な着想として検討すべき意味があるが、「緋縅の」の躍動感が鉄幹に、「さわさわと」の自然味が薫園に、「渡殿を」の王朝風が晶子にというように、異なる持ち味がそれぞれに継承され、洗練されて独自の絵画的特性を築いていく原点でもあった。

近代短歌史のうえでは、明治二十六年の浅香社の結成をもって〈近代短歌の発生〉とみるならば、『片われ月』『みだれ髪』が刊行された三十四年は〈近代短歌の開花〉と位置づけることができよう。すでに小田切秀雄「『みだれ髪』論―近代短歌史の光栄―」(「古典研究」昭和14年10月)によって提示された、「近代短歌史上においてもつとも光栄ある瞬間の一つは、二二歳のうら若い女性の手に成つた歌集『みだれ髪』の出現のときである」とし、「当時の文芸の潮流において、中心的な意見たる美的生活論と『みだれ髪』とは、他のどの小説・詩・俳句よりも強力に呼応しているのであつた」とした卓絶した近代文学史観にあえて補足していえば、近代短歌史の光栄はひとり晶子

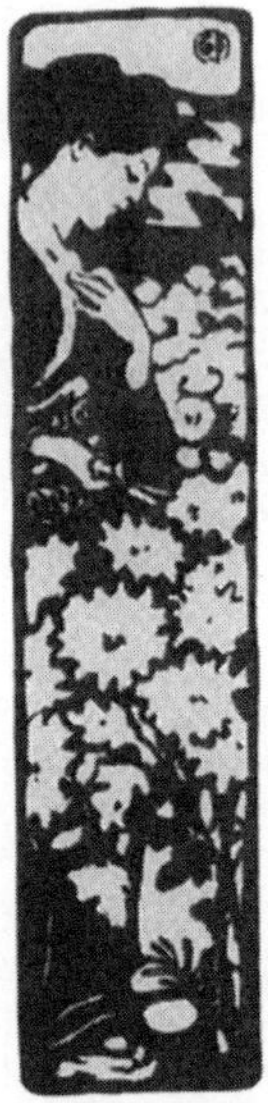

『みだれ髪』
藤島武二の挿画

『桂花集』の口絵
（一条成美）

の『みだれ髪』だけではなく、直文が蒔いた新派和歌運動の種がここにようやく開花したことにあった。

その意味において、新派和歌運動の胎動期にあって「文庫」をはじめ「青年文」「少年文庫」などの歌欄の選者として影響力のあった渡辺光風「明治三十年代の歌壇を語る」（「立命館文学」昭和10年6月）が、「三十年代の新歌壇は、著しい躍進はあつたとしても、決して首尾の整つたものではなかつた」とし、「文庫」「新潮」（「新声」）「明星」の三誌が当時の新歌壇に鼎立し、「新声」および「新潮」の選者であった薫園をつぎのように評したことは注目にあたいする。

「彼は極めて温和な性質の上に、師直文に私淑して、一層の温和味を加へてゐた。随つて、寛の例の虎の鉄幹と違ひ歌以外に何等の野心もありさうになく、それが終生の仕事、彼の生命とまでなつた」

「薫園の歌には、彼一流の格調があつた。温雅で、あばれを見せぬ所を特長とすべきであらう。要するに彼の性格を反映さしたものである」

「浅香社中にして、師の衣鉢を最も忠実に伝へた者は、三十年から四十年代にかけての薫園彼であらう」

この当時の歌壇に精通した渡辺光風の見方には、一定の妥当性があろう。すなわち、明治三十四年という近代短歌史は、〈近代短歌の発生〉をうながした直文の継承とそれからの脱皮という両極のせめぎ合いによって、〈近代短歌の開花〉を可能にしたといえよう。周知のように、薫園は尾上柴舟と共編の『叙景詩』を結城素明、平福百穂の協力をえて三十五年一月に刊行し、反「明星」色をより鮮明にするが、それに先だって三十四年十一月に新声社から発行された『桂花集』は、いわば青年文芸雑誌としての「新声」を広く宣伝するという意図のもとに編集されている。「新声は文学美術両界に亘れる大雑誌也。本年よりは、大に美術的趣味を鼓吹せんが為め、結城素明、一条成美、平福百穂、其他新派画家の筆になれる絵画を毎号十数面を掲げ……」という声高な布告には、あきらかに新詩社「明星」への敵対意識がうかがえる。さらに、右手に鋏みをもつ少女の立ち姿を描いた一条成美の口絵は、『無弦弓』や『迦具土』の挿画でも描かれた童女の可憐なイメージを誘いつつ、『みだれ髪』の「舞姫」の章にある「秋」という題の藤島武二が描いた鋏みで花を切り取ろうとする女性を意識しているようにさえ読みとれる。

こうした隠微な図像的意味もふくめたなかで、『片われ月』と『みだれ髪』の絵画的特性は、明治三十四年の短歌史に大きくかかわっていたといえよう。

注

（1）もっとも前川佐美雄は、『現代短歌全集第一巻』（昭和6年4月、改造社）に所収の佐佐木信綱の解説「井上文雄集の後に」、同巻月報に所載の斎藤茂吉「六大家小感」の所論によっている。

（2）ちなみに明治二十四年十一月に博文館から刊行の『新撰歌典』は、三十九年十二月に十四版が発行され、明治四十五年四月に新潮社から刊行の『作歌新辞典』は、昭和五年七月に四十七版が発行され、とくに後者は長く広く入門手引き書としての役割を果たした。

なお『作歌新辞典』に先だって編纂された『和歌入門』（明治39年12月）においても、薫園は「新派和歌研究も、先づ写生より入つて、十分之を習練して、成るべく自然の風景に接近し、自在に其真を伝へ得るやうに」、と同様の趣旨を強調している。

（3）田口掬汀は平福百穂とおなじく秋田県角館町の出身で明治三十三年暮れに上京し「新声」の記者となった。三十四年二月号から新設されたコラム欄で黒眼児という筆名による美術批評に新生面を開いた。大正四年十月に「中央美術」を創刊し、後年美術批評家として日本美術界に貢献した。とくに薫園の日本画壇との交渉やかれの書画蒐集に寄与することが多大であった。

（4）浅香社の同門である尾上柴舟「薫園君との交渉」（『現代短歌全集』第8巻の月報、昭和6年2月）が、『片われ月』を「当時の旺んで烈火の迸るやうな浪漫的のそれとは違つて澄んだ泉の湛へたやうな、淡紅の花の匂ふやうな、清麗とか、芳郁とかの静かな味のあるのが、ことに我意を得た」と評し、「君の叙景風の清新質実の歌風は、当時の浪漫的の匂の強いものとは違つてゐた」、と薫園短歌の独自性を「明星」歌風との異質性において位置づけている。

（5）中晧「鉄幹晶子の恋愛歌―その発想構想措辞をめぐって―」（「同志社女子大学・日本語日本文学」第7号、平成7年10月）が、「花やかな色彩美が恋愛歌に絵画的色彩美を齎し恋愛を美化する。そこにこそ鉄幹晶子の恋愛歌の新しさも魅力もあった」と指摘している。

（6）島津忠夫「『みだれ髪』の成立と鉄幹・晶子」は、「明星」明治三十四年一月号の「舞姫」十九首に「このやうな叙景歌風の傾向のものを鉄幹が抑制してゐたのなら、これは面白い問題であらう」という見方を提示した佐藤亮雄『みだれ髪攷』（昭和31年4月）をふまえて、「鉄幹が晶子の歌風に注文をつけ、晶子のある一面を強く引き出そうとした」編集者鉄幹の才腕に注目している。

（7）小島吉雄『山房雑記』（昭和52年4月、桜楓社）は、「『文壇照魔鏡』秘聞」で、金子薫園からの直話として、一条成美が情報の提供者であった、とのべている。

（8）木股知史は、『みだれ髪』の装本が河井酔茗の第一詩集『無弦弓』（明治34年1月）や服部躬治の第一歌集『迦具土』（明治34年7月）のそれぞれの装幀・挿画を手がけた一条成美の先行事例を意識していた、ということを具体的に論証している。

［補記］　本稿は、天理大学国文学研究誌「山邊道」第四十八号（平成16年3月）に発表した同題の論文に若干の加筆をしたものである。

二　金子薫園と『叙景詩』運動

金子薫園は、作歌生活四十年を記念する傑作自選歌集『水聲集』（昭和10年5月、牧人書房）の序に、つぎのような言葉をのべている。

歌壇の思潮は私がこの道に入つてから幾変遷かを重ねた。しかも私は落合先生の流れを継承して、迷はず、惑はず、一筋に今日に及んでゐる。その間私は自ら鞭うつて、懈怠の情に打克つて来た。この気持はこれからも続くであらう。

このとき、齢耳順の薫園は、明治大正昭和にわたる歌人としての生命を閉じようとしていた。その意味でも、薫園のこの述懐には、自負にも似た本音がうかがえる。自他ともに認める落合直文の歌風継承者たる面目によって、歌壇の主潮流とはなりえなかったが、「その歌風は繊細温健であつたから、鉄幹の歌ほど歌壇に影響をしなかつたけれども、一つの流派として永続し」（斎藤茂吉『明治大正短歌史』）、不遇ながらもその足跡を近代短歌史にとどめているといえよう。

では、どのように直文歌風が継承されていったのか。残念ながら現在までそれを確証した論はない。[1]そこで、直文歌風の継承のうえで最も端的に具現され、それが近代短歌史に特殊な位置を占めていると認められる『叙景詩』運動について考察してみたい。

1　浅香社入門と短歌的出発

薫園が初めて直文の謦咳に接したのは、明治二十六年十一月二十六日の寒夜であった。[2]この訪問をもって、直文師事・浅香社入門とされるが、同時に歌人薫園の生涯の出発をも意味している。かれの年譜（『現代短歌全集』第8巻に所収）によれば、明治二十五年春頃、肋膜炎に罹り、七月に東京府第一尋常中学校を退学している。生来の虚弱体質の故に正規の学業を断念した若輩金子雄太郎にとって、師直文との出会いは、自己の文学的資質を生かす唯一最後の場であった。それだけに師追慕の情は深いが、門弟大町桂月、与謝野寛らによって編纂された「国文学」〈萩の家主人追悼号〉明治37年2月）所載の薫園の追悼文は、その白眉といえよう。その追懐によると、初対面の薫園は兼好法師についての小品の添削を受け、翌月発行の「少年文庫」に向ケ岡、皎潔金子雄太郎の署名で投稿している。師直文の斧鉞を仰ぐに短歌にあらず文章であったということは、後年の「落合直文先生を憶ふ」（「光」大正12年1月）にあきらかなように、「妹辰子を祭る文」などの清新な文章を発表していた直文の薫陶によって、文章家たらんとする薫園の初志によるものである。ちなみに、浅香社入門前後の所謂投稿時代の作品は散文が圧倒し、管見の範囲では、最初の投稿文であろう「日本男児の本色」（「少年園」明治24年8月）に漲る忠君愛国の志気は明治二十年代初頭のナショナリズムに洗脳された青少年に通有のものではあろうが、身体的に脆弱なだけにその渇仰も人並み以上に強かったと考えられる。さらに硬質の文章を志向する重要な因子として、「つねに忠臣義士のことを書きたる画図を好み、蔵するところ、きはめて多かり。（略）またつねに靖献遺言を好み、ことに文天祥正気の歌を愛誦」（「軒の玉水」、『片われ月』所収）する、謹厳実直で古武士然とした父親から日本外史、十八史略等の素読を受けた幼少の薫育も看過できないであろう。

このように文章家をめざす薫園が、浅香社に入門した明治二十六年末は「もう同社の末期に属してゐて会合といふものは行はれない」（「浅香社の回想」「短歌雑誌」大正6年11月）頃であったが、師直文は国語国文の改良から、浅香社結成前夜のピー・アールとしての『新撰歌典』（明治24年11月、博文館）編纂に代表される和歌改良運動へとその情熱を転換していた時期でもあった。同書の意義については武川忠一の「歴史―近代短歌の本質―24回『新撰歌典』をめぐって」（「短歌」昭和51年9月）に諾うほかないが、その「緒言」から看破された「直文の中に、感覚として生きている古典的伝統的な四季観」（傍点太田）が、新派和歌の枢軸として新旧の折衷を意図する直文の指導理念の根底に充溢していたことはいうまでもない。二十年代の国粋的な動向を背景にした直文の新国詩模索は、二十五年三月創刊の雑誌「歌学」に発表の「賛成のゆゑよしをのべて歌学発行の趣旨に代ふ」に具現化される。「今や国文学大に隆盛をきはめ居れり。その割合に、歌学のさかりならざるはいかにぞや。歌は国文学中、最も高尚なるものなり。国文学の隆盛と共に、また必ずさかりならざるべからず。（略）おのれは、この高尚なる歌といふものを、すべての国人、ことに、青年有為の人々にのぞまむとするなり」という主張は、必然的に浅香社の結成を喚起し、槐園、鉄幹らの新世代によって実践されていった。薫園が入門した時期は会合こそおこなわれないにしても、

「日本」「自由新聞」等の紙上における新派和歌実作の高潮期でもあった。この直文周辺の熱意は、社中最年少の薫園の、文章家から歌人への志向転換を促すにとどまらず、子規の革新運動さえ誘掖する歌壇の大きな起潮力になっていた。

さて、小泉苳三の『近代短歌史　明治篇』（昭和30年6月、白楊社）では、薫園の浅香社詠草として明治二十七年二月二日の「二六新報」掲載の「山家春雨」一首が紹介されている。瞥見の限りでも、この題詠は入門後かなり早い時期の作品である。

やまざとは軒の松より暮そめて柴のあみ戸に春雨ぞふる

寸毫たがえず伝統的な題詠の詠口を踏襲した陳腐な歌ではあるが、未熟ながらも叙景の特色がうかがえなくもない。さらにこの歌を改稿のうえ、同年四月十五日発行の「少年文庫」十一巻三号にも題詠「山家春雨」一首として投稿している。

山里も軒の松かぜ音はせて柴のあみ戸に春雨そふる

二、三句に視覚的な景情から聴覚的なそれへ改更させた苦心が諒察される。かさねて二十九年八月三十日発行の「文学界」四十四号に掲載の「ひと雫」と題する短歌二十五首の巻頭に

やまざとは軒もる音もしのびつゝ柴のあみ戸に春さめぞふる

とあらたな変貌が見られる。(3)この二年半の間に、薫園は無名の投稿家から中央の文芸誌に寄稿する新進歌人へと飛躍している。これら三様の「山家春雨」系列歌の表現措辞は陳套の域を出ないが、自然の景物を客観描写する稟質はすでに内包していたといえよう。もちろんその背景には「歌のまことによきは、見てよき歌にあらず。歌ひてよき歌をいふなり」として、歌の調べを重視する師直文の歌論が歴然と存在していたことは自明である。つまり、歌の品格を尊重する直文歌風の継承の第一歩が、これら「山家春雨」系列の歌によって具体化されている。そして、それは後年の『叙景詩』へと展開される叙景志向の徴証でもあった。

2　「新声」における選者薫園

「少年文庫」の十一巻三号に例の「山家春雨」を投稿してから三ケ月後、二十七年七月十五日発行の十一巻六号では、皎潔と署名された短文「一日のまこと」が従来の少年文庫寄稿欄から格上げされている。同誌の詩友会「松風会」の幹事としての活躍や、浅香社の最年少門生という立場などが考慮されたためであろうか。二十九年一月十日発行の「文芸倶楽部」二巻一編に投稿の「寄山祝」一首は、

千代までも限しられぬ大御代の姿を見する鶴か峯かな

金子薫園の号をもって和歌欄の首位に据えられている。わずか一首にしてもこのことは青年歌人金子薫園にとっての声誉であり、先きの「文学界」誌上のめざましい活躍へと延長していくことにもなる。

この「寄山祝」一首は「山家春雨」と同じく題詠の型にはまった「かな」止めの寿詞ではあるが、薫園にとって一種の記念作であり、「文学界」掲載の「ひと雫」と題する二十五首のうちに、くわえて三十年一月十日発行の「新声」二巻一号の新年付録にも再掲されている。この三載の「寄山祝」をふくむ題詠五首が、薫園の「新声」初登場の作品となったが、いずれも祝賀にふさわしい類語をよみこんだだけの不本意なデビュー作であった。が、これは典雅流麗の趣を生命とする直文歌風の盲目的な追随ぶりを明証するものである。直文歌風の継承という自覚は、第一歌集『片われ月』の板行まで待たなければならないが、その自覚を徐々に助長した「新声」における薫園の意識を考察しておこう。

日清戦争の新国民の声を宣布すべく、投書雑誌「新声」は一介の投書青年佐藤儀助（義亮）によって明治二十九年七月十日創刊された。同年十二月十日発行の一巻六号からは、和歌を鹿島桜花が、俳句を河東碧梧桐が、漢詩を大沼鶴林がそれぞれ選者として担当、韻文投稿欄の体裁を整えている。そして、翌新年号の二巻一号には、題詠五首をもって薫園の名が初登場する。ついで二巻二号には、皇太后陛下への哀悼歌三首が登載され、さらに橘香（儀助）が「『天地玄黄』を読む」において、「薫園は年少の歌人未だ名をなすこと大ならざれど、造詣するの深き侮る可からず、殊に其詩形の流麗なる、一誦神思渺々杳たるを覚ゆるものあり」と称賛している。この佐藤儀助の厚志を機縁として、「新声」および新潮社との生涯にわたる長い交誼がはじまったともいえよう。二巻四号の和歌欄は前号の記者選から新たに清原文彦選となっているが、『文語歌話』（大正1年11月、大同館書店）によれば、これは薫園が未だ青書生の故の隠名であった。本号の表紙Ⅲの「新記者（選者清原文彦君）紹介」[4]は、薫園の実質的な新声社入社の告知でもあった。かくして「新声」和歌欄の選者薫園は誕生したのである。三十年中の作品としては、上記の他に二巻四号に短歌五首、二巻五号に美文「花ふゞき」一編、三巻二号の巻頭に論説「万葉集に於ける風俗の研究」、三巻三号に短歌二首、三巻四号に短歌六首をまじえた美文「夜半のあらし」（改稿のうえ「野分」と題して『片われ月』に収録）、三巻五号に短歌「籬の菊」十二首などを寄稿、多岐にわたる活躍である。

　翌三十一年一月十五日発行の四巻一号では、金子薫園（清原文彦）が佐藤橘香らとともに「謹賀新歳」に名を連ね、「はつ若菜」と題する短歌十七首を寄稿。つぎの四巻二号にも短歌「六花繽紛」九首を寄稿。都合二十六首のうち十三首までが、「遺作千八十八首のうちらむ止は百五十首以上に及んでゐる」（小泉苳三『近代短歌史』）師直文の薫陶よろしく「らむ、かな、けり」止である。ついで四巻三号の和歌欄には、薫園の「文彦こたび脳をやみて故山に皈臥し、予に托するに本欄の担任を以てす。（中略）予輩冀くは今より諸君と共に拮据黽勉、沈滞して振はざる国歌の復興を図るべきなり」という着任の辞がのべられ、欄末に「次号には梅の歌を寄せ給へ」の告知がある。その同頁下段に選者の範として掲録の「梅の花笠」七首には、初心者向きの題詠法の一端がうかがえる。つまり、選者薫園の提唱する「国歌の復興」とは、結成当初の浅香社詠草に顕著な〈題詠〉を無批判に継襲するだけのことであった。[5]

　四巻五号の和歌欄は、薫園の選者としての姿勢が明察される剽竊問題を採り上げている。薫園の戒告によれば、投書家鈴木栄吉の「蕨」の詠草が、江戸派村田春海の「雉子なく岡の小松の下蕨をり残されて春たけにけり」を盗作しているという。次号の五巻一号には、鈴木栄吉の釈明文「金子薫園君に答ふ」に薫園の短評が添えられている。

「春門の歌と詞意毫も異なるふしなきものを詠みて、何処までも我作なりと主張した所が甲斐なかるべし。それよりはおとなしく己が詠草中より除却せらるゝに若かず、（略）よく古歌を玩味して前人以外一機軸を出さむことを忘るべからず」という峻厳な態度は、ただに選者の自信や衒気のみならず投書時代の自己批判も加味されている。(6)やはりこの問題にたいする薫園の姿勢にも、〈古歌を学びながら個性を尊重する〉という師直文のスローガンが鮮明に投影されている。

翌三十二年一月十五日発行の一編一号に美文「のぼる烟」を、二編三号に短歌「ひとしづく」三首を、二編四号に美文「虫の音」を、二編五号に短歌「枕上微吟」二十八首をそれぞれ寄稿、この年は病褥に伏すこと多く「発汗剤を用ゐて霎時熱のさめたる時、朱筆もつ手も戦きつゝ喘々として諸子の詠草を誦しけむ」惨状であった。

翌三十三年は「新声」の飛躍的発展期を迎える。一月十五日発行の三編一号は誌型を従来の菊判から四六判へ変更、前年の高須梅渓につづいて蒲原有明が入社、質量面の拡大がみられる。投書欄には新体詩、短歌、俳句、叙事文、評論の各ジャンルに活躍する山口吟風などの投書家が定着、その和歌欄には荒木枯園、及川清萍、小川聖学、福田義三らの『叙景詩』歌人が簇出、とくに聖学の歌は『叙景詩』収載の最初のケースでもある。そして三編三号の和歌欄の「以上四十三首は一千三百九十六首中より比較的佳作と認めたるものを選抜して多少修正を加へたるもの也」という選者の評言にも投書時代の活況がうかがえる。次号の三編四号の和歌欄には、厳選主義を標榜する「注意四則」が掲げられ量から質への転換が強調されている。本号には、鉄幹の「紫墨吟」十二首と薫園の「菜花集」十七首とが見開きに掲載、選者薫園を浅香社の先輩で短歌革新の驍将鉄幹と並称することによって、「新声」歌壇の躍進をはかろうとする積極的な配慮が認められる。また三編六号の薫園の「焚きのこり」十二首は、それぞれに

「鉄幹云……」の寸言を付し、鉄幹薫園時代の到来を喧伝するかのようである。ところが、同号掲載のあうむの子と署名された「うたの悪口」には、先述の三編三号の選者薫園の評言にたいする反論がのべられている。要旨は、四十三首中一首も佳作と認めがたく、添削する選者の指導性を疑わざるをえないというのである。答えて、「本誌の主張せる風気の革新は、今日の青年をして、やツつけ節を歌ふ壮士たれと勤むるものに非ざる也」。これは青少年向きの投書雑誌「新声」歌壇の選者として、初学者指導に専心するという明快な宣言でもあった。ついで四編一号の和歌欄には、「かの満紙『少女』をひきいで、、動物的の恋を描き、得色あるが如きものに至りては、嘔吐三升を催さゞるをえず」という薫園の発言がある。自明のことながら、これは〈少女（子）〉に内包された奔放甘美なロマンチシズムを賞揚する「明星」への批判であり、もともと直文の歌風には鉄幹らに継承される濃厚な主情的側面もあったが、清澄な師風を維持せんとする薫園の自覚の発露であったと考えられる。[7] 鉄幹薫園時代は意外にも早く対決の様相を迎えたが、漸く投書雑誌の名実相伴った「新声」の選者であるに過ぎない薫園にとって未だ独自の歌境を表明するに及ばず、まさに暗中模索の状態であった。[8] 一計として四編五号の和歌欄末に選外・駄作十四首を掲げて、少女色を一掃のうえ「新声」歌風の確立をめざしている。三十三年十二月十日発行の四編七号に掲載の「鳳仙花」十一首は、薫園の直文歌風継承ひいては「新声」歌風確立への模索によるみごとな結実である。

　鳳仙花照らす夕日におのづからその実のわれて秋くれむとす

就中、右の歌は翌三十四年一月刊行の『片われ月』に所載され、おだやかな自然の景趣を特質とする同歌集の一典型である。この絵画的手法による叙景性が「新声」歌壇の選者薫園の成果であり、それを軍旗として同門の鉄幹を領袖とする「明星」調によって腐蝕されつつある師風の擁護につとめたことはいうまでもない。

3　『片われ月』の意義

『片われ月』は薫園の第一歌集であると同時に新声社においても最初の本格的な歌集の出版であった。刊行の経緯については、薫園じしんが再々回顧しているが、それらの趣旨はすべて師直文追想に結び付いている。(9) それは師風継承という緊張の余韻でもあった。佐藤橘香、高須梅渓ら新声社の全面的な後援によって刊行された『片われ月』は、歌人薫園の将来を占う重要な意味をもっていた。集中二百六十五首は、巻頭の「あけがたのそゞろありきにうぐひすのはつ音きゝたり藪かげの道」の清新な叙景歌、「亡き母の恋しくなりて日もすがら山のおくつきめぐり見しかな」の亡母追慕をふくむ多くの追悼の歌、「気はあがり心をどりでこの夜ごろねられざるらむますらをの友」の近親交友の歌の三つにおおむね分類される。つとに坂井久良伎が「此集中にて、先づ鉄幹張りと、楽屋落なる友人間の消息歌とを除いて、穏雅なる作を択ばんには、薫園の真伎倆多く認識せらるべし」（「片われ月を読む」『心の花』明治34年3月）と指摘しているように、集中第一の特徴は沈静な叙景の趣にある。そしてその多くが自然を素描しただけの生地そのままの歌であったが、これは薫園の「調鶴集と私」（「光」大正13年8月）によれば、江戸派最後の歌人ともいうべき井上文雄の歌集『調鶴集』（佐佐木弘綱の序、慶応2年2月）に影響されたものであることが分明する。「垣根若草」と題詞された「春雨に青む垣根のこぼれ種くきだつ見れば鈴菜なりけり」を、「その手法、観方共に素直で自然味が豊かである」と評し、また詞書「河上暮秋」の「秋くるゝ夕河そひのくぬぎ原うすき日影に小雀《こがら》なくなり」を、「うすさみしい秋の姿が見えるやうである」と感じた薫園が『調鶴集』から修得した点は、自然を観察する眼を正確にして「見たま丶を言ひ下す」ことにあった。「八月つごもりばかり物へまかりける道にて」という詞書をもつ『調鶴集』の「山里のそともの豆生《まめふ》おのづからこぼる丶見れば秋更けにけり」と、『片われ月』の傑作「鳳仙花照らすゆふ日におのづからその実のわれて秋くれむとす」とを比較すれば、いかに薫園が〈文雄式構図〉に強く魅せられていたかが明瞭であろう。

薫園を魅了した別の理由として、「あら川の瀬のと残して水上の秩父へ帰るゆふ立の雨」や「えみし舟おろす碇の二またに人の心のならはずもがな」に顕著な生っ粋の江戸っ子歌人である文雄の意気、軽妙、瀟洒の趣が認められる。[10] 長男広兄の「薫園のこと」（「短歌研究」昭和38年11月）によると、薫園はその一生を和服で通し、東京の街ことに夜の銀座の灯を愛したという。神田生れの古風なダンディズム——都会育ちの伝統主義者たる薫園にとって、文雄の繊細で洒脱な江戸前の歌風は強い憧憬であったろう。文雄の『調鶴集』に失望し、「曙覧の歌」（「日本」明治32年3月22日〜4月23日）のように曙覧の『志濃夫廼舎歌集』を賞賛する子規の動向とは正反対に、東京生れの歌人薫園は用語や技巧にとらわれず田園の風趣を自在によみこんだ文雄の境地を模倣することに自己の方向を見いだしたともいえる。

ありあけの月かげあはき円窓にきりの葉さそふ風を見るかな
鐘の音にもみぢこぼる丶山寺の折戸さびしくゆふ日さすなり
葉鶏頭一もとたてるわが庭のかきねさびしきゆふづく日かな

はつ時雨よきてもふれや朝顔のちひさく咲きて秋くれむとす

これらの歌はたしかに類型的ではあるが、自然の情景を凝視する作者の境地が明瞭である。つまり、巻頭歌の「うぐひすのはつ音き丶たり藪かげの道」という評言に具象する都会人の冷徹な自然観が、第一歌集『片われ月』の貴重な持ち味であったといえよう。

ところで、『片われ月』の特色である絵画的手法は、清涼とした田園趣味の〈文雄式構図〉の映写だけに集約されるのであろうか。結論からいえば、淡い自然味を特色とする無声会の画風が察知されなければならない。同歌集に添えられた、結城素明、中村不折、一条成美ら当代画人の淡雅な挿画は、この歌集の素朴な性格を如実に示している。薫園の資質に照らしていえば、歌文書画をたしなむ母親と「忠臣義士のことをかきたる画図」を好み文雅の士ともいうべき父親とによる感化が大きい。さらに家庭的に不遇で病弱な幼時から絵筆を手にすることが多かったかれが、絵画への興味や関心を深めていったのもきわめて自然なことであった。長じて「新声」歌壇の選者として瞠目されつつあった明治三十三年の春、鉄幹の紹介状を頼りに向島弘福寺門前の蘇迷廬を訪れ、美術学校派の俊英結城素明と相識の間となった。(11) 四編一号（33年7月15日）の「新声」には、「結城素明君を誘ひて、堀切に花菖蒲を見る」と詞書のある、「画になるはみな君が手にしるされてわが歌ぶくろ歌なかりけり」などの交遊歌六首が掲載、二人の親密な往来がうかがいえられる。かさねて『片われ月』には、中村不折、福井江亭、下村観山、一条成美などの画人との幅広い交渉がうたわれている。薫園と素明とが相知の仲となった、三十三年の春頃、素明、江亭、島崎柳塢、渡邊香涯、大森敬堂などによって無声会は結成された。それに先駆ける三十一年、東京美術学校長の地位を追われた岡倉天心が、明治美術界の先達として橋本雅邦、横山大観、菱田春草、下村観山らの合力によって創設した日本美術院は、旧来の線描法から没骨主彩の描法によって新日本画の樹立をめざしていた。同年十月の第一回展覧会には雅邦の「蘇武」、大観の「屈原」、観山の「闍維」などが出品され、時論家高山樗牛は「歴史画題論」（『時代管見』明治31年2月、博文館）で「日本絵画会の一大飛躍と」して「近来絵画会の新風潮が、歴史画の復活に存せむ」と歓迎した。しかし、その作風が朦朧画と称され権威に甘んじた日本美術院に満足しない美術学校派によって、関衛の大著『大日本絵画史』（昭和9年10月、厚生閣）によれば、明治三十年前後、美術院派の専横にたいして東都・京阪に旗幟鮮明の小画会が幾つも派生した。無声会も今村紫紅、安田靫彦、前田青邨、小林古径らの紅児会とならぶ東都の小画会であったに過ぎない。無声会の指導者的存在の素明が三十三年の暮頃、近衛歩兵第二連隊に入営するが、翌年の四月に上京の百穂の参加によって、同会は写実主義を標榜して理想主義の美術院派と真っ向から対立した。百穂の上京に尽力したのが、同郷（秋田県仙北郡角館町）の「新声」記者田口掬汀ならびに川端塾・美術学校以来の画友素明であったから、おのずから無声会と「新声」とは親昵の関係を結ぶにいたった。(12)

百穂の上京に先立つ三十四年一月十五日発行の「新声」五編一号の「甘言苦語」欄には、無声会に関する最初の記事が掲載されている。要するに、「新に日本美術の根帯を作らう」として「自然主義の旗幟を翻へした無声会」は「美術団体中の第一位であらう」という紹介である。ちなみに本号から鉄幹との確執によって新詩社を脱退した一条成美と未だ故山の人百穂との新鮮な挿画が登場している。その「編集たより」には、青年画家百穂を社友として美術的趣味を鼓吹し、白馬会の華麗な洋画色を満喫させる「明星」をライバル視する意欲が明瞭である。五編三号（34年3月15日）の「新声」の「甘言苦語」欄では、理想派の美術院と自然派の無声会の拮抗を座談風に分析、「明星」と「新声」のそれにオーバ・ラップさせている。無声会の展覧会は怠りなく紹介され、六編六号（34年12月15日）には「『無声会展覧会』合評」が組まれ、無声会の作品が美術院派の光線偏重の朦朧とした化物絵にたいして、自然の写生に徹した点に卓越していることを強調している。これらの論評の視点が、華麗で優美な浪漫主義、理想主義に耽溺する「明星」への攻襲に集約されていることはいうまでもない。一方、第二「明星」の「閑是非」（35年3月1日）では、ゾライズムによる小杉天外の自然主義を論難し、没理想の無声会の作品を「スケッチ作者兼挿画かき」の産物であると一蹴している。「明星」側からすれば、想界の理想を放擲する輩として、天外も無声会もともに面前の怨敵に変わりなかった。だが、天外の自然主義には、「自然は自然である、善でもない、悪でも無い、美でもない、醜でも無い、……小説また想界の自然である」（『はやり唄』叙）という社会環境論による合理性が露呈されている。ところが無声会のそれは自然そのものを純粋に写実するという客観性を重視し、その根底には自然を美化する要素をもつ。極論すれば叙事にたいする叙景という位相の差がある。ともかく、無声会の自然への態度は結局「写生」にとどまる。それは洋画練習法の階梯であったが、子規が明治二十七年春頃、洋画家の中村不折から示唆を受け、「第一ニ線ノ配合其次モ亦次モ写生々々ナリ」（「心の花」明治33年3月）の歌にあきらかなように、自己の文学革新の理論として透徹させたことは周知のことである。短歌の真髄は客観的な叙景歌にあると認めた子規は、俳句のように客観の領域が広くない短歌では、殺風景な主観句を改め「絵の如く詠め」とも論じている。(13) もちろん薫園も子規のこの短歌理論に大いに啓発されたが、やはり自然界の写生によって近代日本画を推進させようとした無声会との交渉から、「新派和歌研究も、先づ写生より入つて、十分之を習練して、成るべく自然の風景に接近し、自在に其真を伝へ得るやうに」（『和歌入門』明治39年12月、新潮社）叙景の歌をめざしたと考えられよう。

4　反「明星」の立場

画人グループ無声会との交渉は、薫園に叙景歌の方向に進むべき示唆を与え、反「明星」への気勢をもたらした。『片われ月』集中には、「駒ながらうたを手むけて過ぎにけり関帝廟のあけがたの月」や「雪ふかきあら山中のひとつ家を餓ゑしまがみのめぐりては吼ゆ」などの虎剣調もあり、「鉄幹兄に寄す」と題詞された「京に入りてまた雄たけびの歌ありやあゝ衰へぬ君がうしろ影」などの交友歌十三首と合わせて、薫園の兄弟子鉄幹にたいする敬慕の深さが読みとれる。鉄幹の第二詩歌集『天地玄黄』（明治30年1月、明治書院）の附録に、「わか菜」十四首が「薫園金子雄太郎氏の短歌、流麗を以て知らる。その近日の進境、頗る著しきものあり」と紹介、登載されたというゆえんもある。(14) だが「鉄幹ぬしの家の名を梅花鶴痩堂といふ」と詞書のある「梅一朶」九首（「心の花」明治33年1月）のなかの「梅と鶴とりあつめたるいへの名にならびてきよききみが歌かな」は、追従口にも似た戯歌としてのみ解釈しきれぬ面もある。三編六号（33年5月15日）の「新声」掲載の「焚きのこり」十二首は、二人の交友が絶頂期にいたったことを感じさせる。鉄幹の「新声」への寄稿は、三十一年度は、五巻二号に新体詩「三人旅」、同四号に新体詩「形見の袖」と談話「対面千里」、同五号に談話「大蘿蔔頭」、同六号に「探頭廿首」八首、三十二年度は一編一号に「探題廿首」十二首、同五号に「白藤集」三十二首、三十三年度は三編四号に「紫墨吟」十二首、四編二号に「女十首」、同四号に美文「わが初恋」などがあり、かなり積極的な助力を示している。ところが、管見の及ぶ限りでは、明治三十三年九月二十五日発行の四編四号に掲載の「わが初恋」を最後としてふたたび「新声」誌上に鉄幹の作品と出会うことはない。さまざまな事情が想起されるなかで最もその必然性に富む事象として、子規鉄幹不可並称の論戦を考慮しておく必要がある。あまりにもタイムリーではあるが、三十三年九月は、「明星」に鉄幹の「子規に与ふ」、「大帝国」に久良伎の「新歌界の新消息」、「心の花」に記者の「竹の里人に与ふる書」および鉄幹の「国詩革新の歴史」などと、不可並称説の主要な論評が集中的に発表されている。この論争は三巻十号（33年11月8日）の「心の花」雑報欄に「ボヤ程にもなくて、人騒がせに終りし道行は知るを得べし」と揶揄されたように、実質的な展開のないままに両者の誤解が氷解した時点で表面的な解決を迎えている。不思議なことに、不可並称の発端となった横浜の菊迂生なる投書家の「毎号の撰者に与謝野鉄幹正岡子規渡辺光風金子薫園なんどの新派若武者をして乙課題の方を分担なさしめ本誌の本領を明かにせられむことを祈る」という一文が「心の花」に掲載された三十三年五月から、一応の落着を遂げた同年の十月まで、「新声」は本件に関して緘黙の態度を貫いている。この事情をあきらかにするために、贅言ながら鉄幹子規不可並称説の震源地「心の花」を瞥見しておきたい。

先きの一投書家の文章は根岸派の論客伊藤左千夫の奮発を喚起し、三巻七号（33年7月20日）の雑報欄に「彼人々の歌と吾々の歌とは其標準に於て根底より相違して居る」と怒気満面の抗議を寄せている。この左千夫の文意によれば、「正岡師と他の両三氏を一列に見るさへあるに若武者なんどゝ稍軽侮の言を弄せるにあらずや」ということの他に、前号漫録欄に久良伎が「新歌人としては伊藤左千夫・金子薫園二氏が訪問せられた、二氏共に前途有望の方々である」とのべたことにたいする、「金子薫園氏と小生と同趣味様に云ひなされたれば今は吾一身の為にも聊か物云はねばならずなりぬ」という事由があった。薫園が鉄幹子規不可並称論議の事実上の端緒となった左千夫の発言に関与していたことじたい、いまや逸話的価値が認められよう。ともかくも、「新声」歌壇を代表する薫園が渦中に巻き込まれぬためにも、「新声」は傍観者的態度を貫徹したものと考えられる。また鉄幹と「新声」の関係に立ち返れば、そのことが遠因で両者が次第に疎遠になったともいえよう。しかし、それはあくまでも間接的な理由である。自明のことながら、三十四年春の「文壇照魔鏡」事件は、鉄幹と新声社とに決定的な亀裂を招来した。だが、その間にはおよそ半年の空白がある。徒労に終わるかも知れないが、「文壇照魔鏡」事件勃発までのブランクを埋めながら、その明確な根拠を探り当ててみることにする。

明治三十三年九月は鉄幹子規の抗争に著明なように、新派歌壇秋の陣とも称すべき様相を呈していた。とくに一方の旗頭である鉄幹は、九月一日発行の「明星」六号から従来の新聞タイプで二十頁前後を四六倍判の六十八頁に、さらに編集兼発行人林滝野という妻の名義を本名である与謝野寛にそれぞれ改めている。この「明星」の大幅な刷新によって新詩社の勢力拡充を画策する鉄幹は、八月初旬から中旬にかけて西下、講演、面談、吟遊にと多忙を極めた。帰京後の九月七日に病床の子規を見舞い、両者の誤解が晴れ一応の安堵をえた鉄幹は、鳳晶子、山川登美子などの有望な新人を抱える関西の支部を新詩社発展の重要な拠点と考えていた。期せずして、関西文壇の有力誌「よしあし草」が「わか紫」と合併、「関西文学の代表者として、復興者として、起たんが為」（合同の辞）に、八月十日、改題誌「関西文学」として再発足している。すでに明石利代『関西文壇の形成』（昭和50年9月、前田書店）であきらかなように、「よしあし草」の編集は、この年の三月から鉄幹が「文庫」の和歌欄選者を担当し、河井酔茗、伊良子清白、横瀬夜雨などとの交誼が深まるにつれて、次第に「明星」創刊後の新詩社支持をあきらかにしていた。もっとも「関西文学」一号には、創刊以来の同人、高須梅渓、中村春雨らの寄稿もあり同誌の新声社への周到な配慮がうかがえる。ところが三号（33年10月10日）の「来者不拒」欄では、四編三号の「新声」の六号欄を材料にしながら、「新声の和歌欄は変手古なものである、しかし担当者の金子薫園といふ男は、こんな歌が得意なので、大に新派がつて喜んで居るとのことである」（太田注―「新声」三編三号の和歌欄の作品）と酷評し、薫園が同誌へ寄稿した短歌六首を没書にした旨まで暴露している。この「関西文学」の亡状にたいし、十二月十日発行の同誌五号の「来者不拒」欄には、「薫園兄の歌は兎に角、仝兄は僕等よりも先輩なり、他より一日の長者はあるべし、然るにその歌を没書したりなど云ひ給へるは礼を守るの道に於て、甚だ其当を得ず候」と、「新声」記者としての梅渓の抗言があるけれども、その下段の「薫園の如き弱い者イヂメ的の人物には今後とも其所置を認め次第、攻撃を加へんことは敢えて躊躇せぬつもりである」という同誌の強硬な態度によって険悪な局面が察知される。さらに同号巻末には、「鉄幹子よりの来書」としてつぎのような来信が掲げられている。

本月の「新声」に鳳女史の歌は鬼才なりと云ふ様なことが見え候、生意気も程のあることに候、新声社の中に一人でも国詩の智識を有する人有之候や、だれが万葉の一の巻でも（大意丈でも）講義が出来候や、友人梅渓の如きも「新声」の記者として評論は達者に候へども国詩と云へば仮名遣だに知らぬ人也、況んや他の「新声」記者に小生の前で国詩の議論の出来る男とては一人も之れなかるべく候、

（太田注―33年12月10日発行の四編七号）

十一月二十七日発行の「明星」八号が一条成美の裸体画によって発禁処分となり、さらに翌十二月に成美が退社という不穏な事態を背景にすれば、この焦燥にみちた鉄幹の駁論も納得がいこう。翌三十四年一月十五日発行の「新声」五編一号には、奥村恒（梅皐）の「与謝野鉄幹足下に与ふ」と題する公開書が掲示されている。これは鉄幹の

駁論にたいする再駁論というより事実上の新詩社「明星」への宣戦布告書というべきものであった。これらの文脈にしたがえば、「新声」の薫園、「明星」の晶子が両誌の格好の攻撃目標であることが明白である。薫園にのみ言及すると、新声社対新詩社の紛争の口火が「新声」和歌欄選者としての指導性に抵触していただけにその衝撃甚大であったろう。薫園とくらべるに、梅渓の創傷は致命的ともいえる。中村春雨とともに浪華青年文学会（明治30年4月結成）の幹事として「よしあし草」の発展に尽力してきた梅渓は、創刊当初の「明星」へも協力的であり、八月の鉄幹の来阪も懇情をもって迎えた。このような事情からも、因縁浅からぬ「関西文学」誌上における鉄幹の名指しの攻撃が梅渓にとって痛恨の極みとなったことは贅言するまでもなかろう。三十四年四月十五日発行の「新声」五編四号に、梅渓の「文壇照魔鏡を読みて江湖の諸氏に愬ふ」[15]と題する痛烈な鉄幹糾弾文が公表されたのは、梅皐の宣戦布告書から三カ月後のことであった。

5　『叙景詩』の内実

薫園は『叙景詩』刊行の目的を『和歌入門』（明治39年12月、新潮社）でつぎのようにのべている。

自分が先年選述した「叙景詩」一巻も此写生の歌を輯めたもので和歌研究の初期の人の参考書として、彼の「水彩画の栞」とか「水彩画手引草」とか云ふ種類の書とは少し性質を異にした、作例を示して、直に其門に入らしめんとする目的であつたのです。（太田注―鷗外序、大下藤二郎著、明治34年6月、新声社）

初学者の参考書版行という目的は、あくまでも第二次的なことである。その主たる目的は、前述のように鉄幹の新詩社を徹底的に攻伐すべく「新声」歌壇の本領を明示することにあった。詳しくは後述することにして、本書の名義について少しく考察してみよう。

『叙景歌集』というべきを『叙景詩』と命名した編者の意図するところは何であったか。明治十五年刊行の『新体詩抄』の〈凡例〉に「此書ニ載スル所ハ、詩ニアラズ、歌ニアラズ、而シテ之ヲ詩ト云フハ、泰西ノ〈ポエトリー〉ト云フ語即チ歌ト詩トヲ総称スルノ名ニ当ツルノミ、古ヨリイハユル詩ニアラザルナリ」と定義された「詩」の概念は、恣意的ながら伝統的な漢詩から解放された和歌、詩、俳句などの韻文を総称したジャンルの誕生を表明するものであったと考えられる。ところが、編者の一人井上哲次郎の漢詩「孝女白菊詩」とその和訳新体詩「孝女白菊の歌」とに明白なように、明治二十年前後の韻文は新旧の調和的世界を志向しながら、剣持武彦『日本近代詩考』（昭和50年9月）のいう「日本語による長詩の可能性が絶えず探求され」ていたのであった。鉄幹の『東西南北』の自序には[16]「小生の詩は、短歌にせよ、新体詩にせよ、誰を崇拝するにもあらず」という韻文総称の概念が明言され、短歌には全首にわたり句読点を施して新体詩と形式的に区別（短歌を短詩、新体詩を長詩と呼称）している。文学形態の一ジャンルとしての詩の確立は、表現を変えれば〈明治の詩〉〈時代の詩〉という二十年代中葉の「国詩」樹立の気運に負うところが大きい。総称ということでいえば、短詩、歌、短歌、国歌これすべて国詩の分子である。野山嘉正「明治美文の詩史的意義」（「国語と国文学」昭和50年4月）によれば、さらに美文韻文『花紅葉』（明治29年12月、博文館）の桂月の序に「美文を花になずらふるも可なり、韻文を紅葉とみはやすも亦妙げず、花や、紅葉や、これ天の文、美文や韻文やひとしくこれ詩なり」とあるように、ここにも総称的な詩の主張がなされている。

当然、散文界にも漢文体、和文体、欧文直訳体、俗語俚言体の「四体兼用ノ時文ニ超ユベキ者ナキヤ明白ナリ」と、激しく転変する新時代に適応の文体を尋究する形勢は高まりつつあった（明治17年2月刊の矢野龍渓著『経国美談』後編の自序〈文体論〉）。散文における時文、韻文における国詩――これらはそれぞれのジャンルの総称として両者相俟って近代文体の構築に貢献したと考えられる。[17]

国詩の樹立という視点からいえば、子規の短歌革新を後援した桂湖村の国詩論（漢詩、西詩の交流純化）も注目されるが（桂泰蔵「新興明治歌壇史の考証」『明治文化史論集』、昭和27年11月）、やはり鉄幹の業績を認めざるをえない。先の「国詩革新の歴史」には、〈明治の詩〉を創案したという鉄幹の強い自負が、その文脈に躍動している。その極地が「新声」への最後通達ともいうべき「新声社の中に一人でも国詩の智識を有する人有之候や」（「鉄幹子よりの来書」）という激語であろう。この鉄幹の激語への反駁が、『叙景詩』編纂の直接原因であり同時に目的であったと考えられる。鉄幹の硬論「国詩は国民の詩也。時代の詩也」という熱弁に対応、具現する「新声」の詩論が、『叙景詩』の序として凝縮されている。「『叙景詩』とは何ぞや」によれば、

> 窃かに訝る、今時の詩に志すもの、たゞ、浅薄なる理想を咏じ、卑近なる希望をうたひ、下劣の情を抒べ、猥雑の愛を説き、つとめて、自然に遠ざからむと期し、而して、真正の詩、以て、得べしとなす、謬れるの甚しきにあらずや。

とある。「一往直進、自然の懐に入り」てこそ「真正の詩」が可能となる。「たゞ自然に従て、之を写すに在り。写

して、人意を挿まざるに在り」という没主観、純客観に徹することが、「詩の極致に達すべき捷径」であるという。「明星」の特色である「恋歌は抒情詩なると共に主観詩なり」（平出露花（修）「『明星』にあらはれたる恋歌」「関西文学」明治33年10月）にたいして、「新声」の提唱する「叙景詩」こそ「真正の詩」であったと要約できる。『叙景詩』の名義に照らせば、「自然の叙景を生命とする国詩」の謂ではなかろうか。[18] 別言すれば、鉄幹のいう「国詩」が時代精神論としての性格を前面に打ちだすものであるのにたいして、薫園のそれは韻文本来の規範に限定されていた。薫園は『叙景詩』刊行の翌月発行「新声」七編二号の和歌欄末につぎのような言葉を記述している。

国詩革新の上に就いて、吾人と主義懐抱を同じうせる畏友尾上柴舟君は、先に『叙景詩』の選述を共にせられしが、今後わが新声歌壇にも、一臂の力を添へむことを約せらる。

「新声」和歌欄からの抜粋歌二百八十二首を、春六十四首、夏六十首、秋七十八首、冬三十二首、雑四十八首に配列構成された『叙景詩』の人と作品について、中皓の論証にかさならぬ範囲で紹介しておこう。

四季、雑に分類の総数二百八十二首は、雅号署名をふくめた投稿者百四十六名の作品でもある。奥原東雲、鳥取指滴、宮本袖浦、和田吹雪の四名を除けば、全投稿者のほとんどの作品が「新声」和歌欄で照合することができる。出身地の判明する九十二名を現在の県別で区分すれば、最北の秋田、岩手から最南の鹿児島までの二十九県に及ぶ。その七割までが関東、中部、近畿の三地方に集中している。関東地方はその大部分が東京で占められ、折竹暁夢、河田白露、新庄竹涯、原柳涯らの所謂地方関心派も多い。中部地方は信州勢が圧倒し、他に北陸有数の歌人と嘱目され、神戸の「新潮」、岡山の「星光」へと地方文芸の隆盛に貢献した「文庫」派の沢田臥猪（富山）や、「新声」記者の登坂北嶺（新潟）、地方文士の中堅派野村菫雨（愛知）らがいる。さらに小木曽旭晃の『地方文芸史』（明治43年11月、教育新聞）にしたがえば、奥村梅皐、折竹暁夢らの「新声」派の寄稿によって、「文庫」派の「東海文学」と対峙していた名古屋の有力誌「秋水」の同人伊藤金星や協力者の児玉星人（花外の弟）、鵜飼翠渓などの名古屋グループの活躍が注目される。近畿地方は関西青年文学会の勢力圏なので、当然その半数が大阪、兵庫に集中し、西島南峯、本尾秋遊、原見白雁などの「明星」派がその中心である。三地方以外では、佐藤儀助の出身地秋田県が、新詩社の羽後支部主宰者の佐々木寛綱一名であるというのも皮肉な偶然であろう。

つぎに『叙景詩』登載者の、「新声」和歌欄デビューの時期を検討してみると、およそ黎明期、胎動期、爛熟期の三期に分けられる。黎明期には四巻六号（31年6月15日）に登場の玉水生をもって嚆矢とし、五巻四号の岡稲里や二編二号（32年8月15日）のみすゞのやなど五名が抽出される。これは薫園が仮名の清原文彦から選者を引き継ぎ、題詠に執着していた修業期ともかさなる。胎動期は、三編一号（33年1月15日）から五編三号（34年3月15日）までにあたる。三編一号に登場の小川聖学、佐藤笛秋らの短歌は、『叙景詩』登載の最初のケースでもある。本号は詩型が菊判から四六倍判に改変され、集中掲載歌が最多（十八首）の福田義三など八名がデビューしている。この時期は、「明星」創刊が刺激となって選者薫園への期待も大きく、臨増の三編五号と四編二号を別にして毎号コンスタントに新人が登場している。なかでも四編一号（33年7月15日）は、この期最多の八名も初登場しているが、これは「明星」調の〈少女〉ブームの悪影響による。九十一首という創刊以来の投詠数の反映である。爛熟期は、五編四号から『叙景詩』刊行前月の六編六号（34年12月15日）までにあたる。この期も六編三号以外の毎号にデビューがあり、全投稿者の約半数弱を占めている。五編四号からは従来の和歌欄と別途の独立した歌欄が設けられ、福田義三、金子烏江、河田白露らの誌友を優遇している。これは「文壇照魔鏡」事件による反新詩社対策として、「新声」和歌欄の強化充実が急務となったからである。さらに同六号からは和歌欄が三つの詠草欄に拡大分散し、出身地や評言などがなくなり投詠欄のイメージが刷新されている。このように投稿者デビューの時期を一覧してみると、「新声」和歌欄が『叙景詩』運動の流れにみごとに順応していることが理解できよう。これを『叙景詩』登載歌の初出時期に照校すれば、その適応度が一層あきらかになろう。黎明期からは当然ながら『叙景詩』への登載歌は皆無である。胎動期からは七十一首が、爛熟期からは百八十八首がそれぞれ登載されている。集中二百八十二首のほぼ半数の百四十四首までが六編一号から同六号にかけて初出している。これは、照魔鏡裁判の落着後、『叙景詩』発刊の計画が卒然と持ち上がったことの証左となろう。たしかに、発刊直前の六編四、五、六号からはそれぞれ三十首以上の登載歌があり、「本書選述の事、もと匆卒に発して、竟に、精煉陶冶するに遑なく、意を得ざるもの、啻に二三に止まらざりしを憾まずむばあらず」（『叙景詩』「例言」）という事情を裏付けている。だが、初出時期の早い登載歌については、かなりの修正を認めることができる。

たとえば、『叙景詩』（冬）の本尾秋遊の

冬枯の野路のゆふべを小ばしりに賤の男ひとり鍬かたげ行く

は、三編二号の初出では、

冬がれの野路の夕を小走りに賤の男一人鍬かたげ行く

さらに初出誌の評言によれば、その原作は

冬がれの寂しき野路を小走りに賤の男の一人鍬かたげ行く

となる。また『叙景詩』（春）の間枝蘇白の

春の菊芥子にまじりて咲くはたの中に干したり蛇の目から傘

は、三編七号の初出では、

春の菊芥子にまじりて咲く畠の中に干したり紙張達磨

となっている。これも「着想いとめづらかなるはうれし」という評言によれば、その原作は、

春菊にまじりて芥子の咲く畠のあたりに干せし紙張達磨

となる。このように、投稿者の原作→初出歌→登載歌という添削過程が一般的であり、初出そのままの登載歌は集中僅か二十首ばかりである。「秋」に登載の北村志良郎の「新しき卒塔婆のあたりとぶ蝶のつばさつめたくさす夕日かな」は、六編二号の初出歌が「新しき卒塔婆のうへになく蟬のこゑものさびしなつの薄暮」である。感情句〈ものさびし〉が視覚的表現〈つばさつめたく〉に改められ、季節まで変化した用例は他にも多い。

『叙景詩』の作品の特徴は、自然の景趣を客観的に描写するために一種の素材中心主義に陥っていることである。素材の吟味選択が歌の巧拙を決めかねない。素材偏重のための改悪の例もある。奥原泣薊の初出歌「雨晴し松原すぐる旅びとのすげかさ淡くゆふづきのかげ」の主眼点である下の句が、登載歌では〈小笠のうへになくほとゝぎす〉と改稿されている。初出歌の素朴な景趣が、〈松原〉〈旅人〉〈すげかさ〉の素材と季節とに拘泥のあまり、登載歌では不自然な虚構がなされたといえよう。

素材の配合美に力点がおかれた作品としては、「塔上の残雪に夕日のはえたる、おもしろき配合といふべし」と評された鈴木天美の「あか〳〵と夕日てりたる塔の上に昨日の雪のなほのこるかな」がある。色彩感覚を加味しての絵画的趣向に多少の美点があるけれども、稚気そのままの平面的描写に投稿歌の限界が認められる。矢ケ崎賢次の「雨にぬれてかきつばた折る手弱女の小傘かすめてとぶ燕かな」も、やはり絵画的素材の未消化な歌の典例である。数少ない人事歌としては、みすゞのやの「かりそめに結びし妹があげまきの髪のほつれに春のかぜ吹く」や「悲しげにかたるこゑして影ふたつ木かげに黒しうしみつの頃」がある。前者は選者好みの清楚な情愛が感じられ、「雑」の部の後者は集中でも稀有の素材離れした歌である。「雑」のなかには、森天葩の「獅子ほえて椰子の木ゆるゝ夕まぐれ星閃きぬ金字塔《ピラミッド》のうへに」とか、本多杳汀の「いくさはてし大野の末のあけがたに荒鷲一つ血にあきて飛ぶ」

のように、「声調流麗、温藉にして雅馴なる」叙景歌とは異質の勇壮な歌もある。これらは、雄大な奇想を特色とする「明星」調への風刺画的性格を担っているといえよう。逆に実景の視覚的描写に徹した作品としては、山脇晩渓の「夕日かげ斜にさせるひとむらの竹のはやしにけぶり立つ見ゆ」、松井文彦の「樫の木の枝もたわゝに五位鷺の羽だたきするよみさゝぎの池」、原柳涯の「あし原にゆふ風たちてかすかにも白き帆見ゆる利根の川づら」などがある。とりわけ松井文彦の歌は、見開きの素明の挿画「冬暁」への画題歌でもあり、『叙景詩』が要訣とする詩画極致の一致を具象しているともいえよう。四季に分類された『叙景詩』の作品は、おしなべて季節の自然的素材が包含する情趣を、ただ平面的、視覚的に描写する詠法に安閑としている。まさに、それらは、感興を忘れた動かぬ点景の集合体のようでもあった。

6　直文歌風の継承

尾山篤二郎の『明治歌壇概史』（昭和4年8月、紅玉堂書店）では、「金子薫園、尾上柴舟の合著『叙景詩』は、主として雑誌の選歌を集めたものであつて、鉄幹の詩文集『埋れ木』と共に、大なる反響を得ずして終つた」と、わずか二行に短縮されている。鉄幹の『うもれ木』はともかくも、『叙景詩』の反響は論及するに足らぬものなのか。歌壇的反響を追尋しながら、『叙景詩』その後の展開をあきらかにしておきたい。

六編六号（34年12月15日）の「新声」には、蒲原有明の新体詩集『草わかば』と『叙景詩』との広告が、同一頁にレイ・アウトされている。目次の下欄に、「『叙景詩』に就いて」と標題された刊行趣旨文がある。三十五年元旦をもって新声歌壇の覇気を示さんとする意欲が、異例の趣旨文にもうかがえる。次号の七編一号の五十七頁は、上段に素明の挿画「冬暁」を配し、下段に『叙景詩』の序文を再掲するという入念さである。七編二号の日次下欄には、「太平洋」誌上の大町桂月の新刊紹介（未見）が再録されている。『照魔鏡』事件では鉄幹を攻撃した桂月だけに、「『叙景詩』一部世に公にせられぬ。内容に、外形に、いやみなくして、可憐也。余り気取らずして、清楚也。同じ新派の中にても、明星派とは稍面目を異にして、一方に雄視するに足る」という好意的な批評も、「新声」派には極め付きの讃辞となったろう。さらに本号には、久保猪之吉の「『叙景詩』をよみて」の批評もある。猪之吉は「多くは、小景にとゞまりて、大景を手中に入れたるもの少きが如し」とか「選者が句を撰むに当り、あまり叙景と云ふに、拘泥せし如き痕ある一事なり」と『叙景詩』の限界を看破した鋭い論評を与えている。桂月も猪之吉もともに浅香社創設来の縁故者だけに、その言説も穏やかであったが、根岸派の久良伎などは、「叙景詩は、余計詩なり」と件の毒舌で言下に否定している。(19)

「明星」では、三号（35年3月1日）の「青瓢箪」（士農工商合評）の批判が最も早い。久良伎の余計詩になぞらえて「只より廉い物なしの粗景詩も完成して、全く国詩の革新も成就し申した」と嘲笑している。鉄幹は、次号の「余材」欄に「但だ叙景詩と号して、俳句にも劣り、絵画にも劣り、散文の写実にも劣り、坊間の写真にも劣るものを作りて得々たるは、愚かなる骨折なり」として、蕪村の叙景句に遠く及ばぬと論難した。

「明星」の本格的な『叙景詩』批判は、平出修の「叙景詩とは何ぞや」（「小柴舟」明治35年4月）に委ねられている。平出の論鋒は『叙景詩』序文の自然観・詩画極致一致について疑問を投じながら、集中の作品分析に及んでいる。「新声」では、これにたいして七編五号（35年5月15日）に選者の「解嘲」と題する同誌記者宛の回答を掲載。平出の「自然は美なり而して又醜なりとせば、自然は何れの場合に於ても常に良師なりと云ひ得べからざるにあらずや」という疑念に、「詩は、自然を写すに、必ず、自然を理想化するを要し」と汎神論的自然観をもって応酬している。この「自然を理想化する」態度が、「自然に従ひて、之を写すに在り。写して、人意を挿まざるに在り」(序)に矛盾することや、末尾の「其中、詩学の一冊も翻訳して、公に致したく」の一句に刮眼すべきである、ということなどは、すでに中皓の指摘論証がある。ただ、『叙景詩』刊行後の薫園らの視線が、純客観の写生に倦色を示し新たな局面に向けられつつあったことだけは補足しておかねばならない。

たとえば「新声」八編二号(35年8月15日)の「贅語録」に、薫園は選歌修正の方法や評語廃止の理由をのべ、量より質の投詠態度を望んでから「叙景詩は、我党の、最も、力を尽さむとするところ、否、力を致しつゝあるところなり。たゞ、単に叙景にのみ止まりて、叙情の分子を含むもの少きは、甚だ憾むべし」と、真意を吐露している。これは、前号に掲載の「朝窓」七首の弁明とも聞こえなくもない。「薔薇の香の高きにまどひゆくりなくさめし霎時《しばし》は夢としもあらず」以下七首のうち六首までが、第二歌集『小詩国』(明治38年3月、新潮社)に収載の浪漫的な抒情歌であった。この薫園歌の極端な変質は、いかなる事由によるものであろうか。

「新声」独自の歌境を築くための『叙景詩』運動が充分の展開をなさぬうちに、七編四号(35年4月15日)に発足の「新声歌壇」は、薫園じしんにとって新生面を開く絶好の機会をもたらした。それは、独立した詠草欄の質的向上、充実をはかるためであったが、薫園を初学者指導の責務から解放、奔放な世界への飛躍を促すことになった。この薫園の倉卒の転身については、「明星」卯歳二号(36年2月1日)の「昨年の短歌壇」に、「御主張の叙景詩よりも寧ろ叙情の作、即ち主観の混じた作の方が多いやうに見受ける。君子豹変とでも云ふのか、又別に訳が有るのか」という鉄幹の洞見がある。にもかかわらず、「新声」九編四号に掲載の「詩貧」七首には、「詩に会《ゑ》せず春の雨夜はくだちたり瓶の丁子《ちやうじ》の香もくだちたり」のように古語・雅語の重畳によって抒情質を高めようとする修辞が漸増している。実景描写に観照的な抒情味をくわえるという薫園の技巧は、西欧的な浪漫調に熟達の柴舟との相互影響（三十五年末に直文、梶田半古、川合玉堂らによって発足の短詩研究会紅白会での頻繁な交渉が考えられる）によって助長され、十編二号（36年8月15日）に掲載の柴舟の「棹歌」五首のうち四首が第一歌集『銀鈴』（明治37年11月、新潮社）に、薫園の「夏花」七首のうち四首が『小詩国』にそれぞれ収載されている。これらの歌からも、〈貴人の憂ひ〉〈恋人の城〉〈霊の水〉〈詩国の野〉などの語句が発酵する神秘的な抒情性に傾心していることが看取できる。すかさず、次号の「前号の歌壇を評す」では、柴舟の〈高襟的臭味〉が指摘され、「君の詩境が、柴舟君と共に一変転した」薫園歌にも主客観の不分明が言及された。

浪漫的色彩が濃厚な「白百合」の一巻三号（37年1月1日）には、「白菊会を起すとて」の詞書をもつ薫園歌「われらに賜ひし御旨のおふけなや天の香のこるしら菊の花」に続いて、柴舟から薫園への「うたの都うたの人路を花束の雨にうたれてきみと行かむかな」と、薫園から柴舟への「詩の国の春のはじめのあさぼらけ召されて君と行くや大宮」とが、贈答歌として掲げられている。社交儀礼的な私信にしても、これらの歌には、もはや清新な純叙景の世界は遠方へ後退し、瞑想的な抒情性が満喫されている。自明のことながら、薫園の第二歌集『小詩国』、柴舟の第一歌集『銀鈴』において各自の浪漫的な資質が開花されたけれども、同時に『叙景詩』以来の「明星」との反目が再び展開される端緒となったのである。

柴舟じしんが「叙景詩時代」（「短歌雑誌」大正7年1月）で回顧するように、たしかに『叙景詩』運動はエポック・メーキングな展開にいたらなかった。前年刊行の晶子の『みだれ髪』が文壇内外に大きな衝撃を与えたこととくらべると、いかにも初学者向けの質朴な『叙景詩』にふさわしく、歌壇内に小さな反響を呼んだに過ぎない。『叙景詩』の成立を、奔放な恋愛風潮を鼓舞する「明星」派への反動として見ることはたやすい。前述のように地方文芸誌「よしあし草」（「関西文学」）における、「新声」「明星」両誌の主導権争いを看過しては、この運動を正当に評価することはできない。すでに拙稿「地方文芸誌『敷島』について」（「立教日本文学」昭和51年2月、本書第一章に所収）で論及したように、従来、等閑視されることの多かった地方文芸誌の動向にも、意外な中央の歌壇的事象を発見することがある。この『叙景詩』運動も、明治三十年代中葉期、中央文芸誌（「文庫」「新声」「明星」）の刺激によって興隆を迎えた地方文芸誌との関連から誘発された一事象であった、といえなくもない。独自性を貫こうとしながらも、中央文壇の情勢に鋭敏に反応せざるをえない地方文芸誌の宿命的状況を直視する必要はある。

創刊号には「新声」二巻六号の要目を掲げた新声社サイドの「よしあし草」が、その有力な同人高須梅渓、中村春雨、奥村梅皐らの相次ぐ新声社入社にしたがって、鉄幹の新詩社支持を表明、「明星」の大阪版的な性格を露呈したことは本論でのべたところである。「新声」の和歌欄の選者薫園が、地方文芸誌の制覇をめぐる論争の原点に位置していたことから、その雪辱のために新声社の全面的後援をえて、忽忙のうちに『叙景詩』一編を広く江湖に問うたのである。が、その意図が余りにも露骨であったが故に、局部的な歌壇事象としてのみ黙殺されてしまったのである。さらに「新声」歌壇が質的向上するにつれて、初心者に叙景性を強要する必要がなくなったことも、『叙景詩』運動の中絶を早めたともいえよう。くわえて、薫園、柴舟らが初学者指導からの解放による叙景離れを自覚しつつあったということも、この運動の大きな歯止めになった。山崎敏夫「叙景歌の意味」（「水甕」大正14年11、12月）によれば、『叙景詩』の作者たちにしても、人事葛藤の世界からのがれて自然を生命として自然愛に沈潜するというリゴリズムはない。もっとも、「初期の研究は自然に対し、正直に、おとなしく客観するがよい」という薫園の指導方針にも問題がある。[20] 素材じたいの自然的情趣にのみ依存した作品が多いことも、『叙景詩』全体の意味を軽減してしまった。

『叙景詩』運動の意義を求めるとすれば、薫園の『覚めたる歌』（明治43年3月、春陽堂）や柴舟の『静夜』（明治40年5月、隆文館）に顕著である。自然を内省観照する独自の作風をもたらし、牧水、夕暮、善磨らの自然派の先蹤となったことが考えられる。柴舟じしんについては、『叙景詩』に掲載の「さしわたる葉越しの夕日ちからなし枇杷の花ちるやぶかげの道」にあきらかなように、細微な観察によって自然を内面化する柴舟調が培われたことが第一の収穫となった。[21] 薫園じしんについては直文歌風の継承に自己の指標を定めたことが第一である。ただし、それが結実化するのは、幾多の試行錯誤を経過してのことである。たとえば、「試みは遂に試みとして終るべきか。私は往くところまで往つてみたいと思ふ。私はかの短歌の本質も弁へず、定見もなく、たゞ新奇にのみ馳する人々に与しないと共に、またかの何等の自覚もなく、信念もなく、情勢で作をしてゐる人々にも与しない」（「一家言」「光」昭和7年4月）という昭和期の新体歌運動がそれである。この新体歌宣言には、三十年前の『叙景詩』序文の鋭い語気と通ずるものが認められよう。褪色した定型世界から流動的で未知数の新体歌への転向であっただけに、その気迫は凄まじいものがあった。ところが、薫園の志向する新体歌とは、「定型短歌を母胎とした、伝統を重んじたものでなければならない」（『白鷺集』序）のであった。「今、『白鷺集』の主体となつてゐる定型の千三百首の歌を読むと、三十年前、氏が示された『叙景詩』といふ針路は、まさに到るべき所に到つてゐる観がある」（「明るく強い輝き」「光」昭和12年8月）という窪田空穂の批評を待つまでもなく、伝統的な定型に自由律の新味をくわえるという方法は、すでに三十年前の『叙景詩』運動にその源流を辿ることができる。この新定型樹立への執念は、伝統を踏まえながら新国詩の樹立に心血を注いだ師直文の衣鉢を継ぐべきためでもあった。新体歌運動に着手しかけた頃の薫園は、

私は余命幾ばくもないと思ふが、最後までも先生の道を継承して邁進するつもりである。輓近、私が新体の歌に転向したことは、先生の御志の延長に過ぎない。先生がもし生きて今日までいらしつたならば――、一代の先覚者として真先きに短歌革新を唱道された先生は、私よりも前に転向して居られたことを堅く信ずるものである

（「落合直文先生を偲ぶ」）

と、ひそかな信念を吐露している。これは、直文歌風の継承が、新定型の樹立によって叙景歌に新しい息吹を与えることにある、という再確認から誘引されたものであった。

注

（1）薫園没後まもなく発表された新間進一の論考「白菊会」（「解釈と鑑賞」昭和27年4月、『近代短歌史論』所収）を看取するにとどまる。ただ『叙景詩』に関しては、すでに中晧の詳細な論証「歌集『叙景詩』の位相」（同志社女子大「学術研究年報」昭和36年12月）が提出されている。

（2）『金子薫園全集』（大正14年12月、新潮社）、『現代短歌全集』第8巻（昭和6年2月、改造社）等に所載の年譜では十月と明記され、従来の各種年譜も十月説を通用しているが、直文死去直後の回想記（「国文学」明治

37年2月）に拠った。

（3）短歌二十五首の他に、「武夫」「漁夫」「忘れがたみ」と題する七五調の新体詩三編が掲載され、意欲的な姿勢がうかがえる。とくに「忘れがたみ」は直文の代表作でもある、七五調の長詩「孝女白菊の歌」の影響が瞭然である。

（4）「君国学に思を潜むること多年、齢尚ほ壮なりと雖も、造詣する所頗る深し。而して今や我社に入りて大に力を尽さる可ければ、これより和歌国文は面目を改むるものあるべし」。

（5）五巻六号（「新声」明治31年12月）には、鉄幹の「題詠といふこと我は大嫌なれど工夫の一法としては功多きものなり打集ひ題を探りなどして詠むもまた詩才の運用をためすには妙ならんなと物語りて人々に拙速を誇りける時の作」という前詞の「探題二十首」が寄稿されている。

（6）「少年文庫」の十巻四号（明治26年11月）の和歌欄末に、「少年文庫第十巻第二号に載せたる、金子雄太郎氏と署名せる『紀三井寺の鐘のねを聞て』及『和歌の浦に遊びて』と題する二首の歌は、同氏の作に非ざる故、取消したしと申越されたるに由り、茲に取消しおく」という刮目すべき記事がある。

（7）同号和歌欄九十一首中に〈少女（子）〉をよみこんだ歌が七首もあり、このなかには「作者得意の詩境」と選評のある山川登美子の歌「鳥籠を小枝にかけて少女子が梅の花数かぞへてぞゐむ」もふくまれている。

（8）四編一号の「編集便」に、「薫園兄は例に依て、和歌の革新に力を傾け居られ候、或は優美体、或は素材体、さま〲の調子を試むるなど、熱心驚くばかりに候」とある。

（9）「『片われ月』の追憶」（「短歌雑誌」大正7年1月）、「先師がこと」（「光」大正10年8月）、「落合直文先生を偲ぶ」（『短歌講座』第12巻、昭和7年9月、改造社）等。

（10）前川佐美雄は、『短歌講座』第7巻（昭和6年12月）所収の「井上文雄」のなかで、文雄の歌論は「一言にして尽せば個性の発揚であ」り、「彼の歌風は、一言にして尽せば、ただ軽妙の二字である」と評している。

（11）『現代短歌全集』第8巻の巻末年譜や『金子薫園全集』所載の著者年譜には、「明治三十二年三月、結城素明君と識る、その画境と共通せる所あり、相親しむ」と明記されているが、平福百穂追悼号（「アララギ」昭和9年4月）所載の「平福百穂年譜草案」や村松梢風著『本朝画人伝』（平福百穂の項目）や薫園還暦記念号（「光」

昭和12年7月）所載の素明の回想などを照校のうえ三十三年春とした。
（12）大正四年「中央美術」創刊、同五年日本画研究の金鈴社組織、同八年中央美術展開設など斯界に貢献した掬汀の素養が、「新声」の美術趣味を鼓吹し、薫園の書画蒐集に寄与するところ大であった。
（13）「歌と画」（「心の花」明治33年4月）。鉄幹は「歌壇小観」（「明星」明治33年6月）において、この子規の歌論を愚弄し、早くも不可並称の前哨戦を展開している。
（14）『天地玄黄』集中に「金子薫園子、わが歌の旧稿どもを、蒐めくれらる」という詞書もあり、上梓に際する薫園の熱心な協力が想察される。
　薫園主宰「光」の同人小島吉雄の指摘（『能古』昭和47年11月）によれば、後年薫園は「所謂新派和歌について」（「星雲」昭和16年1月）という一文に鉄幹の「亡国の音」の説は鮎貝槐園の意を借用したものであるとのべている。さらに小島は、『東西南北』初版本第四十四頁に、（門にたちて物乞ふためと玉琴を世のたらちねは教へざりけむ）といふ歌があるが、この歌は実は鉄幹の歌ではなくて大町桂月の歌であることが初版発行後金子薫園に発見せられて、金子氏より与謝野氏に注意があった」という挿話も紹介している。
（15）文末に「『文壇照魔鏡』は、梅渓君が依然『明星』に関係ある如く伝へたるは誣妄也、同君は、已に本年一月に於いて、全然関係を絶ちたる也」と付記されている。
（16）『東西南北』の数多い序の巻首に、「吾人は已に擬古体の和歌を排し、又支那人の余唾に本づく漢詩を廃して、別に我心情をあらはすべきものを求め、遂に新体詩と称する国詩を作り出だせり、仮令ひ其成効の如何は未だ予知すべからざるも、已に我邦に於て文学の新区域を開拓せるや疑なし」と、井上哲次郎はのべている。
（17）ハルトマンの詩ジャンルの分類は、鷗外の「逍遙子の諸評語」（「柵草紙」明治24年9月）にその理論的支柱として詳述されているが、手元の奥村信太郎編『通俗文学汎論』（明治31年6月、博文館）なども、小説を読体詩（散文）として韻文の吟体詩と区分するハルトマンの分類法によっている。本書によれば、「叙景詩とは、簡短なる詩形の充分余地を存ぜざるがため自ら一方に偏したるに出づ（略）さはれ説者多くは、叙景詩の全く主観を没了して、客観的なるを見て、宜しく叙事詩中に入れしむべきものなりとせり、わが所見を以てすれば、寧ろ叙事的抒情詩中に置くべきものなれ」ども「必竟抒情詩の低級にあるもの」と断定されている。

（18）すでに中皓が詩画極致一致論は蘆花の『自然と人生』（明治33年8月、民友社）所載の「風景画家コロオ」の影響であると指摘している。序の「自然は良師なり。よく吾人に教訓を垂れ、鞭撻を加へ、神秘を教ふ」という汎神論的自然観は、やはり「風景画家コロオ」の「然れども彼が真教師は自然なりき。……画家の心を養ひ手眼を養ふには広大なる自然の学校に若くものなし」に示唆されたものと類推される。

さらに志賀重昂の『日本風景論』（明治27年10月、政教社）は、薫園が「私は歌に志し、叙景の歌に眼を開くに至つたのは、間接に本書から受けた賜物といふべきである」（「自然美に託した愛国文学」「文芸春秋」昭和10年3月）と感動した愛読書である。その岩波文庫本の「その頃でも、教科書用の地理書地文学書は、乏しくなかつたが、それが『風景論』に至つて、叙景詩ともなり、詩文と画図と兼ね備はる名所図会ともなつて、風景の観方、描き方までが教へられ、日本人自らの風景観も変革せざるを得なかつた」という小島烏水の解説はきわめて印象的である。

（19）「叙景詩を読む」（「心の花」明治35年2月）の「此書の表紙黄吻の黄にチナミて真黄なる所面白し」とは、さすが歌壇の緑雨という異名に恥じぬ諷刺である。

（20）「叙景の歌の真意義」（『文話歌話』所収）では、「真実《ほんとう》の叙景の作は、作者の主観が瞭りと盛《も》られてゐなければならぬ」と、自然の写生に徹する初期の段階を区別している。

（21）加藤将之は、「尾上柴舟の歌風・門流」（「短歌研究」昭和38年11月）で、「柴舟の生涯には、旧派調、前衛調、叙景詩、哲学歌、自閉調、悲歌調がいろいろと見出される。門流に対して影響の多かったと思われるものは、その中のどれであろうか。叙景詩と哲学歌、この二つが特にいちじるしかったのではあるまいか」とのべている。

［補記］本稿は、「山邊道」第二十一号（昭和52年3月）に発表した同題の論文を大幅に補訂したものである。

三　地方文芸誌「敷島」の短歌史的位置

新詩社の社友である藤岡玉骨(1)の依頼から啄木が短歌を寄稿した「敷島」（3巻1号）は、明治四十二年一月一日発行の「スバル」創刊号に要目内容の広告が掲載されているものの、未だ地方文芸誌としての実体については充分な調査がされていない(2)。

ちなみに、「敷島」に掲載された啄木の短歌十五首を最初に活字化したのは、戦時下に刊行された斎藤三郎『文献石川啄木』（昭和17年2月刊）のそれであった。

ここに紹介する「敷島」は、当時本誌を印刷発行していた大和高田市内の中川印刷所に保存されていた全十八冊であり、地方文芸史の覚書という目安からその概要を論述してみよう。

1　「敷島」の概要

中川家に保存されていた『雑誌ニ関スル書類綴』（明治40年10月、敷島編集部作成）に所載の「内務大臣原敬宛学術技芸雑誌出版届」「第三種郵便物認可申請書」「高田警察署宛届」などの三通の書類から、雑誌「敷島」は、奈良県北葛城郡高田町大字五百九番屋敷（現大和高田市内本町十一の七番地）の敷島文学会が同所の印刷業者中川八太郎（明治1年3月生）を編集兼発行人として、大きさは菊判、頁数は平均四十頁、部数は毎号三百部、誌代は一部六銭、毎月一回五日の発行定日、明治四十年十月十三日に創刊したものであることが判明する。さらに、地元側の唯一の資料である『大和高田市史』（昭和33年4月刊）所収の「地方文壇の隆盛」（森田良三執筆）によれば、「敷島」の終刊は明治四十四年一月発行の五巻一号であると推測される。

さて、この中川家所蔵の十八冊は、創刊号をふくめた明治四十年度の三冊、同四十一年度の二冊、同四十二年度の九冊、同四十三年度の四冊に内訳される。これら十八冊によって創刊から終刊までの「敷島」の変遷の大要を辿ってみよう。

まず明治四十年十月十三日発行の創刊号は、全三十八頁。花顔と署名された「発刊之辞」における「本誌は小青年文に志す人の理想裡を観察して之が発展に余暇を有せらるる諸兄の一助と愚考し以て梓筆に上す」という巻頭言によって、この「敷島」は少年雑誌として出発したことが諒察される。巻末の通信によれば、辻春波という者が会長兼主筆であり、笹舟、磯岩ほか四人の記者が活躍。習字の課題が、「島」であるのも少年雑誌のスタートとして巧趣に富んでいる。

十一月十三日発行の一巻二号は全二十八頁。男女別に作文、和歌、俳句、笑話、習字などの懸賞会員を募集、少年向けの投書雑誌では常套のことだが、会員紹介者に報酬品を分配するという方法によって「今や其数一千余名に上れり」と誇示されている。

十二月五日発行の一巻三号は全三十二頁。ひきつづき男女別の懸賞作品を掲載。巻頭の「本年終刊ノ辞」における「我々ノ主義トシテハ予告ヲ大ニシテ其実ノ小ナルモノヲ出版スルコトヲ好マヌノデアル（中略）ダカラ何事モ云ハヌガ花ナルヘシ要ハ来ルヘキ新年号ヲ手ニシタナラバ仝人ノ云ッタコトノ間違デナカッタコトガ分明スルデアロー」という予告に新年号の充実と発展に期待が寄せられる。

しかし、肝心の新年号から二巻九号までの四十一年度分が散逸しているので、期待される新年号以後の歩趨を詳細に検討しえないが、この中学生の投書を対象とした少年雑誌はいわゆる三号雑誌として廃刊、翌四十一年新年号からは地方文芸誌として台頭する「敷島」が再出発したと考えられる。(3) ただ欠号のための不明な部分を「新声」の「地方文壇」欄に紹介された記事によって補足しておこう。(4)

明治四十一年五月五日発行の二巻五号は、「近藤青洋氏が評論、名越桂舟、須田宵方、小山聴水、久保田草村等の人が居る、長詩は近藤青洋、短歌は久保田草村、俳句は山中青人、散文は皿山月券氏が選者である」（「新声」18編7号、明治41年6月）という内容で選者の顔ぶれも一新されている。

八月五日発行の二巻八号は、「中村秋圃氏の脚本白羽の箭本号にて完結」（「新声」19編3号、明治41年9月）している。

九月五日発行の二巻九号は、「投稿用紙を附したるは便利である、中村秋圃の『ワンヂュウ物語』狭間朝雨の『コンナ男』がある、甘言苦語振つたりと云ふべし」（「新声」19編4号、明治41年10月）。

これら「新声」の紹介記事によれば、純文芸誌として再出発した「敷島」は五日の定日に順調に発行され、皿山月券、中村秋圃、狭間朝雨ら後年の主要同人がすでに活躍していたことが理解される。

ふたたび、中川家所蔵の「敷島」によって終刊までの経過を調べてみよう。

明治四十一年十月五日発行の二巻十号（ちくさ号）は、全四十二頁。少年雑誌「敷島」の創刊から一周年目にあたり、月下迷人による表紙画は、従前の〈敷島〉とタイトルされただけの質朴なイメージを改変して御簾の陰で沈吟する女官を描出している。自然児と署名された巻頭の評論に続いて、「白虹」派の天野薬草が本名の神崎美野流で短歌「阿古屋珠」を寄せているのが注目される。さらに寄贈諸雑誌評に列挙された「新声」「文庫」の中央誌の他に「芸苑」（佐賀）、「明笛」（愛知）、「朝虹」（千葉）、「詩声」（京都）、「無花果」（秋田）などの地名誌名を瞥見するかぎり、再出発の当初における地方文芸誌としての意欲的な姿勢がうかがいえられる。(5) 懸賞作品の選者は散文を皿山月券、三行小品を高岡鉄城、長詩を狭間朝雨、短歌を椿井董水、俳句を中村秋圃がそれぞれ担当。ツルゲーネフの小品を抄訳した藤岡玉骨の「散文詩抄」の第一回目。なお巻末に「朝虹」や「笹波文学」（伊勢松坂）などとともに所載された「金烏」（奈良県郡山町金烏会発行）の広告によれば、九月十日発行の二巻八号の同誌に「こほろぎ」として金子薫園が、「近代的短詩」として玉骨がそれぞれ寄稿している。(6)

十一月九日発行の二巻十一号（紅葉号）は、全四十四頁。巻頭に川路柳虹の長詩「夏花」（日／疲れ――／暗い夕方／花の萎む色／紫――よごれた紅《べに》――／……以下略）があり、(7) 玉骨の「散文詩抄」が第二回目。本号から董水に代り玉骨が短歌選者を担当。(8)「文界消息」欄に「鳥影」執筆中の啄木のほか前田夕暮、杉原七面、間島琴山、入沢涼月などの近況が紹介されている。なお裏表紙の「新春号予告」に長詩の柳虹、短歌の夕暮とともに啄木の名が見える。(9)

次号の二巻十二号が印刷所の事情で延刊休載のまま、翌四十二年一月十六日発行の三巻一号（新春号）は、全七十八頁と創刊以来のボリュームである。村上白草庵による表紙画は、干支にちなんだ鶏と雛の配合である。巻頭に独醒子の評論「年頭所感」があり、神崎美野流、岡本紅雨、倉橋緑竹、中野緑葉らの短歌、藤岡蒼厓（玉骨の別号）の小説「路」、中尾紫川の小品「道の石」などが掲載。附録には、杉原七面の「文芸雑評」、「歌へるは誰そ」と題する啄木の短歌十首、川路柳虹の長詩「壁の光」、前田夕暮の「盲ひたる眼ひらけと強《し》ふる心もて幾とせ君をおもひ来しかな」などの「盲ひたる眼」八首がある。さらに若山牧水と尾崎楓水が「楢林」の題のもとに短歌「秋晴《あきば》れや楢《なら》と櫟《くぬぎ》と樹《き》々《ゞ》の間《ま》を流《なが》るゝ河《かわ》の水《みづ》にものおもふ」、「秋《あき》立てばあまり悲《かな》しく楢《なら》の木《き》の林《はやし》に入りてたゝずめるかな」とそれぞれ三首ずつ競作しているが、この編集姿勢には地方文芸誌「敷島」の積極的な配慮が認められる。ほかに入沢涼月の評論「新年と地方文壇」や間島琴山の短歌などがあり、いかにも地方文壇の顔見世的な重厚感がある。とくに涼月の評論は、地方文芸推進者としての発言として注目にあたいする。(10) 巻末に編集同人七名による「賀正」がある。(11)

二月二十八日発行の三巻二号（2月号）は、新春号の余勢で全五十二頁。巻頭に楓水の小説「溝板」があり、つづいて啄木の「危き心」短歌五首と蒼厓の「紅玉」短歌五首とが見開きに掲載、編集者の妙案として注視される。(12) 薬草の短歌「笛吹く男」、美野流の長詩「清涼の夜」のほかに、昭和初期、大衆作家として「悲願千人斬」などの作品で知られる下村悦夫や坪井紫潮、中野緑葉ら和歌山新宮支部会員の活躍が定着し、「潮騒」と題する短歌欄に緑葉、国重梨花とともに、関西歌壇の新星である百田千里（のち楓花、民衆派詩人宗治）が「あゝ、胸のなみだよなべて湧き出でよこのたそがれの海鳴る音よ」以下四首を寄稿している。延刊休号の十二月号分の懸賞作品を別表紙のもとに付載、「甘言苦語」欄に「敷島の新年号を見た、一様に振つて居る製本がスバル式だ。遺憾なのは発行日の遅延だつた」という読者の感想があり、その末尾に三月号休刊の予告がある。なお寄贈雑誌評に「白虹」第二十

八号の紹介記事を掲載。(13)

四月五日発行の三巻三号（5月号）は、全四十四頁。発行人中川八太郎の父親他界と三種郵便物の休刊猶予期限の失効とがかさなり、薬草の短歌「風船男」と付録の中村秋圃の「ワンヂュウ物語」以外は、いかにも急造の感がある。三種郵便物の再申（明治42年5月6日認可）の結果、本号の表紙から中央に誌名〈シキシマ〉を縦書きした簡素な体裁になった。

六月八日発行の三巻四号（6月号）は、全四十八頁。廃刊した「白虹」との合同第一号として、巻頭に入沢涼月の執筆による「白虹誌友諸君に告ぐ」（5月25日付）があり、その裏頁に名古屋の短歌雑誌「八少女」一周年記念号の要目広告が掲載されている。その見開きに敷島文学会同人による「合同に臨み吾人の態度を表明す」（6月付）が掲げられ、衰微の一途をたどる地方文壇に尽力する姿勢を公言している。杉原七面の「文芸雑評」、高浜長江の翻訳「鴛鴦」（小泉八雲作）、内海泡沫の長詩「茗荷」、尾崎楓水の短歌「別れてき」、旭鷺散史（六高教授志田素琴）の評論「現代に触れたる地方雑誌の意義を論じて僕の蜀望《ママ》を述べる」などの「白虹」派の作品が前半に、狭間朝雨の短歌「放縦歌」、中野緑葉らの「火酒」と題する短歌欄、敷島文学会の懸賞作品などが後半にそれぞれ掲載されている。なお太田水穂とおぼしき無名氏の「文芸座談」がＦＯ生（楓水）によって発表されている。この座談記事の結論は、「『スバル』なんかより、矢張り『八少女』の方が立派ですよ」という「八少女」短歌の讃美につきるものの、明石利代が指摘のように「『八少女』を代表しての楓水の『敷島』への参加を意味する」と受けとるには、やはり楓水の一方的な暴走からも逡巡せざるをえない。(14)本号から白虹時代の論敵「山鳩」（岐阜）の「豆鉄砲」に対抗すべく「馬耳東風」が復活され、あらたに編集所、販売所が追加されている。

七月十日発行の三巻五号（7月号）は、全五十二頁。巻頭には涼月の質問にたいする回答として、啄木、高浜長江、相馬御風、生田長江ら十一名が「余が地方雑誌に対する意見」を寄せている。[15] つづいて牧水の短歌「路傍」、「鷺城新聞」派の橋本月明の小説「一例」がある。涼月の「大阪雑観」「豆狸曰く」の雑録には、往時の四大雑誌（「ホノホ」「白虹」「山鳩」「九州文学」）の衰退のあとに「八少女」「かたばみ」などとともに台頭してきた「シキシマ」にその頽勢挽回をはかる「白虹」派の主導性が読みとれる。一方、「敷島」派は「白虹歌壇」の新設にたいして、朝雨、緑葉らの短歌にくわえて蒼生が前号の「文芸座談」について真摯な批評を展開し、また蒼生を責任者とする敷島短歌会の創設を予告するなど「敷島」色の保全に努力している。[16]

八月十日発行の三巻六号（8月号）は、全四十四頁。秋元蘆風の長詩「町」が巻頭を飾り、連載物の月明の小説「一例」、朝雨の短歌「放縦歌」が掲載。七面の評論、薬草、琴山の短歌のほかに蒼生の散文「足跡」があらたに登場。前号の予告通りに敷島短歌会の詠草が、くわえて玉骨の力添えで関西出身の新詩社系歌人である和貝夕潮（彦太郎）主宰の潮光社詠草が登載されている。また「文芸座談」の一件は、蒼生宛の富田砕花の書面とFO生からの謝罪の来書を見開きに紹介するという編集者の苦肉の作によって一応の落着がみられるものの、〈一夜作りの書放し〉（小木曽旭晃『地方文芸史』）と世評高い楓水の勇足にたいする蒼生の非難の中絶が、「敷島」発展に大きなブレーキとなったことは否めないであろう。なお播磨の内海泡沫（信之）が涼月の推挙から長詩の選者として「敷島」同人に参加の予告がある。[17]

九月七日発行の三巻七号（俳句号）は、全四十三頁。本号は「敷島」派だけの俳句号が編まれ、中村秋圃、岡本紅雨、中島春羊ら大和在住者の活躍が目だつ。第二回大懸賞俳句の発表にくわえて同人伊藤信夫が「我シキシマは益々鞏固なれり」と純「敷島」の勢力増長を謳歌している。

十月九日発行の三巻八号（記念号）は、全三十八頁。加藤六蔵による表紙画は、三周年の記念にふさわしい芭蕉の巨大な図柄である。巻頭に柳虹の長詩「沙上の光」があり、蘆風の評論「ユスティーヌス・ケルネル」、本山荻舟の小説「孝子」、薬草の短歌「哀花集」などの寄稿がある。ほかに蒼厓の散文「足跡」と月明の小説「一例」の連載がある。編集後記では、六号に予告の内海泡沫の同人参加が「都合により抹消仕候」と記されているが、このことは泡沫の提起する「敷島」改革案を打破して涼月一派の侵蝕を防衛せんとする「敷島」派の奮起を意味していると認められる。なお「敷島文学会清規」に、合同後最初の同人紹介がある。(18)

十一月十日発行の三巻九号（11月号）は、全三十六頁。巻頭に蘆風の評論と荻舟の小説とが前号からの連載、つぎに大和路遊覧の途に敷島文学会編集局を訪れた中尾紫川の短歌「秋風」八首が掲載されている。ほかに泡沫に散文小品の選者として推輓された山上丶泉の長詩「臨月」や楓水の短歌「雑木」、楓水の友人で「明笛」主幹の長司春湖の短歌「山間に歌へる」などが寄稿されているが、これは前述したように「敷島」の特殊事情の反映によるものといえよう。さらに療養中の朝雨が創刊以来の長詩の選者を辞退して新詩社系歌人の田村黄昏と交代するという通告によって、泡沫の同人参加の拒絶背景が一層あきらかにされる。つまり、玉骨が新詩社社友で公私ともに心やすい黄昏を新同人として誘引、「敷島」における新詩社色をより強化せんと画策したためである。巻末に「山鳩」（60号）の広告と新年号の予告が所載されている。(19)

十二月十日発行の三巻十号（12月号）は、全二十八頁。おそらく事後処理的な泡沫の長詩「蛙」、新同人の黄昏の短歌「悪食」、夕潮の短歌「一点火」などの寄稿が注目されるほかは、新年号準備のため全体的に貧弱な内容である。

四十三年一月十五日発行の四巻一号（新春号）は、全八十二頁。「白虹」廃刊後、中国民報社の記者として忙殺されていた涼月じしんが、衰退化する地方文壇への檄ともいうべき「新春の辞」を巻頭に寄稿。[20] 志田素琴の「作物と主義」、近藤兎村の「美的快感とは何ぞや」、近藤元の「短歌の立脚地」などの評論、青木月斗の「氷」、井上芦仙「新年雑詠」などの俳句、服部嘉香の「霧の音楽」、[21] 蘆風の「近代独逸抒情詩より」、柳虹の「君が老ひて」ほか高浜長江、三富朽葉、正富汪洋、有本芳水などの長詩、人見東明の「村居小品」、山上、泉の「心象記」などの小品、茅野蕭々、間島琴山、中尾紫川、矢沢孝子、花岡桃崖、尾崎楓水、青山清華、長司春湖、百田楓花、田村黄昏、天野薬草などの短歌、蒼圧の「楽屋」、徳重鴻城の「浜の帰り路」、秋圃の「死神」などの小説と実に新年号らしい多彩な内容である。

このように地理的、文壇的、ジャンル的なすべてのセクトを超越したいわば総合誌的な編集方針は、地方文壇協力一致説をかたくなに提唱する旭晃の「山鳩」にたいする、やや中央依存主義の「白虹」「敷島」両誌の偏頗な反発であり、また同時に両誌の浅薄な協調によるものであった。[22]

三月五日発行の四巻二号（3月号）は、全三十六頁。巻頭に加藤介春の評論「シモンズのデカダン詩」、つづいて涼月から優待の依頼があった、さくら戸の小品「鼠」がそれぞれ掲載。蒼圧の小品「足跡」、柳虹の長詩「凋落」（寂しい冬の眠りのなかに、／草の枯れた心に、／落葉の胸に、／騒いでゆく風よ。……以下二、三節省略）、蘆風の「夕の歌」などの長詩、紫川や伊賀の関本梁村の短歌がある。さらに「シキシマ短歌会詠草」に中野緑葉、坪井紫潮らとともに地元大和高田の新進歌人大谷桃花の名がみえるのも瞠目するところがある。そしてその詠草の末尾に、薬草の名で「一つの雑誌で白虹とシキシマと歌壇が二つあるのはおかしいですから」という理由で「白虹」歌壇の廃止を予知している。この「白虹」派の後退は、関西柳壇の宿老、今井卯木を選者とする川柳壇の創設や劉伯と署名された「四十二年中越文壇回顧史」などの新企画を生みだし、地方文芸誌としての明確な意識を「敷島」派に招来する重要な契機となったといえよう。(23)

　五月五日発行の四巻三号（5月号）は、全三十二頁。巻頭に七面の評論「文芸雑観」、そのあとに蘆風の「五月の風」と泡沫の「沙上」の長詩、田村紀水の小説「寺の門」などがある。梁村の「亡友清華君を悲しむ」は、新春号に短歌「暖かき日」を寄稿、澤田臥猪とならぶ北陸歌人の双璧として将来を嘱望されていた青山清華への追悼文である。水落露石の選による俳句「焼野」や卯木選の川柳壇、上司小剣、河井酔茗、伊良子清白らの消息を集めた雑録などからも「敷島」の広汎な活動がうかがえる。(24)その董水編の雑録「花たば」の後に、刮目すべき与謝野寛の「青みたる愁ひ蔓のびうす紅きなみだ花さく豌豆《あんどう》の花」など「即興」八首と晶子の「唯一《たゞひと》つ青《あを》かづらはふ石《いし》のごとかつらぎ山《やま》はありぬ月夜に」など「花柑子」六首とが見開きに組まれている。そして与謝野夫妻を暗々裡に招聘したシキシマ短歌会は、〈党派流派の別は我々の前に何等の権威を有してゐません〉というアピールのもとに田村黄昏、花岡桃崖、天野薬草、和貝夕潮、関本梁村、尾崎楓水、長司春湖、大谷桃花らの短歌を掲載している。

　このような「敷島」歌壇の充実は、明石が「『白虹』即ち涼月の意図の主導性に対し、『敷島』本来の側の強い反撥があったのでは」と推察するように、あえて東明、介春ら自由詩社の協力を阻絶し、新詩社の継承・再建という美名のもとに地方文芸誌としての新生面を開拓せんとする姿勢によるものである。(25)しかし、この保守的な「敷島」歌壇の方針にたいして、草海生と署名された「シキシマの歌壇と八少女の歌壇と」は、かなり激しい調子で反発している。この草海生の論評は、創刊まもない牧水の「創作」に深い共感を示す「八少女」の革新的な立場を基底としていることは自明であり、「八少女」の「敷島」へのいわば最後通達を意味していたものと考えられる。今井卯木、大谷桃花、宮内呑亭らを新同人として迎えているが、やはり超党派、新詩社派という矛盾を鮮明にした「敷島」の前途には、容易に払拭しえない暗影が投げかけられたといえよう。

2　地方文芸誌としての位置

中川家所蔵の最後にあたる明治四十三年十月五日発行の四巻六号（9月号）は、三号と同じく散華による桜の花弁の画に誌名「シキシマ」を中央に縦書きしている。本号の本文は三十四頁で欠損しているが、従来の地方文芸誌「敷島」の内容は一掃されて敷島歌文会という名称の投書雑誌に退行している。あいにく、四、五号は未見なので推論の域にとどまるが、「敷島歌文会終身会友募集」と題する一文によって、地方文芸誌「敷島」は明治四十三年度から隔月刊行するうちに与謝野夫妻を師表とする「敷島」歌壇の飛躍も充分になされぬままに廃刊したものと認められる。同歌文会の主事大倉豊次郎の述懐によると、高田町内で代々製糖業を営む大倉家の長男であるかれは、〈歌文〉の二字にとりつかれて四十一年五月に敷島歌文会を設立したが多額の負債により解散、しかしなおその熱さめがたく四十三年七月頃に敷島文学会に合力、「敷島」の休載するに及び同誌の権利を買取り、翌四十四年正月号からはあらたに「敷島歌文会」の終身会員を募集するというのである。

つまり、「敷島」は大倉豊次郎なる人物の個人誌として存続していたが、四十三年夏頃に編集人椿井菫水の私的な事情もかさなり同人の事実上の解散がおこなわれ、翌四十四年一月発行の五巻一号をもって廃刊したと推定さ

れる。(26)

今まで概観したような経過は、いうまでもなく「敷島」に限定した特殊ケースではない。離合集散は地方文芸誌の常套であり、「敷島」廃刊の時期も地方文壇じたいの消滅と歩調を同じくするものである。さらに地方文壇に盛衰する地方文芸誌は、前述したようにすべて例外なく当時の中央文壇の影響を受けて、その追随か反追随の立場を堅持している。地方文壇の両雄として君臨した岡山「白虹」の入沢涼月も岐阜「山鳩」の小木曽旭晃もともに、「明星」などの中央誌によってその文学的出発をなしながらも後年その反追随誌として互いに地方文壇における主導の地位を競争したのである。地方文芸に尽力してきたかれらの大半は、明治二十年前後に出生、日清戦役前夜の短歌、俳句革新の気運につれて続出した「文庫」「新声」などに投書時代をすごし、三十年代の清新なロマンチシズムにその資質を洗練され、中央誌やその他の地方誌と相互関連しながら地方文芸運動を推進してきた。しかし、自然主義の台頭にともなう小説の隆盛、その反響としての名詩歌集の簇出、近代的センスを横溢させた中央誌の叢刊というすさまじい変革期の四十年代初頭、地方文芸推進者のかれらはいわば文学と実生活の岐路に立たされたのである。〈近代短歌の成立〉にかかわる明治四十三年という年は、視点をかえれば文学世代の交替期であったといえる。夕暮、牧水、柳虹、露風、東明、介春、宗治などの地方文壇出身者たちが、中央文壇に自己の文学的資質をみごとに開花させたのにたいし、同世代の仲間の大多数は若い世代登場に共鳴しながらも趣味的グループの当然の帰結として解散ののち実生活の人となった。そういう意味からも「白虹」派の「敷島」への合流意図は、「山鳩」や中央誌との接触のためというより地方文芸への愛着という強い趣味性にあったといえよう。だからこそ「敷島」側では、なかば涼月の主導性を黙許しつつも超党派で近藤元、矢沢孝子、百田宗治ら若い世代を好意的に迎えいれたのである。

「敷島」の本領は新詩社系の地方誌ということであり、「明星」廃刊後の与謝野夫妻の危機に際して旧新詩社社友の玉骨、黄昏らが結束後その立場は一層明瞭になった。あえて「敷島」の意義を示すとすれば、中立的立場から「山鳩」「白虹」の緊張緩和を促進し、「白虹」廃刊後は中央と地方との稀少なパイプ誌として明治四十年代の短歌史にあって一定の役割をになったことであろう。

注

（1）藤岡玉骨　本名長和《ながかず》、別号蒼厓、明治二十一年五月十三日に奈良県五条市近内町で出生、昭和四十一年三月六日同地で死去。県立五条中学校卒業後、京都第三高等学校に入学、釈瓢斎（本名永井栄蔵、朝日新聞の天声人語で活躍）らと運座を開き、玉骨の号で「明星」（明治39年11月）に短歌四首が初掲載。東京帝大法学部政治学科に入学、郷里の同人誌「敷島」の編集者椿井菫水の委託により原稿依頼のために初めて啄木を訪問（明治41年10月17日夜）。大学卒業後、熊本県知事退官までの多年の官吏生活のかたわら「明星」「スバル」に短歌を、「ホトトギス」「かつらぎ」に俳句をそれぞれ発表。戦中、大政翼賛会大阪支部事務局長に就任、戦後の公職追放解除後は大和俳壇の長老として「かつらぎ」の復刊再建に尽力、昭和三十七年奈良県文化賞を受賞。著書に古稀記念の『玉骨句集』（昭和33年9月刊、阿波野青畝序）があり、五条栄山寺の境内に句碑「山めぐり／巣を守るきぎす／翔たせつつ」も建てられた。

（2）日本近代文学館（故内海信之旧蔵）所蔵の「敷島」九冊については、すでに明石利代の調査、紹介がある（「岡山の文芸誌『白虹』を中心とする文学運動」「大阪女子大文学」昭和49年2月）。

（3）昭和四十六年十月二日、「敷島」主宰の椿井菫水を訪問した際の直話による。

（4）明治四十年二月一日発行の「新声」（16編2号）「編輯便」に、「地方的文芸漸やく迎へらるゝと共に、地方雑誌もまた、やゝ特色あるものを作らむとす。時来るを俟ちて『地方文学』の一欄を置き、之れを論評すべければ、地方発刊の雑誌、その関係ある人と否とに関はらず、見るべきものあれば、本誌記者の名に宛て、恵贈あらん事を望む」と予告、翌年六月一日発行の十八編七号から「地方文壇」欄で同誌宛寄贈の地方文芸誌が逐次紹介され、その第一回目に岐阜の「山鳩」や伊勢の「かたばみ」とともに「敷島」も寸評されている。

(5)　明治三十九年十月、新詩社に入社、その翌月「明星」派歌人としてデビューした藤岡玉骨が有力な同人であることからも、「敷島」再出発の指標も自明のことであろう。

(6)　「金烏」(未見)は「敷島」と相前後して創刊、奈良県下の二大文芸誌として互いに勢力を競っていたが四十二年夏頃に廃刊。

(7)　新進の口語詩人、川路柳虹の長詩を巻頭に掲載できたことも玉骨の力に与るところ大である。すでに二人は明治三十九年十一月十四日、関西遊行中の与謝野鉄幹ら一行が止宿する京都の鈴木鼓村宅で面識をえており、この時期、東京帝大生の玉骨と東京美術学校生の柳虹とは両隣りに下宿していた。

(8)　短歌選者の玉骨の「詩歌に関する疑義は、随時御質し相成度、その答ふべきものは小生これを詩壇の諸先輩にただし本誌又は私信によって御伝へ申し上ぐべく、なほゆくゆくは本誌を中心として摯実なる詩歌研究の一団を形らむ計画に候、この計画は夙に同人朝雨・菫水等の間に於て起りしもの、小生が畏友、柳虹、啄木、その他東京新詩社の諸先輩も一臂の力を御添へ被下事と存じ候」という抱負には、新詩社地方版たる「敷島」の明確な性格が語られている。

(9)　啄木の作品が「歌へるは誰そ」(長詩)と予告されているのは、十月十七日夜、玉骨が啄木に不興顔されながらも原稿依頼したためで、この予告後の十二月五日に啄木は短歌十五首を玉骨のもとに郵送している。

(10)　「(前略)現時の地方文壇が衰微に陥入ってゐるのは吾等の嘆息してゐる所で(略)直接その経営の立場に居る者は断腸の思ひがする。(中略)新年号を装飾せんと欲して殊更に十一月或は十二月を休刊して新春の地方文壇を飾りたるものよ、彼等は実に憐むべきものである。(略)即ち堂々たる新春一月の地方文壇は晩年の一ヶ月乃至二ヶ月を休刊して余命を発揮したるはよし。忽ちにして二月三月の地方文壇は微々乎として振はざるにあらずや、斯の如くにして四十二年の地方文壇を支へんとする乎。(下略)」

この苦渋にみちた涼月の所感は、十二月号を延刊休載した「敷島」への警告であり、同時に涼月じしんが経営する「白虹」への自戒でもあった、はからずも「白虹」は、通巻二十八号（明治42年2月発行）を廃刊号として「敷島」に合併、わずかにその余命を保ちえた。

（11）伊藤信夫（未調査）、狭間朝雨（本名直行、別号花骨直英、玉骨と同郷の宇智郡五条の人、五条中学出身、宇智郡内の俳社金芳社に参加、同人以前は「新声」へ以後は「スバル」へ短歌を投稿）、高岡鉄城（「三行小品」選者担当）、椿井菫水（本名定吉、俳号艸十、明治十九年六月奈良県宇陀郡大宇陀町に出生、昭和四十八年七月大阪で死去。「文庫」投稿時代を経て「敷島」主宰となる。戦後、大阪市内に歯科医院を開業、「歯科評論」の俳壇選者、俳誌「地熱」主宰、昭和四十八年六月に米寿記念句集「松の花」を刊行）、中村秋圃（大和桜井の俳人、明治43年6月『喜劇集』刊行）、藤岡蒼厓（玉骨の別号、注（1）を参照）、皿山月券（本名岡田次蔵、高田小学校長、教育者として「敷島」の創刊当初から発行人中川八太郎を助力）。

（12）椿井菫水の直話によると、啄木の短歌十五首を二回に分載したのも、正月号の牧水と楓水の組合せと同様に啄木と玉骨の親近性を喧伝するためであったという。

（13）本号をもって「白虹」は次号予告をしたまま廃刊する。「敷島」の「編輯局より」では、姫路の橋本月明の主催で「鷺城新聞」「白虹」を発表機関とする関西文士地方団結の計画を告知しているが、その主要メンバーが荻舟、七面、泡沫、涼月などであるということからも「白虹」の破綻の遠からぬことが察知される。

（14）明石の論証するように、たしかに「本来の『敷島』は土地に密着して結束の固い同好の士による趣味性の短歌俳句を中心とする雑誌として発足し続刊されて行った」が、楓水の参加を積極的に認めたというよりも、むしろ「白虹」合同後その立場に明確性を欠いた「敷島」の無節操な誇示行為であったと考えられる。

（15）「（前・中略）文芸の事は本来中央も地方も無之てよい筈、そんな事は眼中におかずに東京の雑誌と拮抗する様な立派な雑誌が今の世にせめて一つ位は地方にもあつて然るべき事と存じ候」という啄木の回答には、明治三十八年九月に地方文芸誌「小天地」をみずから編集発行したかれじしんの体験による地方雑誌への深い同情と期待がこめられている。

（16）「かなり古い新詩社の雑兵の一人」である蒼厓が太田水穂の名誉のためにＦＯ生と編集者を難詰するのは、「白虹」合併後とみに退化する「敷島」本来の立場を回復、みずから先鋒にたち同人の覚醒を喚起するためであったといえよう。

(17) 同人として参加するに際して泡沫は、明治四十二年七月十二日付の椿井菫水宛書簡に「小生が関係する以上は今少しく改革を施し度長詩のみならず散文小品の撰者をも更迭され度（短歌は藤岡君にてよし）」という積極的な希望をのべて、散文小品の選者として高田浩雲、山上、泉らを推薦している。

(18) 合同後の「敷島」同人は、つぎの入沢涼月、伊藤信夫、狭間朝雨、徳重鴻城、椿井菫水、中村秋圃、山路二楼、安井冷翠、藤岡蒼厓、天野薬草、皿山月券、杉原七面ら十二名である。

(19) 「白虹」における宿敵誌「山鳩」の広告を掲載するところに「敷島」本来の中立的性格が具現されている。また新年号の予告に、啄木、勇、万里、夕暮、露風、牧水らの名前がみえるが、実際はいずれも寄稿しなかった。このことは明治四十三年を大きな変革期とする中央文壇の地方文壇へのひとつの具体的な影響といえよう。

(20) 涼月の明治四十二年十二月十日付菫水宛書簡に「ちとよい原稿集りしや如何精々自重して御尽力願上候、新年の中民も今回は小生全力を尽して所謂ひらけたものを出さんとの希望君いづれ御目にかけ可申候」とあり、身辺上の事情から「敷島」の実質的編集は菫水に一任しているが、さくら戸（一色醒川）の原稿とじしんの「新春の辞」の掲載については周到な配慮を依頼している。

(21) 蘆風の寄稿も「白虹」時代の旧縁によるものであるが、明治四十二年十月二十六日付菫水宛書簡に「雑誌毎々御送賜はりありかたく拝見いたし居り候、前号は内容体裁共に大に御改善なされたる趣もこれあり至極うるはしく見受申候」と、蘆風は三巻八号の記念号の満実を称賛しつつその発展に期待を寄せている。

(22) 合同以来、「白虹」「敷島」両歌壇が並立していたが、本号から「白虹歌壇」は廃止された。つまり「白虹」派の退歩によって「敷島」が地方性に偏傾する「山鳩」への対立的位相を全面的に継承すべき立場に追いつめられたことを意味している。

(23) 「中越文壇の回顧」の末尾に、「大和文壇回顧史も次号」と予告されているが、次の三号にも六号にもない。散逸の四、五号に掲載されたという疑念は残るが、いずれにしても「本誌はいよ〳〵次号より奮闘の歩を進めて、地方雑誌の本義に立ちかへり、地方文士の手になりし作物を満載すべし。（略）純然たる地方文士の研究舞台たらしめんとす」という会告は、「白虹」離れした純「敷島」の方向性を明示している。

(24)　雑録「花たば」は埋草記事のようでもあるが、編集者菫水としては「敷島」隠退を意図したのではないかと推考される。

なお明治四十三年一月五日付酔茗の敷島文学会宛の賀状は、雑録に紹介された簡単な表書きに添えて、自作の詩（眼の前に咲く／空色の花／たゞ美しと／見る外になし……二、三節省略）に準縄子作品の楽譜を印刷、当時としてもめずらしいものである。またおなじく紹介されている同年三月二十二日付、岡山局消印の七面、涼月、薬草らの寄書きにも、地方文士特有のディレッタンティズムを看取することができる。

(25)　「八少女」の四十三年二月号には同誌編集者の鷲野飛燕が、「四十二年地方歌壇」において敷島歌壇を論評し、蒼厓を敷島歌人中にあって旧新詩社調の保守派の領袖としている。「スバル」廃刊（大正2年12月）後、玉骨は官吏生活のために新詩社と疎遠になったが、新詩社詠草の機関誌「冬柏」創刊（昭和5年3月）からふたたび新詩社へ復帰、実妹の歌人高橋英子とともに与謝野夫妻への情誼に厚い。

(26)　句集『松の花』に「かくしている中に又『山鳩』が倒れてシキシマの独壇場となった。処が茲に問題が又持ち上った、それは僕本来の志望の歯科医学修得の問題であった、上京して歯科専門の学校に入学する問題で、止むを得ずシキシマを廃刊せざるを得なくなった」と菫水じしんのべるように、明治四十三年九月に終刊の「山鳩」と軌を一にしたものと考えられる。

(付記)　本論文に引用紹介の菫水宛書簡は、すべて故椿井定吉氏からの寄贈資料によるものである。

なお明石利代『関西文壇の形成』（昭和50年9月刊）に多大の教示を得たことを感謝したい。

［補記］　本稿は、「立教大学日本文学」第三十五号（昭和51年2月）に発表した「地方文芸誌『敷島』について」を若干修正したものである。「敷島」に掲載の啄木短歌については、現行の筑摩書房版『石川啄木全集』に収載されているが、岩波文庫版の久保田正文編『新編啄木歌集』（平成5年5月）にも、「補遺」のなかにおさめられ、「解説」で拙論にたいする言及がある。

四　明治四十一年の新詩社歌人の交渉のある一面

——啄木・玉骨の青春と天理教——

天理教の布教師を主人公とした啄木の小説「赤痢」（「スバル」明治42年1月）の成立には、大和俳壇の長老である藤岡玉骨との交渉があった。その一面をみることによって、明治四十年代の新詩社歌人の動向および天理教と日本近代文学とのかかわりの一端にふれてみたい。

天理教と日本近代文学とのかかわりあいについて、かならずしも系統的な考察がなされているとはいいがたい。そうした状況にあって、かつて故池内文蔵（天理教神明浦分教会長）が「文学史の一面」と題して「天理時報」特別号に連載した一連の記事はきわめて貴重な仕事だといえよう。とりわけ、「石川啄木と天理教」（昭和39年1月10日）と「藤岡玉骨と天理教」（昭和41年11月10日）は、天理教の布教師を主人公とした、石川啄木の小説「赤痢」の成立をめぐって、啄木研究のうえでも有益な証言をのこしているとみなされる。その点については、武井静夫の『赤痢』の成立をめぐって」（「天理文芸」昭和44年4月）が小説「赤痢」における天理教関係資料について言及し、さらに西山輝夫「天理教文献の背景と課題」（「ビブリア」昭和47年6月）で「赤痢」という作品が天理教内においても注目されていることを指摘したことなどからもあきらかである。

しかし、池内文蔵がもっとも興味を示した、啄木と玉骨との関係については、いずれも不明のままであった。啄木がどのような経路で天理教に関心を寄せていったのかは、ひとえにこの玉骨という人物の解明にある。ここでは、明治四十年代における二人の文学青年の交渉の一面をあきらかにしておきたいと思う。

大和俳壇の長老として「かつらぎ」復刊再建に尽力した藤岡玉骨の晩年を知る人は多いだろうが、その若き日、新詩社派の新進歌人であったことはあまり知られていない。

藤岡玉骨その人は、本名を長和《ながかず》、明治二十一年五月十三日、五条市近内町に、父長二郎母ナラミツの長男として生まれた。藤岡家の先祖は豊臣の遺臣で、代々大阪屋長兵衛と号し、近内村の庄屋をつとめる素封家であった。玉骨が出生した翌二十二年四月、父の長二郎は市制および町村制の施行によって、北宇智村の初代村長におさまっている。いわば地方名族の家督相続人として、その将来を嘱望されていた玉骨は、村内の北宇智尋常小学校、五条高等小学校、県立五条中学校、京都第三高等学校、東京帝大と学業をつみかさね、在学中に高等文官試験に合格、卒業と同時に内務省入りするという、実にめぐまれた進路を歩んでいる。

このような陽のあたる道でときおり食う道草のようなものが文学青年玉骨の青春であったといえよう。中学時代には千柳の号で月並俳句をたしなむ父親の影響から古川芳翁らの金芳吟社に入会、ついで三高在学中、のちに大阪朝日新聞論説委員として「天声人語」に諧謔味ある名文をものした釈瓢斎（本名永井栄蔵）らとともに百万遍の方丈の一室を借りて満月会と称する運座をつづけたのが俳句ひいては文学創作への動機となったようである。

ときあたかも詩歌の黄金期。とりわけ、『みだれ髪』の歌人与謝野晶子を生みだした「明星」には、世の文学青年をはげしく魅了するものがあった。玉骨もまたその洗礼を求めるかのように「明星」への短歌投稿に情熱をかたむけていた。かくして明治三十九年十月、新詩社に入社。ちなみに、この年、青年教師啄木は小説「雲は天才である」の執筆のかたわら、父一禎の宝徳寺再住運動に奔走している。

翌月の「明星」に与謝野鉄幹の命名による玉骨の号で、

夕月夜すだれ捲きたる山の家はしゐの人にこほろぎの啼く

など四首が初登載された。折しも鉄幹ら一行が関西遊行のさなか、十一月十四日、十八歳の玉骨青年は胸ときめかせて投宿先きの鈴木鼓村宅を訪問、鉄幹の知遇をうける機会にめぐまれた。ふたりのあいだにどのようなやりとりがなされたのか知るすべもないが、玉骨の終生かわらぬ与謝野夫妻への情誼からも、苦労人の鉄幹は世間知らずの青書生にもわけへだてなくおのれの文学にたいする姿勢を語ったのではなかろうか。その師の恩情にむくいるべく玉骨もまた精力的に「明星」に投稿、とくに明治四十一年十一月の終刊号では、

その反響わが声よりも低かるに飽かねど山をわれ裂きかねつ

など三首が新詩社詠草欄の首位に組まれるという精進ぶりを示している。しかし、ようやく新進歌人としての地歩をかためつつあった玉骨にひとつの転機がおとずれる。

明治詩歌の黄金期の象徴ともいうべき「明星」が満百号記念終刊号によって廃刊されようとする時期、郷里に近い大和高田市内から「敷島」という名称の地方文芸誌が発刊された。どのようないきさつによるのか定かではないが（大和郡山市からこの頃発行されていた「金鳥」という雑誌に玉骨が投稿していることも関連があるかもしれない）、すでに高級官吏の道をめざすべく東京帝大法学部政治学科に進学していた玉骨のもとに、「敷島」の編集者椿井菫水（本名定吉、歯科医師、昭和48年7月没）から同誌短歌欄の選者として迎えたい旨の来信が舞いこんできた。大学入学を機に次第に文学から遠のこうとしていた玉骨ではあったが、思いのほかあっさりと承引してしまった。もともと文学創作は人生の道草であると割りきっている玉骨青年にとって、文学か政治かというハムレット的命題をかかえこむ必要は露ほどもなかった。いわばモラトリアム的な青春と呼ぶべきものかも知れない。むしろ「敷島」にたいしては、みずから積極的にはたらきかけたようにもうかがえる。

この「敷島」によってモラトリアム的な文学青年がハムレット的命題に苦悩するひとりの文学青年と出会うという奇妙なめぐりあわせがもたらされた。

その青年の名は、石川啄木。「文学的運命を極度まで試験する決心」で〈血痕はだらなる〉北海道生活をきりあげてきた啄木の東京生活は、「噫、死なうか、田舎にかくれようか、はたまたモット苦闘をつづけようか、？」という苦悶の毎日であった。そのとき啄木二十三歳、玉骨二十一歳。若くして妻子をもち、すでに一家離散の憂き目にあった弱き家長。陽あたりのよい道でのんびりと道草のできる旧家の嗣子。

雑誌「敷島」の編集者椿井菫水から委託をうけた玉骨が、本郷の蓋平館別荘に下宿する啄木をはじめて訪問したのは明治四十一年十月十七日夜のことであった。

と、藤岡玉骨（長和）といふ、新詩社の社友で今大学の政治科にゐる男が初めて訪ねて来た。大和の雑誌の〝敷島〟へ正月号の原稿くれることに約束した。
イヤな顔な男だつた。それで九時頃に帰つてからも興が乗らずにしまつた。

若い身空で世の辛酸をなめつくし、都塵にまみれて創作的生活と苦闘する啄木には、そのまなかいにうつる玉骨のとりすましたような相貌は我慢ならぬものであったにちがいない。ともあれ、それ以後のふたりの交渉は活発におこなわれた。初対面からおよそ一カ月後の啄木の日記には、みのがすことのできない記事がある。

夕方藤岡玉骨が来た。今日は大学の運動会。夕飯をくつて九時頃まで話した。〝あこがれ〟を一冊見つけて来てくれた。〝鳥影〟を一冊にした時送る約束をした。
天理教の話が興をひいた。天理教には、多少、共産的な傾向がある。もしこれに社会の新理想を結付けることが出来たら面白からう。

玉骨が話してきかせた天理教の一件は、啄木が「スバル」創刊号（明治42年1月）に発表の小説「赤痢」の成立にかかわる重要な問題をふくんでいる。少し大げさないいかたをすれば、もし玉骨が天理教の話をしなかったならば、啄木の「赤痢」という小説は書かれなかったといえよう。

おそらく玉骨が理解していた天理教は、郡山分教会および今国府支教会が設置され、胎動期の布教がさかんになりつつあった平群郡本田村今国府（大和郡山市今国府町）に実家のある、母親ナラミツ（文久3年―昭和24年）から教祖中山みき存命中の世間の風聞をきかされたこと、さらにはその中学時代の三十六年五月に北宇智村内に設置された敷島分教会部内北宇智布教所の布教活動をかいまみしたことなどが基盤になっていたものと考えられる。

高野友治の『天理教伝道史』によれば、天理教の東北布教は明治二十六年秋からはじめられ、二十八年六月には盛岡に東北布教の拠点ともなる出張所が設置されている。そして東北地方各地における伝道と二十年代末から三十年代半ばにかけて毎年のように赤痢が流行し大飢饉が発生しているという事実に照らしても、新興宗教である天理教にたいする「多少、共産的な傾向がある。もしこれに社会の新理想を結付けることが出来たら面白からう」という啄木のモチーフはかならずしも通俗的な興味につきるものではないことが明察できよう。文学者啄木としては天理教という新興宗教によって一種の文明批評的な作品世界を描きえることができたはずである。ところが残念ながら、その形象化された作品世界は、上田博が『啄木小説の世界』で論及するように、「啄木には天理教とその布教師を対象化し、統一的に把握する視点はないのである。『巫女を信じ狐を信ずる』貧しい農村に入り込んできた天理教＝布教師を一面的に否定する視点しかない」といえる。

そして、十一月二十一日の夜、今度は啄木の方から本郷追分町の日本館に下宿する玉骨を訪ねて、大隈重信邸で催される三省堂の日本百科大辞典の披露園遊会に列席するためと称して三円の借金をしている。そうしたうちにも、「赤痢」を脱稿しおえた啄木は、かねての約束通り「敷島」正月号への掲載歌、

歌へるは誰そや悲しきわが歌をすこし浮れし調子とりつつ
為すことも無く思ふべきことも無きこの日初めて死なまく悲し

などの十五首を玉骨のもとへ郵送している。

実は、この頃、もはやモラトリアムの認められない事態が玉骨の身上におこっていた。「スバル」（明治43年5月）掲載の「少女」と題する、

泣きぬれしわが魂を撫でて去る春の風にも似たる脣
何者のたはけぞ法科大学の壁に女のまぼろしを描く

などの短歌から、当時の玉骨青年の恋愛体験のありようを読みとることもできよう。たしかに、すでに人妻であった同郷の犬飼うた代との恋愛、結婚問題はモラトリアム的な青春にある種の終熄を告げる大きなファクターとなろう。そして、玉骨はむしろそうした陰影の深い体験によって、啄木との目にはみえぬ心のへだたりをうずめることができたのかも知れない。

明治四十二年の正月、「敷島」の正月号を手にした玉骨は、「午後出かけようと思つて」いた啄木を訪問したり、「人に逢ふまいとした」啄木と雑談、ときには「大に文学論」をかわし、「スバル」掲載の晶子の脚本「損害」の原稿を貰ったりしている。

啄木との交渉によって啓発されることの多かった玉骨は、大正三年七月の大学卒業までに、「明星」に七十九首、「スバル」に七十四首の短歌を発表、新詩社主催の歌会や吟行にも積極的に参加している。ちなみに、『明星』時代の短歌は、新詩社派の歌風である艶体の恋歌が多く、「スバル」時代のそれは、厭世的空想的な抒情性を洗練して沈着な情趣を加味しているといえよう。

一方、「敷島」においても、蒼厓という別号による小説や評論などにめざましい活躍を示し、「敷島」歌人のなかで旧新詩社調の保守派の領袖と目されるほどの存在になっている。すでに本書の前節で詳述したように、そのことを自他ともに認める玉骨の貢献あればこそ、離合集散のはげしい地方雑誌にあって、「敷島」としての独自性、方向性がたもちえられたといっても過言ではない。

しかし、幸か不幸か、その「敷島」も地方文壇衰退の時流にあらがうこともなく明治四十四年正月をもって廃刊され、さらに啄木、白秋、勇などのすぐれた近代歌人を輩出した「スバル」も大正二年末に終刊されるにいたり、玉骨もまた同世代の文学青年の大多数がそうであったように、そのモラトリアム的な青春と〈歌のわかれ〉を告げたのち、卒業の前年の夏休みに帰郷、うた代と結婚、実生活の人となった。

ようやく『啄木歌集』の刊行によって、その特異な歌風が歌壇のなかでも注目されはじめた啄木没後二年後の、大正三年、新詩社派の新進歌人として啄木と交渉のあったことを青春の置き土産に、最初の任務地名古屋におもむく青年官吏玉骨であった。

［補記］　本稿は、「月刊奈良」（昭和56年10月）に掲載の「藤岡玉骨の青春」に加筆のうえ、天理やまと文化会議の

機関誌「ＧＩＴＥＮ」第二十五号（昭和62年12月）に発表した「啄木・玉骨の青春と天理教」を若干修正したものである。

五　女性表現者としての与謝野晶子の存在
――近代ヒロイニズムの誕生――

1　晶子のなかの一葉

十八世紀から現在までの欧米の女性作家を、〈ヒロイニズム〉という視点から論じたエレン・モアズ『女性と文学』（青山誠子訳、昭和53年12月）は、「日本の読者へ」のなかでつぎのようにのべている。

私の日本語の勉強は全く初歩的なものなので、日本文学を自分でじかに読むことはできません。しかし私は、紫式部が日本の女流作家の唯一の例ではない、ということがわかるだけの知識は身につけました。昔の『万葉集』『古今集』『後撰集』『拾遺集』の女流歌人たちや、多くの優れた女流物語作者たちがいました。（略）私が読んだ近代日本文学研究書には、心理をリアルに描いた樋口一葉、詩人与謝野晶子、プロレタリア小説家平林たい子やその他多くの女流作家が必ず含まれています。

後述するように、文学上のフェミニズムとして〈ヒロイニズム〉を提起したアメリカの文芸評論家の視野に、近代日本の女性作家として樋口一葉と与謝野晶子がふくまれていることはじつに興味深い。

周知のことながら、「明治が生んだ女流の天才といえば、誰しもまず一葉をあげ、次に与謝野晶子をおすにさして異存はなかろう」(「円窓より―女としての樋口一葉」「青鞜」大正1年10月)、といったのはかの平塚らいてうであった。もっともらいてうのもくろみは、――彼女の生涯は否定の価値である。やはり彼女は「過去の日本の女」であった。――とし、〈新しい女〉としての自己肯定にあった。このらいてうの一葉観は、おそらく晶子が「産屋物語」で、「一葉さんのお書きになつた女が男の方に大層気に入つたのは固《もと》より才筆のせいですけれども、また幾分芸術で拵へ上げた女が書いてある」とし、一葉文学に異議を唱えたことに影響されたものであろう。

このような晶子の一葉像には、「一種の生理的反撥」「両者の体質の相違」があり、村上信彦『明治女性史』のように、「体質的に無縁な存在だった」両者は極端な対照を示しているという見方もある。しかし、一葉と晶子を極端な対照的存在としてとらえるのではなく、ともに表現者として自立しえた女性であったとみなすべきであろう。別言すれば、エレン・モアズの提起する、女性じしんが表現者としてみずからペンを握り、女性じしんの自意識を表現しようという〈ヒロイニズム〉の視点が一葉にも晶子にもきわだっていた。

ちなみに、戦時体験と恋愛体験とが彼女たちに女性表現者としての自覚を決定づけた。一葉の日記や雑記を読むかぎり、日清戦争にたいする記述じたいは少ないが、「戦争の終結まで、彼女が危機感とともに国家主義的な観点で時局に関心を持っていたことも否めない」(野口碩)ことはあきらかである。

自明ではあるが、一葉は国家的、社会的動向に関心がつよかった。たとえば、明治二十六年十二月二日の「塵中日記」の「か丶る世にうまれ合せたる身のする事なしに終らむやは。なすべき道を尋ねてなすべき道を行はんのみ」

が顕著な言説であろう。さらにそのきわまりは、二十七年三月の「塵中につ記」の「わが心はすでに天地とひとつに成ぬ。わがこゝろざしは国家の大本にあり」にみられる。これは一葉における戦時体験が〈かひなき女子〉〈はかなき女子〉として〈なすべき道〉を問うことにほかならぬことを意味していた。

このことは、恋愛体験にしても同様であった。「切なる恋の心は尊ときこと神の如し」とのべ、「あはれ其厭ふ恋こそ恋の奥成けれ、厭はしとて捨られなば厭ふにたらず、いとふ心のふかきほど恋しさも又ふかゝるべし」という一葉の思いが、師半井桃水にたいする感傷によってとらわれていたことはいうまでもない。桃水との離別後の二十六年六月十日の「につ記」に書きとめられた、

わすれぐさなどつまざらんすみよしのまつかひあらむものならなくに
もろともにしなばしなんといのるかなあらむかぎりは恋しきものを

これらの歌は、旧派和歌の詠法によりながらも桃水へのたちがたい恋の心の疼きを切々と伝えている。いわば下燃ゆる恋の嘆きが一葉文学の抒情質を形成していたといえるが、桃水とのみたされぬ恋愛体験によって、一葉じしんの精神的転機もまたその奇蹟も可能であった。したがって、しばしば引き合いに出される、「誠にわれは女成けるものを、何事のおもひありとてそはなすべき事かは……我れは女なり、いかにおもへることありともそは世に行ふべき事かあらぬか」（「みづの上」明治29年2月20日）という述懐は、あらゆる精神的苦悩を背負いながらも〈なすべき道〉を求めてやまぬ女の情念の奔出にほかならなかった。

たしかに、一葉は「ひたすら女のなげきの限界内に閉じ籠ろうとした」（勝本清一郎）。しかし、一葉があえてみずからを〈かひなき女子〉ときびしく自己規定することで、『みだれ髪』の晶子に先立って、〈ヒロイニズム〉の視点を獲得しえたことも事実であった。

もっとも、後述するように、戦時体験も恋愛体験もともに、一葉と晶子における内実にはかなりのへだたりがある。にもかかわらず、そのへだたりを超越した女性表現者としての二人の絆を私たちに実感させるものがある。

露しげき葎が宿の琴の音に秋を添へたる鈴むしのこゑ

この歌は、「文芸倶楽部」の二十八年九月号の「懸賞披露」欄に入選した晶子の作である。この同じ号に一葉の不朽の名作「にごりえ」が掲載された。女主人公《ヒロイン》お力の懊悩とその悲劇的な末路を、数え十八歳の晶子がどのように理解したかは定かでないが、晶子文学の出発が一葉の死をもってなされたという文学的意味を疑うことはできない。

2　表現者としての自立

明治三十四年八月刊行の第一歌集『みだれ髪』は、一葉によって打ち出された〈ヒロイニズム〉の視点をあざやかに継承するものであった。さまざまな毀誉のなかで、『みだれ髪』が「詩壇革新の先駆として、又女性の作として、歓迎すべき価値多し」（上田敏）、と絶賛されたことにそれは明白であろう。

それにしても、あの没個性的な「露しげき」の一首からわずかに六年後のめざましい飛躍は何を意味するのであろうか。小説家であるより前に歌人であった一葉が、歌人としての可能性を断念せざるをえなかった短歌において、女性表現者晶子の達成をみたことはまことに皮肉であった。一葉没後の和歌から短歌へという明治三十年代の和歌革新の高揚した気運に晶子は恵まれたということにほかならぬが、

夜の帳にささめき尽きし星の今を下界の人の鬢のほつれよ

この『みだれ髪』の巻頭歌が象徴するように、師与謝野鉄幹との波瀾にみちた恋愛体験を看過することはできない。

後年の晶子はこのころの恋愛と短歌との関係をつぎのようにいう。

「私は一面では貧しい日常生活に苦しみながら、一面では恋愛と芸術とに浸《ひた》ることが出来ました。私は恋愛を私の中心生命として居ましたから、其頃の私の歌は恋愛に関する実感が大部分を占めて居ました」（『歌の作りやう』大正4年12月）。

「歌を作り初めて数箇月の後に、私は主として恋愛を実感する一人の人間となりました。私は恋愛に由つて自分の生活に一つの展開を実現したのです。従つて私の歌の内容も更に急変しました。言ひ換れば、之が為めに私の歌は恋愛其物の表現として最上の役目を勤め、私の命と一体になつて、愈々私から分離することの出来ないものとなりました」（『晶子歌話』大正8年10月）。

この晶子の直率な告白から想像される恋愛生活は、桃水への思慕を〈厭ふ恋〉として封じこめようとした一葉の

それとは違いすぎる。のみならず、塚田満江『増補改訂　誤解と偏見—樋口一葉の文学』（昭和62年10月、丸ノ内出版）の卓見によれば、文学の師桃水を永遠に「父」なるふるさととして位置づけることで女性作家の道は切り開かれた。しかし、一葉がかたくなに禁忌した師にたいする恋愛感情を〈私の中心生命〉とすることで、『みだれ髪』の晶子は、二十世紀初頭のロマンチシズムの光輝ある歌姫になりえたといえよう。

さらに、両親が立身出世のために出奔せざるをえなかった故郷をあえて切りすてようとした一葉にたいして、「家庭と郷里の保守、偽善、腐敗、無智、無趣味、陰鬱の空気に取巻かれて其れを憎悪して居た私が、突如として奇蹟のやうに開かれた芸術と恋愛の光明世界に踊つて出て」きた晶子にとって、故郷意識と恋愛体験とはわかちがたく結ばれていた。

ふるさとを夢みるらしき花うばら野風《のかぜ》の中におもかげすなれ
五《い》つとせと三《み》月《つき》十《とを》日《か》と今日までをかぞへたがへぬやつやつしさよ
秋の日も春の夕《ゆふべ》もただくろき島見る海の家の恋しき
相見ける後の五《いつ》とせ見ざりける前の千《ち》とせを思ひ出づる日

この『夢之華』（明治39年9月）には、故郷と恋愛とがゆるぎなく連結していることを再認識するような作品が目立つ。かつて「狂ひの子われに焔《ほのほ》の翅《はね》かろき百三十里あわただしの旅」、と師鉄幹への恋慕をつらぬくために、〈命掛けの勇気を出して〉離脱した家庭と郷里の風景が晶子の内部によみがえりを示している。陰鬱な空気によって晶子の個性を拘束していた家庭と故郷から脱することで、〈恋愛を実感する〉歌集である『みだれ髪』の光明はありえた。と同時に、「海恋し潮の遠鳴りかぞへては少女となりし父母の家」に象徴された家郷なるものへの回帰が、晶子に真の表現者として自立させる視座をもたらした。

その意味で、『みだれ髪』から三年後の明治三十七年九月の「明星」に発表された「君死にたまふことなかれ」は、まさに「私の言葉で私の思想を歌ふことが出来た」（「鏡心灯語」）最初の作品であった。

ああ、弟よ、君を泣く、
君死にたまふことなかれ。
末に生れし君なれば
親のなさけは勝りしも、
親は刃《やいば》をにぎらせて
人を殺せと教へしや。
人を殺して死ねよとて
廿四までを育てしや。

この詩には、日清戦争を〈国家主義的な観点〉でとらえていた一葉とは異なる戦時体験が晶子にあったことがわかる。それは、新婚まもなく出征した弟宗七（父の死によって「親の名を継ぐ君」であった）の運命をかこち、離脱した〈父母の家〉と〈堺の街〉の空間にふたたび身を置くことであった。

もとより、鳳志ようならぬ与謝野晶子にとって、かつての陰鬱と窮屈とをきわめた郷里の空気は息苦しさを増すばかりであった。いわば〈堺の街〉から冷酷に突き放されることで、むしろ恋の勝利者晶子にとって、故郷は帰省すべき土地として作品世界によみがえる。しかも、「暖簾《のれん》のかげに伏して泣く／あえかに若き新妻」、「十月《とつき》も添はで別れたる／少女ごころ」の悲嘆を、二児の母として「まことの心をまことの声」でうたいあげたとき、〈ヒロイニズム〉文学の傑作として「君死にたまふことなかれ」は位置づけられることになった。

このことは、何よりもおなじ女性作家の戦争詩に著しい変化を与えずにはおかなかった。日露開戦まもなく三十七年六月「太陽」に、「進撃の歌」を発表していた大塚楠緒子が、「ひとあし踏みて夫思《つま》ひ／ふたあし国を思へども／三足ふたゝび夫おもふ／女心に咎《とが》ありや」ではじまる「お百度詣」（「太陽」明治38年1月）をうたわずにはおられなかったことにその例証をみることができよう。

それは、戦争という危機的状況にあって、一葉のいう「筆とりてひとかどのこと論ずる仲間」としての〈なすべき道〉でもあった。「君死にたまふことなかれ」は、一葉以後のいわば物書く女たちが表現者として自立していくうえで、それこそかけがえのない橋梁となる栄誉《ほまれ》をになうことになった。

3　産む性の自覚

女性であることの偉大さを〈ヒロイニズム〉という文学的立場から考えようとするとき、モアズ女史がその序論で紹介するシャーロット・ブロンテのつぎの言葉は、きわめて示唆的である。

もし男性が、私たち女性の実際の姿を見ることができれば、彼らは少々驚くことでしょう。どんなに賢いどんなに洞察力のある男性でも、女性について錯覚に陥っていることがしばしばあるのです。彼らは女性の真相を見ないで、誤解しています。

女という性にまつわるさまざまな錯覚や誤解が、たとえ男の独断や偏見によるものであるにせよ、それは女性じしんが解明すべき問題でもあった。

第一評論集『一隅より』（明治44年7月）の巻頭に所収の「産屋物語」で、晶子は女性が表現者として自立するためには、「女らしく見せようとする矯飾の心を抛つて、自己の感情を練り、自己の観察を鋭くして、遠慮なく女の心持を真実に打出す」べきだとし、女は男には理解できない「妊娠の煩い、産の苦痛《くるしみ》」によって新しい人間を創造しているという。

『みだれ髪』から『一隅より』にいたる晶子の思想的成長を、山本千恵「『みだれ髪』から「一隅より」へ」（『女たちの近代』昭和53年7月）が綿密に跡づけ、晶子思想の特質は女の性の創造性の確信にある、と言及している。たしかに、『みだれ髪』からほぼ十年の歳月を経て、表現者としての晶子が〈私の思想〉と呼ぶべき思想を熟成しえたのは、ほかならぬ〈産む性〉の自覚にあった。

罪おほき男こらせと肌きよく黒髪ながくつくられし我れ　（「明星」明治34年1月）

男をば罵る彼等子を生まず命をかけず暇あるかな　（「女学世界」明治44年4月）

十年の年月は、恋愛の勝利者晶子に「生死の境に膏汗をかいて、全身の骨という骨が砕けるほどの思い」を体験させ、「五人ははぐくみ難しかく云ひて肩のしこりの泣く夜となりぬ」（『春泥集』明治44年1月）とうたわせた。ちなみに、「男をば罵る」とうたう晶子は、「産褥の記」（「女学世界」明治44年4月）を書く晶子でもあった。

「今度で六度産をして八人の児を挙げ、七人の新しい人間を世界に殖した」晶子にとって、それは「わたしの胎を裂いて八人の児を浄めた血で書いて置く」という〈産む性〉にたいする確証を誇らかに表明することにあった。このとき三十四歳の晶子は、長男光（明治35年11月生）を頭に三男四女の母であったが、「産褥の記」には、次男秀の出産記「産屋日記」（「明星」明治39年7月）はもちろんのこと、三男麟の産後に書かれた「産屋物語」をさらに徹底させた〈産む性〉の自覚があった。

そのことは、「第一の陣痛」（『晶子詩篇全集』昭和4年1月）と題する詩篇にいう、「生むことは、現に　わたしの内から爆《は》ぜる　唯だ一つの真実創造」にあきらかであるが、たとえば四女宇智子の出産（二度目の双生児）をうたう『青海波』（明治45年1月）におさめられたつぎの歌がより鮮明にしてくれよう。

虚無を生む死を生むかかる大事をも夢とうつつの境にて聞く
死の海の黒める水へさかしまに落つるわが児の白きまぼろし
産屋なるわが枕辺に白く立つ大逆囚の十二の柩《ひつぎ》
血に染める小《ちさ》き双手《もろで》に死にし児がねむたき母の目の皮を剥《は》ぐ
いでわが児幸《さひはひ》あれと先づ洗ふ母が身を裂《さ》く新しい血に

母として女人の身をば裂ける血に清まらぬ世はあらじとぞ思ふ

「産褥の記」で、晶子は、「命がけで新しい人間の増殖に尽す婦道は永久に光輝」があって、「真に人類の幸福はこの〈婦道〉から生まれるということを力説する。実際に六度目の出産は命がけの難産であった。腎臓炎で全身に水腫《むくみ》がおこった晶子は、真白な死の断崖に立たされたような不安と恐怖とにおののいている。「夢とうつつの境」で「さかしまに落つるわが児の白きまぼろし」をみつめる。はじめての死産で血の気を失う「わが枕辺に白く立つ大逆囚の十二の柩」は、この年の一月に大逆罪で処刑されたばかりの社会主義者たちの視野を無視しえぬ晶子の思想的立場を反映している。私見によれば、六首目の「母として女人の身をば」は、「やがて来む終の日思ひ限りなき生命を思ひほゝ笑みて居ぬ」とうたい、みずからの思想に殉ずるごとく東京監獄で絶命した女性革命家管野須賀子への鎮魂歌であったにちがいない。

このことは、『一隅より』所収の「婦人と思想」「女子の独立自営」などにあきらかなように、〈首なし女〉から〈頭脳の婦人〉へと脱皮した〈独立自営の婦人〉の出現を期待するという論調とみごとに相関している。たがいにその思想的立場は異なるものの、「清まらぬ世」を変革せんとする意志において変わるところはなかった。しかし、一葉や須賀子が体験しなかった子どもを生み育てることによって、晶子はいわば底知れぬ女の性にまつわる心理と生理の奥深さを体得することができた。

この年の九月に創刊された「青鞜」に、晶子は「山の動く日来る」にはじまる「そぞろごと」と題する詩篇を寄せる。「命がけで新しい人間の増殖に尽す」ことが、唯一の〈真実創造〉であることを確信する晶子にとって、「すべて眠りし女今ぞ目覚めて動くなる」というアピールは、誤解と偏見にみちたあらゆる反女性的なもののとらえなおしをみずからに問いかけることでもあった。

一人称にてのみ物書かばや。
われは女ぞ。
一人称にてのみ物書かばや。
われは。われは。

ここには、十五年前の「われは女なりけるものを」という一葉の物書く女としての精神的葛藤を、現代に生きる女性表現者として背負いながらも、女であることの偉大さを肯定しようとする積極的な意志がみられる。しかも、何よりも晶子には「わたしの胎を裂いて八人の児を浄めた血で書いて置く」という信念と自負があった。

第六評論集『若き友へ』（大正7年5月）所収の「新時代の勇婦」で、母性保護論争のさなかの晶子が、〈産む性〉としての女の性は創造する性であり、歴史を浄化する性である、とあらためて言明するように、女という性にまつわる錯覚や誤解は容易に解決されるものではなかった。だが、〈産む性〉への自覚と確信を基盤にした晶子の生命讃歌は、鹿野政直が『日本近代化の思想』（昭和61年7月）ではっきりと位置づけるように、女性表現者の思想の核として、「近代化日本の思想の遺産目録」に銘記されるものであった。

4　〈聡明な律〉を求めて

後年の晶子じしんが『みだれ髪』をはじめとする初期の作品を否定したことは周知であろう。その理由はともあれ、「近代女性を代表する社会評論家でもある晶子の理想的成長が、その初期の極美なフィクショナルな表現への自負を失っていたことにもよるだろう」（馬場あき子「金字塔としての『みだれ髪』」）。

たしかに、夫寛とともに改造社版『現代短歌全集』第五巻に「与謝野晶子集」（昭和4年10月）がおさめられるとき、『みだれ髪』などの初期短歌を採るに足りぬとし、「其等の歌を総べて捨てることにした」。さらに、明治四十四年一月刊行の『春泥集』になって「自分が女性に帰つた気がする。わたくしの空想が知らず知らずに性を超越してしまつたと云ふことも、既にこの集以前のことになつてしまつた」とのべている。これは、如上の〈産む性〉にもとづく晶子の思想的成長が、『春泥集』を結節点として、彼女を奔放な恋愛歌人から底知れぬ女の性のありかをみつめる歌人へと変貌させたことを意味している。

「男をば罵る」とうたう晶子が「産褥の記」を書く晶子でもあったように、『春泥集』の歌人は、『一隅より』をもって評論という表現ジャンルに表現者としての可能性を模索していた。『与謝野晶子評論集』（鹿野政直、香内信子共編）の香内の解説によれば、「晶子が独自の思考を浮き出させた文章を書き出したのは一九一一年一月『太陽』誌上の「婦人と思想」あたりからである」。

この「婦人と思想」の「中流婦人が率先して自己の目を覚し、自己を改造して婦人問題の解決者たる新資格を作らねばならぬ」という基調が、当時の婦人問題、婦人解放論議に触発されたものであることはいうまでもないが、晶子の独自の思考を決定的にした要因は何であったのか。

その要因を晶子じしんに語らせよう。

「欧洲の旅行から帰つて以来、私の注意と興味とは芸術の方面よりも実際生活に繫《つな》がつた思想問題と具体的問題とに向ふことが多くなつた」（「鏡心灯語」『雑記帳』大正4年5月）。

晶子の思想や心境に多大の変化をもたらした欧洲旅行は、明治四十五年五月から大正元年十月までのおよそ半年間であった。この半年間に満たぬ滞欧で、晶子が見聞した異文化は、みずから「自己を改造して婦人問題の解決者」たらんとする彼女にとって、きわめて衝撃的なものであったにちがいない。たとえば、「自分の近頃の思想を適切に表現した」という詩編「エトワアルの広場」にそれは明瞭であろう。「速度の疾いいろんな怖ろしい車」が「縦横に断間なく馳せちがふ」エトワアルの広場で、車に轢き殺されてしまうかと思ったとき、突然、信念のようなものがわきでた。

何とも言ひやうのない
叡智と威力とが内から湧いて、
わたしの全身を生きた鋼鉄の人にした。

身も心もすくむ雑踏のなかで、「自由に歩む者は聡明な律を各自に案出して歩んで行くものである」ということを、感受性の豊かな晶子は発見する。のちに、「激動の中を行く」（『激動の中を行く』大正8年8月）で、「私はかつてその光景をみて自由思想的な歩き方だと思いました」とし、「尖鋭な感覚と沈着な意志」によって「自主自律的に自分の方向を自由に転換して進んで行く」という歩き方に、大正デモクラシーの激動期に生きる〈自分の道〉の指標を求めている。

このいわゆる異文化体験ともいうべき欧洲への旅は、晶子に〈自由と聡明とを備えた実行の律〉を発見させ、歌人として甘美な抒情詩的世界に韜晦しがちな自己を内部から徹底的に鍛えなおすきっかけをまねきよせた。なかでも〈愛と智慧〉に富み、〈内面的に思索する〉欧洲の女性たちの行動には、「一人称にてのみ物書かばや」と念ずる晶子にとって、目をみはるものがあった。

晶子はみずからに語るようにいう。「理智の目の開き掛けた女、謂ゆる自覚ある女の心持は最早因襲に囚はれて居ない。旧き道徳より出でて新しき道徳に生きる。他の形式に律せられずに自らの精神に自らを律して行く。自らの精神を鍛練する最上の要素は理智である」（「理智に聴く女」『雑記帳』）。

この「自らの精神に自らを律して行く」生き方こそ、晶子独自の思考軸であった。それは旧来の他律的倫理に忍従する女性はいうまでもなく、「青鞜」に参集する〈新しい女〉たちともちがう位置である。物書く女として〈なすべき道〉を問いかけた一葉以来の、〈ヒロイニズム〉の視点をまさに命がけで継承し、飛翔させようとする晶子の潑剌たる詩精神がここにみられる。「私の言葉で私の思想」をうたい、論ずるという表現者としての可能性は、たえることなく問いつづけられることになる。

その意味で、つぎの晶子の言葉は、二十一世紀に生きる私たちにとって、じつに痛切な叫びのように聞こえてくる。

男女が互に助成して社会を円満に形造るのは二十世紀以後の文明に賦与された幸福である。

（『巴里より』大正3年5月）

［補記］　本稿は、「短歌」（平成7年2月）の特集「愛と情熱の歌人・与謝野晶子」に発表した「与謝野晶子論―近代ヒロイニズムの誕生」を若干修正したものである。

六　『みだれ髪』から『一握の砂』への表現論的意味

――〈自己像〉の表出をめぐって――

明治十一年（一八七八）生れの晶子と明治十九年（一八八六）生れの啄木とが近代日本文学における表現論のうえでどのような関係にあるのか、ということを考えることは、啄木生誕百二十年（平成18年）を迎えるにあたって、きわめて興味ある問題である。

その意味で、もはや啄木研究のうえであるべき古典ともいうべき国崎望久太郎『啄木論序説』（昭和35年5月、法律文化社）が指摘するように、〈浪漫的基礎体験〉として盛岡中学時代における啄木の文学的出発が「明星」浪漫主義の影響のもとになされたことは、まさに啄木の文学的生涯にふかい刻印を残したといえる。もっとも国崎は「晶子の模倣であるか否か」という『みだれ髪』の語彙、修辞、技巧の習熟には何んらの意味はなく、「模倣の奥に啄木の烈しい浪漫的姿勢の確立があったことである」という点を重視する。さらに国崎論の卓越しているのは明治三十年代初頭の、二十世紀の幕開きを象徴する浪漫主義の文学思潮の本質を見きわめるうえで、「われわれの啄木は、この樗牛と晶子との立場の理解者ないしは統一者としてあらわれる」。「浪漫的体験と浪漫的思考との統一的把持者としての啄木が登場する」。「かれの主体的形成は、この二つの契機を除外しては考えられない」、という如上の点にあった。

1　《みだれ髪》体験の意味

私じしんかつて国崎の論にひかれて、啄木の、「明星」にはじめて掲載された「血に染めし歌をわが世のなごりにてさすらひここに野に叫ぶ秋」を、高山樗牛の「感慨一束」（「太陽」明治35年9月）との関係において、拙著『啄木短歌論考』で論証したことがあるので、ここでは〈晶子の模倣〉についての意味について少しふれておきたい。

ただし晶子の『みだれ髪』における語彙、修辞、技巧の模倣のありようについては、すでに今井泰子『石川啄木論』（昭和49年4月、塙書房）によってきわめて綿密な考察がなされている。したがって、今、私じしんがここで強調しておきたいことは、晶子模倣を通して啄木の内部にどのように浪漫的姿勢が確立されたのか、という点にある。

結論を先きにいえば、『みだれ髪』の晶子短歌の模倣を通して、文学少年啄木は「恋愛」を現実界における生活体験としてではなく、あくまでも理想界の詩的体験として「まさに浪漫的に芸術的に神聖化していた」（国崎）という点にある。それをここでは《みだれ髪》体験と呼んでおきたい。

つまりは啄木における《みだれ髪》体験というのは、かれの恋愛観女性観そのものを決定づけたということである。

なぜならば、『みだれ髪』は、何よりも「恋愛」賛歌の歌集であった。

　やは肌のあつき血汐にふれもみでさびしからずや道を説く君

星の子のあまりによわし袂あげて魔にも鬼《おに》にも勝たむと云へな

これらの「恋愛」には、道ならぬ恋のために殉じてやまぬ、ひたむきな女の生き方が示されていた。堀合節子との〈甘いエロスのささやき〉に盲目的な文学少年啄木にとって、『みだれ髪』は相愛相敬という男と女のあるべき人間関係を学びうる最良のテキストでありえるはずであった。したがって、当時の啄木が晶子の模倣・擬態に徹することは、何よりも「恋愛」を中心生命とするような恋愛者の聖域をとりあえずはかたちづくることにあった。啄木にとっての「恋愛」は、情欲という身体的、生理的な「現実」の枠組みと一線を画して、想世界における精神的所産として神聖化した北村透谷の恋愛観と本質的に大きな差異はない。理想界に生きる詩人にとっての詩的体験――それが啄木におけるいわば《みだれ髪》体験であり、同時に恋愛体験でもあった。

しかし透谷が美那との結婚生活において現実的な破綻をみたように、私たちの啄木にとっても節子との結婚生活は神聖化された「恋愛」の幻影をひきずるだけのものであった。

たとえば、つぎに引用する「石破集」（「明星」明治41年7月）の

見よ君を屠《ほふ》る日は来《き》ぬヒマラヤの第一峯に赤き旗立つ
千人の少女を入れて蔵の扉に我はひねもす青き壁塗る

いわゆる女殺しのモチーフには、「結婚」「夫婦」というもっとも現実的な制度《しくみ》にくたびれ果てた男の醜悪な底意（本

性）がうつし出されている。

後年の啄木が敬愛し、その人生観文学観にもっとも深い影響を受けたと思われる国木田独歩は、つぎのようにのべている。

恋は、自家の理想を或る対象に投影し、吾れと吾が理想の幻影に欺《あざむ》かれて吾れを恋するなり。恋の醒めたる時、初めて其対象の真価《しんか》を見得べし。（「病床録」明治41年）

この独歩の告白は、「恋愛」というものの真価を、想世界あるいは理想界の聖域においてしか見出すことのできぬ詩人の女性観でもあった。「人生に最も貴重なる積極的の財産は愛である」（明治36年9月28日、野村長一宛）という啄木の、あまりにも早熟な恋愛体験は、「結婚」「夫婦生活」という社会的現実のまえにあっては、いまや「女は矢張恋と性慾の満足が命だ」（明治41年5月22日、日記）とのデカダンスな立場に追いやられるほかはなかった。啄木にとっての《みだれ髪》体験とは、女性という生身の存在を「恋愛」という聖域に封じこめることで、恋愛者である女性（他者としての女性じしん）の人間的なさまざまな歓喜や苦悩から目を背けることを意味していたといえよう。

『みだれ髪』の晶子の模倣を通して確立された、かれの浪漫的姿勢とは、恋愛者（節子）のなかに自己の内映を見出し、自己の理想郷を喚起することはあったが、ついに他者としての女性の正体を見きわめるということはなかった。このことはかれのその後の文学的生涯にかなり根深い女性コンプレックス（心のなかのしこり、わだかまり、弱点）をもたらすことになった。先述の「石破集」の歌はその一端を如実に示したものであるといえよう。

2　〈よわき男〉の自己像

ところで、『一握の砂』とはどういう歌集なのか。最近つくづく思うことは、『一握の砂』という歌集は、よわい男の嘆きを感傷的詠嘆的にうたいあげたものであるということである。冒頭の砂山十首は、あるべき現実を求めて泣きぬれるほかない男の生きかたがひとつの象徴劇として構成されていることからもあきらかなように、いかにもたよりなげな男の物語でもある。たとえば137につぎのような歌がある。

137 放たれし女のごときかなしみを
よわき男の
感ずる日なり

〈放たれし〉という用語の解釈をめぐって意見のわかれるところであるが、少なくともこの歌の場合、ともかく〈放たれし女〉も〈よわき男〉も、ともにかつての神聖化された「恋愛」を通して主我的な生きかたを求めようとした男と女ではない。さらに141・142とつぎのように啄木はうたう。

141 女あり

わがいひつけに背かじと心を砕く
見ればかなしも

142
ふがひなき
わが日の本の女等《ら》を
秋雨の夜《よ》にののしりしかな

ここでうたわれているのは、男性優位の社会的現実の枠組みに支配された女たちである。ちなみに「スバル」（明治42年1月創刊）誌上の女性歌人の歌を引いておこう。

男をばはかると云ふに近き恋それにもわれは死なむとぞおもふ　（与謝野晶子）
死なむ日も女《をみな》は長きくろ髪をかづきてあらめ衰へはせず　（茅野雅子）
オフエリアの最後の姿ふとおもひ水に花環《はなわ》をなげてみしかど　（矢沢孝子）

これらの女たちもまたある意味で男たちのつくりあげた「恋愛」の聖域に封じこめられ、「女らしくみせようとする矯飾の心」（「産屋物語」「東京二六新聞」明治42年3月）にとらわれている。
《みだれ髪》体験からようやく十年の歳月をへて、みずからの浪漫的自我の内部にしぶとくからみつく女性コンプレックスに立ち向かうためにも、あえて〈よわき男〉の自己像を表出する必要が啄木にはあったのかもしれない。中山和子「節子という『鏡』」（「解釈と鑑賞」平成6年10月）によれば、節子をはじめとする女たちは、啄木という男にとって自己をうつしだす鏡でしかなかった。だからこそ啄木という抒情主体からすれば、いままさに放たれんとする〈放たれし女〉たちのゆくえに男としてのあるべきおのれの生きかたが見えてくるはずであった。

たとえ男性特有の自己本位な姿勢―「我々男は、口では婦人の覚醒とか、何とか言うけれども、誰だつてそんなに成ることを希望していやせんよ」という「我等の一団と彼」の高橋彦太郎の告白は意外にも啄木じしんの偽らざる本音であったかも知れない。

ともあれ「時代閉塞の現状」にいう「過去四十年の間一に男子の奴隷として規定、訓練され」てきた日本のすべての女性のゆくえを左右する明治青年の「思索的生活」そのものをきびしく問いなおすためにも、〈男とうまれ男と交り負けてをり〉と嘆かずにはいられぬ〈よわき男〉の自己像をしかと見据えることからはじめる必要があった。

その意味で、「石川氏の歌は、男らしい、溺れない、自省力の烈しいといふやうなのが特色である」という「創作」（明治43年11月）誌上の一人の読者の批評は、弱々しい男のただならぬ弱さをつたえる『一握の砂』という歌集の基本的性格をみごとにとらえたものであろう。

3　ヒロイニズムの誕生

ここにもう一人、『一握の砂』の性格や主題を正当に理解しえた表現者がいた。かつて文学少年の啄木に《みだれ髪》体験を通して浪漫的姿勢を模索させた晶子がその人である。

今井泰子の論証にしたがえば、「四十三年以後の啄木短歌の技巧および方法は、晶子のものと十分に重なりあう」。とすれば、『みだれ髪』以後の晶子短歌の発想、方法そのものが、『一握の砂』のそれとまったく無縁なものであるとはいいがたい。

あえて性急にいえば、『一握の砂』の方法である〈我を愛するよわい男〉の自己像を反転させた、〈我を愛する強い女〉の自己像を表出することに晶子はつとめた。と同時にそれは明治四十四年（一九一一）九月創刊の「青鞜」を中心とした〈新しい女〉の到来、出現をまちのぞむ時代の要請でもあった。たとえば、「スバル」の明治四十三年一月の詠草欄には、岡本かの子、原田琴子らの新進女性歌人が登場し、

恋人の心を吸ひて生けるゆえ世のをみなとは異《ことな》れるかな

にみられるごとくあきらかに「恋愛」そのものが変容している。そのことは第九歌集『春泥集』（明治44年1月）にふれた晶子じしんの言葉から納得されるであろう。

私はこの集になつて自分が女性に帰つた気がする。わたくしの空想が知らず知らずに性を超越してしまつたと云ふことも、既にこの集以前のことになつてしまつた。（『現代短歌全集』第5巻、昭和4年10月、改造社）

男をも灰の中より拾ひつる釘のたぐひに思ひなすこと

すさまじきものの中にも入れつべき恋ざめ男恋ざめ女
恋ならぬ他《た》をうながしてわが心つよきならひをつくりけるかな
水に行くサッフオオの死か蛇《くちなは》に身を嚙《か》ませたるクレオパトラか

これらの『春泥集』の歌には、夢みる乙女あるいは〈恋愛を実感する〉ことにいのちの輝きをみせた恋愛者の可憐な姿はみられない。あるのは、「自己の感情を練《ね》り、自己の観察を鋭くして、遠慮なく女の心持を真実に打出す」(「産屋物語」)ことが、女性表現者として最良の方法であるという自覚であった。

たしかに「晶子といふ人間、唯一絶対の或一生命とは殆ど何等の関係が無い、極めて普遍的に遊離した、雲のような歌が多い」(「所謂スバル派の歌を評す」「創作」明治43年3月)という、若山牧水の批判にもあきらかなように、『佐保姫』(明治42年5月)には、形骸化された恋愛歌が多かった。しかし抑圧された女の性にかかわるさまざまな偏見をみずから解明してゆこうとする晶子が『春泥集』以後の晶子であった。

産屋なるわが枕辺に白く立つ大逆囚の十二の柩《ひつぎ》
母として女人の身をば裂ける血に清まらぬ世はあらじとぞ思ふ

これらの『青海波』(明治45年1月)の「産む性」の歌をよむかぎり、つぎの「晶子にとっての明治四十年代は、寛の論理や言動に従い、その枠内から出ることができなかった」(「明治四十年代の与謝野晶子」『自然主義と近代短歌』

昭和60年11月という篠弘の見解は是正されなければならない。むしろ〈女性の愛〉によりかかる夫寛との〈相聞〉の感情《くびき》から解き放たれようともがき苦しむ晶子がそこにいる。「私の胎を裂いて八人の児を浄めた血で書いて置く」という悲痛な覚悟をもって記された「産褥の記」（「女学世界」明治44年4月）とゆるぎない結びつきをもつ「産む性」の歌は、「私の空想が知らずに性を超越してしまつた」夢みる恋愛歌人とはあきらかな変貌をみることができよう。晶子をして「自分が女性に帰つた気がする」といわしめたのは、ほかならぬ「産む性」の自覚にあったと考えられる。

さまざまな誤解や錯覚にさらされた底知れぬ女の性のありかを凝視し、命がけで〈清まらぬ世〉を変革せんとする偉大な女性表現者の誕生がそこにあった。

かかる女性じしんの目で女性の性そのものの真価をとらえなおすというヒロイニズムの視座が『春泥集』以後の晶子にもたらされた。とすれば、意外にも〈よわき男〉の自己像をうたいあげた『一握の砂』がそれを可能にしたのではないかと私には思われてならない。

最後に随筆集『街頭に送る』（昭和6年2月）所収の「愛と人間性」の一節を引用して、女性表現者における自己像の表出の広がりを考えるてがかりとしたい。

人は自己を愛することを遠慮すべきでない。併し同時に一切の人を自己と等《ひと》しく愛することに向つて各自の心を解放しなければならない。

愛を小部分に偏在させてはならない、一地方、一帝国に仕切らず、人種と国境とを越えて、共存共栄の生活を眼中に置くべき時代が到来したのに気づかない国民は、外交的にも経済的にも孤立し、民族としての自己生存を危うくするであらう。

（付記）本稿は、平成七年八月十八日に韓国ソウルの中央大學校で開催された国際啄木学会での講演草稿である。なお、大会直前の平成七年八月三日に急逝された岩城之徳会長の霊前に謹んで拙稿を捧げたい。

［補記］本編は、中央大學校・日本研究所「日本研究」第十一輯（平成8年2月）に発表した「石川啄木と与謝野晶子――『みだれ髪』から『一握の砂』へ――」に加筆したものである。なお、『みだれ髪』『一握の砂』に共通する明確な主体の造型について、今野寿美「不如意な〈われ〉の造型――『一握の砂』が『みだれ髪』から摂取したもの――」（台湾啄木学会編『漂泊過海的啄木論述』平成15年7月）が綿密に論証し、さらに今野氏は『24のキーワードで読む与謝野晶子』（平成17年4月、本阿弥書店）において、『みだれ髪』を「われ」の歌集として位置づけ、最近のすぐれた成果を示している。

七　短歌滅亡論と石川啄木の短歌観
――〈いのちなき砂〉とはなにか――

いのちなき砂のかなしさよ
さらさらと
握れば指のあひだより落つ

いわゆる「砂山十首」の一首である。この〈いのちなき砂〉の歌が『一握の砂』という歌集の表題とかかわり、歌集全体のモチーフにも深くかかわることは自明のことであろう(1)。そのうえで、この歌が何よりも啄木じしんの短歌観そのものを明示しているものであることを考えてみたい。

たとえば、すでに本林勝夫にはつぎのような言及がある。

彼にとって短歌は所詮「一握の砂」のごときものであり、あたかも蟹にたわむれるように、敗北の感情をよせる「悲しき玩具」であった。だが、そのことにおいて啄木の生がミニマムな一点に凝集され、「いのちの一秒」

を定着させる独自な方法を生み出しているのも事実である。してみると、砂山の歌は有名な「一利己主義者と友人との対話」（明43・11）や、「歌のいろいろ」（同・12）に見る短歌観を歌の形で表白したものとみることも可能なのではあるまいか。

（「啄木の短歌」『石川啄木必携』昭和42年12月）

「一利己主義者と友人との対話」「歌のいろ〳〵」などの歌論とのかかわりから、〈いのちの一秒〉を定着させる独自な方法が生み出された、という本林勝夫の卓見に異議をさしはさむ余地はないかもしれない。しかし、問題は、啄木の短歌観をどうとらえるかである。本林のいうように、はたして啄木にとって短歌は「一握の砂」のごときものであり、敗北の感情をよせる「悲しき玩具」であったか、どうか。たとえば、短歌すなわち「悲しき玩具」とする論点は、つぎの昆豊の見解に集約されるであろう。

「一握の」の語意は無限なるものに対比された有限なる生命なるが故に「悲しい」のであり、そんなはかない生命の願望を「砂＝短歌」にみるという点で、「砂＝玩具」が生命の休息所に見立てられている。悲しい生命の休息所（一握の砂）としての短歌の効用と限界を見極めた上で、啄木は「悲しい」ことを承知しながら「玩具＝短歌」の機能と構造を積極的に活用し、内容・主題を統一させた連作と意図的な編集とを試みている。

（「歌集『一握の砂』評釈ノート（四）」「近代文学論集」昭和54年11月）

いわば明治四十一年の「煙草」短歌観が四十三年の「玩具」短歌観にどのように通うかという問題もふくめて、

あらためて啄木の短歌観そのものを問いなおす必要があろう。

1　いのちを愛するから歌を作る

〈いのちなき砂〉の歌は、明治四十三年十一月号「スバル」を初出とする（ちなみに同号掲載の「秋のなかばに歌へる」百十首は、すべて『一握の砂』に収録されている）。ということは、この年の十一月号「創作」に発表された「一利己主義者と友人との対話」は、当然のことながら〈いのちなき砂〉の歌をうたう抒情主体と密接なかかわりがあるものと考えられる。のみならず、「一首三行書き一頁二首、総数二百二十頁に再編集して、歌集の名を『一握の砂』と改めたのは、この年十月四日より九日の間である」（岩城之徳『啄木全作品解題』昭和62年2月、筑摩書房）とすれば、〈いのちなき砂〉をふくめた「砂山十首」を冒頭に据えた歌集『一握の砂』の編集に専念する歌人としての啄木の真実の声を、AとBとの対話によって展開される「一利己主義者と友人との対話」におけるかれらの発言から聞きとることはあながち不当だとはいえないであろう。

では、この「一利己主義者と友人との対話」はどのように読むべきであろうか。「一利己主義者と友人との対話」という短歌論を啄木晩年の思想的動向のうえにはじめて明晰な位置づけをこころみたのは、石井勉次郎の『私伝石川啄木　終章』（昭和59年5月、和泉書院）であった。(2)

根本的には、42年の「食ふべき詩」あたりからくすぶりはじめた彼の生活詩観が次第にその問題点を煮つめられ、特に歌集「一握の砂」刊行を発意して編集を終える前後から、伝統と定型の制約（つまりは歴史の制約）を背負う短歌という表現形式との抜き差しならぬ対決を迫られた結果の立論であるととらえる必要がある。

「一利己主義者と友人との対話」は、たしかに石井勉次郎のいうように、「短歌という表現形式との抜き差しならぬ対決を迫られた結果の立論」であった。『近代短歌論争史　明治大正編』（昭和51年10月、角川書店）の著者篠弘の文脈でいえば、「近代短歌は、いわば滅亡論とのたたかいであった。論争史もまた、滅亡論議からはじまらなければならない」。啄木が短歌という表現形式との抜き差しならぬ対決を迫られたのは、いうまでもなくみずから〈滅亡論とのたたかい〉に身を投じたからであった。

「一利己主義者と友人との対話」もまた、〈滅亡論とのたたかい〉をその根底に据えなければ、それこそ何もかもはじまらない。

周知のごとく、尾上柴舟の「短歌滅亡私論」は、明治四十三年十月号「創作」に発表された。

私の議論は、また短歌の形式が、今日の吾人を十分に写し出だす力があるものであるかを疑ふのに続く。三十一音の連続した形式に、吾々は畢生の力を托するのを、何だか、まだろつこしい事のやうに思ふ。ことに、五音の句と、七音の句と重畳せしめてゆくのは、日本語が、おのづから五音七音といふ傾を有つた当時ならば、自然に出来る方式であつたであらうが、これを脱した、自由な語を用ゐる吾々には、これに従ふべくあまりに苦痛である。更にこの五音七音を二重にして、更に七音を加へた一形式に於いてをやである。この形式が自分らの情調と一致したやうに考へるのは、畢竟、自分らに捉はれた処があるからである。世はいよ〳〵散文的に走つて行く。韻文時代は、すでに過去の一夢と過ぎ去つた。時代に伴ふべき人は、とく覚むべきではあるまいか。

当時の自然主義的思潮の立場から、「今日の私は、まだ古い私に捕はれてゐる」としながらも「短歌の存続を否認しよう」と提言する柴舟の滅亡論を、啄木はかの有名な〈いのちの一秒〉説をもってAに反駁させる。


「あれは尾上といふ人の歌そのものが行きづまつて来たといふ事実に立派な裏書をしたものだ」。

「人は歌の形は小さくて不便だといふが、おれは小さいから却つて便利だと思つてゐる」。

「一生に二度とは帰つて来ないいのちの一秒だ。おれはその一秒がいとしい。たゞ逃がしてやりたくない。それを現すには、形が小さくて、手間暇のいらない歌が一番便利なのだ」。

「歌といふ詩形を持つてるといふことは、我々日本人の少ししか持たない幸福のうちの一つだよ」。

「おれはいのちを愛するから歌を作る。おれ自身が何よりも可愛いから歌を作る」。


「いのちを愛する」から「歌を作る」。これほど直截簡明な理由はない。と同時に、これほど深刻な自己主張もなかろう。つまりは、五七五七七＝三十一音の伝統的な詩形式がもはや〈自分らの情調〉と一致しえない、という滅亡論にたいする反論の核心部分がここにあった。形式にしたがうことはあまりに苦痛である、と柴舟はいう。啄木はAに「歌といふ詩形を持つてるといふことは、我々日本人の少ししか持たない幸福のうちの一つだ」といわせている。おそらく啄木にとって、短歌という詩形を背負うかぎり（国崎望久太郎のいうように「短歌はかれの自由になる唯一無二の形式として存在した」としても）、形式にしたがうことが苦痛であるというのは心外であったにちがいない。だからこそAはいう。「その時が過ぎてしまへば間もなく忘れるやうな、（略）内からか外からかの数限りなき感じ」を、「いのちを愛する者」は軽蔑することができない。だから〈いのちの一秒〉をあらわすには、「形が小さくて、手間暇のいらない歌が一番便利なのだ」。

かかる生命観と短歌観との結合は、つぎの告白にもあきらかなように、短歌という表現形式との抜き差しならぬ対決（あるいは滅亡論とのたたかい）を迫られた啄木にとって、いわばひとつのアイデンティティ（存在証明）であった。(3)

……たゞ僕には、平生意に満たない生活をしてゐるだけに、自己の存在の確認といふ事を刹那々々に現はれた「自己」を意識することに求めなければならないやうな場合がある、その時に歌を作る、………

（明治44年1月9日、瀬川深宛）

まさに自分が自分であることの証明は、啄木にとって歌をうたうことにほかならなかった。別言すれば、短歌という表現形式が滅亡することは、啄木にとって抒情主体そのものの自滅を意味する。ここにこそ〈滅亡論とのたたかい〉に挑む啄木じしんの内発的な問題提起があった。

「しかしその歌も滅亡する。理窟からではなく内部から滅亡する。しかしそれはまだまだだ。早く滅亡すれば可いと思ふがまだまだ。（間）日本はまだ三分の一だ」。

〈内部から滅亡する〉とは、「自分らに捉はれた処がある」という柴舟の滅亡論にたいするもっともきびしい批判である。と同時に、それは〈いのちを愛するから歌を作る〉という抒情主体からの内部告発でもあった。柴舟の滅亡論をいわば内因的にとらえなおすことで、「早く滅亡すれば可いと思ふ」が「日本はまだ三分の一だ」というように、歌をうたいつづけざるをえない作歌主体の内実をあきらかにする。つまりは、「日本は……何もかも三分の一だ」という状況認識のきびしさが柴舟の滅亡論には欠如していたといえるが、そこをおのれの内なる〈滅亡論とのたたかい〉の立脚点としてはっきりと見定めておく必要が啄木にはあった。だからこそ――「君は君のいのちを愛して歌を作り、おれはおれのいのちを愛してうまい物を食つてあるく」というBの半畳にたいして、みずからを説得するように、「おれはしかし、本当のところはおれに歌なんか作らせたくない」「おれはおれに歌を作らせるよりももつと深くおれを愛してゐる」――といういわば二重の抒情主体を啄木は持ちださねばならなかった。〈いのちを愛するから歌を作る〉抒情主体を他者として冷徹に見据える、もうひとりの〈歌なんか作らせたくない〉抒情主体を登場させることによって、ともかくも〈内部から滅亡する〉ことの危機をのりこえようと啄木はした。

ところで、この対話劇の結末でBのいう、「歌のやうな小さいものに全生命を託することが出来ないといふのか」のなかの〈全生命〉とはどのような意味があるのであろうか。Bの問いかけは、短歌形式がもはや自己表現という近代文学の要求にたえられないとする柴舟の滅亡論への直接的な批判でもあった。したがってAはかかるBの問いかけにたいしてつぎのように答える。

「おれは初めから歌に全生命を託さうと思つたことなんかない。（間）何にだつて全生命を託することが出来るもんか。(間) おれはおれを愛してはゐるが、其のおれ自身だつてあまり信用してはゐない」。〈いのちを愛するから歌を作る〉おれがいう〈全生命〉とは、上田博のいうように「〈全生命〉が〈いのちの一秒〉の集積あるいは総体ではないし、その断片が〈いのちの一秒〉なのではない」(『石川啄木歌集全歌鑑賞』平成13年11月、おうふう) としても、「歌は――文学は作家の個人性の表現だといふことを狭く解釈してるんだからね」というかれじしんの発言に照らしていえば、〈いのちの一秒〉ではとらえることのできない〈限定を超えた理念〉(石井勉次郎) であろう。「歌のやうな小さいもの」はいうまでもなく、「何にだつて」、〈全生命〉を託することができぬというAの発言には、大逆事件後のいわゆる時代閉塞の現状にあって、さまざまな重苦しい思想的課題を背負いこんだ啄木じしんの悲痛な思いがかさねられていることはたしかなことである。別言すれば、「日本は……何もかも三分の一だ」という現状認識は、〈全生命〉を託することができないかぎり短歌という限定された表現をたやすく捨てさることはできない啄木特有のひとつの逆説でもあった。さらにいえば、短歌(文学)を個性表現として狭く限定しないことで、短歌というジャンルを近代文学全体のなかでとらえなおそうとするところに、啄木という抒情主体そのものの成長があるはずでもあった。(4)

2　歌というものは滅びない

ところで、啄木という抒情主体の成長にとって見のがすことのできないひとつの出会いがあった。それは、すでに拙稿「啄木の抒情の進化」(『国際啄木学会台北大会論集』平成4年3月) で言及したように、「朝日歌壇」の選者に抜擢されたということであった。

啄木が社会部長の渋川柳次郎の推挙で「朝日歌壇」の選者を担当したのは、明治四十三年九月十五日から翌四十四年二月二十八日までの八十二回で、投稿者百八十三名、総歌数五百六十八首におよぶ。啄木選歌の「朝日歌壇」の全容は、岩城之徳『石川啄木伝』（昭和60年6月、筑摩書房）の「啄木選朝日歌壇」に詳しく紹介されているが、啄木が「朝日歌壇」の選者になったという事実は、啄木短歌の形成史のうえにはかりしれぬ重い意味をもつ。なぜならば、いわば大逆事件前夜にあたる四十三年四月下旬から六月上旬にかけての思想的文学的動揺のなかで、私たちの啄木短歌が「東京朝日新聞」にうたわれはじめたからである。さらに新聞紙上の掲載歌を渋川柳次郎からほめられ、「出来るだけの便宜を与へるから、自己発展をやる手段を考へて来てくれ」と激励された啄木が第一歌集の編集、出版にとりくみだしたからでもある。いわば日課のごとくうたわれた自己と向かい合うことになるが、おそらく大逆事件発覚後の微動だにせぬ現実のまえにみじめな自己をさらけ出すような歌は、かれにとっては愛着と軽侮とが錯綜したひとつの生のかたみであったろう。

かかる啄木という抒情主体をまちうけていたのがほかならぬ「朝日歌壇」選者の仕事であった。「朝日歌壇」が設けられるにあたって執筆された、「窓の内・窓の外」（生前未発表のエッセイ）のなかで、啄木はつぎのようにいう。

——仮令へば、三十一字詩といふ極めて窮屈なる、而してやがては滅ぶべき一小詩形に自己の零細なる感想を託せむとするに当つても、我々は最早万葉の諸詩人の如く無意識的放胆的であることは出来ない。其の詩形の上に設けられた無用なる制約には元より随ふ理由を持つてゐない。而して又、現時の歌人、詩人、乃至其の他

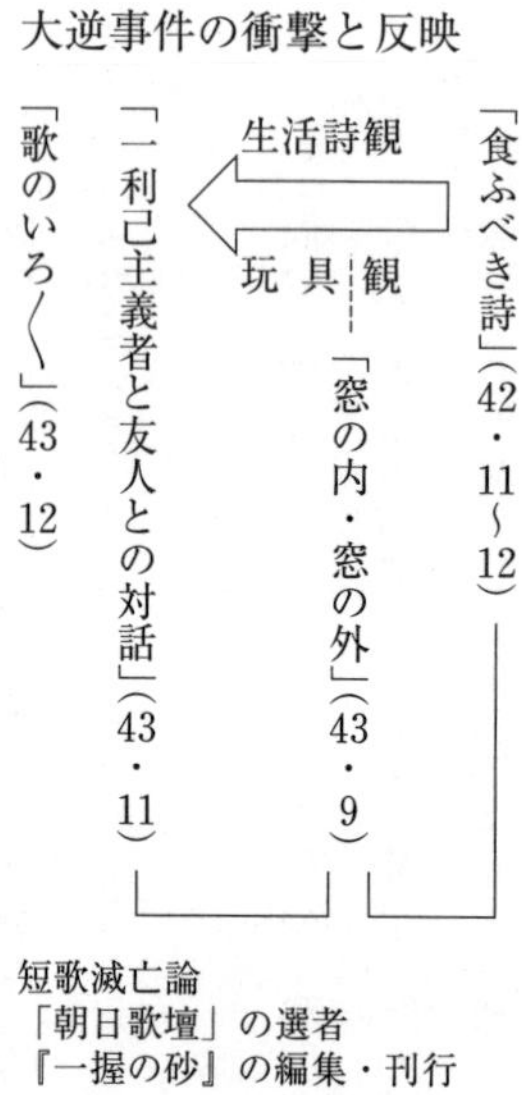

の文学者の多数が抱いてゐる様な不条理なる文学的迷信を認容することも出来ない。彼の「文学」の偶像を擁立して、其の前に跪拝し、参仰し、文字の戯れをこれ事として得々たる人々と我々とは、おのづから立場を異にしなくてはなるまいと思ふ。

ここにみられる主張は、「一利己主義者と友人との対話」「歌のいろ〳〵」における短歌観と基本的には合致する。とともに、「食ふべき詩」で展開された生活詩観にたいする強い自覚の発揚がここにはあった。というのは、「文学的努力にやゝ近い努力をする玩具製造者でもよい」とか、「我は玩具製造者中の巧妙なる者なりといふ自覚を持つならば」とかという「窓の内・窓の外」の言説は、あきらかに「歌のいろいろ」の「歌は私の悲しい玩具である」というあの有名な結語につながるものであるが、むしろその言説が「暇ある時に玩具を弄ぶやうな心を以て詩を書き且つ読む所謂愛詩家」という「食ふべき詩」の思想的文脈によってみちびき出されたものだと考えられるからである。

もっとも、啄木短歌の形成史からいえば、かれの短歌（文学）玩具観は「食ふべき詩」にはじまったわけではなく、「歌なんぞは煙草と同じ効能しかない」という、明治四十一年の「暇ナ時」時代を端緒とする。たとえば、今井泰子『石川啄木論』（昭和49年4月、塙書房）のいうように、「刹那の自意識の定着という短歌観は、萌芽的には明治四十一年にすでに発見される」。ただし、すでに拙著『啄木短歌論考　抒情の軌跡』（平成3年3月、八木書店）

でも論及したように、「自分で作つてみて、僕は漸々歌に対する批評が出来るやうになつた」以後の玩具観は、自己の短歌を小説本位の近代文学のジャンルとはあくまでも別のものであるというこだわりをもっていた煙草観とは、やはり異質的なものであったといわざるをえない。

それにしても、この「窓の内・窓の外」という二千字程度の短い文章は従来ほとんど読みすごされてきたが、篠弘『近代短歌史―無名者の世紀』（昭和49年3月、三一書房）が「啄木の選歌欄にたいする独自の非情な態度と、かれの作歌構造の変化を理解することができる」と指摘するように、啄木における〈抒情の進化〉を見きわめるうえで、ひとつの分岐点に位置する重要なエッセイであるといえよう。「文学といふ人間活動の一つの形式それ自身には、本来何の価値も権威もあるべきでない」「不条理なる文学的迷信を認容することも出来ない」という発言は、「食ふべき詩」いらいの生活詩観を継承するものであるが、「要は、自分自身が今後に於て、自分の歌なり此の歌壇なりに就いて何等かの誇張した考へを抱くことを、みづから戒めて置くのである」。

かかる自戒をもって「朝日歌壇」の選者としての仕事にのぞもうと啄木はした。

では、「朝日歌壇」選者という仕事は、啄木という抒情主体の成長にとってどのような意味があったのだろうか。結論からいえば、「日毎に集つて来る投書の歌を読んでゐて」、一種の反発を覚えながらも、民衆の作品と直接にかかわることで、「三十一字詩といふ極めて窮屈なる、而してやがては滅ぶべき一小詩形」そのものを、人間性の〈表現〉としてとらえなおす〈批評〉の視点がかれにもたらされたということであった。もっとも、「歌人たること、歌壇の選者たることに予は不幸にしてどれだけの誇りをも発見することが出来ない」啄木にすれば、最初から期待をもって選歌にのぞんだわけではなかった。ところが、「歌壇の前景気は、予期したよりは遙かに好かつた」。

「今猶机上には二葉亭全集第二巻の校正と歌壇の投稿二百余通山積致居候」（明治43年10月22日、吉野章三宛）という盛況ぶりでもあった。篠弘『近代短歌史』のなかで、啄木が「自作を変名で挿入し、選歌欄のレベルをひきあげることにつとめたらしい」実例を紹介している。さらに、『一握の砂』刊行後の四十四年二月になると、口語的発想や読点をつけて二行または三行に分けるという方法が選歌欄においてこころみられていることをも指摘している。

雨の夜の赤の電車に乗合ひし男の眼今も気になる（愁蛾）
いつも逢ふ電車の中の小男の稜ある眼このごろ気になる

いらだてる心おさへて夜の町の群集に交る我のいとしさ（白水）
浅草の夜の賑ひにまぎれ入りまぎれ出で来しさびしき心

学校の運動場の片すみにさびしくも咲く黄なる草花（夏葉）
学校の図書庫の裏の秋の草黄なる花咲きし今も名知らず

右の比較にみるように、新聞というメディアの功罪をだれよりもよく知る啄木であったからこそ、みずから選歌欄に積極的に切り込むことで、いずれ刊行されるであろう『一握の砂』の読者層を広げるというねらいもあったにちがいない。そのねらいはみごとにあたった。

やゝ長き坂をのぼりて上りつめし心に似るか今日の心は

鏡とり泣きたくなりぬ何時となく老人じみし力なき眼に
女てふかなしきものに生れしを泣く日ぞ今日は髪もけづらず
一日の仕事も終へしさびしさよ、口笛などを吹いてみるかな
いやな気持を口笛吹きて紛らしぬ、いつもあの人に逢ひて帰る時

いかに『一握の砂』における啄木調がいちはやく「朝日歌壇」に浸透していったかが明白であろう。いずれも作品の密度は高いとはいえないが、「……自分で自分を憐れだといつた事に就いてゞも、その如何に又如何にして然るかを正面に立向つて考へて、さうして其処に或動かすべからざる隠れたる事実を承認する時、其時某君の歌は自からにして生気ある人間の歌になるであらう」（「歌のいろいろ」）という、選者である啄木の要請に懸命にこたえようとしている。その意味では、「啄木と同時代に相関関係をもったこれらの選歌欄作品は、そのまま啄木にたいする批評でなければならない」（篠弘）。したがって、折りしも〈滅亡論とのたたかい〉に身を置く啄木は、選歌欄の無名歌人（ひいては民衆）に呼びかけるように、きわめて具体的な提言をするのであった。

我々は既に一首の歌を一行に書き下すことに或不便、或不自然を感じて来た。其処でこれは歌それぞれの調子に依つて、或歌は二行に或歌は三行に書くことにすれば可い。よしそれが歌の調子そのものを破ると言はれるにしてからが、その在来の調子それ自身が我々の感情にしつくりそぐはなくなつて来たのであれば何も遠慮をする必要がないのだ。三十一文字といふ制限が不便な場合にはどしどし字あまりもやるべきである。

そのうえで啄木はつぎのように断言する。「忙しい生活の間に心に浮んでは消えてゆく刹那々々の感じを愛惜する心が人間にある限り、歌といふものは滅びない。仮に現在の三十一文字が四十一文字になり、五十一文字になるにしても、兎に角歌といふものは滅びない。さうして我々はそれに依つて、その刹那々々の生命を愛惜する心を満足させることが出来る」。刹那の生命を愛惜するという啄木独自の方法論は、如上の〈いのちの一秒〉説を敷衍するものであるが、あきらかに「自からにして生気ある人間の歌」を求めてやまぬ抒情主体そのものの成長を裏付けるものであった。短歌の存亡を危機的にうけとめることで、短歌という表現もまた同時代の文学のジャンルとして是認されるものであるというたしかな自覚がここにあった。

かくて、〈いのちなき砂〉が啄木の短歌観を歌の形でどのように表白したものかをあきらかにしておかねばならない。

〈いのちなき砂〉の歌には、〈全生命〉の根底をしみじみと見つめなおすような対話の時間がある。木股知史『石川啄木・一九〇九年』のすぐれた鑑賞によれば、「いのちない砂がかなしいだけではなく、いのちあるものは、すべて時をこぼして生きてゆかなければならないことがかなしいのである」。この歌は、いわば内面的時間のまさにこぼれおちてゆくありようをみごとにとらえようとしている。あるいは限定されたものと限定を超えたものとの、さらには刹那と永劫とによる時間の劇《ドラマ》が仕組まれているようにも考えられる。〈いのちなき砂のかなしさよ〉には、「暇ナ時」（明治41年6月25日）のなかの

初めよりいのちなかりしものの如ある砂山を見ては怖るる

との関連からいえば、万物の生成にかかわる〈いのち〉のみなもとを手繰りよせようとする切実な〈こころ〉のはたらきに深化がみられる。「短歌的抒情の時間の重みを十分すぎるほど洞察していた」（国崎望久太郎）啄木とすれば、不可視、不可知な時間のこぼれゆくなかに、奥深い広がりをもつ〈いのち〉の躍動をとらえようとする表現者としての痛切な〈こころ〉の衝迫があった。あるいは、〈いのちなき砂〉もまた時をこぼしながら生を営んでいるという自覚が、あらゆるものに〈全生命〉をゆだねることのできない虚無的な抒情主体を内部からささえていたともいえよう。いみじくも、〈いのちなき砂〉につづく歌は、そのことを如実に物語るものである。

しつとりと
なみだを吸へる砂の玉
なみだは重きものにしあるかな

〈いのちなき砂〉が〈砂の玉〉へと昇華しえたのは、まさに「一生に二度とは帰つて来ないいのちの一秒」を凝縮した抒情詩的時間として切実にとらえようとする抒情主体の成長にあった。「忙しい生活の間に心に浮んでは消えてゆく刹那々々の感じを愛惜する心が人間にある限り、歌といふものは滅びない」というきわめて自信にみちた短歌観がその根底にあったことはくりかえしのべたところである。さらに、「民衆の選歌欄に身をもって参画したことを一つの契機にして、啄木がつかみとったものは少なくなかった」（篠弘）。とすれば、歌論「一利己主義者と友人との対話」も、「広く読者を中年の人々に求む」と願った第一歌集『一握の砂』も、「朝日歌壇」選者という仕事をおいては実現されなかったのではないだろうか。

注

（1）この点に関しては、木股知史「〈一握の砂〉とはなにか」（『石川啄木・一九〇九年』昭和59年12月、冨岡書房）が時間論の視点によって鋭利な分析を示し、その時間論を「『一握の砂』の時間表現」（『一握の砂――啄木短歌の世界』平成6年4月、世界思想社）に発展させている。

（2）近代短歌の歴史的位相のうえに「一利己主義者と友人との対話」を綿密に検証した国崎望久太郎『増訂啄木論序説』も忘れてはなるまい。本稿も国崎の短歌史観に負うところが大きい。

（3）たとえば歌を生命のあらわれと見る立場は、若山牧水や前田夕暮などの自然派歌人と呼ばれた歌人たちとの交渉による影響だと考えられる。しかし、むしろ叫びの説の伊藤左千夫や「いのちのあらわれ」を唱えた斎藤茂吉などのアララギ派の歌論とかなりの共通項があるといえよう。このことは、国崎望久太郎も指摘するように「一利己主義者と友人との対話」が近代歌論の生成史にはたした役割を考えるうえでも重要な課題となろう。

（4）啄木晩年の歌友である土岐善麿は、『歌・ことば』（昭和17年4月、天理時報社）の「短歌と国語」で、「一利己主義者と友人との対話」における啄木の滅亡論批判を、短歌と現代語ということばの関係においてきわめて先覚的な意味があると位置づけている。しかし、「日本の国語の統一される時」短歌の運命がどうなるか、という啄木の問題提起にたいしては、「全く性急に過ぎるといつていいのである」と楽観的な態度を示している。短歌を短歌の伝統のなかで（しか）とらえることのでき（なかっ）た幸福な時代であったのかもしれない。

〔補記〕本稿は、平成四年十一月二十一日に開催された国際啄木学会京都大会でのシンポジウムにおける発言要旨に手を入れ、「山邊道」第三十七号（平成5年3月）に発表した「〈いのちなき砂〉とはなにか――短歌滅亡論にふれつつ――」に加筆したものである。

八　『一握の砂』における「砂山十首」の意味

明治四十三年（一九一〇）は、三十四年（一九〇一）につづく近代歌集史の第二期黄金時代と呼称するにふさわしい名歌集が陸続と誕生した。その年の十二月に刊行された石川啄木の第一歌集『一握の砂』もそのひとつである。「出来るだけ卒直に、出来るだけ飾らずに、自分の感情なり、追憶なり、哀傷なりを歌ひたい、これが著者年来の念願である」として、「歌壇の一新体を知らんとする」短歌愛好者に広く薦められた『一握の砂』と、第二歌集『悲しき玩具』とを合冊した『啄木歌集』が大正二年（一九一三）六月十日に東雲堂書店より刊行された。六月十五日に再版、八月二十五日には三版をかさねたが、没後早々にしていかに啄木短歌が広範な愛読者を獲得していたかがわかる。

では、こうした大衆的な支持を獲得しえた啄木短歌の魅力とはなにか。それは、「啄木の感傷の底には、明らかに、人生の体験・人間の心の深部にふれる何ものかがある」（田中礼）と洞察されるように、泣きぬれるほかない感傷性にあった。しかもその感傷性は、刹那における〈いのち〉と〈こころ〉を愛惜するというかれの人生観、生命観、短歌観とわかちがたく結びついていることによって、啄木短歌の方法の独自性をも形成していた。

かかる啄木短歌における感傷性の意味を、『一握の砂』の冒頭に位置する「砂山十首」の評釈によってあきらかにしたいと思う。

1 東海の小島の磯の白砂に
　われ泣きぬれて
　蟹とたはむる

『一握の砂』の巻頭にいわば自讃歌として読み据えられたこの歌は、北海道より上京してまもない明治四十一年（一九〇八）六月二十四日の作で、「明星」（明治41年7月）に掲載の「石破集」百十四首のうちの一首でもある。六月二十五日の日記に、「頭がすつかり歌になつてゐる。何を見ても何を聞いても皆歌だ。この日夜の二時までに百四十一首作つた。父母のことを歌ふの歌約四十首、泣きながら」とあり、「われ泣きぬれて」は「小説への志向に烈しく燃えながら、啄木の精神的雰囲気は短歌制作を刺激するような環境のなかに彩られていた」（国崎望久太郎『増訂啄木論序説』昭和41年1月、法律文化社）時期の啄木じしんの真実でもあった。

「石破集」の歌群からいえば、その終末部で「大音に泣くをえなさず今日も猶日記を背負へる流離の一人」「君よ君われ善く知れり一銭の値と蕪と涙との味」とうたうことで、みずからを〈涙の味〉をよく知りながら『大音に泣く』ことのできぬ漂泊者として自覚させる啄木であった。かかる抒情主体からすれば、「東海の小島の磯の白砂」こそ「大音に泣く」ことのできぬ漂泊者にとって、まさに泣きぬれるにふさわしい詩的空間であった。さらに〈日記〉を〈歌〉に読みかえれば、歌を背負いつづけてゆかねばならぬ漂泊者としての自己像が「東海の」の一首にみごとに表出されていることが理解されよう。したがって「東海の小島」はある特定の場所である必要はなく、もとより「一年前に直面した大森浜での漂泊の悲しみを回想し」（岩城之徳『啄木歌集全歌評釈』昭和60年3月、筑摩書房）、追憶するものでもない。

『一握の砂』の第四章「忘れがたき人人」において、

304 潮かをる北の浜辺の
砂山のかの浜薔薇《はまなす》よ
今年も咲けるや

318 しらなみの寄せて騒げる
函館の大森浜《おおもりはま》に
思ひしことども

「海といふと予の胸には函館の大森浜が浮ぶ」（「汗に濡れつゝ」「函館日日新聞」明治42年7月25日〜8月5日）と回想された特定の〈海〉や〈砂山〉が歌集初出歌としてうたわれたとき、かつての「東海の小島」は、「海が恋しい──これは予の浪漫的《ロマンチック》である」と幻象を求めつづける抒情主体によって、巧みな遠近法を駆使した映像的構図のうちに象徴的な風景としてあらたなよみがえりをみせた。

今井泰子『石川啄木論』（昭和49年4月、塙書房）がいうように、啄木において〈海〉や〈砂〉は、「生存」の意味を根源的に問うイメージであった。また木股知史『石川啄木・一九〇九年』（昭和59年12月、冨岡書房）も指摘するように、『一握の砂』は〈海〉と〈砂〉のイメージを核とする海辺漂泊を主題とした歌集であった。さらに拙著『啄木短歌論考　抒情の軌跡』（平成3年3月、八木書店）で論証したように、「東海の小島」の歌が明治四十三年（一九一〇）七月号の「創作」の〈自選歌〉二十三首の冒頭に据えられた時点で、「戦ひを好む弱者」の心の微動をうつしだすという『一握の砂』の原風景は啄木の脳裏に焼き付けられていた。その意味からも、「東海の小島の磯の白砂」で蟹とたわむれて泣きぬれるほかない自己像の演出は、「ホントウの新しいロマンチシズムが胚胎」し、「真の、深い大きい意味に於ける象徴芸術」をめざしていた「石破集」における精神風景のありようをあざやかに再現するものでもあった。

2　頰につたふ
　なみだのごはず
　一握の砂を示しし人を忘れず

この歌も「石破集」に掲出の一首であるが、八首目の「いのちなき砂」とともに『一握の砂』の表題・主題とかかわり、「砂山十首」全体のモチーフにも密接にかかわっている。

たとえば、初出の前歌「かく細きかよわき草の茎にだも咲きてありけり一輪の花」の「一輪の花」とおなじく「一握の砂」には、「無に帰着していくはかない生命の象徴」（今井泰子注釈『日本近代文学大系23　石川啄木集』昭和44年12月、角川書店）でありながら、生きることの意味を積極的に伝えようとする凛然とした存在感がある。さらに米田利昭『石川啄木』（昭和56年5月、勁草書房）がすでに指摘するように、この歌の原作「頬につたふ涙のごはぬ君を見て我が魂は洪水に浮く」（「釧路新聞」明治41年3月21日）における一種の諧謔性が、「真摯に、一握の砂のごとく無名者として生きん決意を示して、人生の意味の肯定に転化している」ことも見のがすことができない。

補足的にいえば、「あるころの砂に指もて書きしより長くその名の心にありき」「とある時とある処の白砂に指もてかきし名とも思ひぬ」（「歌稿ノート」明治41年9月23日）などは、「一握の砂を示しし人」にかかわる甘美な空想を誘いかけるが、「砂山十首」に組みこまれるような抒情の奥行きをもたない。なぜならば、「一握の砂を示しし人」は、

　頬にさむき涙つたふに言葉のみ華やぐ人を忘れたまふな（与謝野晶子『舞姫』明治39年1月）

「忘れたまふな」と呼びかける「言葉のみ華やぐ人」とおなじく頬につたう涙の味をだれよりもよく知っているからである。「一握の砂」を示し、示されることで、「頬につたふ涙」に物語られた意味が暗黙のうちにかれらには理解されたはずである。まさにそれは「戦ひを好む弱者」として、刹那の〈いのち〉と〈こころ〉をいとおしむ〈我〉の生きかたの肯定にほかならなかった。

3 大海にむかひて一人
七《なな》八《やう》日《か》
泣きなむとすと家を出でにき

「明星」（明治41年8月）の「其四」四十首に掲出のこの歌は、明治四十一年（一九〇八）七月十八日の作である。この日の「歌稿ノート」に、「泣けといふ我と泣くなといふ我の間に誰ぞやさは直に泣く」とうたい、その日の日記に「……生命その者に対する倦怠——死を欲する心が時々起つて来る」とのべ、さらにおなじ日の吉野章三宛の書簡に、「母の顔が目に浮ぶと、たゞもう涙が流れる実際涙が流れるよ。昨夜は妻が恋しくて恋しくてたまらなかつた。皆が僕を捨てて了つて、一人で思ふ存分泣かしてくれればよい様な気がする」（傍点引用者）と書く啄木であった。かかる抒情主体からいえば、「泣きなむとす」は、死にたいという痛切な表白でもあった。まるで「死を欲する心」の重圧からのがれるように、かれは過酷な現実の生活苦を背負う〈家〉を出て、ひとり〈大海〉にむかう。

今井泰子が明察するように、「海は、その永遠性ゆえにかえって、厭わしい現実の中で疲れた人の心を慰め、あるいは生命力を蘇らせ、あるいは流離の孤独の念を癒やす場所になった」（「啄木と海」淡江大学日本語文学系編『一九九一　国際啄木学会台北大会論集』平成4年3月）。そのことは、室生犀星の『抒情小曲集』（大正7年9月）所収の「かもめ」や「海浜独唱」などの抒情詩を読めばおのずから明白であろう。生の痛苦にたえかねる感傷家であり、漂泊者でもあるかれらにとって、〈海〉は、孤独であることをかみしめ、生の意味をたしかめ、「ひとりあつき涙をたれ」る場所であった。すくなくともかれにとっての〈大海〉は、「一人で思ふ存分泣かしてくれ」る場所であったにちがいない。

ところで、『桐の花』(大正2年1月)の北原白秋もまた感傷的詩人であった。「けふもまた泣かまほしさに街にいで泣かまほしさに街よりかへる」「手にとれば桐の反射の薄青き新聞紙こそ泣かまほしけれ」——白秋の偏愛する「泣かまほし」には、感傷をきわめて感覚的情緒的にとらえるところに独得の味わいがある。一方、「泣きなむ」という啄木短歌の感傷性には、肉声をもってだれかに語りかけようとする意志的内発的なものが強く感じられる。

4　いたく錆びしピストル出でぬ
　　砂山の
　　砂を指もて掘りてありしに

明治四十二年(一九〇九)五月号「スバル」の「莫復問」六十九首のうちの一首。生きることにたいする倦怠は、「死場所を見つけねばならぬ」という考えを啄木の脳裏にもたらす。「莫復問」に掲出の「こそこその話声《はなし》がやがて高くなりピストル鳴りて人生終る」に見られるように、〈ピストル〉が死への願望、あるいは自殺への誘惑を意味することは明白であろう。しかし、それは意外にも「いたく錆びしピストル」であった。死場所を求めるように砂山にやってきたかれによって掘りだされたものが錆びついたピストルであった、というのはいかにも残酷な物語ではないか。したがって、「生死ともに意味をなさぬ絶望、あるいは敗北を嘆く歌」

（今井泰子）と理解されるのも当然かもしれない。

岡庭昇「空想のピストル」（『現代詩手帖』昭和50年6月）は、錆びたピストルのもつ空想的、人工的モチーフのうちに、大逆事件以後の苛烈きわまる現実に歯ぎしりする啄木の憎悪と無念を読みとり、「撃とうとしても撃ちえないわたしたちの宙吊りの近代を象徴している」と分析する。「笑ふにも笑はれざりき――／長いこと捜したナイフの／手の中《うち》にありしに。」と『悲しき玩具』にうたうように、〈ナイフ〉〈ピストル〉は、〈宙吊りの近代〉に立ち向かう〈弱者〉がその掌中にかくしつづけた「誰のにも劣らぬ立派な刀」のまぎれもないしるしであった。

ともかく、「いたく錆びしピストル」は、砂山の砂に埋められた「喰ひ残しの大きい夏蜜柑」（「汗に濡れつゝ」）、「ブランデーの壜」（国木田独歩「運命論者」）、「君が名か……夏のおもひか」（室生犀星「砂山の雨」）、「まっかに錆びたジャックナイフ」（石原裕次郎「錆びたナイフ」）――どれよりも悲痛なうめき声をひそませているようだ。

ところで、「莫復問」をうたう啄木は、「ローマ字日記」を書く啄木でもあった。つねに「死のうか死ぬまいか?」とみずからの喉元に鋭利な刃物をつきつけるように、自己の「徹底的な生体解剖」（相馬庸郎）に余念のなかった啄木ではあったが、死にたいというはりつめた自意識を客観的にながめる余裕もあった。自己を戯画化するおどけ歌の方法がそれである。死のうか死ぬまいかという問いかけのきわまりを暗示するかのように、〈死〉からの生還者としてかれはつぎの5「ひと夜さに」をうたうことになる。

5ひと夜さに嵐来りて築きたる
この砂山は

何の墓ぞも

初出は「新天地」（明治41年12月）であるが、4「いたく錆びしピストル」とおなじく「莫復問」の掲出歌でもある。

つまり、この一首は、死のうか死ぬまいかという「ローマ字日記」時代の啄木内部の矛盾、葛藤そのもののきわまりを示すものであるといえる。「この砂山は何の墓ぞも」は、いったい〈死〉とはなにか、という形而上的な問いかけを形あるものとして具象化したのであろう。〈死〉とは一瞬のうちに、しかもみえざる闇夜のごとくひそやかに訪れてくるものであること、したがってもろくくずれやすい〈生〉をいとおしむという主題がそこに仮託されている。

玉城徹『鑑賞石川啄木の秀歌』（昭和47年10月、短歌新聞社）は、吉井勇の『酒ほがひ』（明治43年9月）所収の「砂山は墓のごとくにきづかれぬ君の墓なりわれの墓なり」が疑問の余地のない直接表現であるのにたいし、この歌には「何か大望があって、それを果すことの出来なかった絶望感」が「何の墓ぞも」という疑問形のなかにかくされている、と明快に分析する。たしかにその絶望感こそ〈死〉にとらわれた啄木の文学主体の暗部（弱さ）でもあるが、くりかえしていえば、死にとらわれていたかれは、いま無明の闇から脱けだそうとしている。「うなだれて海辺を歩む漂泊者そのごとくにもわれの歩める」――かの『酒ほがひ』のわれにもまして、「砂山十首」のなかのかれは、漂泊者として泣きぬれるほかない生きかたを痛切にかみしめているのだ。

ところで、「莫復問」冒頭四首の配列が、『一握の砂』編集時点での構成配列と類似しているのはたんなる偶然であったのか、さらには、「砂山十首」における啄木の文学的命題は「海と墓（無限の生と死）」との照応にあったので、その命題の延長として歌集編集時点で五首追加詠出されたのに違いない、という昆豊の指摘はきわめて示唆的である（「歌集『一握の砂』評釈ノート一〜四」「苫小牧駒沢短期大学研究紀要」昭和46年3月〜50年3月、「近代文学論集5」昭和54年11月）。「莫復問」の歌群が「砂山十首」の構成にどのように関連しているかについては、市原敬子「『一握の砂』論―「莫復問」の視点から―」（「まほろば」奈良県高等学校国語文化会、平成4年3月）のすぐれた論証があるので、ここでは砂山を舞台とした「砂山十首」における構成は、『酒ほがひ』の小説的な手法による連作「夏のおもひで」（初出は「スバル」明治42年8月）に誘発されたものではないか、という推測だけにとどめておきたい。たとえば、砂浜での恋物語の終焉をつげるようにうたう「夏のおもひで」の最終歌「焼砂に身を投げ伏して涙しぬ胸の痛みを思ひ知る時」にひきつづき、6「砂山の砂に腹這ひ」の歌がうたわれたとしてもさしたる違和感を私たちに与えないであろう。

6 砂山の砂に腹這ひ
初恋の
いたみを遠くおもひ出づる日

歌集初出歌のこの歌をふくめて後半の五首は、すべて『一握の砂』編集時点での詠出である。

「砂山の砂に腹這ひ」は、「むなしく無味な現在の中に生きる作者の姿」（今井泰子）をあらわしているようにみえるが、「砂山十首」のなかの1「蟹とたはむる」2「なみだのごはず」4「砂を指もて掘りて」7「あたり見まはし物言ひてみる」10「砂に書き」などによみとれるさまざまな身体表現からいえば、砂地にからだ全体をあずけることで、死とはなにか、ということを思いつめたかれに快いやすらぎがもたらされたのではなかろうか。

たしかに、「砂山の砂に腹這ひ」は、159「不来方のお城の草に寝ころびて／空に吸はれし／十五の心」という多感な少年時代のしぐさに通ずるものがある。のみならず、遊座昭吾『啄木秀歌』（昭和63年3月、八重岳書房）もいうように、「ただ無心に手を汚して砂遊びをした」「純真無垢な幼い日の心」をかれによみがえらせたかもしれない。さらに、砂に腹這いながら、「神の如く無邪気なる小児」（「一握の砂」「盛岡中学校校友会雑誌」明治40年9月）の時間にたちかえることもできたであろう。つまり、〈砂山〉とは、「世に最も貴き小児の心」をもって、心のままに笑い、泣くことのできる〈自然〉の表象であった。

だからこそ、この歌が〈初恋〉を追憶、回想するという単純な発想によるものでないことは当然であろう。すでに今井泰子や昆豊の先学が指摘するように、この歌の主題は、「おもひ出づる日」という現在の視点にある。「初恋のいたみ」を「遠く」つきはなすことで、いまさらに初恋の昔を思い出さずにはいられぬ、かれの現在の重苦しく暗澹たる心象がうかびあがり、そのことによって、いまもなお消しさることのできない〈生〉のかたみとして、「初恋のいたみ」はかれの心のなかに刻みこまれることにもなる。

かくして、小児の時間に、あるいは小児の心にたちかえることのできたかれにとって、いまや〈砂山〉は、死から再生にいたるための、かけがえのない舞台となった。「啄木のこころが演じずにはいられない独白劇の舞台なのであった」（窪川鶴次郎）。とすれば、〈死〉からの生還者が現在の〈生〉の痛苦と歓喜を切実にかみしめ、生きることの意味をあらためて根源的に問いなおそうとする心理の劇の躍動がここにみちあふれているといえよう。「砂山十首」の構成からいえば、子どもの時間と心をとりもどすことによって、独白劇の舞台は、〈死〉から〈生〉へ、〈暗〉から〈明〉へと転換することになる。かかる意味からも、この『一握の砂』のためにあらたに作られた「砂山の砂に」の一首は、絶妙な劇的効果を歌集全体にもたらしたといえるであろう。

7 砂山の裾によこたはる流木に
あたり見まはし
物言ひてみる

おなじく歌集初出歌。

「砂山の砂に腹這」うことで、生きることのよろこびをたしかめたかれにとって、「砂山の裾によこたはる流木」は「変転しつつむなしい形骸に帰していく生命の象徴」（今井泰子注釈『日本近代文学大系23　石川啄木集』）として、語りかけずにはいられない分身であった。たがいにわれもまた生きながらえてここにあり、という漂泊するものならではの共感が「あたり見まはし物言ひてみる」にうかがえる。

しかも〈流木〉に語りかけたかれは、〈流木〉から語りかけられ、語りかえされる、という情景がうかびあがるようだ。死にとらわれていた独白劇から生命のありかをじっくり問いかけるような対話劇へと、泣きぬれる砂山の舞台もその様相に変化がみられる。ここに生と死との無言の対話をよみとり、「死の想念にとり憑かれた人間の心理的深層断面を見せて呉れた歌だ」と評釈する昆豊は、ささやかな、はかない生の願望というこの歌の発想には、明治四十一年（一九〇八）八月号「明星」掲載の「流木」の第四連の詩想が生かされているのではないか、と論証している。それはそれとして傾聴すべき指摘ではあるが、〈流木〉を漂泊、流浪するものとして見立てるならば、『一握の砂』における〈流木〉には、詩人とは漂泊者でなければならぬ、というような「ロマンチシズムの尾骶骨」（石井勉次郎『私伝石川啄木　暗い淵』昭和49年11月、桜楓社）を露出させた詩編「流木」のモチーフとは、おのずから別のものがうかびあがるはずである。

「石破集」および「ローマ字日記」時代の創作的生活の苦闘を経た抒情主体からすれば、われもまた「悲しき移住者」のひとりであるという、都市漂泊者としての自覚のあらわれがここにはある。したがって、今井泰子のいうように、「この歌では流木のイメージとあいまって美しい情景を読者に想像させる」ものがあるとすれば、「砂山の裾によこたはる流木」に「物言ひてみる」かれが、おのれじしんの過去の総体をとらえなおし、現在の生の意味をたしかめえた、いわばてごたえのある実感を、私たち『一握の砂』の読者に伝えようとしているからであろう。

8　いのちなき砂のかなしさよ
　さらさらと
　握れば指のあひだより落つ

明治四十三年（一九一〇）十一月号「スバル」の「秋のなかばに歌へる」百十首のうちの一首。

まるで砂浜によこたわるように、かれは「いのちなき砂のかなしさよ」と〈砂〉に語りかける。ここでも〈砂〉から語りかけられ、問いかえされるという対話の劇が想定されている。さらに木股知史がいうように、〈砂〉はまさにこぼれゆく〈時〉そのものの暗示であり、限定されたものと限定を超えたものとの、あるいは刹那と永劫とによる時間の、心理の劇がこの対話には仕組まれているように読みとれる。

この「いのちなき砂」が2「頬につたふ」の歌とともに、『一握の砂』という歌集の表題や「砂山十首」全体のモチーフとも深くかかわることはすでにのべておいたが、それは何よりもこの歌に啄木じしんの短歌観がきわめて明瞭に語られているからであった。このことは、すでに拙稿「〈いのちなき砂〉とはなにか―短歌滅亡論にふれつつ―」（「山邊道」第37号、平成5年3月）で言及しているので、「忙しい生活の間に心に浮んでは消えてゆく刹那々々の感じを愛惜する心が人間にある限り、歌といふものは滅びない」（「歌のいろいろ」）という短歌観が、この一首に明示されていることだけをあらためて強調しておきたい。

それにしても、さらさらとこぼれ落ちる〈砂〉のイメージは、『草枕』第十章の鏡が池での椿の花が「際限なく落ちる」光景を想起させずにはおかない。こぼれ落ちる砂に語りかけるかれの胸中にもまた、「永久、永遠というものに裸でむきあったときの不安と恐怖が、その底に秘められていた」（玉井敬之『夏目漱石論』昭和51年10月、桜楓社）とみることができる。

たしかに、「いのちなき砂」に、「虚無的なもの、象徴」（矢代東村・渡辺順三『啄木短歌評釈』昭和10年11月、ナウカ社）や「深いペシミズム」（湯川秀樹）を読みとりたくなる誘惑にかられる。それは、あらゆるものに〈全生命〉をゆだねることができないという虚無的な抒情主体がその根底にあるからである。しかし、碓田のぼる『啄木の歌その生と死』（昭和55年11月、洋々社）もいうように、「海を生命とみ、砂を死とのみみる性急な対比には賛成しがたい」。むしろ、「いのちなき砂」がどのように生かされているかということに、かれの感動があった。「いのちなき砂」を「いのちなき歌」と読みかえるならば、あらゆるものに〈全生命〉を託することができないという深いペシミズムにとらわれている啄木にとって、短歌という詩型《かたち》こそ悲しい生命《いのち》の捨てどころであったことが理解されよう。

9 しつとりと
なみだを吸へる砂の玉
なみだは重きものにしあるかな

初出「スバル」（明治43年11月）の配列からみても、この歌はもともと前歌「いのちなき砂」とペアの関係にあるが、歌集ではその結びつきがより緊密なものになっている。なぜならば、〈砂〉の実質的な意味が何よりも〈なみだ〉をおいては考えられないことを、「砂山十首」のエピローグで、かれは『一握の砂』の読者に伝えておきたかったからではないか。

「泣きぬれて」砂浜の舞台に登場したかれじしん、「頬につたふなみだ」をぬぐう人ではもとよりなかった。「いのちなき砂のかなしさよ」と「一握の砂」に語りかけたとき、はじめてとめどなくあふれる〈なみだ〉をしっとりと吸いこんだ〈砂〉の重みを実感しえたにちがいない。「砂は、海の咆哮と生命の供与である潮の香を吸って、無機的な生を営むということへの感動」（碓田のぼる）がかれにもたらされた。と同時に、〈なみだ〉をたっぷりと吸収した「いのちなき砂」に、有機質な生命体としてのあらたな〈いのち〉を発見した感動をかみしめるかれでもあった。「いのちなき砂」が「砂の玉」へと昇華しえたゆえんもそこにあったといえよう。

しかしながら、なぜこうもよくかれは泣くのであろうか。

涙は千万の言葉より雄弁である、といえばそれまでのことであるが、この一首は、なぜ泣くのかという理由を明快に物語っている。すでに2「頬につたふ」でものべたように、涙の味を知り抜いたかれにすれば、泣くこと、涙することは、「個人的感傷をより高次の人間存在の根本的疑問符にまでひきあげ」（山本太郎）、「感情の高揚とか、感受性のつよさ。そういった〈正〉の符号のついた人間性にちかいもの」（岡井隆）であった。

それにもまして、『一握の砂』の読者である私たちが忘れてならぬことは、啄木という抒情主体にとって、泣くことはうたうことと不可分の関係にあるということである。さらに自愛と感傷の涙をもって泣きぬれることじたいが、まさに「我を愛する歌」となるのだ、ということを。

それこそ人前で臆面もなく泣きぬれるかれの涙は、いつまでも〈神の如く無邪気なる小児〉でありつづけたい、という願望のあらわれであった。それは、いわば〈永遠の少年〉でありつづけることで、大人として成熟せざるをえぬ自己の存在じしんをきびしく問いかけるものでもあった。25「なみだなみだ／不思議なるかな／それをもて洗へば心戯《おど》けたくなれり」――涙はかれにとって何よりもカタルシスであった。のみならず、泣くことのままならぬ〈世の苦労人〉〈中年の人々〉にとっても、それは現実のさまざまな痛苦をやわらげるカタルシスであったにちがいない。だから、「男らしい、溺れない、自省力の烈し」さを、啄木短歌の特性として理解しえたすぐれた読者がいたとしても、なんら不思議なことではなかった。

10 大といふ字を百あまり
砂に書き
死ぬことをやめて帰り来れり

この一首は、3の「家を出でにき」と呼応するかのように、「砂山十首」を完結させるために作られた歌集初出歌であろう。

歌意は、「死への誘惑に打ちかって、索漠とした人生の中でも生きつづけようとする決意を述べた歌」（今井泰子注釈『日本近代文学大系23　石川啄木集』）ということに尽きるが、「なみだを吸へる砂の玉」に生命の尊厳さをみたかれが、〈砂〉に書きつづける「大といふ字」は、生にたいする激しい衝迫のあらわれとして、強烈な印象を私たちに与える。しかも、「死ぬことをやめて帰」るかれの形見として、その砂浜に書かれた「大といふ字」が「何となく力強い頼もしい感じさへ起させる」（矢代東村）のも、いつかはよせくる波にかき消され、跡かたもなくなる、という一種の虚無的な心情の表出があったからではないか。

つまり、あらゆるものに〈全生命〉をゆだねることができないという深いペシミズムにとらわれている抒情主体にとって、「大といふ字」は〈生〉とはどのように〈死〉と向かいあうのか、という問いを暗示するものでもあった。さらに、「漂泊のきわまりが結末なのではなく、そこからの帰還から歌集が始められている」（木股知史）ことを、「死ぬことをやめて帰り来れり」の結句は示唆しているのだ。

泣きぬれて海辺に登場したかれが、「戦ひを好む弱者」たるおのれじしんの〈弱い心〉を〈弱い心〉として、これからも見据えながら生きてゆかねばならぬという決意を表明した歌をもって、「砂山十首」の連作は閉じられることになる。

『一握の砂』という歌集が、その構成や編集に周到な配慮がなされた一種の知的構築物であることは、すでに諸家の一致するところであろう。

たとえば、「砂山十首」における漂泊のモチーフは、歌集終末部の都市流浪の歌群との照応によって、たんなる個としての漂泊体験が近代日本の民衆のそれとかさなる、という米田利昭の卓抜な見解もある。あるいは、漂泊者としての深化が第三章「秋風のこころよさに」の終末部における〈森林体験〉を契機としていることは、旧稿「幻想の森への回帰」(『啄木短歌論考』所収)でのべたところでもある。さらに、歌集巻末に追加された長男真一への追悼歌八首は、従来からいわば偶発的、異質的なものとしてみなされてきたが、

545　二三《ふたみ》こゑ
いまはのきはに微かにも泣きしといふに
なみだ誘はる

かかる哀悼歌の悲痛な感傷性が、死と紙一重のように向きあう生のありようを凝視する「砂山十首」のモチーフと

まったく無縁であるとはいいがたい。むしろ、巻末に愛児の死を悼む連作が付加されたことで、結果としては、「砂山十首」を巻頭に据えた歌集『一握の砂』がいわば〈死と再生〉というひとつの象徴劇をかたちづくることになったのではあるまいか。

歌集名を「仕事の後」から『一握の砂』に変えた明治四十三年（一九一〇）十月上旬の時点で、「砂山一連」の歌を組み立て、これを巻頭に置いたのであろう、という岩城之徳の指摘もあるが、「創作」の〈自選歌号〉で『一握の砂』の原風景がすでに描出されていたことを思えば、「東海の小島」の巻頭歌にはじまる歌集冒頭部の海辺漂泊のモチーフじたいは、抒情主体の内部においてゆるやかな熟成の時間をたくわえていたというべきであろう。そして、その熟成の時間をより豊かなものにする刺激がいくつか当時の歌壇の動向にあった。若山牧水の第一歌集『海の声』（明治41年7月）をさきがけとする、〈海〉への憧憬、関心が近代歌人たちにひろがりつつあったこと、近藤元の『驕楽』（明治43年3月）や吉井勇『酒ほがひ』のような頽唐的、官能的歌風が目立ちはじめたことなどがそれである。しかし何よりも啄木という抒情主体を根底から挑発したのは、いわゆる短歌滅亡論議であったことはいうまでもない。

それらは、ことごとく日露戦後の自然主義の思潮にうごかされた自己表現のありかたにかかわるものであったが、啄木における〈滅亡論とのたたかい〉は、短歌にとって近代とはなにか、という難題を問うことにほかならなかった。その問いかけの視点によって、「一生に二度とは帰って来ないいのちの一秒」という抒情詩的時間の重みを切実にとらえることができた。さらにそのことによって、短歌滅亡の危機をのりこえ、「利那々々の感じを愛惜する心」を根底に据えた抒情主体の成長を促すこともできた。

多様なイメージの拡散と凝縮によって、前後の歌がたがいに連動しながらおのずから歌集全体の主題を形成する。その典型を、巻頭の「砂山十首」にみることができた。過去のたんなる回想でもなく、もとより現実のたんなる再現でもなく、〈刹那の心〉を「すなほに、ずばりと、大胆に率直に詠んだ」（藪野椋十）ところに、『一握の砂』の清新な感傷性があった。それはおのずから詠嘆せざるをえぬ抒情主体の〈生の痛苦〉からの解放を意味していた。

「即興詩としての短歌の性格を、意識の瞬間の表現の器ととらえることによって、伝統詩型の近代の詩への転換をはかっている」（木股知史）という見地に立てば、『一握の砂』は、短歌を近代文学のジャンルとして定着させた最初の歌集であるといってもよかろう。

〔補記〕本稿は、村上悦也、上田博、太田登編『一握の砂――啄木短歌の世界』（平成6年4月、世界思想社）に所収の「「砂山十首」をどう読むか――かれはなぜ泣きぬれるのか――」を若干修正したものである。

九　『一握の砂』の構想と成立について

――「秋のなかばに歌へる」の主題と構成をめぐって――

明治四十三年十一月号の「スバル」に発表された「秋のなかばに歌へる」百十首は、重出歌としての採録もふくめれば、第一章「我を愛する歌」に十首、第二章「煙一」に二十二首、「煙二」に二十七首、第四章「忘れがたき人人一」に四十四首、「忘れがたき人人二」に一首、第五章「手套を脱ぐ時」に六首というように第一歌集『一握の砂』にすべて収録されているが、その『一握の砂』の成立にどのようにかかわるのであろうか。

『一握の砂』五百五十一首の基本的な構図は、四十三年詠出の短歌と歌集編集時のいわゆる歌集初出歌とによって創意工夫されている。しかも今井泰子がすでに指摘するように、『一握の砂』という歌集が「通読すれば気分の流れが波となって読みとれるように編集され、一首一首は、その内容・主題・イメージによって、鎖がつながるようにからみあって配列されている。著者の手もとの歌だけでつながらぬ時には、その場で詠出してそれをつなげたようである（歌集初出歌をそのように位置づけることが可能である）」（『日本近代文学大系23　石川啄木集』補注、昭和44年12月）。とすれば、歌集初出歌に「鎖がつながるようにからみあって配列され」た四十三年詠出の短歌の『一握の砂』成立における意味は大きい。とりわけ、その制作時期において『一握の砂』に近接する「秋のなかばに歌へる」の存在はあらためて見直される必要があろう。

1　口笛を吹く少年

「秋のなかばに歌へる」百十首は、少年時代を回想する1〜22、望郷歌の23〜49、都市居住者の哀歓をうたう50〜65、北海道での流浪の旅をうたう66〜110というように大きく四つの歌群によって構成されていると考えられる。この構成にしたがって「秋のなかばに歌へる」の歌群の意味について検討しておこう。

1 夜寝ても口笛吹きぬ口笛は十五のわれの歌にしありけり　（一六二＊歌集番号）
2 晴れし空あふげばいつも口笛を吹きたくなりて吹きて遊びき　（一六一）
3 不来方のお城のあとの草に寝て空に吸はれし十五の心　（一五九）
7 花散れば誰よりもさきに白の服着て家出づる我にてありしか　（一六八）
9 学校の図書庫の裏の秋の草黄なる花咲きし今も名知らず　（一六七）
11 盛岡の中学校のバルコンの欄干に最一度われを倚らしめ　（一七二）
16 ストライキ思ひ出でても今は早やわが血躍らずひそかにさびし　（一七一）

いずれも啄木じしんの盛岡中学校時代をうたった第二章「煙一」におさめられている。1「夜寝ても」の初出は「東京朝日新聞」四十三年十月十九日号であるが、その「新しき手帳より」五首には、11「盛岡の中学校の」もふくまれている。「夜寝ても」の一首が「盛岡の中学校の」と呼応するように「新しき手帳より」の末尾をかざり、同時に「秋のなかばに歌へる」の巻頭歌として位置づけられたこととは無縁ではない。盛岡中学校を舞台とした青春ドラマが「十五のわれの歌」からはじまることの予告でもあった。

「晴れし空あふげばいつも口笛を吹きたく」なる十五歳の少年は、「教室の窓より遁げて」「不来方のお城のあとの草」に寝ころび、「花散れば誰よりもさきに白の服着て家出づる」多感な少年でもあった。そうした少年にとって忘れることのできない思い出が「ストライキ」事件であった。みずから率先者のひとりとして情熱をかたむけた「ストライキ」に象徴されるかれの中学校時代の光と影が「バルコンの欄干」と「図書庫の裏の秋の草黄なる花」としてうつしだされている。しかもこの微妙な対比によって「十五のわれ」の自己肯定の激しさと孤独感の強さとが浮き彫りにされた。のみならず、「今も名知らず」「今は早やわが血躍らず」というように現在の視点へと少年の感性はゆるやかに収斂される。このような視点の重層性はいうまでもなく『一握の砂』の表現手法でもあった。あきらかに「夜寝ても」の一首を「秋のなかばに歌へる」の巻頭に据えた啄木はそのことに自覚的であった。

たとえば、「夜寝ても」と初出をおなじくする11「盛岡の中学校の」は、初出では「盛岡の中学校のバルコンの欄干に最一度我を倚らしめ」であった。さらに重出の「曠野」（明治43年11月）と「学生」（明治44年1月）では、「盛岡の中学校のバルコンの欄干に最一度われを倚らしめ」であった。それが『一握の砂』では、

盛岡の中学校の
露台の

欄干に最一度我を倚らしめ

となった。つまり、表記の異同からいえば、初出の「東京朝日新聞」、重出の「スバル」「曠野」「学生」、歌集『一握の砂』では、三者三様の違いが見られる。とくに『一握の砂』では、推敲のうえ前歌に配列された

ストライキ思ひ出でても
今は早や我が血躍らず
ひそかに淋し

のモチーフを生かすように、「バルコン」というカタカナ表記が漢字表記の「露台《バルコン》」に推敲されたのが目につく。ということは、少なくとも『一握の砂』という歌集を編集している啄木の構成意識のなかに「秋のなかばに歌へる」の歌群はほぼ同時進行的に作動していたと考えられよう。

19 わが恋をはじめて友にうち明けし夜のことなどおもひ出づる日　（一九七）
20 わが妻のむかしの願ひ音楽のことにかかりき今はうたはず　（一九五）
21 友はみな或日四方に散りゆきぬその後八年名挙げしもなし　（一九六）
22 やまひのごと思郷のこころ湧く日なり目にあを空の煙かなしも　（一五二）

「わが恋を」「わが妻の」「友はみな」の三首が少年時代を回想する歌群の末尾に置かれたように、『一握の砂』においても「煙一」の終末部に20・21・19の順序で位置する。前述のように、「むかし」と「いま」との歳月の隔りを「その後八年」という時間によって具体的に提示し、「夜寝ても口笛吹きぬ」少年の「わが恋をはじめて友にうち明けし夜」という過去が、「おもひ出づる日」という現在の視点によって鮮明によみがえる。かくして「やまひのごと思郷のこころ湧く日」という現在の時間は、「十五のわれの歌」をいざなうように少年時代を回想する歌群を閉じ、つぎの望郷歌の歌群へとつながる。

2　都の雨におもう故郷の風景

22「やまひのごと」の一首は、『一握の砂』では、つぎのように推敲されて「煙」の章の「回想を開陳するための序歌」（今井泰子）として位置づけられている。

病のごと
思郷のこころ湧く日なり
目にあをぞらの煙かなしも

抑えようとしても抑えきれない「思郷のこころ」は、「秋のなかばに歌へる」の歌群全体ひいては「煙」の章をつつみこむ主題である。十月二十日の朝に脱稿したとされる評論「田園の思慕」（「田園」明治43年11月）において、

「都会に住む者の田園思慕の情も日一日深くなる」なかで、みずから「悲しき移住者の一人である」という自覚をもって、「現代文明の全局面に現はれてゐる矛盾」が「一切消滅する時代の来る」ようにしたい、と近代文明論の観点から分析した啄木じしんの故郷意識が色濃く反映していることはいうまでもない。別言すれば、上田博『石川啄木　抒情と思想』（平成6年3月、三一書房）が指摘するように、「田園の思慕」にみられる重層的な〈ふるさと〉のイメージによって、「煙」の章の〈ふるさと歌群〉が新しい理想的共同体を構想するものでもあった。

23　やまひある獣のごときわが心ふるさとのことを聞けばおとなし　（二〇〇）
26　田も畑も売りて酒のみほろびゆく故郷人にこころ寄する日　（二一一）
27　あはれかの我の教へし子等もまたやがてふるさとを棄てて出づらむ　（二一二）
29　石をもて追はるるごとくふるさとを出でしかなしみ消ゆる時なし　（二一四）
30　閑古鳥鳴く日となれば起るてふ友のやまひのいかにかなりけむ　（二三七）
31　ふるさとの村医の妻のつつましき櫛巻なども なつかしきかな　（二一六）

「やまひある獣のごときわが心」には、「やまひのごと思郷のこころ湧く日なり」という故郷を喪失した、あるいは喪失せざるをえなかった都市居住者のただならぬ情動がある。「秋のなかばに歌へる」の歌群においても、また『一握の砂』の「煙二」においても、この一首から望郷の歌ははじまる。「我の教へし子等も」「石をもて追はるるごとくふるさとを出でし」かれもまた出郷者としての運命をともに背負いつつ、出郷者としての「故郷人にここすことになる。

ろ寄する」まなざしは、「友のやまひ」「村医の妻のつつましき櫛巻」を媒介にして失われた故郷の風景をとりもど

やはらかに柳あをめる
北上の岸辺目に見ゆ
泣けとごとくに

この「やはらかに柳あをめる」は、今井泰子のいう鎖がつながるように歌のイメージをつなげるために詠出されたいわゆる歌集初出歌であろう。「秋のなかばに歌へる」の望郷歌の歌群に照らしていえば、26・27・28・29・30・31という故郷を思慕する歌の流れは『一握の砂』でもほぼそのままの流れで配列されているが、29の「ふるさとを出でしかなしみ」という出郷の悲哀をより高揚させるために、30「閑古鳥」にかえて「やはらかに柳あをめる」の歌集初出歌が組みこまれた。「目に見ゆ／泣けとごとくに」によって故郷の風景がきわめて鮮明に映し出されるという効果が『一握の砂』にもたらされることになったことはいうまでもない。

35馬鈴薯のうすむらさきの花に降る雨を思へり都の雨に　（二三四）
36ふと思ふふるさとにゐて日毎聴きし雀の啼くを三年聴かざり　（二〇一）
37そのむかし小学校の柾屋根に我が投げし鞠いかにかなりけむ　（二〇三）

いずれも帰りたくても帰ることのできない故郷への思慕を深めながら、確固たる居場所をもたない都市居住者としての現在の視点から、失われた故郷の風景が鮮やかによみがえるようにうたわれている。少年時代を回想する歌群でもそうであったように、都会と故郷、過去と現在という視点の重層性によって望郷の念はいやがうえにも高められる。歌群の配列に注意すれば、「馬鈴薯のうすむらさきの花に降る雨」によってもたらされた郷愁をかきたてるために、あえて四十三年八月十四日号の「東京朝日新聞」を初出とする既出の歌「ふと思ふ故郷にゐて日毎聴きし雀をすでに三年聴かざり」「その昔小学校の柾屋根に我が投げし毬いかにかなりけむ」に推敲を加えた36・37が用意されたことがわかる。「日毎聴きし雀の啼くを三年聴かざり」「わが投げし鞠いかにかなりけむ」という聴覚と視覚のふたつのモチーフの相乗的効果によって、消えることのない「ふるさとを出でしかなしみ」はやさしく癒される。さらに『一握の砂』では、

あはれ我がノスタルジヤは
金のごと
心に照れり清くしみらに

この「あはれ我がノスタルジヤは」という歌集初出歌が前歌35「馬鈴薯の」のイメージにつながるように配列され、36・37は推敲をかさねてきくことのモチーフによってうたいだされる「煙二」の冒頭部に据え置かれた。

44 ふるさとに入りてまづ心いたむかな道ひろくなり橋もあたらし　（二四七）
46 汽車の窓はるかに北にふるさとの山見え来れば襟を正すも　（二四五）
48 そのかみの神童の名のかなしさよふるさとに来て泣くはそのこと　（二五〇）
49 かの家のかの窓にこそ春の夜を秀子とともに蛙きき けれ　（二四九）

「ふるさとに入りて」「ふるさとの山見え来れば」「ふるさとに来て」とさながら帰省しているかのごとく故郷と向かいあうひとりの出郷者がここにはいる。44は四十三年八月三日制作の、46は四十三年八月二十八日制作の歌稿にそれぞれふくまれているが、歌稿ノートを再構成しながら故郷への思慕をうたう歌群をドラマチックに演出しようとする意図がそこにはあったことがわかる。『一握の砂』の「煙二」がいわゆる〈虚構の帰省〉をモチーフにした八首によって閉じられていることはもとより自明のことであるが、すでに今井泰子が綿密に論証しているように、この「秋のなかばに歌へる」の歌群においても「作者の帰郷の姿とその道筋が浮かび上がってくる」ように構成されているといえよう。

その意味では、堀江信男のいう「近代化のなかで解体してゆく農村の実体を見据える視点が、この連作の背景にもあるのである。それによって帰省連作は、閉ざされた想像力とはまさに対極にある積極的な意味を持つ」（「思郷歌について―閉ざされた想像力からの解放―」『一握の砂―啄木短歌の世界―』平成6年4月）という観点が「秋のなかばに歌へる」の歌群にも該当する。さらには〈虚構の帰省〉によって「啄木は故郷を獲得した」という林水福の見方も有効であろう（「啄木の歌における家・故郷」『国際啄木学会台北大会論集』平成4年3月）。

このように少年時代を回想する歌群および故郷を思慕する歌群を検討してみると、あらためてその主題と構成において、『一握の砂』の第二章「煙」との近似性、類縁性を確認することができる。実際に『一握の砂』の初出の内訳を確かめてみれば、「煙一」四十七首では、歌集初出十六首、「秋のなかばに歌へる」初出二十首、その他初出十一首、「煙二」五十四首では、歌集初出二十二首、「秋のなかばに歌へる」初出二十三首、その他初出九首ということになる。数値的には、「秋のなかばに歌へる」を初出とする比率は、「煙一」「煙二」ともに四二・六%を示し、「秋のなかばに歌へる」百十首のうち三九%にあたる四十三首が第二章「煙」に初出歌としておさめられていることがわかる。

つまり、『一握の砂』の「煙」の章を構成するうえで、「秋のなかばに歌へる」の歌群が果たした役割はきわめて重大であったといえよう。

3　いのちなき砂に我を知る

故郷を喪失した都市居住者の哀歓をうたう歌群は、つぎの歌からはじまる。

50 いのちなき砂のかなしさよさらさらと握れば指のあひだより落つ　（八）
51 しつとりと涙を吸へる砂の玉なみだは重きものにしあるかな　（九）

いずれもあまりにもよく知られた歌であるが、なぜ砂のイメージがここでうたわれたのか。「いのちなき砂」の一首が『一握の砂』の表題・主題とかかわり、歌集冒頭部の「砂山十首」全体のモチーフとも密接にかかわるということは、すでにくりかえしのべてきたが（「〈いのちなき砂〉とはなにか―短歌滅亡論にふれつつ―」「山邊道」平成5年3月、「〈砂山十首〉をどう読むか―かれはなぜ泣きぬれるのか―」『一握の砂―啄木短歌の世界―』平成6年4月）、「いのちの一秒」という啄木独自の短歌観による「限定されたものと限定を超えたものとの、あるいは刹那と永劫とによる時間の、心理の劇」が、この歌には仕組まれているということはかさねて強調しておきたい。

歌集『一握の砂』の成立からいえば、おそらく四十三年十月十日前後には「砂山十首」の構想はできあがっていたであろう。その主題に深くかかわる「いのちなき砂」「しつとりと」の二首を、「秋のなかばに歌へる」の歌群の前後のつながりからすれば、一見おさまりがつかないように見えるにもかかわらず、あえてここに挿入したのは、第一章「我を愛する歌」ひいては歌集全体の輪郭をあらかじめ予告しておきたいという意図があったように考えられる。別言すれば、この二首によって、前述の「田園の思慕」において啄木みずからが明確に認識したところのわれもまた近代文明の犠牲者ともいうべき「悲しき移住者」のひとりである都市漂泊者として生きようとする自己像を表出するという歌集の主題を、「秋のなかばに歌へる」の、ひいては『一握の砂』の読者に語り伝えておくべき必要があったからである。

52　へつらひを聞けば腹立つわがこころあまりに我を知るがかなしき　（五二）
54　ある日のこと室の障子をはりかへぬその日はそれに心なごみき　（一一九）
55　人なみの才にすぎざるわが友の深き不平もあはれなるかな　（九九）

56 誰が見てもわれなつかしくなるごとき長き手紙を書きたき夕　（一一三）
57 うぬぼるる友に合槌をうちてゐぬ施與をするごとき心に　（一〇七）

都市漂泊者の自覚は、「悲しき移住者」としての「わがこころ」のありようを見きわめることからはじまる。相手の「へつらひ」に「腹立つわがこころ」を冷徹なまなざしで見据える「我」。「室の障子をはりかへぬ」ということ、そのことじたいにしか心をなごませることができない「我」。「わが友の深き不平」を「あはれ」とさげすみつつ、それにも勝るわれの「あはれ」さに堪えしのぶ「我」。「長き手紙」のなかに「なつかしく」させる「われ」を見いだすことに孤独感を癒そうとする「我」。「うぬぼるる友」に「施與をする」ことのあわれさとはかなさとをだれよりもよく知る「我」。緊張した人間関係を強いられることの多い都会生活のなかで、帰ることのできない故郷を思慕しつつ「悲しき移住者の一人」として生きるほかない「我」の「こころ」の深層を、「友」という他者を合わせ鏡にしてさまざまに映しだそうとする。

59 赤色の表紙手ずれし国禁の書を行李の底にさがす日　（五〇七）
61 売り売りて手垢きたなき独逸語の辞書のみ残る夏の末かな　（五〇五）
62 気にしたる左の膝のいたみなどいつかなほりて秋の風吹く　（五〇四）
63 とり出でし去年の袷のなつかしきにほひ身にしむ初秋の朝　（五〇三）

52から57の歌群はいずれも細かい推敲をくわえて「我を愛する歌」の章におさめられるが、これらの59から63の歌群も推敲のうえ第五章「手套を脱ぐ時」におさめられた。59「赤色の表紙」は、四十三年七月二十七日の歌稿ノートでは、「赤紙の表紙手ずれし国禁の書よみふけり秋の夜を寝ず」であったが、初出の四十三年八月七日号の「東京朝日新聞」では、「赤紙の表紙手擦れし国禁の書読みふけり夏の夜を寝ず」と微妙な推敲が見られる。歌稿ノートにしても初出の「東京朝日新聞」にしてもともに次歌に「ことさらに燈火を消してまぢ〳〵と革命の日を思ひ続くる」という一首があることからいえば、大逆事件以後の思想的状況をモチーフにしていることは明白である。それが「秋のなかばに歌へる」の歌群では、前掲のように一句、四句、五句に大きな異同が見られる。さらに『一握の砂』では、つぎのように推敲された。

赤紙の表紙手擦れし
国禁の
書を行李の底にさがす日

一句目が歌稿ノートの原歌および初出「東京朝日新聞」の「赤紙の表紙」という表記に改められた。もとより一首の主題は「さがす日」という、きわめて切迫したいま現在の視点（情動）にある。そのいま現在の視点が「赤紙の表紙」という視覚的形象によってより鮮明化されたことはいうまでもない。

61・62・63の三首は、「夏の末かな」「秋の風吹く」「初秋の朝」の措辞からもあきらかなように移ろう季節のなかでの都市居住者のさまざまな情感がなだらかな流れを形成している。もちろん四十三年八月二十八日制作の歌稿ノートをふまえた61の三句は「ドイツ語」に、八月二十六日制作の歌稿ノートをふまえた62の三句四句は「痛みなど」「いつか癒りて」に、おなじく63の一句四句は「取りいでし」「身に沁む」にそれぞれ推敲のうえ『一握の砂』におさめられた。このように推敲の過程をつぶさに検討すれば、35・36・37の歌群および44から49の歌群のつながりがそうであったように、「秋のなかばに歌へる」は、四十三年八月期の歌稿ノートや「東京朝日新聞」の詠出歌を積極的に活用しながら、ひとつの主題と構成にもとづく独自の作品的世界を構築していることが理解される。

64 このつぎの休日に一日寝てみむと思ひすごしぬ三年このかた　（一一六）

65 邦人の顔たへがたくいやしげに目にうつる日ぞ家にこもらむ　（一一五）

この「一日寝てみむ」「家にこもらむ」の二首は、疲弊した都市漂泊者としての孤独感や悲哀感を漂わせながら、神経過敏な自己像を描出した52「へつらひを聞けば」へと立ち返ることになるが、とくに65「邦人の顔」は、その原歌である四十三年七月二十七日の歌稿ノートの「邦人の心あまりに明るきを思ふとき我のなどか楽しまず」とを見くらべれば、その心情に陰影の深まりが感じられる。この一首は、四十三年十一月号の「創作」に発表された「孩児の手ざはり」十六首にも、「邦人の顔たへがたくいやしげに目にうつる日なり家にこもらむ」としておさめられている。さらに『一握の砂』では、

邦人の顔たへがたく卑しげに
目にうつる日なり
家にこもらむ

と僅かな推敲が見られる。歌集に収録するにあたって、「スバル」「創作」の収載歌のいずれとも微妙に異なる工夫をこらしていることがわかる。「創作」の「孩児の手ざはり」十六首にしても、「街に逢ふ若き女のどれもどれも恋に破れて帰るごとき日」の一首を除いてすべて歌集に推敲のうえ収録されている。たとえば、四十三年四月四日号の「東京毎日新聞」に初出の「しつとりと夜霧罩めしに気が付きぬ長くも街にさまよひしかな」を「気がつけばしつとりと夜霧下りてあり長くも街をさまよへるかな」と推敲された「創作」収載歌は、『一握の砂』では、

気がつけば
しつとりと夜霧下りて居り
ながくも街をさまよへるかな

とさらなる推敲がくわえられている。十月十三日制作の歌稿ノートを原歌とする「創作」の「むらさきの袖垂れて空を見上げゐる支那人の眼のやはらかさかな」も、歌集では、

むらさきの袖垂れて
空を見上げゐる支那人ありき
公園の午後

と大幅に改稿されている。さらに「孩児の手ざはり」十六首の冒頭歌「二三こゑ口笛かすかに吹きてみぬ眠られぬ夜の窓にもたれて」も、

目をとじて
口笛かすかに吹きてみぬ
寝られぬ夜の窓にもたれて

と推敲をこらしている。「二三こゑ」が「目をとじて」に改稿されたのは、おそらく偶発的な長男真一の死によって歌集巻末に追加された追悼歌八首の、

二三こゑ
いまはのきはに微かにも泣きしといふに
なみだ誘はる

一行目の一句「二三こゑ」との相関性によるものと考えられる。いずれにしても「気がつけば」が都会の夜の散歩者の歌群を、「むらさきの袖」が「公園」の歌群を、「二三こゑ」が終末歌群をそれぞれ歌集に形成することになるが、如上のごとく十月十三日制作の歌稿ノートの詠出および十月二十七日夜の長男真一の死にたいする追悼歌の関連からいえば、啄木じしんが満足できる歌集『一握の砂』の最終的な成立には、限られた時間のなかでの集中的な知的作業が必要であった。

4　消しがたき流浪の記憶

ふたたび「秋のなかばに歌へる」の歌群にもどるならば、「我を愛する歌」と「手套を脱ぐ時」の第一章、第五章にそれぞれ収録された都市居住者あるいは都市漂泊者の歌群をうけるように、つぎの歌ははじまる。

66 漂泊の愁ひを叙して成らざりし草稿の字の読みがたきかな　（三二〇）

「漂泊の愁ひ」とは、「以下北海道の曽遊を思ふ歌の中より」という詞書きが示すように、四十年五月から四十一年四月までの啄木じしんの北海道体験にかかわる心象をいう。中絶したままの「漂泊の愁ひ」をまるで呼び戻すように、「北海道の曽遊の歌」はつづく。

67 函館の青柳町こそかなしけれ友の恋歌矢ぐるまの花　（三一五）

69 わがあとを追ひ来て知れる人もなき函館に住みし母と妻かな　（二〇八）
71 こころざし得ぬ人人のあつまりて酒のむ場所が我が家なりしかな　（二二九）

「函館の青柳町こそかなしけれ」「函館に住みし母と妻」は、固有名詞によって読者にさまざまなイメージを喚起させるとともに、ひとつの開かれた共有空間をもたらす。若さと情熱に燃える「こころざし得ぬ人人」は、「へつらひ」をいい、「深き不平」をこぼし、「うぬぼるる友」とはあきらかに違う。酒を酌み交わし、語り合える「こころざし」をともにする仲間が「知れる人もなき」この函館にはいたということが共有空間にひろがりをもたらす。もっともその共有空間は、『一握の砂』の第四章「忘れがたき人人一」に、

わがあとを追ひ来て
知れる人もなき
辺土に住みし母と妻かな

と推敲のうえ収録されることで、「漂泊の愁ひ」をより深めることになる。

74 アカシヤの並木にポプラに秋の風吹くがかなしと日記にのこれり　（三三八）
75 椅子をもて我を撃たむと身がまへしかの友の酔ひも今はさめつらむ　（三四八）

76　かの年のかの新聞の初雪の記事を書きしは我なりしかな　（三四七）

異国的な情緒を漂わせる「アカシヤ」「ポプラ」という視覚的イメージが「漂泊の愁ひ」をかきたて、そのことが「日記にのこれり」ということで「成らざりし草稿」の物語化がなされる。「かの友の」「かの年のかの新聞の」の「かの」という現場指示性の強い呼びかけには、望郷歌の歌群の49「かの家のかの窓」とおなじく共時的な感覚によって、「漂泊の愁ひ」を主題とする物語へと導く誘引力がある。

83　わが去れるのちの噂を思ひやる旅出はかなし死ににゆくごと　（三六五）
84　敵として憎みし友とやや長く手をば握りきわかれといふに　（三六二）
85　忘れ来し煙草を思ふゆけどゆけど山なほ遠き雪の野の汽車　（三六七）
86　うす紅く雪にながれて入日影曠野の汽車の窓をてらせり　（三六八）
87　腹すこし痛みいでしを忍びつつ長路の汽車にのむ煙草かな　（三六九）

「わが去れるのちの噂を思ひやる」に漂泊の旅の物語の語り手の視点が鮮明にされる。その「旅出」がまるで「死ににゆくごと」であることが物語の悲劇性をあらわすことになり、「椅子をもて我を撃たむと身がまへし」「敵として憎みし」友との別離さえいいがたい感傷を誘う。『一握の砂』では、「死ににゆくごと」の次歌として、

わかれ来てふと瞬けば
ゆくりなく
つめたきものの頰をつたへり

という歌集初出歌をつなげて、「秋のなかばに歌へる」の旅出から雪の原野を走る汽車の旅をうたう歌群の構成がそのままの配列で生かされている。「山なほ遠き雪の野の汽車」「曠野の汽車」「長路の汽車」にいつ果てるとも知れない漂泊の旅のわびしさを暗示し、その漂泊の旅のわびしさをまぎらすために「煙草」をのむ車中の主人公を映像的な構図によって立体的に浮かびあがらせようとする巧みな演出がある。

92 いたく汽車につかれて猶もきれぎれに思ふは我のいとしさなりき　（三七八）
93 歌ふごと駅の名よびしやはらかき若き駅夫の眼をも忘れず　（三七九）
94 遠くより長くも笛をひびかせて汽車今とある森林に入る　（三八一）
95 さいはての駅に下り立ち雪明かりさびしき町にあゆみ入りにき　（三八三）

この「いたく汽車につかれて」から「さいはての駅に下り立ち」までの歌群も83から87までの歌群とおなじように、『一握の砂』では、前後に歌集初出歌をつなげて、まさに今「作者が汽車と一体になっている」（今井泰子）旅路のありようがドラマチックに展開される。「我のいとしさ」に長い旅路のなかでも絶ちがたい自己愛惜によって慰められたことがわかり、「さいはての駅」に辿り着くようにして「さびしき町」に「あゆみ入りにき」旅人の孤影を「雪明かり」がほのかに照らす。

99 死にたくはないかと言へばほほゑみて咽喉の痍を見せし女かな　（三九三）
100 死ぬばかりわが酔ふを待ちていろいろのかなしきことを囁きしひと　（三九六）
101 舞へといへば立ちて舞ひにきおのづから悪酒の酔ひにたふるるまでも　（三九五）

「さいはての駅」の「さびしき町」での女との交情が飲み慣れぬ酒に溺れる旅人の愁いを慰めてくれる。「死にたく」「死ぬばかり」に漂泊の旅をつづけるかれじしんの暗澹たる心情もかさねられる。

108 さらさらと氷の屑が波に鳴る磯の月夜のゆきかへりかな　（四〇三）
109 神のごと遠くすがたをあらはせる阿寒の山の雪のあけぼの　（四〇九）

「さらさらと」の軽やかで清らかな語感が「磯の月夜のゆきかへりかな」のわびしさと呼応するようにロマンチックな情感を漂わせる。「阿寒の山の雪のあけぼの」に神秘的なまでの気高さを示しつつ、北海道での漂泊の旅が閉じられようとする。

110真白なるラムプの笠の瑕のごと流浪の記憶消しがたきかな　（四一一）

66から109までの歌群はすべて「忘れがたき人人一」におさめられているが、110「真白なる」の一首だけは、橘智恵子への思慕をうたう「忘れがたき人人二」に収録の歌である。『一握の砂』では、

頬の寒き
流離の旅の人として
路問ふほどのこと言ひしのみ

の「流離の旅の人」に対応させるために、四句「流浪の記憶」は「流離の記憶」と改稿されるが（ただし明治四十三年十一月号「文章世界」では、「流泊《るはく》の記憶」である）、いずれにしても北海道での忘れようとしても忘れることのできない「流浪の記憶」が旅人の人生に留め置かれることに変わりはない。「忘れがたき人人」の章が「歌集編集時に意識的に作られた章である」（今井泰子）という見方に立てば、まさに「漂泊の愁ひ」の歌にはじまる漂泊の物語を閉じるにふさわしい一首といえよう。

かくして「真白なる」の一首は、「夜寝ても口笛吹きぬ」の冒頭歌からはじまる「秋のなかばに歌へる」百十首の歌群の主題と構成を総括するように閉じられたが、四つの歌群によって構成された「秋のなかばに歌へる」を如

上のごとく検討してみれば、「秋のなかばに歌へる」と『一握の砂』とがいかに相関関係が深いものであるかがたやすく理解できよう。『一握の砂』の立場からいえば、その成立要件として「秋のなかばに歌へる」の存在を欠かすことはできない。あらためて四十三年十月四日に東雲堂書店と出版契約がまとまった第一歌集『一握の砂』の編集過程をふりかえるならば、つぎのように要約することができよう。

①長男真一が誕生した十月四日に東雲堂書店と契約した歌集の原稿は、この年の四月に春陽堂に持ち込んだ『仕事の後』の歌稿を増補したもので、歌数四百首前後、題名『仕事の後』で全歌一行書きであった。

②「創作」の十月号に発表された尾上柴舟の歌論「短歌滅亡私論」に衝撃をうけ、すぐさま先きの原稿を持ち帰り、あらためて歌集全体の構想を練り直した。この時点で五つの章に分ける構成、三行書きの表記法、『一握の砂』という歌集名などが決定された。

③もとの原稿から三、四十首を削り、あらたに七、八十首をくわえて歌数四百四、五十首とした。頁数二百二十頁、一首三行で、一頁二首組とした。歌集名は『一握の砂』。

④この新しい原稿を十一日に清書し、十二日頃に東雲堂書店に手渡した。

⑤しかし、それでもまだ満足できず十月十三日にあらたに二十六首の歌をつくった。

⑥おそらく十月十四日前後に、十月十九日号の「東京朝日新聞」に「新しき手帳より」五首として発表された歌および十月十三日作歌の歌もふくめて推敲のうえ、十一月号の「スバル」に掲載の「秋のなかばに歌へる」百十首を制作し、さらに十一月号の「創作」に掲載の「孩児の手ざはり」十六首を制作、同時に十一月号の「創

作」に掲載の歌論「一利己主義者と友人との対話」を執筆した。
⑦この時点でほぼ同時に「秋のなかばに歌へる」百十首を取り込んで大幅に推敲した歌数五百四十三首、二百八十六頁の最終原稿が印刷にまわされた。
⑧十月二十日に評論「田園の思慕」を脱稿。
⑨十月二十七日夜、長男真一が「おそ秋の空気を三尺四方ばかり吸ひて」死去。
⑩十月二十九日に真一の葬儀が営まれ、啄木じしんが歌集の扉に「この集の見本刷りを予の閲したるは汝の火葬の夜なりき」と記すように、おそらくこの時点で追悼歌八首を追加するとともに、全歌にわたってさらに最終的な推敲を加え、十月末おそくとも十一月上旬に印刷所に返したと考えられる。

このように第一歌集の編集の過程をまとめてみると、四十三年十一月号に発表された「秋のなかばに歌へる」百十首の存在が『一握の砂』の成立要件としてきわめて重要なものであったといえよう。もちろん、前述したように短期間のうちに集中した知的作業が可能であったのは、なによりも短歌滅亡論議に触発された短歌にたいする啄木じしんの危機感にあった。と同時に「秋のなかばに歌へる」および『一握の砂』の主題を決定したともいえる評論「田園の思慕」の思想的文脈の意味も大きいといえる。それは、啄木短歌の形成史にいわゆる「時代閉塞の現状」という思想的状況にたいする「抒情」の発露に清新な発想をもたらしたともいえよう。かれが十月九日付けの西村陽吉あての書簡に記した「心ありての試み」というゆえんでもある。

（付記）　本稿は『一握の砂』の成立要件およびその編集過程にかんして、国際啄木学会編『石川啄木事典』（平成13年9月、おうふう）に所収の執筆項目「短歌」の内容を補足するものである。

［補記］　本稿は、「山邊道」第四十七号（平成15年3月）に発表した「思郷と漂泊の物語――「秋のなかばに歌へる」の主題と構成」を若干修正したものである。

なお、『一握の砂』の編集にかんする最近の研究成果としては、近藤典彦氏の『『一握の砂』の研究』（平成16年2月、おうふう）、木股知史氏の『一握の砂・黄昏に・収穫』（和歌文学大系77・平成16年4月、明治書院）の校注や解説、大室精一氏の「『一握の砂』編集の最終過程」（「国文学解釈と鑑賞」平成16年2月）、「『真一挽歌』の形成」（『論集石川啄木Ⅱ』平成16年4月、おうふう）、「「『真一挽歌』の形成」補論―誕生歌から挽歌への推敲について―」（「佐野短期大学研究紀要」平成17年3月）などがある。

十　明治四十三年の短歌史的意味

――鉄幹から啄木へ――

近代短歌史の構想というこころみは、厖大な基礎的資料の集成である『明治大正短歌資料大成』全三巻（昭和15年6月～17年4月、立命館出版部）の成果をふまえた小泉苳三の『近代短歌史　明治篇』（昭和30年6月、白楊社）をさきがけとするものの、窪川鶴次郎『近代短歌史展望』（昭和29年11月、和光社）、国崎望久太郎『近代短歌史研究』（昭和35年3月、桜楓社）、渡辺順三『定本近代短歌史』二巻（昭和38年6月～39年6月、春秋社）、木俣修『近代短歌の史的展開』（昭和40年5月、明治書院）、新間進一『近代歌壇史』（昭和43年1月、塙書房）『近代短歌史論』（昭和44年12月、有精堂）、久保田正文『近代短歌の構造』（昭和45年2月、永田書店）、篠弘『近代短歌論争史　明治大正編』（昭和51年10月、角川書店）、野山嘉正『日本近代詩歌史』（昭和60年11月、東京大学出版会）などを別にすれば、いまだ顕著な実績を見いだすことができないという現状である。

なぜならば、従来の結社・歌壇の動向に偏重した短歌史観とは異なる独自の方法がいまなお確立されていないからである。

かかる意味において、篠弘『近代短歌論争史』は、「近代短歌において、いわば滅亡論が、いっそう各個の作歌の原点をみつめあうようになり、数多くの論争を喚起することになったのではないか。近代短歌史は、まさに論争の歴史にほかならなかったのである」とし、これまでの短歌史への批判的立場を明白にするにとどまらず、短歌史を創るという自覚的な方法をきわめて明晰に提示するものであった。さらにいえば、「近代短歌は、いわば滅亡論とのたたかいであった」とする篠弘の視覚には、それまでの短歌史では看過されていた、〈短歌における近代とは何か〉という根源的な問いかけが内包されていた。

自明のことながら、この根源的な問いかけを命題としてこそ近代短歌史の構想そのものが確立されることはいうまでもない。この点において、「自然主義文学における人間としての自覚が、いちはやく短歌理論の論理化を推進することとなり、明治四〇年代というあらたなる段階において、短歌の可能性と限界が熾烈に意識されてきた」という篠弘の創見は、明治四十三年という年を明治三十四年、大正二年とともに近代短歌史の大きな転換点として設定したいという私のひそかなもくろみに重要な立脚地をもたらすものである。

したがって、ここでは近代短歌史の展開における与謝野鉄幹と石川啄木という二人の歌人的位相を考察することによって、明治四十三年の短歌的意味をあきらかにしておきたい。

1　感傷による自己批判の系譜

明治六年生まれの鉄幹と十九年生まれの啄木とは、年令的にちょうど一回りちがう。世代論的にいえば、鉄幹は日清戦争、啄木は日露戦争のさなかにそれぞれ豊かな感受性をもって詩人として華麗な文学的出発をなしている。日清、日露の両戦役における知識青年像の典型としてみられるいわゆる〈感傷による自己批判〉の系譜のありようについては、すでに拙稿「啄木〈血に染めし〉歌の成立について」(『啄木短歌論考・抒情の軌跡』所収)で論証したように、感傷と倨傲という「矛盾する二つの魂を内包させた樗牛・鉄幹らのロマン的資性(＝主観的・感傷的本性)をどのように統一的にとらえ発展させてゆくかが、啄木の文学的出発における重要な課題でもあった」。

ところで、鉄幹はその最晩年につぎのように啄木を評している。

最近は石川啄木の名が非常に高い。啄木は友人であつたので、それが世にもてはやされるのは嬉しいが、生誕五十年のお祭り騒ぎをするのはどうかと思ふ。あゝいつた行き方では、新詩社には啄木の先進で、もつとうまいのがゐた。香川不抱といふのがその人である。一体啄木のうたは甚だ技巧的であつて、のちにスバルに入つてから平野万里氏などと争つてゐて、手紙などを見ると平野君を罵つたものなどが見えるが、人物としての柄は平野君とは比べものにならぬ。私には、今日のやうな啄木の流行は解することは出来ない。

(「『明星』の思ひ出」「国語と国文学」昭和9年8月)

生誕五十年の狂熱的な啄木現象に疑念をいだく鉄幹の言辞は、おのれこそ啄木の文学的資性をだれよりもよく知る理解者であるという抑えがたい心情をあらわすものであった。別言すれば、それは「鉄幹の第一の後継者は、不幸にも鉄幹より早く死んでしまったが啄木であろう」(桂孝二『啄木短歌の研究』昭和43年6月、桜楓社)ことの表明にほかならなかった。

かかる精神的脈絡において、二人の出会いは運命的であった。

……都は国中活動力の中心なる故万事活潑々地の趣あり。かの文芸の士の、一室に閑居して筆を弄し閑隠三昧に独り楽しめる時代はすでに去りて、如何なる者も社会の一員として大なる奮闘を経ざるべからずなれり。人の値は、大なる戦ひに雄々しく勝ちもしくは雄々しく敗くる時に定まる。

（明治35年11月9日、日記）

石川白蘋の名で「血に染めし」歌をもって明治三十五年十月号「明星」に初登場し、「自己の理想郷を建設せん」とする啄木少年にとって、上京直後にはじめてまみえた新体詩界の先達鉄幹は〈機敏にして強き活動力を有せる〉詩人として深い感銘を与えずにはおかなかった。なぜならば、翌十日にふたたび鉄幹と会見すべく新詩社を訪れた啄木は、つぎのように先達の談話を書きとめているからである。

……氏曰く、文芸の士はその文や詩をうりて食するはいさぎよき事に非ず、由来詩は理想界の事也直ちに現実界の材料たるべからずと。又云ふ、和歌も一詩形には相異なけれども今後の詩人はよろしく新体詩上の新開拓をなさざるべからずと。又云ふ、人は大なるたゝかひに逢ひて百方面の煩雑なる事条に通じ雄々しく勝ち雄々しく敗けて後初めて値ある詩人たるべし、と。又云ふ、君の詩は奔放にすぐと。

すでに石井勉次郎「初期啄木における〈名誉の戦死〉――〈失敗の伝記〉への志向について」（「新日本歌人」昭和54年4月）も洞察するように、十一月九日の日記に記された啄木の言葉は、じつは鉄幹の語録そのものであったことがわかる。のみならず、のちに啄木みずからが告白するように、……たゞ、大兄らの花々しい御活動に尾して、私もこの後は一意美の自由のために闘ひ、進んで、雑兵乍ら名誉の戦死……失敗の伝記を作りたいのであります。申すも小癪でありますが、私は、詩神の奴隷の一人としてこの世に生れたと信じて居ります。詩は我生命である。向後は随分大胆な事もやつて見るつもりでありますが、たゞ枯腸遂に錦繍を織るに由なきを如何せん！！！

（明治37年3月12日、金田一京助宛）

まさに「詩神の奴隷の一人」として、「名誉の戦死」「失敗の伝記」をめざすというヒロイズムこそ、「詩は理想界の事也」「雄々しく勝ち雄々しく敗けて後初めて値ある詩人たるべし」と規定する鉄幹の詩人論にみちびかれたものであった。もっとも、第一詩歌集『東西南北』（明治29年7月）の自序に、「小生の詩は、短歌にせよ、新体詩にせよ、誰を崇拝するにもあらず、誰の糟粕を嘗むるものにあらず、言はば、小生の詩は、即ち小生の詩に御座候ふ」と宣言する〈小生の詩〉は、〈明治の詩〉〈時代の詩〉をめざす二十年代の「国詩」樹立の風潮に負うところが大きい。島津忠夫「和歌から短歌へ」（『和歌史—万葉から現代短歌まで—』昭和60年4月、和泉書院）が指摘するように、「明星」第六号（明治33年9月）と第七号（明治33年10月）の間で、鉄幹じしんの意志として、旧来の〈和歌〉にたいし、〈短歌〉という名称がはじめて用いられた。その一方で、三十四年九月号から四十一年一月号までの間、〈短歌〉は〈短詩〉として位置づけられていたという事実も見のがすことはできない。つまり、〈自我独創の詩〉をめざす新詩社「明星」派の文学運動にあっては、「新しい短歌を確立するためには、新時代の文学ジャンルとして、ようやく潑剌とした面貌をかがやかしつつあった〈詩〉に基盤を求めざるを得なかったという事情」（木俣修「新詩社と浪曼主義運動」『明治短歌史』昭和33年2月、春秋社）がゆるぎなく介在していた。

かくて啄木は「今後の詩人はよろしく新体詩上の新開拓をなさざるべからず」という鉄幹のすすめにしたがい詩作に没頭することになる。明治三十六年十二月号「明星」にはじめて啄木の筆名で発表した「愁調」五編の詩がその成果であることはいうまでもない。これもまた周知のことであるが、与謝野晶子や北原白秋が伝えているように、その詩作は森鷗外によって「泣菫に有明は勝り、有明に啄木は勝る」と称揚されるものであった。「君の歌は奔放にすぐ」と、あるいは「君の歌は何の創新も無い」とし、新体詩に活路を見出すことを熱心に勧告した鉄幹ではあったが、かかる鷗外の過分の評価は予期せぬものであったにちがいない。

……石川啄木は年頃わが詩社にありて、高村砕雨・平野万里など云ふ人達と共に、いといと殊に年わかなる詩人なり。しかもこれらわかきどちの作を読めば、新たに詩壇の風調を建つるいきざし火の如く、おほかたの年たけし人々が一生にもえなさぬわざを、早う各々身ひとつには爲遂げむとすなる。あはれさきには藤村・泣菫・有明の君達あり、今はたこれらのうらわかき人達を加へぬ。われら如何ばかりの宿善ある身ぞ、かゝる文芸復興の盛期に生れ遭ひて、あまた斯やうにめづらかなる才人のありさまをも観るものか。

この明治三十八年五月刊行の『あこがれ』の跋文には、「啄木」誕生に深く関与したという鉄幹の先達としての自尊心が脈動していることはあきらかなことである。当然のことながら、〈いといと殊に年わかなる詩人〉の天分を発掘したという自負は、鉄幹じしんの若い日の矜恃を想起させつつ、〈わかきどち〉ならぬおのれの立場を鮮明にするものであった。いわゆる鉄幹命名説にあえて議論の余地を認めるならば、年少詩人への予想外の評価が誇りたかき鉄幹の心情にもたらした微妙なうごきを見のがしてはならないであろう。『あこがれ』が刊行された三十八年五月号「明星」の冒頭に上田敏の長詩「啄木」が掲載されたということと、その号から鉄幹が鉄幹という雅号を廃し、本名の寛にあらためたということとの二つの事実はわかちがたく連動している。なぜならば、『あこがれ』の年少詩人「啄木」の誕生を華々しく喧伝することで、まさに〈われら如何ばかりの宿善ある身ぞ〉という声とともに明治詩壇から潔よく退場せんとする、先達者鉄幹の意向をそこに読みとることができるからである。

……尤も、新詩社の運動が過去に於て日本の詩壇に貢献した事の尠少でないのは後世史家の決して見遁してならぬ事である。（略）新体詩に於ての勢力は、実行者と云ふより寧ろ奨励者鼓吹者の体度で、与謝野氏自身の進歩と、斬く云ふ石川啄木を生んだ事《と云へば新詩社で喜ぶだらうが実は自分の作を常に其機関誌上に発表させた事》と其他幾十人の青年に其作を世に問はしむる機会を与へた事が其効果の全体である。

（明治41年1月3日、日記）

啄木は極めて早熟の詩人であった。二十歳すでに一巻の詩集『あこがれ』（三十八年五月）を公刊して世を驚かした。年少もとより詩魂定まって、その作るところの多くは先進泣菫、有明の模倣であった。あまりに巧みな模倣、若しこの両者の詩を読むことなくして初めて啄木の詩に接したならば誰しもその流麗自在なる天稟の才筆に感嘆するであらう。（中略）ただ詩に於て、白秋が未だ青少年雑誌『文庫』に在つて同じく風雲を望んでゐた当時に、彼が詩の王国『明星』詩上に続々に発表した長篇詩を見て如何に心悸の亢ぶりを禁じえなかつたかといふことを知ればその詩技の達成といち早い躍進とが、ほぼ推察できることと思ふ。

（『明治大正詩史概観』昭和8年12月、改造社）

啄木と白秋がそれぞれ語るように、『あこがれ』刊行は新詩社における新体詩運動の先鋒がもはや鉄幹から啄木へと移行していることを詩壇に決定づけるものであった。のみならず、そのことは鉄幹ならぬ寛に短詩ならぬ短歌への関心をうながすことになった。

2　『相聞』と『一握の砂』

かくて、きわめて痛烈な新詩社および鉄幹への批判をその日記に書きしるす啄木のもとに届けられた「明星」は、明治四十一年一月号からそれまでの長詩、短詩という呼称をそれぞれ詩、短歌とあらためることになった。新詩社にあってはその前年の末に北原白秋、吉井勇、太田正雄ら七名が連袂退社し、「明星」の廃刊はもはや時間の問題であった。そうした衰退期にあつて啄木ひとりその独自の作品を示すにいたるのは、「明星」終刊の明治四十一年であった。たとえば、四十一年七月号の巻頭を飾った「石破集」百十四首は、「我等の新らしき歌は、已が感想を、出来るだけ大胆に、詞などの掣肘をうけずに歌ひ出づべきもの」として、「明星」に清新なロマンチシズムを喚起させようとする啄木の意欲作であった。

……小生は盛んに短歌人が今までの所謂新派和歌より脱出して、更に近代人的情操を歌ふに至らむことを希望いたし居候。近代思想の一特長たる内面的客観性、絶対化性、虚無的傾向、否定性等は多少小生の作にもあらはれをる事と存候。明星の歌は今第二の革命時代に逢着したるものの如く候。……

（明治41年7月21日、菅原芳子宛）

かかる啄木の創作的意欲や自負とはうらはらに「明星」廃刊はまぬかれぬ事態となった。「あはれ、前後九年の間、詩壇の重鎮として、そして予自身もその戦士の一人として、与謝野氏が社会と戦つた明星は、遂に今日を以て終刊号を出した。巻頭の謝辞には涙が籠つてゐる」（明治41年11月6日、日記）。「予自身もその戦士の一人として……」という啄木の脳裏には、「雄々しく勝ち雄々しく敗けて後初めて値ある詩人たるべし」というかつての鉄幹語録があざやかによみがえったにちがいない。いわばロマン的資性によって鉄幹とともに新詩社の文学運動を推進してきたという自覚があればこそ、終刊号の謝辞を涙しながら読む啄木であった。ともあれ、四十一年十一月号の「明星」廃刊、四十二年一月の「スバル」創刊は、すくなくとも鉄幹と啄木にとって短歌の可能性と限界についてあらためて問いかけなおすきっかけとなった。と同時に、それはかれらじしんが当時の自然主義論の激しい波動のなかで、〈短歌における近代とは何か〉という根源的な命題と向かいあわねばならぬことを意味していた。さらにいえば、かかる根源的な問いかけのためにこそかれらによって『相聞』（明治43年3月）と『一握の砂』（明治43年12月）とは編まれなければならなかった。

では、『相聞』と『一握の砂』という歌集は、明治四十三年を重要な転換期としてとらえる近代短歌史のうえでどのように位置づけるべきであろうか。

もとより、明治四十三年という年は、一月に若山牧水『独り歌へる』、三月に前田夕暮『収穫』、金子薫園『覚めたる歌』、四月に牧水『別離』、土岐哀果『NAKIWARAI』、九月に吉井勇『酒ほがひ』などのように、三十四年につづく近代歌集史の第二期黄金時代と呼称するにふさわしい名歌集が誕生したことは自明であろう。かかる現象を高揚させたのは、この年の三月に創刊された「創作」の存在にほかならないが、創刊号の「所謂スバル派の歌を評す」をはじめとする近代短歌の本質にかかわる重要な提起を看過することはできない。なぜならば、後述するように、『相聞』も『一握の砂』もいずれも「創作」によって提起された短歌滅亡論と密接にかかわるものであったからである。別言すれば、四十三年という年に刊行された『相聞』と『一握の砂』とにおける作品そのものに内在した方法意識があるとすれば、それはこれらの歌集がいかに〈滅亡論とのたたかい〉を自覚的内発的にとらえていたかという点にある。

ところで、篠弘は『自然主義と近代短歌』(昭和60年11月、明治書院)のなかで、日常感覚と歴史感覚という二つの視点によって、〈短歌における近代〉の意味をきわめて緻密に検証し、「個の日常感覚が、ついに歴史感覚に結びつきえなかった遠因は、近代の創成された明治四十年代からはじまっていたのではなかったか」、とのべている。この篠弘の卓抜な短歌史観にしたがうならば、『相聞』と『一握の砂』はいずれも現実生活に根ざした日常感覚をできるかぎり微細に描出する一方、あるべき現実のありかたを批評精神をもって認識せんとする鋭敏な歴史感覚をも内在させていたといえよう。

鏡落ちて前に砕けぬかばかりのこともいとこそ泣かまほしけれ

なたまめの煙管のやにをじいと吸ふこの気持をば油蟬なく

人おほきていぶるの隅匙とりて片目をしかめＣＯ《コ》ＣＯ《コ》Ａ《ア》をぞ吸ふ

青みたる春のくれがた公園の噴水泣きて引語りする

薄暗き法界節がまた通る漂泊の音つんとこ、つんとこ

これらの歌は、鉄幹みずからが『相聞』の後記に、「詩歌を我家の酒とする著者の嗜好は、常に一味に偏するを喜ばず、刹那刹那の偶感を出だして、自家の矛盾をさへ快く飲まむとす」というように、繊細な日常感覚をよりどころとした心理の機微を刹那的に表出しているところに特色がうかがえる。こうした〈刹那刹那の偶感〉の表現に短歌の可能性を見いだそうとする『相聞』のこころみこそ、「刹那々々の感じを愛惜する心」をもつて〈いのちの一秒〉という瞬間をとらえようとした『一握の砂』の方法でもあったことはいうまでもない。ただし、すでに木股知史「『一握の砂』の時間表現」（『一握の砂―啄木短歌の世界』平成6年4月、世界思想社）が篠弘の〈心の微動〉論をふまえたうえで明察したごとく「啄木の詩歌論に見られる断片・刹那へのこだわりには、自然主義と象徴主義の交錯を示す独特のねじれを読みとることができる」。さらに、「瞬間の感じの表現というのは、啄木一人にとどまらず、明治末の近代短歌の成熟過程の全体にかかわる課題であった」ことはたしかであり、ややもすれば平俗に流れやすい日常的感覚をたえず洗練・拡充しながら、現実生活の背後に見え隠れする〈時代〉の陰影を凝視するまなざしが二人の歌人にはあった。

大空の塵とはいかが思ふべき熱き涙のながるるものを
わが涙野分の中にひるがへる萱草の葉のしづくの如し
わが心われと小暗し眼とぢ居ぬ悪趣へならぬ誘惑ながら
うるはしき肉をめぐりて犬じもの吠ゆる心を見るが楽しさ
鶏の砂をば浴ぶるこころよさ我も求めてあざけりを浴ぶ

『相聞』の巻頭でおのれの感傷的資質を誇らかにうたいあげた鉄幹は、〈犬じもの吠ゆる心〉や〈鶏の砂をば浴ぶるこころよさ〉に、泣かずにはいられぬ〈わが心〉の暗部のありかを見据えようとする。

夕ぐれの永代橋に立つわれと並びて『秋』も行く水を見る
病院の暗き窓より空をさしははと笑へる狂人の指
白き犬行路病者のわきばらにさしこみ来り死ぬを見守る

いわば〈時代〉の病巣を剔出するかのように、都市生活者としての日常感覚をできるかぎり鋭角的にうたおうとする姿勢が歌集の終末部に散見される。そしてそのきわまりが「伊藤博文卿を悼む歌」十六首として『相聞』という作品の終幕を飾ることになる。

男子はも言挙するはたやすかり伊藤の如く死ぬは誰ぞも
あはれなる隣の国のものしらぬ下手人をのみいたく咎むな
な憂ひそ君を継ぐべき新人はまた微賤より起らむとする

かつての再三にわたる渡韓体験を通して、伊藤博文の暗殺を歴史的民族的政治的な状況として把握する冷徹なまなざしがここにはある。あらためて「大空の塵とはいかが思ふべき」の巻頭歌と、「な憂ひそ君を継ぐべき」の最終歌とを読みかえすならば、いかにも無秩序な構成を装いながら個としての日常感覚をもってあるべき現実を問いただすという歴史感覚に結びつけようとする独自の発想が整然と作品世界に内在していたことがわかる。

東海の小島の磯の白浜に
われ泣きぬれて
蟹とたはむる

誰そ我に
ピストルにても撃てよかし
伊藤のごとく死にて見せなむ

やとばかり
桂首相に手とられ夢みて覚めぬ
秋の夜の二時

〈弱き心〉の破片を拾いあつめるように〈泣きぬれて〉いる「われ」と、「伊藤のごとく死にて見せなむ」「桂首相に手とられし夢みて覚めぬ」とうたう「我」とを第一章「我を愛する歌」の首尾に据えた『一握の砂』の発想と方法も如上の意味において同様である。

と同時に、日常感覚と歴史感覚という観点からいえば、鉄幹が短歌をあくまでも自己表現として狭く限定しているのにたいして、啄木は短歌を〈散文の自由の国土〉から敗走せざるをえない自己批評のよりどころとしてきびしくとらえていたことがわかる。それは短歌という表現の存亡にたいする危機意識のちがいでもあった。たとえば、啄木という抒情主体の成長にとってゆるがせにできない「朝日歌壇」選者の仕事を通して自然主義的な現実感覚を積極的に摂取しようとした啄木にたいして、そうした自然主義に触発された歌壇からの孤立感を深めて単身渡欧の旅にでかけた鉄幹であったように。あるいは、〈時代〉を批評するという歴史感覚についていえば、「その衒気と誇張と感傷とにみちた歌風のうちに、与謝野寛の政治への関心の面を継承せる後年の傾向の一端」（小泉苳三）を四十一年の啄木短歌は見せていたが、「啄木が鉄幹を抜いたのは明治四十三年七月以降、あの大逆事件の影響をうけてのちと見られる」（桂孝二）ゆえんがここにある。

ともかく近代における短歌のありかたを問うというこころみがかれらによって可能であったのは〈滅亡論とのた

たかい〉にほかならなかった。かくて、『相聞』と『一握の砂』という作品によって、短歌にとって近代とは何か、という難題を問うことがこころみられた明治四十三年という年の短歌史的意味を確認しておかねばならない。

漱石研究者の玉井敬之『夏目漱石論』（昭和51年10月、桜楓社）は、明治型知識人の問題を明治末から大正へかけての文学史的視角のなかで考察しながら、河上肇、西田幾多郎という二人の思想家が「その学問的生涯の最初の礎石をもった時期が、明治四十二・三年であったということは、十分注意してよい事実だ」とし、四十二、三年という時期は明治期の矛盾が体制的にも思想的にもきわだち、「近代日本におけるもっとも緊張した一時期であった」とのべている。かかる近代日本の思想史的状況が文学においては自然主義の受容というありかたを通して多彩な作品・理論・批評を生み出し、そうしたアクチュアルな文学状況のなかで伝統詩（と同時に近代詩でもある）短歌のありかたも問いなおされるべき機運を招来した。その顕著なあらわれが四十三年三月に創刊の「創作」であったことは前述のとおりであるが、くりかえしていえば、啄木のいう「明治の日本人が四十年間の生活から編み出した最初の哲学の萌芽である」自然主義の洗礼によって、危機意識をつのらせた〈滅亡論とのたたかい〉そのものが近代歌人たちにとっての抜き差しならぬ試練であり課題でもあった。

かかる意味において、『相聞』『一握の砂』などの歌集は、短歌形式がもはや自己表現という近代文学の要求に十全にこたえられないとする尾上柴舟らの滅亡論そのものにたいする痛烈な批判となりえた。短歌の存亡を危機的にうけとめることで、短歌という表現もまた近代文学のジャンルとして自律的自立的に存続するものであるという自覚がかれらをして意欲的な作品をつくらせたともいえよう。しかも浪漫主義的、象徴主義的、自然主義的な手法によって、近代人としての感性や心象風景をイメージのひろがりを通して物語的映像的立体的にうたいあげるというこころみが、短歌という表現においても可能であることを証明した。

篠弘がのべるように、「自然主義の影響によって、はじめて短歌は実生活やその人生を捉えうるようになり、近代文学の一環に加わったのではなかったか」。だとすれば、〈感傷による自己批評〉というロマン的資性を同時代の詩人として共有した鉄幹と啄木とが、それぞれ『相聞』と『一握の砂』とによって、ともに近代における短歌のありかたを問いながら、その同質性と異質性をきわだたせた明治四十三年という短歌史的状況は、〈短歌における近代〉の内実を知るうえでもじつにはかりしれない意味をもつ。さらに、大逆事件の発覚、韓国併合という緊迫した社会状況は、啄木のいういわゆる〈時代閉塞の現状〉をつよめ、そのことによって個としての清新な日常感覚が鋭利な歴史感覚に結びつこうとする可能性が四十三年以降の近代短歌史の展開から次第に閉ざされてゆくという事実を私たちは忘れてはならない。

［補記］本稿は、「山邊道」第四十号（平成8年3月）に発表した同題の論考を若干修正したものである。

なお、短歌史にたいする新しい視角が、篠弘氏につづいて、最近の三枝昻之氏の一連の仕事によって提起されていることは注目にあたいする。

十一　天理図書館所蔵「島木赤彦添削中原静子歌稿」について

本歌稿は、静子の詠草百七十五首が和罫紙全二十五丁に毛筆で書かれ、これを入紙袋綴にし、綾地に桜花繍文表紙をつけて帙におさめてある。表紙寸法は縦二四・三糎、横一六・八糎で、左肩の題簽には近時整理の折名付けた「島木赤彦添削中原静子歌稿」とある。請求番号は九一一・二七—イ六一。ただし、全二十五丁の罫紙は、「(小)支店」十丁、「高美書店」九丁、「特撰」二丁、「水琴堂製」一丁、「甲州屋製」一丁、無罫和紙二丁などとその種類がまちまちであり、しかも書き入れの日付や作歌時期などから判断するに、本歌稿は前後不揃いのまま装丁されて昭和二十七年天理図書館に収蔵されたものと考えられる。

中原静子は、明治二十三年八月二十六日、長野県小県郡武石村に中原精一郎三女として生まれた。四十二年三月松本女子師範を卒業し、新任教師として赴任した同県東筑摩郡広丘小学校でときの校長島木赤彦に短歌を師事。赤彦命名による閑古《かんこ》という雅号で「アララギ」初期の女性歌人として活躍する。四十五年に小県郡丸子小学校に転任したが病気のため十数日で退職し、療養に専念。大正十二年に長野市の川井明治郎と結婚。大正十五年赤彦没後、

「久保田先生」（「アララギ」大正15年10月）の追悼文を置き土産として歌壇を去った。昭和六年、長患の夫に先立たれ、一男一女とともに苦難の道を歩む。戦後まもなく『桔梗ケ原の赤彦』の原稿を脱稿し、その一部を「桔梗ケ原の島木赤彦先生」として赤彦門下の藤沢古実主宰「国土」に連載。その後、「桔梗ケ原を去りし赤彦」の執筆構想にとりかかるが、両眼失明、脳軟化症のため病床に臥す。ついに昭和三十一年十一月、『桔梗ケ原の赤彦』（昭和32年3月、古今書院）の刊行を待つことなく不帰の客となった。長男川井奎吾の編による遺歌集『丹の花』（昭和38年11月、理論社）がある。

本歌稿は、新任教師として広丘小学校に赴任した静子がときの歌人校長赤彦の膝下にあって歌を作るようになった時期の詠草の一部である。赤彦校長の配慮で広丘村原新田の牛屋で寝食をともにするようになった静子が、赤彦から歌の添削・批評をうけはじめるのは、「比牟呂」「アララギ」の合同決定以後の明治四十二年十月頃のことである。下諏訪の妻子と離れて「知る人なき桔梗原の一孤村に来りし寂寥」に堪えかねていた赤彦が、これまた異郷にあって孤独をかこつうら若い静子を相手に毎夜のように万葉集を講義し、作歌の指導をかさねることでその〈寂寥〉を癒そうとしたのは無理からぬところである。が、その反面、〈俺家の一人娘〉として愛撫する静子に寄せる思いももはやみずから抑制しがたいものになりつつあった。『桔梗ケ原の赤彦』によれば、静子が閑古《かんこ》という雅号を与えられるのは四十三年夏のことであるが、すでに閑古の命名にはこの時期の赤彦の錯綜した内面的苦悩がからんでいたように思われる。

ともあれ、明治四十三年十月一日発行の「アララギ」初登載五首をもって、赤彦直門の最初の女性歌人中原閑古は誕生した。本歌稿には、記念すべきこの「アララギ」初登載歌をふくめて四十三年作が四十六首、四十四年作百二十一首、四十五年初頭の作が八首、都合百七十五首の詠草がおさめられている。これらの詠草が四十三年から四十五年にかけての作であることからも、「アララギ」の信州歌人柹の村人として「自己存在の意義」（丸山静『島木赤彦』昭和18年8月、八雲書林）と葛藤しながら次第に歌壇に確固たる地歩を占めてゆく赤彦の人間的苦悩をたどるためにも、本歌稿はきわめて有益な資料的意味を持つものといえよう。

赤彦との相聞歌を主として編集された遺歌集『丹の花』の第一部「丹の花」収載歌は、赤彦との出会いから離愁に堪えかねてみずからも桔梗ケ原を去るまでの三年間の静子の心のうごきをきわめて劇的に伝えている。本歌稿百七十五首のうち六十七首（1・2・3・6・7・8・24・25・26・27・37・38・39・40・43・45・47・49・61・63・67・70・73・81・83・84・86・87・89・90・91・92・93・94・95・110・116・117・118・122・123・125・126・127・128・129・130・131・132・135・137・139・140・141・144・146・150・151・152・155・157・158・159・162・166・170・173）がのちの『丹の花』にも再出するが、今こころみにこれらの六十七首を読みすすめるだけでも、思郷歌（27）や桔梗ケ原の四季を詠み込んだ自然詠（37・141）から次第に赤彦との別離（173）を経て亡妹や堀内卓造、望月光男などにたいする挽歌（170・43）となり、念願の富士裾野めぐり（158・159・162・166）以後ますます深まる「逢ふすべのなき悲しみ」（63）に苦悶しながらも、ついに相聞の歌「純潔らけき心の瞳みひらきて限りなき世を永久に守らん」（139）へとうつろいゆく愛の原風景が実に鮮明なかたちで看取できよう。

赤彦年譜にしたがえば、たしかに広丘村での二人の交渉は四十二年春から四十四年春までの僅か二年間にしかすぎなかった。しかし、このいわゆる〈桔梗ケ原時代〉は赤彦にとって第一歌集『馬鈴薯の花』（大正2年7月）の母胎になったというにとどまらず、「生涯の転機をなした時期であり、見方によれば後年〈鍛錬道〉をとなえるに至る淵源も、実はこの時期における体験に発している」（本林勝夫）とまでいえる。つまりは、この〈桔梗ケ原時代〉における歌の愛弟子静子との恋愛体験を見のがしては骨格ある赤彦論を組み立てられぬということだが、愚見によれば、明治末年に激化する左千夫との作歌上の対立にしても、その奥底には女性歌人中原閑古をめぐる二人の微妙な感情のもつれがひそんでいたように思えてならない。ある意味では、赤彦にとって静子との恋愛体験はその生涯にぬぐうことのできぬ負の基点（起点）となったが、むしろかれはその人生の重荷を背負い込むかのようにたえざる〈鍛錬道〉をきわめてゆくことで独自の写生理念を形成したともいえよう。ともあれ、四十四年三月、赤彦は「この森の奥どにこもる丹《に》の花のとはにさくらん森のおくどに」（『馬鈴薯の花』）を訣別の歌として桔梗ケ原を立ち去ったが、「森深く咲く丹の花は、この地における赤彦の閑古に対する情熱の象徴」（北住敏夫）とみることだけは何ら疑う余地のないところであろう。

このように〈中原静子体験〉ともいうべき静子との恋愛は、赤彦短歌の形成史にかかわる重要なモメントであるといえるが、従来、この点に関しては、静子みずからの証言である『桔梗ケ原の赤彦』『丹の花』を貴重な裏付け資料としてきた。ここにあらたに出現した島木赤彦添削の「中原静子歌稿」は、二人の出会いから惜別離愁を経てたがいに思慕の情愛を深めてゆくにいたる、いわば愛の軌跡を物語る〈ロマン的時代〉の資料《かたみ》として、〈中原静子体験〉の内実をあきらかにするうえにも積極的意義付けがなされるべきものであると思う。

先述のように本歌稿は必ずしも完揃いであるとは認めがたいが、「アララギ」掲載時期や遺歌集『丹の花』との関連によれば、現在の体裁によっても右の意義は十分にうかがいえられるので以下に紹介の筆をすすめたい。

なお翻字にあたっては、できるかぎり本歌稿の現形を伝えるために、便宜上、通しの丁数と歌番号を付した。静子の歌稿本文は九ポ活字、赤彦の添削は八ポゴチックですべてその右側に、赤彦の批判などの書き込みはすべてその左側に三字下げの（八ポ活字）で、私注は〔八ポ活字〕でそれぞれ統一した。さらに、赤彦添削時の見せ消ちなどの注記は、すべてその該当部分の左側に傍線を、朱書はその該当部分の下に（朱）をそれぞれほどこした。歌番号の上の◎○△等は、赤彦の批評基準である。漢字は原則として現行表記にあらためたが、改行については静子の歌稿本文以外は現形にしたがわなかった。

（付記）本歌稿の紹介にあたって、静子の令息川井奎吾氏、天理図書館司書の宮嶋一郎氏（現・奈良大学教授）には多大の教示をえた。

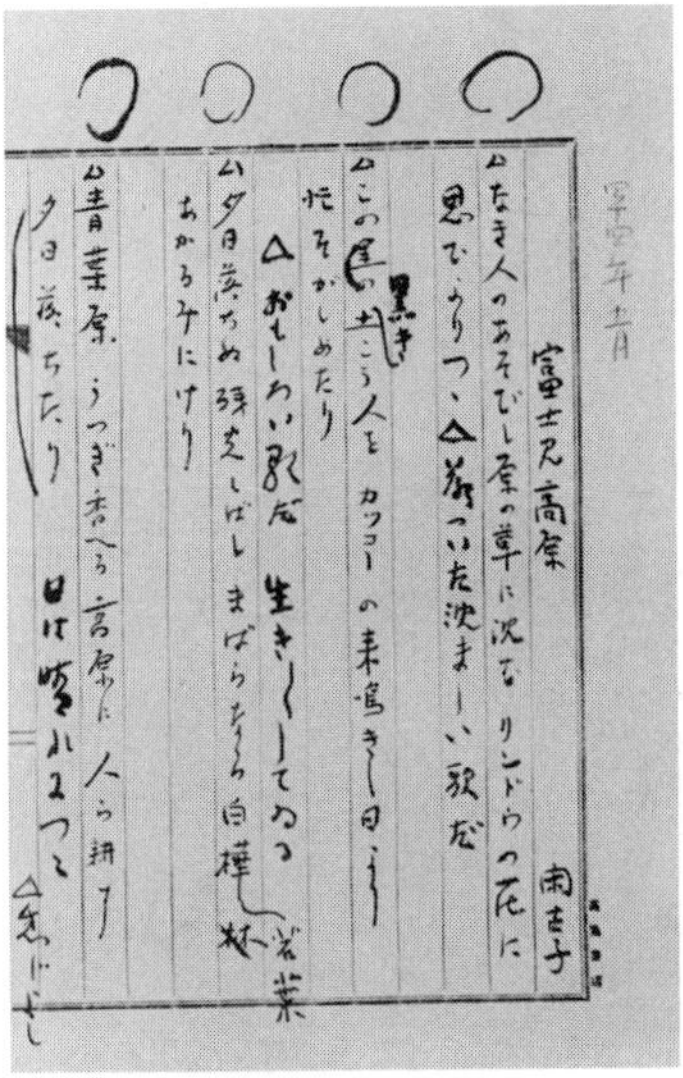

富士見高原　歌稿

〔補記〕本稿は、天理図書館報「ビブリア」第八十号（昭和58年4月）に発表した「島木赤彦添削「中原静子歌稿」について」のうち、歌稿の翻字と補注については割愛した。

なお、「この歌稿は、最近出現した赤彦研究資料中の白眉である」（伊東一夫）という見方が示すように、赤彦の静子にたいする情愛を動かぬ事実として注目されたが、そのことをテーマとした昭和五十八年度島木赤彦研究大会（昭和58年8月28日、塩尻市広丘）の熱気はいまも忘れることができない。

十二　島木赤彦と女弟子閑古の歌

1　女性歌人中原閑古の誕生

赤彦への相聞歌集『去りがてし森』（昭和58年11月、文化書局）の編者川井奎吾によって、「青春の歌譜」と命名された『赤彦添削中原静子歌稿』（天理図書館所蔵）は、今（昭和五十八年）まさに七十年の深い眠りから醒めるかのようにわれわれの前に出現した。

赤彦直門の最初の女性歌人ともいうべき閑古《かんこ》の歌については、すでに遺歌集『丹の花』（昭和38年11月、理論社）に収載の七百四十六首がその全貌を伝えているが、この新資料の歌稿百七十五首によって、あらためてその真価が問われなければならぬであろう。

本歌稿は、明治四十二年三月、新任教師として広丘小学校に赴任した川井（旧姓中原）静子が、ときの歌人校長島木赤彦の膝下にあって歌をつくるようになった時期の詠草百七十五首を和罫紙二十五丁に毛筆で書いたものである。書き入れの日付や作歌時期などから判断するに、おそらくは現存する数倍量の詠草が師赤彦のもとに送稿されたにちがいない。その意味では、詠草のごく一部が前後不揃いのまま現在のかたちに装幀された本歌稿は、必ずしも完揃いであるとは認めがたい（入紙袋綴にし、綾地に桜花繡文表紙をつけて帙におさめてある）。しかしながら、二人の出逢いから惜別離愁を経てたがいに思慕の情愛を深めてゆくにいたる、いわば愛の軌跡を物語る〈ロマン的時代〉の資料《かたみ》として実に有益な意味をもつものであることになんらの遜色もないことだけはたしかである。

そもそも赤彦校長の配慮で広丘村原新田の牛屋《うしや》と呼ばれた太田玉吉方で寝食をともにするようになった静子が歌の添削・批評をうけはじめるのは、「比牟呂」「アララギ」合同決定以後の明治四十二年十月頃のことである。次第に深まりゆく秋の夜長、下諏訪の妻子とはなれて〈知る人なき桔梗原の一孤村に来りし寂寥〉に堪えかねていた赤彦が、これまた生家はるかな異郷にあって孤独をかこつうら若い静子を相手に毎夜のごとく万葉集を講義し、作歌の指導をかさねることでみずからの〈寂寥〉を癒そうとしたのもきわめて自然のなりゆきであったかも知れない。ところが、そうした反面、〈俺家の一人娘〉として愛撫する静子に寄せる思いがもはやみずから抑制しがたいものになりつつあることに赤彦は気づかねばならなかった。

翌四十三年夏、静子に閑古という雅号を与えた赤彦の内面では、もはや動かしがたい愛のきざしが疼きはじめていた。雅号の命名については、静子じしんが、『桔梗ケ原の赤彦』（昭和32年3月、古今書院）のなかで、つぎのように回想している。

たまたま明治四十三年の七月だったたか、

雨もよひ遠音《とほね》ま近音《ちかね》蛙等の声もうつつに昼寝せしかな

日は照れど木の葉の上に露の見ゆ昼寝せし間に夕立かせし

自分ながらうまい歌とは思わなかったが、右の二首を先生にお見せしたら、たちまち先生はからからとお笑いになり、

「なるほど中原らしい。のんびりした歌だなあ。おめえの歌柄は、実におおらかな波のうねりといった処があるし、間の抜けた太い線もみえる。」

ほめられたような、けなされたような、御批評を下されたこの時だった。先生は、

「今日は一つ、中原にふさわしい名を付けてやろうか。」

とおっしゃって、『閑古《かんこ》』とお示し下された。

「閑古、いい名じゃあねいか。前からこの名がよかろうと考えてはいたがなあ、今はっきりとした。閑古鳥の鳴き声は実におおらかで、のんびりした春の日の長さだよ。それに閑古は閑古《しずこ》とも詠めるよ。どうだ、気に入ったつら。」

一枚紙に筆で見事に書いて下された。

どうやら閑古という雅号命名には、〈人間は信念ほど尊いものはない。信念に生きられる大きな修業が大切である〉というきわめてリゴリスチックな赤彦の人生観がはたらいていたように思われる。つまり、若やかな静子の立居ふるまいにややもすれば動揺しがちなおのれを、いわば〈閑静高古〉の境地によってただされねばならぬほどに、赤彦の内面的苦悩は錯綜した様相を帯びていたのである。

事実、赤彦は「アララギ」四十三年十月号に掲載の「野の上」六首のうちに、つぎのような歌を詠んでいる。

いとつよき日ざしに照らふ丹《に》の頬を草の深みにあひ見つるかな

また同号には、「富士見歌会」（九月十一日）一首として、つぎのような作品も詠みこまれている。

二人して向ひ苦しく思へりし清き心にかへるすべなく

かくして赤彦の〈丹の頬〉（静子）に寄せる思いは、すでに〈清き心にかへるすべな〉い傾斜を示すようになっていた。かかるさなか、明治四十三年十月一日発行の「アララギ」初登載歌五首をもって、赤彦直門の最初の女性歌人中原閑古は誕生したのである。

2　「アララギ」初登載歌

125 朝あけに東の空をながむれば浅間のけむりむらさきにたつ

128 たに川の水こと〴〵にかれはてゝかゝれる橋にせみのきてなく

129 水かれしたにゝかゝれる橋の下にてる日をあびて小石ふるう人

37 秋草をとりつゝ追ひて広らなる花くさのを行けば日はすでになし

38 手にあまる秋の七くさになひつゝ夕ぐれの野をいそぐともなし

右の記念すべき「アララギ」初登載歌をふくむ四十三年作四十六首、四十四年作百二十一首、四十五年初頭作八首、都合百七十五首の詠草をおさめる「青春の歌譜」のうち、およそ四割ちかい六十六首が「アララギ」に発表されている。その登載作品数でみるかぎり、初期「アララギ」の女性歌人としてはかなりの優遇であり、これもひとえに師赤彦の配慮によるものといわざるをえない。そして、そのことは同時に〈只真面目なる我を作れ。根柢ある

閑古のアララギ登載状況

巻号・年月	初出の配列順（歌稿番号）	計
三の八（43・10）	125 128 129 37 38	5
四の二（44・2）	1 8 67 68 69 70 72 24 25 26 74 77 80	13
四の四（44・4）	141 142 143 144 145 146	6
四の七（44・7）	167 50 51 174 96 97 99 105 100 106 110	14
四の八（44・9）	56 60 61 62 64	8
四の十（44・11）	44 157 43 42 40 162 159 161 166	9
五の一（45・1）	81 83 84 86 87 88 32	7
五の二（45・2）	89 90 92 91	4
五の三（45・3）	134 135 136 138 139 140	6

（最下段の計は、「アララギ」掲載歌数である。）　※なお大正初期の登載歌は省略した。

我を作れ。生死を一貫せんとする我を作れ。永劫無窮に連続すべき我を作れ〉（「日曜一信」明治44年2月12日）という〈自己存在の意義〉と葛藤しながら、信州の一「アララギ」歌人柹の村人から次第に大正歌壇にその確固たる地位をかためてゆくにいたる赤彦じしんの歩みともかさなることはいうまでもなかろう。

そこで、われわれはこのながく深い眠りから目覚めたばかりの「青春の歌譜」によって、赤彦とその女弟子閑古とが歩んだ愛の軌跡をたどってみることにしよう。

3　〈沼あかり〉の風景

8 三日月の青くしみ入る光をばくさまにあびてあはれこほろぎ
20 東がしの空ほの〴〵し枯原に星のまたゝき沼あかり見ゆ
23 朝まだき枯れのにみつる深ぎりのはれゆくまゝに沼あかり見ゆ
40 月おちぬほのけき光を草の間にしが妻よばうこほろぎあはれ

「アララギ」女性歌人の評価をめぐって、〈三日月〉の歌が赤彦と望月光男とのあいだで取り沙汰されたことを『桔梗ケ原の赤彦』は興味深く伝えている。閑古の歌を矢面に女性歌人にたいする赤彦の指導の甘さをきびしく攻め立てる望月光男が、めずらしくおだやかな口調でこの歌をほめたたえたようである。もっとも、『桔梗ヶ原の赤彦』では、〈三日月の光はうすし草の間に細ぼそと鳴くこほろぎあはれ〉と書きしるされているが、これはおそらく40〈月おちぬほのけき光を〉の歌との混乱によるものであろう。いずれにしても、ささやかな自然の気息をできるかぎり生きた姿でとらえようとする態度は、いかにも女性らしい慎ましさでつらぬかれており、ともすると耳ざわりになりがちな〈あはれ〉の主観語が21・26・28などの作品とともにしみじみとした情感をよく湛えている。〈東がしの〉〈朝まだき〉の二首は、いずれもその結句〈沼あかり見ゆ〉に特色がある。これは望月光男とともに初期「アラララギ」の青年歌人としてその将来を嘱望されていた堀内卓造の比較的よく知られている、つぎの歌にあきらかにつよい影響をうけている。

いさゝかのたかきによれば宵更くる草野に低き沼明り見ゆ

（明治41年作「秋の夕の歌」のうち）

神戸利郎「堀内卓論」（昭和56年3月『堀内卓歌集〈別冊堀内卓の人と文学〉』所収）によると、赤彦愛蔵の「比牟呂」では、卓造のこの歌に〈赤彦による二重丸のえん筆書き入れの痕跡が認められる〉という。閑古の歌は〈沼あかり〉の風景をいかにも書き割りのように詠みこんでいるにすぎないが、〈見ゆ〉の視点の設定とあわせて、〈信州デ今一番進歩シテ居ルハ堀内卓造ニ候〉と賞揚してやまぬ師赤彦の指導《みちびき》にこたえようとする初心者らしいけなげささえ感じられる。

4　堀内卓造と望月光男

43　一人去り二人かくれてこの広き淋しき原に尚吾は残るか

125この秋を語ろふ人もなき国に堪えざる心野べにあそべり

「蟋蟀」と題する〈一人去り〉〈この秋を〉の二首は、157・159・161・162・166の諸作とともに、赤彦の責任編集になる「アララギ」特集《信濃号》(44年11月発行)に掲載されたものである。「比牟呂」合併後の新生「アララギ」にあって、四十四年二月以降、信州会員の選歌を担当するようになった赤彦は、十一月発行の特集《信濃号》の編集そのものに自己勢力の拡充をはかろうとしていた。そのことは、おなじ号の「漫言」の〈今後の歌は女性者によつて興されるであらうと友が話した〉という赤彦の言葉に(なお、この文章の末尾で〈妻帯問題は大きな実行問題であるる〉とのべているが、これは当時の赤彦じしんにとってもっとも切実な内的告白であった)、さらに閑古、小蟹(小林いとの)、夜汐(金原よしを)らの女性門下を《女作者の歌》のもとにクローズ・アップさせようとする目次の組み方にもはっきりとあらわれている。そういう意味において、43・44の掲出作は、かかる赤彦の期待にこたえたつもりの会心作であったにちがいない。さすがに○◎と赤彦の評価もよい。が、同時に赤彦の添削には、閑古の悲痛な〈堪へざる心〉をぼかそうとする意識がはたらいていることも見のがすわけにはいかない。

今夜桔梗ケ原の草庵に帰つて一人炬燵に落ち著いて、始めてシミジミと君の死が僕の感受を動かして来た。松本平に我が友は少い。その少い友のうちから、堀内君と望月君と相前後して俄然形を没した。形を没した筑摩野は冬枯の林である。冬の林に芽がふき葉が萌えても、筑摩の平原は永久に僕のために寂しい平原であらねばならぬ。寂しい平原の林中に住んで、世の静寂に染み尽くさんとしつつある僕に、更に絶対の寂しみは味はしむべく、二人の友はこの平原を去りこの世を去つたのである。

（「日曜一信」44年1月29日）

堀内卓造（43年10月17日没22歳）といい、望月光男（44年1月25日没25歳）といい、いずれも信州歌人による「アララギ」発展をめざす赤彦にとってかけがえのない存在であっただけに、その相つぐ夭折は痛切な慟哭のはてにおとずれる〈絶対の寂しみ〉を赤彦にもたらした。

この蘚に来てあそびたる友二人亡き人となりしきのふの如し

（『馬鈴薯の花』）

閑古の歌は、〈この蘚に〉の挽歌にこめられた赤彦の悲傷の調べをふまえつつ、師赤彦へのたちがたい思いをきわめて直截にうたいこんでいる。が、それがあまりにも直截な表現でありすぎたためであろうか、「アララギ」所載歌は赤彦添削のかたちでおさめられている。もっとも、閑古はその後年、43の歌を〈二人は死一人は去りて秋は来ぬ寂しさに泣かむこの原にゐて〉（『丹の花』）と改作し、堪えきれぬ女の孤愁をしみじみとかみしめるようにうたっている。

ともあれ、《信濃号》の編集をすませた赤彦は、〈十一月五日、松本に行き堀内卓造・望月光男両氏の墓参をなす〉（赤彦年譜）。閑古の33〈亡き友の墓を訪ふとて来し人を送りしあとの常世淋しき〉には、まさに〈語ろふ人もなき〉冬の生活を思い遣らざるをえぬ女ごころの哀れさが、赤彦の後ろ姿に投げつけるようなつよい調子で詠みこまれているように思われてならない。

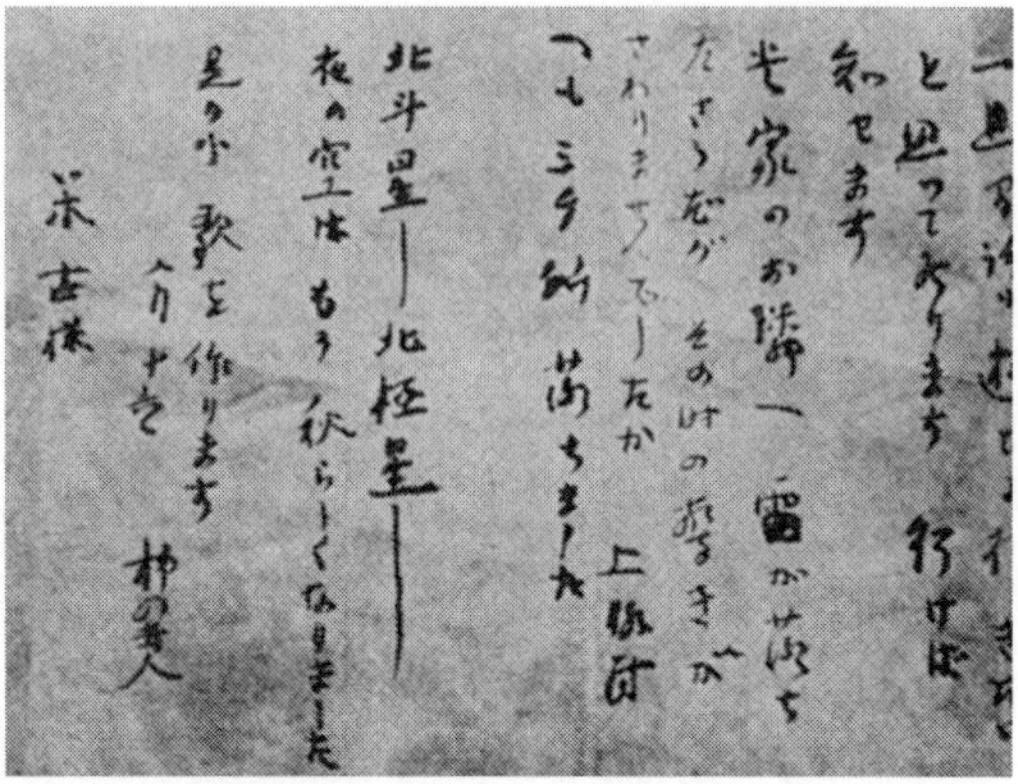

赤彦の閑古宛書簡（大正１年８月16日付）

5　赤彦との別離

53 星の下の冷え草の上に別れ惜しむかそけき息の星にしみ入る

54 星の下に別れかなしみこぼるなみだ永久にきえなん火の星の如

これらの掲出作は、赤彦が〈広丘小学校長を辞し、諏訪郡玉川小学校長に転任〉した明治四十四年の早春の作品である。日毎につよまる惜別のかなしみがみずみずしい抒情のうちに表現されている。

〈火の星〉は、川井奎吾が『去りがてし森』に所収の「北斗」の解説でのべているように、〈赤彦が桔梗ケ原を去る日の迫る夜空に、思い星を定め、毎夜眺めんことを約束せし星にして、北斗七星の星々に思いを馳せ、その視線を北極星に転ずるの意を持つ〉。赤彦の、閑古宛書簡では、〈北斗星は大峰山より少し右に外れて見え候故郷とは見当違ひてへんな心地致し候〉（44年6月8日付）、〈北斗星――北極星――夜の秋の空はもう秋らしくなりました是から歌を作ります〉（大正1年8月16日付）などと、北斗星そのものが別離後の二人にとってまぎれもない交信のしるしであったことがわかる。自明のことながら、二人に〈思い星〉を定めさせるきっかけとなったのは、かつて牛小屋の背戸の立木に固唾をのんで見守ったハレー彗星の神秘的な光りであった。とりわけ閑古には〈この時の先生の寂しくせまる御姿態に、私は後去りせねばならなかった。先生の呼吸はせまって聞こえた。〉〈ああ、この身じろぎできぬ一瞬、息せまって星がきれいに仰がれた〉という張りつめた体験であっただけに、〈火の星〉にこめる離愁のこころも遣る瀬なく哀れであった。

かかる愛別離苦の思いを、赤彦もまたつぎのようにうたう。

静かなる曇りのおきに火の星のほのかに赤く涙ぐまるる

（『馬鈴薯の花』）

あたたかき心を永久にをるものと思ひたのみて生きて来にけり

二人してやがてかなしき人の世のあたたか心相ひ触りにけり

（以上、44年作「短歌拾遺」のうち）

もはや、二人にとって相聞の星とでもいうべき〈火の星〉のほのかな輝きがその道行きにかけがえのない道標《しるし》となったことは何ら疑うべくもなかろう。掲出作のいずれもが、いわば秘中の秘として「アララギ」にとりあげられることはなかったが、星にまつわる恋愛者のかなしみは、のちに「北斗」巻頭をかざる「火の星」七首のうちにうたいこまれた。

6　女弟子閑古の情念

57 青ばがくれうの花沈む水のへにもの思ふ心常世うらめし

63 生きの世にゐます人だに逢ふすべのなき悲しみを思ひぬるかも
65 世の中の悲しき事は何もかも常世のなりと思ひなりつも
66 現世に逢ふすべもなき亡き人を目つぶりてあれバ浮きて見るかも

これらの掲出作は、いずれも明治四十四年七月の作品である。「青春の歌譜」をひたむきに奏でるようなおもむきの相聞歌がつづく。〈常世〉〈現世〉〈常暗〉〈生きの世〉〈世の中〉などは、まさに焦がれ死にしかねない女弟子の情念のくぐもりを端的にあらわしつつ、師赤彦に〈深味ある歌なれどこんな歌たんと作るな〉といわしめるほどの動揺をひきだしている。さらには、〈こんな歌たんと作るな〉といいながら〈書キ入レタ文字ヲヨク見テ呉ルベシ出来タラ直グ送ツテクレヨ、作レ作レ〉と語気つよくいわねばならぬ狼狽を歌人校長赤彦にもたらすことになる。〈七月十六日夕方七時前五分〉に添削・批評をおえた赤彦は、おだやかならざる心情を鎮めるかのようにときを移さず閑古宛に手紙をしたためている。

……アナタハ松本平ニ一人ニナツタ……併シ私ハアナタニ幸アルコトヲ信ズル真ニ信ズル私ハ心カラ天ノ神ニ祈ル天ノ星ニ祈ル私ノカク常ニ祈ツテヰルトイフコトヲ思ツテヰテ下サイ（略）八日ハ家ニ帰レ不二旅行以外ハ家ニ帰レ姉サント湯ニ行ク以外ハ家ニ帰レ〳〵父母老ユベシ膝下ニ侍ルヨリ幾時ゾヤ……

たとえ〈信ズル〉〈祈ル〉〈帰レ〉の反復が〈作レ作レ〉のたんなる余韻であるにせよ、愛弟子の危うい身を何としても見守ってやらねばならぬという赤彦の真情がこの手紙にはあふれでている。現に、その冒頭に〈原稿ヲ返ス矢張リ何所カニ力ガ入ツテヰテ捨テニクイハジメニ四首ト思ツタガヨク見タラアンナニ沢山取ツタオ世辞ニ取リハセヌカラサウ思ツテ下サイ〉とあるように、女性歌人閑古にたいする期待は大きい。56〜66の十一首のうち五首が「アララギ」四巻八号（44年9月号発行）におさめられた（別表参照）。しかも同号では、従来雑詠欄扱いであった信州会員の作品があらたに《信濃の歌》として独立するにともなって、閑古の名前が小蟹、夜汐らの赤彦直門の女性歌人とともに目次を華々しくかざるようになった。のちに赤彦は明治四十四年の「アララギ」一年間の特色を〈女作者の急に殖えたといふ事〉〈夫れが多く信州の人々であるといふ事が甚だ愉快な事である〉と総括することになるが、閑古らの女性歌人のめざましい成長そのものが赤彦じしんの「アララギ」内部における躍進につながることはいうまでもなかろう。

ともあれ、かかる赤彦の思わくとはうらはらに、〈松本平ニ一人ニナツタ〉閑古の、恋愛者としての〈逢ふすべのなき悲しみ〉はいやますばかりであった。この女弟子の重く沈んでゆくような思いをやわらげるには、〈家ニ帰レ〳〵〉というほかないと赤彦が考えたのも無理からぬところである。それにしても、〈こんな歌たんと作るな〉に書き添えられた〈困る〉の二文字に赤彦の苦渋にみちた内面の動きを読みとらずにはいられないのである。それが見せ消ちである故に、この赤彦の重苦しい〈困る〉という独白そのものが、「青春の歌譜」に脈打つ閑古のいちずな思いのありようをわれわれにははっきりと物語っているように思える。

7　赤彦偏愛の歌語

74 夕日落ちしぐれにぬれし白かばの細枝のうれに光残りて
75 灰色のくさ原つゞきむかつ丘にけむり立ち見ゆ動くともなし
79 夕日落ち橙黄色なる西空に櫟林は色を染めたり
142 筑摩のの灰色原に静もれる枯れくさの根の青みそめたり
143 くもり日のものうき夕べうら戸くれバ櫟木立に鳥なきてあり

掲出作は、「青春の歌譜」のなかでもとりわけて桔梗ケ原の自然を豊かにうたいこんだ秀作であるといえよう。閑古は『桔梗ケ原の赤彦』で、詩情に富む桔梗ケ原の風土と赤彦短歌との関連を、つぎのように書いている。

桔梗ケ原の風物は、見る処、聞く処、行く処、一つとして先生のお心を満たさないものはなかった。慣れゆく閑寂の御生活は、かえって作歌専念の上にも、またとないふさわしい土地と境遇であられたことと思う。こころみに『赤彦全集』をひもどいて見ても、『馬鈴薯の花以前』の歌と、『馬鈴薯の花』にみる歌とは、心の底にただよう一脈の流れが異なってきた感も深い。

独居の閑寂は専念する歌境と瞑想を、いよいよ深らしめたことはいうまでもないことであろう。

さすがに桔梗ケ原の四季折々の風情を赤彦とともに感受してきた閑古だけに、その指摘は正鵠を射たものといわざるをえない。その意味からいえば、これら閑古の歌は、赤彦の第一歌集『馬鈴薯の花』(大正2年7月)におけるライトモチーフと深くかかわっているとみるべきであろう。そうした点を、ここでは閑古の歌にほどこされた赤彦の添削を通して考えてみたい。

たとえば、74の歌の場合は、〈夕づく日しぐれにぬれし白かばのまばらがうれに光残れり〉(初案)、〈夕づく日しぐれにぬれし白かばの木立まはらにくれなんとすも〉(再案)、〈夕づく日しぐれにぬれし白かばの幹のはだへに光染めたり〉(44年2月発行の「アララギ」所載歌はこの三案をとりいれている)と、さらに79の歌の場合も〈夕つく日橙色の西空に枯櫟原色を染めたり〉(初案)、〈日の沈む橙色の西空に櫟原色を染めたり〉(再案)などと、それぞれ赤彦の添削には目まぐるしいほどの推敲をみることができる。

143の掲出作は、閑古の歌稿原作にたいし、初案ではその結句を〈鳥やどりなく〉と改めたにすぎなかったが、再案では下二句を〈櫟枯原のはてなかりけれ〉と改め、さらに三案では原作上二句をのぞいて〈うら戸くる鳥まひ立ちぬ枯原のうちに〉と推敲をかさね、いわば赤彦好みの歌調に改作されたかたちで四十四年四月発行の「アララギ」に発表された。なお、この四月号の《信濃便り》で、赤彦は〈第一に申上げたきは近頃一時に三人の女流作者を生じたる事に候。本号所載の夜汐子・閑古子夫れに前号現れし小蟹子に候〉と誇らかに語っているが、こうした懇切きわまりない添削推敲を、女性歌人の誕生におのれの面目をかける赤彦じしんの意気込みのあらわれとみることもあながち不当だとはいえまい。

ともかく、かかる添削推敲を通してはっきりと言及できることは、閑古の歌に詠みこまれた〈灰色のくさ原〉〈筑摩のの灰色原〉の荒寥たる風景をひとつのきっかけとして、赤彦があらたに独自の〈草枯〉〈枯原〉の歌境をきりひらいたということである。

草枯の野のへにみつる昼すぎの光の下に動くものもなし
はるさめの筑摩桑原灰いろに草枯山の遠薄くあり
草枯の国のくぼみにかたまれる沼のいくつに日あたりにけり
冬枯原吹きあるる風の西窓に日ねもす鳴りぬ日を明かあかと
草枯の土ひそやかに愛らしき春龍膽《はるりんどう》は眼をあきにけり
（以上『馬鈴薯の花』）
かわきたる草枯いろの山あひに湖は氷りて固まりにたり
褐色《かっしょく》の草枯の上にいささかの草屋根いよよかわき光れり
（以上『切火』）
雨あがり低く曇れり草がれの裾野の道すぢ遠くまでとほる
草枯れとなりて久しも追分原行きかへりつついくたびか通る
草枯丘いくつも越えて来つれども蓼科山はなほ丘の上にあり
いくつもの丘と思ひてのぼりしは目の下にしてひろき枯原
（以上『氷魚』）
草枯の岡のうしろに畳まれる天雲低し海にかもあらむ
おのづから西に傾く枯原のただに傾けり日の入るところ
草枯の丘のすそべの家いくつ国とほく来て住みやつきぬる
（以上『太虚集』）

草枯れのいづれの山を人に問《と》ひても天城《あまぎ》の山のつづきなりといふ
谷を出でて直《ただち》にひろき石川原草枯れがれて水行きにけり

（以上『柹蔭集』）

周知のごとく、〈草枯〉〈枯原〉は赤彦偏愛の歌語である。たしかに、久保田正文のいうように〈島木赤彦の短歌の基本性格は、『太虚集』から『柹蔭集』に代表されるような、スタティックに諦念的な自然詩とみるべきであろう〉（『現代短歌の世界』）。つまり、この赤彦短歌の基調ともいうべき〈スタティックに諦念的な自然詩〉を培った土壌が、赤彦みずから〈広丘は私の一生中最も印象を深く止どめた土地〉（大正3年6月5日、三村りゑ宛）〈広丘にて小生の歌は育てられ申候〉（大正3年9月2日、同上）と告白しているように、愛弟子閑古とともに過ごした四十二年春から四十四年春にかけての桔梗ケ原時代にあったことを忘れてはならぬと思う。すでにこの桔梗ケ原時代が赤彦にとって〈生涯の転機をなした時期であり、見方によれば後年《鍛錬道》をとなえるに至る淵源も、実はこの時期における体験に発している〉（本林勝夫）という見解は、赤彦歌風の研究史のうえでほぼさだまっていることでもある。

近代歌人がその存在をきわだったかたちで短歌史にとどめうるのは、歌人生涯のテーマとでもいうべきものをどのように作品のなかに特徴づけているか、ということにかかわろう。たとえば、啄木の『悲しき玩具』における〈かなし〉とか、茂吉の『あらたま』における〈さびし〉とかの主観語が、それぞれ歌集の抒情質や歌人の内実のありようとたぐいなくつよく結合しているということがある。さらには、赤彦にとってごく身近な歌友であった憲吉の場合でいえば、つとに扇畑忠雄が論証しているように、〈「夕づく日」の主題は晩年にいたるまで、絶えず繰り返されてゐるのである。夕づく日の寂しい明るさが作者の憲吉の生涯をつらぬいた心境の表徴であつたかの如く、その歌風を彩つてゐる〉（『中村憲吉』昭和21年12月、青磁社）。

かかる意味からいえば、赤彦偏愛の〈草枯〉のモチーフこそ、『馬鈴薯の花』から『杮蔭集』にいたる赤彦歌風の形成と発展をあきらかにするうえで、もっと積極的意義づけがなされるべきであろう。この「青春の歌譜」がそのためのかけがえのない証左となるにちがいない。

8　左千夫の信州行き

62 現世の世をさかりある常暗を恋ひつゝ永久に死にて行くなり
86 霜寒みいさゝのゆれににしき木の散る夕ぐれを人まちてあり

愚見によれば、初期「アララギ」内部の有名な論争として、明治末年から次第に激化する、伊藤左千夫と赤彦ら若手同人との作歌上の対立にしても、その奥底には女性歌人中原閑古をめぐる二人の微妙な感情のもつれがひそんでいたように思われてならない。唐突ついでに、そもそも左千夫と赤彦の感情的疎隔は、四十四年九月の、左千夫の信州行きに端を発しているのではなかろうか。

永塚功『伊藤左千夫研究』（昭和50年5月、桜楓社）によると、左千夫の信州行きは、明治三十七年十一月から四十五年十月にかけての八年間に、都合十回をかぞえるという。左千夫が広丘村の赤彦の下宿におもむき、はじめて詩情豊かな桔梗ケ原の風景にふれたのは、「アララギ」「比牟呂」の合同が決定した四十二年八月のことであった。

伊藤左千夫年譜によると、八月二十一日、〈中央線を朝一番で出発し、夜遅く村井停車場に着く。柹の村人と堀内卓が出迎え、広丘村の柹の村人の下宿に泊る〉とある。閑古は、『桔梗ケ原の赤彦』で、その折の出迎えにむかう赤彦、卓のそわそわした様子をくわしく書きとめているが、彼女じしんは〈はからずお目にかかれるうれしさ〉で心待ちにしていたけれども、〈松本の姉の子供が大病だ〉との急報で左千夫を出迎えることができなかった。しかし、とうとう待ちわびた左千夫との出会いが閑古にもめぐってくることになる。

四十四年九月二十三日の夕刻、上諏訪の布半旅館に到着した左千夫を歓迎するために催された、翌二十四日の〈午前の女子歌会に五人集まり〉、閑古は赤彦直門の新進女性歌人として左千夫の知遇をえることができた。十月二日の夕方、信州から帰京した左千夫はその旅装をとくまもなく、赤彦宛に長文の礼状をしたため、〈女流諸子の先日逢ひし人たけ姓名宿所を一寸知らせ置き被下度候（略）茲にては女流作家の評判甚たよろしく候〉と好意的な印象をのべることを忘れなかった。なかでも閑古には〈今後は時々桔梗ケ原の御消息御もらし被下度待上候〉（10月7日付）と書き送った手紙の末尾で、62の掲出作にたいしてつぎのような批評を与えるほどの関心を示した。

「死にて行くなり」を現在の意味に考へ候故感違《ママ》ひ致候「人間といふものはさうして死んでゆくのた」といふ様に未来の事を直接に云へる詞は少く候「死にて行くなり」は其の点に於て甚たあらたしく面白い詞に候

想像をたくましくすれば、左千夫は信州行きに際して、「アララギ」四巻八号（44年9月発行）の《信濃の歌》におさめられた赤彦周辺の女性歌人の作品にはそれなりの読み方をしていたことであろう。おそらく、「恋の籬」の作者左千夫としては、〈常暗を恋ひつゝ永久に死にて行くなり〉の女作者に仄かな興味をもたぬはずはなく、上諏訪での女子歌会の印象によって前述のような批評につながることは必至であつたにちがいない。

この当時、左千夫は長塚節ら同人の顰蹙を買いながらも、ある女性へのほとばしる情熱を抑えかねるかのように「アララギ」誌上にうたいこんでいた（「若き妻」五首、「言づて」八首、「若葉の晴」十首など）。〈年寄りの冷みづ〉とからかわれても、あからさまに相聞の歌をうたわずにはいられぬ左千夫が、閑古の〈死にて行くなり〉に女ごころの哀切を読みとったとしても少しも不思議ではない。左千夫が晩年の恋愛をうたった作品としてよく知られている、「三ヶ月湖にて」四首（「アララギ」44年10月発行）「我が命」八首（「アララギ」44年11月発行）の、

秋の花の三ケ月の湖をあくがるゝ心きはまり死なむとおもひし
悲しみを知らぬ人等の荒らゝけき声にもわれは死ぬべくおもほゆ

それぞれの歌には、閑古の〈死にて行くなり〉と通い合う哀傷のかげりを深めた恋愛心情がひびいているようである。

〈作者か自分の思想感情を脇から見て作つた〉〈内感情の強みが足らざる〉（44年10月4日、赤彦宛書簡）とのべるように、節や赤彦らの歌をあきたりなく思う左千夫にとっては、どこまでも〈作者の実感情〉に正直であろうとする閑古の歌は好もしくみえたにちがいなかろう。〈深味ある歌〉〈作者の心のあハれな現状が見ゆるやうな歌〉であることを認めつつも、〈こんな歌たんと作るな〉〈困る〉と突きはなさずにはいられぬ求道的リゴリスト赤彦との

距離《へだたり》もここから読みとることができそうである。

ともあれ、たとえそれが返書であるにせよ、帰京早々の左千夫が閑古に手紙を与えたことじたいそもそも特別の配慮であったとみるべきであろう（のちに、左千夫は赤彦宛の書簡〔10月31日付〕の追伸に〈夜汐と閑古子とたけに手紙をやつたか外の人々へもやつたかよいか二人が先生から手紙を貰つたなと、云はれ他の人達が不平ニ思ひやしないか知ら〉とわざわざ書きとめている）。そうした気配を知ってか知らずか、赤彦の批評は、35の歌につづく〈いつ云つても大抵《ママ》同じやうな匂ひのするのハ一方から見れバ停滞也〉のようにすこぶる手きびしくなる。もっとも、かかる辛辣な批評は、〈中原は一向歌を送らぬなまけているやうだ〉（44年10月26日、金原よしを宛）とか、〈原稿あれでは平凡に候是の前の方〔注　158〜166の不二裾野の連作カ〕グント宜しく今少し沢山作らなくては困り候御勉強ヲ祈ル〉（44年10月28日、閑古宛）とかの言葉に裏づけられるように、十一月号発行の《信濃号》に閑古らの女性門下をひきたてようとする赤彦の思わくによるものではあるが。にもかかわらず、閑古の作歌は十月十三日付の詠草（34〜38、112〜119）にみられるように、やや惰性的な調子に甘んじているきらいがあった（赤彦の期待とはうらはらに、閑古のみならず夜汐子、小蟹子なども〈とんと振はず〉という低調ぶりであった）。

やはり、この時期の赤彦の、女弟子閑古にたいする容赦ない批評にはもっと人間くさい感情のうごきが作用していたとみるべきであろう。というのも、前掲の閑古宛葉書の末尾に〈左千夫先生から貴下へ何か云つてよこしたと思う直接先生の方へ送られてもよしどちらでも〉とあるからである。その二週間もまえに、《信濃号》編集責任者の赤彦のもとには〈こちらにある歌稿は如何すへき兎に角選して送るから都合のよいやう願上候〉（10月10日付）という左千夫からの手紙が届いている。左千夫のいう〈こちらにある歌稿〉のなかに閑古のものがふくまれていたかどうかは知るすべもないが、次いで〈信州号も間もなく出来るらしい〉（10月23日付）という知らせを左千夫からうけていた赤彦にすれば、月末まぎわに〈直接先生の方へ送られてもよしどちらでも〉というからにはまぎれようのない苦汁をなめねばならなかったはずである。

　つまり、やや切り口上に〈どちらでも〉といわざるをえぬ赤彦の意識の底には、閑古の背後に見え隠れする左千夫の存在がかなりきびしく迫りつつあったということをわれわれは見おとしてはならないと思う。

　あくる明治四十五年二月十八日、広丘村で離愁にくれる閑古は、つぎのような葉書を左千夫からうけとっている。

御手紙難有拝見致候東京も春に入つてから寒く相成候荒曠たる冬国に降灰のある重苦しい景色を一度味つて見たく候貴詠いつも注意して読申候一号の「錦木」の作始め二首佳作と思ひ候面白い詞に興がらぬ様に言語の自然を失はぬ様に御注意願上候二号の貴詠中「もざし」といふ事は何の事に候や次手に御知らせ被下度願上候斎藤の歌面白いには面白いが思想を弄びにする弊かあつて自然な味が乏しく候

　左千夫によって佳作と認められた86の掲出作は、四十五年一月発行の「アララギ」登載歌である。赤彦もまた十一月六日付の閑古の詠草（81〜88）については、〈歌大へんに宜しく候錦木の歌尤もおもしろし〉（11月13日、閑古宛）という高い評価を与えている。この〈にしき木〉一連の歌が左千夫にも赤彦にもともに秀作だと認められるのにはそれなりの理由があるはずだが、どうやら古歌〈錦木はたてながらこそ朽ちにけれけふの細布むねあはじとや〉

〈後拾遺〉や謡曲などで広く知られた《錦木伝説》を彩るロマンスの匂いが感じとられたものと思われる。求愛のしるしである〈にしき木〉が〈夕ぐれ〉〈さぎり深くとちこめし中〉〈夕照り〉に映えかがやく風景は、さながら〈旅の家〉で恋火をともしつつ赤彦との逢瀬を待ちわびねばならぬ閑古の心象でもある。〈人まちてあり〉〈秋さびにけり〉の結句にしても、ありふれた措辞ではあるが女であることのいたみをよく伝えているといえよう。

ただ、ここでは閑古の〈にしき木〉を佳作と認めながらも、茂吉にたいする批判もふくめて〈詞に興がらぬ様に言語の自然を失はぬ様に〉と苦言を呈する左千夫の張りつめた心情を見のがすわけにはいかない。というのは、晩年の写生理念〈叫び〉の説へと発展する〈言語の声化〉を主張してやまぬ左千夫だけに、閑古の〈にしき木〉のモチーフに「アララギ」二月号掲載の赤彦作「あるものは」四首と見合った素材主義的な表現の危うさのあることを看破しているからである（左千夫の45年2月17日付赤彦宛葉書、参照）。すでに〈感情の動きよりも意識の力が目立つて見える〉赤彦の作歌態度に不安を感じていた左千夫は、「あるものは」四首を〈事件的題目的興味〉からなる〈計らひ〉〈拵へ〉ものの堕落とみなすにいたるが、「我が命」の歌人左千夫としては、〈にしき木〉の恋をうたう女作者には心憎い思いさえ抱いたにちがいなかろう。左千夫は「アララギ」一月号の消息欄にはっきりと伝えている。〈殊に十年来の記録を破つてうれしいのは信州から多数の女流作家が現はれたことである〉〈願くは諸君何物にも捕へられない純粋なる女性の感情を自覚し尊重してそれを作物の上に表し来らむことを望むのである〉と。

左千夫の気持とすれば、〈純粋なる女性の感情〉をそれこそ〈静的〉〈瞑想的〉な情趣にすりかえかねぬ赤彦の指導態度に我慢がならなかったのである。赤彦が閑古の背後に左千夫の影を意識したごとく、左千夫もまた女作者の背後にひかえる赤彦を執拗に意識せざるをえなかった。だからこそ、左千夫はさきの消息で〈これは女流諸君にのみ対して云ふ事ではない〉とわざわざ断っておかねばならなかったのであろう。

初期「アララギ」の内部論争史でいえば、四十五年一月号「アララギ」の巻頭をかざる左千夫の「黒髪」八首によって、本格的な抗争がひきおこされたとみても差し支えなかろう。つまり、〈かぎりなく哀しきこゝろ黙し居て息たぎつかもゆるゝ黒髪〉とおのれの痛切な恋愛心情をあからさまにうたえる左千夫と、それを〈絶唱〉と賞賛しつつも〈離れて味ふ歌。叫ばずして沈吟する歌〉に新しい歌のあるべき目標を求めようとする赤彦とのあいだに、きわだった断層が生じたとみられるからである。ところが、篠弘の『近代短歌論争史　明治大正編』（昭和51年10月）では、論争のモメントを的確かつ緻密に跡づけながらも、赤彦の「黒髪」への評価をめぐっては、〈しかしそれにしても、赤彦の「光彩陸離」とする評価はほめすぎのきらいがある。いくら自分と類似の詩的イデーがもとめられているからといって、もたれあってしまうのでは論争にならない〉〈赤彦のほうに、おたがいの対立点を把握するエネルギーに欠けていたとみるべきであろう〉などと、あまりにも割り切りすぎた考えがみられる。しかし、左千夫と赤彦の文学的資質に〈類似の詩的イデー〉があるというのはさすがに卓見というほかないが、ここは「黒髪」を〈もたれあってしまう〉ような読みとりをしなければならぬ赤彦の内実にもっと細かく目くばりを寄せるべきであろう。つまり、赤彦は、「黒髪」評価にあたって、その作品世界に女性歌人閑古との恋愛をめぐるおのれの内面的苦悩のありようをなぞらえざるをえず、左千夫とのせつない切り結びのなかであらためて〈おたがいの対立点〉をきびしくみずからに問いかける必要があった。その意味では、左千夫の「黒髪」八首を端緒とする内部論争は、赤彦の〈中原静子体験〉に基づくものだとしてもおかしくはない。

赤彦の恋愛は左千夫晩年の恋愛のように激しい起伏を示すことはなかったが、それだけにその内実は逸脱しかねない苦悶がうずまいていた。閑古の、「北斗」所収の大正三年作「黒髪」連作をよめば、おのずから恋愛者の苦悶の深まりがあきらかになるはずである。赤彦にすれば、たとえ左千夫からその作歌態度に〈計らひ〉があると攻撃されようとも、恋愛の渦にまきこまれそうなおのれを突きはなしてみる必要があった。これ以後、左千夫と赤彦の対立は茂吉をふくめてのっぴきならない様相を展開することになるが、赤彦は第一歌集『馬鈴薯の花』を合著でだすことになる中村憲吉に、みずからの立場をつぎのように述懐している。

私ハ今日デハ即イテ見ルヨリ離レテ見ル方ガ好キデアル事件ト合体スル場合モイヽガ事件ヲ味ツテ見ルトイフ方ガ好キデアル叫ブヨリモ瞑想シタイ発作的感情ヨリモ情趣的ノモノガナツカシイイツカ動ト静ヲ以テ言ツテ見タノモコンナツモリデアル先生ハコレガ大ニ気ニ入ラヌノデアルソレデ私ハ今先生ノ「我ガ命」「黒髪」ナドヨリ「冬の曇」ノ方ガズツトイイ

（45年3月2日付葉書）

9　富士見高原行き

96 なき人のあそびし原の草に沈むリンドウの花に思ひよりつゝ

158 講旗のつるせるのきにしばしいこひ遠嶺のながめあす思ひ居り

96の掲出作は、明治四十四年五月の日付のある「富士見高原」連作の一首で、「アララギ」七月号の「富士見原行」七首のうちにおさめられた。

四十四年四月、心ひそかに〈丹の花〉に未練を残しつつ玉川小学校長に転任した赤彦は、かねてから閑古、夜汐らの女弟子と富士見高原行きの約束を交していた。ところが、赤彦との惜別にたえかねていた閑古の体調が思わしくなく、赤彦はあらためて夜汐宛に〈今年は一人ぼつちにて病み居るを思ひ気の毒の至りに候そして十三日に来られるか否かを二人話した上御知せ下され度無理して来る事ハ宜しからず此旨中原に御伝へ被下度候〉（44年5月9日付書簡）と書き送るなどの気遣いを示している。そうした赤彦の配慮に報いるべく、閑古がかなりの無理をおかして同行したことが、旅行後の赤彦の書面〈中原よりも不二見後一寸ハガキ来りしのみどうした事かと思ひ居り候体の方はよいだろうと思ひ居り候しかし不二見行は満足なりし由に候小生は悪い事をしたと心中で思ひ居りしに諸君が満足してよかつた安心致し候〉（44年5月22日、夜汐宛）からもうかがえる。

赤彦にとって富士見高原は、〈尤も信頼シテキタ二人の友〉（44年7月5日、閑古宛）であった亡き堀内卓造、望月光男との曾遊の地であった。それだけに女弟子とともにその面影を追慕哀惜したいという気持もつよかった。ともあれ、夜汐宛の手紙と入れちがいに閑古から「富士見高原」と題する歌稿が赤彦のもとに送られてきた。

今度の歌稿は非常に振つていてうれしかつた簡単に批評して置いたから御覧下さいあなたのはすらすらしてゐてそれで平凡らしく見えてゐて決して平凡でない落付いたシンミリした色が沈んで現はれてゐる今度のも矢張りさう思ふ益々深く生きた歌を作るやうに祈る

（44年5月27日、閑古宛）

このじつに温情にあふれた赤彦の感想には、悲願ともいうべき切なる思いをかなえてくれた女弟子閑古へのいたわりの気持がまざまざと浮かびあがってくるようである。

158の掲出作をふくむ「不二裾野」の連作は、さきの富士見高原行きとおなじ三人連れによる、八月上旬の富士山麓湖めぐりの収穫である。閑古の詠草は、旅行後、赤彦からの葉書（44年8月19日付）に詠みこまれた〈亡び行く村と語りし村にして寝ねられざりし人あはれなり〉などの「富士八湖」十一首に応えるかたちで作られたものと考えられる。

この山麓湖めぐりは、「北斗」に収められた「富士裾野」の連作とその詞書でわかるように、閑古にとってはその生涯忘れることのできない大旅行となった。赤彦〈生きの世をさびしく思ひしみしかば山のうみにもつれだてりけり〉も、夜汐〈おとろへの心にわづか来し方をおもふこゝろをいとほしみけり〉も、それぞれこの富士八湖めぐりに期する思いはつよかった。とくに赤彦と閑古にとっては、師弟愛という絆にまさる情愛の深みをおたがいに意識してゆかざるをえなくなる旅となった。かかる二人の感情のたかまりが翌月の左千夫歓迎歌会に微妙な波紋を投げかけることになろうとは知る由もなかったが……。

以下は余録としたい。

この歌稿の巻末におさめられた「妹をしたひて」（167～170）について一言を付しておこう。この連作は、編者川井奎吾の教示によれば、明治四十二年に夭折の妹よし子への追悼歌であることがわかる。ところが、167の歌のように「アララギ」（44年7月発行）掲載歌であることが明白であるにもかかわらず、岩波版『赤彦全集』の旧版・新版いずれも第二巻《短歌拾遺》の明治四十四年の項には、「亡妹をしたひて三首」として閑古の167・169・170の三首が収載されている。この三首がいかなるいきさつで赤彦短歌として登録されたのかまったく不明であるが、さしあたり『赤彦全集』から除外されることがのぞまれる。

〔補記〕本稿は、川井奎吾編『赤彦への相聞歌集・去りがてし森』（昭和58年11月、文化書局）に所収の解説「閑古の歌と赤彦」を若干修正したものである。

なお、歌稿の翻字と『去りがてし森』の刊行に際し、天理図書館、天理時報社には多大のご高配とご尽力をいただいた。ここにあらためて感謝の意を表したい。

第二章　大正短歌史の展望

一　与謝野寛・晶子における渡欧体験の文学史的意味

野山嘉正『日本近代詩歌史』（昭和60年11月、東京大学出版会）は詩、短歌、俳句という文学ジャンル相互の生成と変化を総体として文学史的に跡づけながら、「与謝野晶子の自我が鉄幹とつり合う質量において登場したとき、初めて短歌は、詩（この時点では新体詩）への拡大と自己存立の矛盾が近代短歌の宿命であることを認識したのである」というきわめて重要な問題を提起している。

短歌を旧来の伝統的な和歌から新しい近代の「詩」として位置づけるために、東京新詩社の結成、「明星」の創刊があり、そして鉄幹・晶子の実作があった。明治三十年代の鉄幹・晶子によって先導された「明星」の文学運動は、詩と短歌というジャンルの生成に大きくかかわったといえるが、明治末期から大正初期にかけてのふたりの渡欧体験が文学ジャンルにたいしてどのような影響をもたらしたのかを文学史的に考察したい。

1　渡欧前夜の寛と晶子

〔1〕『相聞』の短歌史的意味

寛の歌集『相聞』は明治四十三年三月に刊行されるが、この年は前田夕暮『収穫』、金子薫園『覚めたる歌』、若山牧水『別離』、土岐哀果『NAKIWARAI』、吉井勇『酒ほがひ』、石川啄木『一握の砂』というように、近代短歌の成立にかかわる画期的な歌集が陸続と誕生した。近代短歌史における明治四十三年の意味については、すでに拙稿「明治四十三年の短歌史的意味—鉄幹から啄木へ—」（「山邊道」第40号、平成8年3月、本書第一章に所収）で論述したように、この年の三月に創刊された「創作」の短歌雑誌としての存在と、その「創作」誌上に展開された短歌滅亡論議とにあった。

大空の塵とはいかが思ふべき熱き涙のながるるものを
な憂ひそ君を継ぐべき新人はまた微賤より起らむとする

この「大空の」の巻頭歌から「な憂ひそ」の最終歌にいたる『相聞』の構成は、いかにも無秩序で乱雑なように見えながら、寛じしんがいう「利那利那の偶感を出だして、自家の矛盾」を日常的感覚と歴史的感覚という二つの視点によってうたいあげようとする発想が歌集全体に息づいている。『相聞』という歌集がそれを可能にしたのは、当時の自然主義的思潮にうながされた短歌滅亡論にたいする危機感によるものであった。見方をかえていえば、島田修三「『相聞』考─その自然主義的作品について」（「鉄幹と晶子」第1号、平成8年3月）が言及するように、「いわば自然主義系歌人たちへの挑戦的な意思表示の意味合いが存していたことがうかがえる」こともたしかである。

『相聞』という歌集は歌壇的には注目されることはなかったが、自然主義と真正面から向かいあいつつ短歌における近代の意味を問いかけたという点において、まさしく啄木の『一握の砂』とともに短歌史的にはその存在は大きい。少なくとも渡欧前夜の寛にとって、短歌は新体詩とともに近代文学のジャンルとしての可能性をもつものであったにちがいない。

〔2〕『春泥集』の短歌史的意味

寛は『相聞』刊行の翌四十四年十一月に渡欧することになるが、この年の一月に晶子は第九歌集『春泥集』を刊行している。竹西寛子『陸は海より悲しきものを─歌の与謝野晶子』（平成16年9月、筑摩書房）には、「『佐保姫』から『青海波』への晶子を読んでゆく時、晶子が日常にさぞ大きな影響を受けたであろうと思うことが少なくとも二つはある。一つは夫の歌集『相聞《あいぎこえ》』の刊行（明治43・3）であり、いま一つは夫の熱田丸での渡欧（明治44・11）である」という指摘があるが、たしかに夫寛の『相聞』刊行と渡欧とは晶子にとって実生活のうえではもとより文学的にも大きな転換期を意味していた。

五人ははぐくみ難しかく云ひて肩のしこりの泣く夜となりぬ
相よりてものの哀れを語りつとほのかに覚ゆそのかみのこと

五人の子育てに追われる生活者晶子は、「ものの哀れ」にだれよりも鋭敏な歌人でもあった。『みだれ髪』以後の晶子が夫である寛とともに「ものの哀れ」を語りあうことで女性表現者としての成熟をめざしてきたとすれば、『春泥集』の晶子は寛との〈相聞〉の恋愛的感情のくびきから自立しようとする地平にいた。晶子じしんは、「私はこの集になつて自分が女性に帰つた気がする」と後年に回想しているが、それは「五人ははぐくみ難し」といういわゆる「産む性」の自覚を基盤とした女性表現者としての飛躍を意味していた。

篠弘は『自然主義と近代短歌』（昭和60年11月、明治書院）のなかで、渡欧後の大正三年一月刊行の第十一歌集『夏より秋へ』を結節点とし、「晶子にとっての明治四十年代は、寛の論理や言動にしたがい、その枠内から出ることができなかった」という見解を提示しているが、『春泥集』の歌人はその年の七月に刊行の第一評論感想集『一隅より』のなかの「産屋物語」、「婦人と思想」などで新時代の女性問題を論ずる女性論者でもあったことを考慮すれば、渡欧前夜の『春泥集』の晶子には寛という「夫」、「男」の論理や言動の枠内から脱却し、女性本来の生と性を自分じしんの問題として問いなおそうとする強靭な姿勢があったというべきであろう。その強靭な姿勢があればこそ、四十四年九月の「青鞜」創刊号に、「すべて眠りし女今ぞ目覚めて動くなる」、あるいは「一人称にてのみ物書かばや。／われは女ぞ。」という力強いエールを送ることができたにちがいない。それは同時に後述するように短歌史的には「青鞜」に寄り集う若い女性歌人の台頭を積極的にうながすことにもなった。

2　寛における渡欧体験の意味

〔1〕　近代詩史における『リラの花』の位置

「欧州の芸術界に最も美しい傾向を何かと言へば未来派の勃興である」とは、帰国直前の大正元年十一月二十九日の「東京朝日新聞」に掲載された寛の「未来派の詩」の冒頭の一節である。翌二年一月に帰国した寛は、「三田文学」、「スバル」、「朱欒」、「白樺」などの文芸誌にマリネッティをはじめとする未来派詩人をふくめた欧州の現代詩人の詩を積極的に翻訳、紹介し、それらを訳詩集『リラの花』と題して三年十一月に刊行した。

寛みずからが「わたしは巴里にゐて仏蘭西の象徴詩を読むに至つて、漢魏の詩や万葉集にある象徴詩と半象徴詩との妙味を悟るに至つた」というように、『リラの花』には象徴主義から未来主義へと移行する第一次世界大戦前夜の最新の芸術運動の息吹きをいわば同時代的に吸収してきた寛の詩人としての意気込みがこめられていた。あるいは永岡健右が指摘するように、「寛の『リラの花』では『海潮音』後のフランス現代詩の紹介という仕事で詩壇での復活という目論見があった」（『鉄幹晶子全集』第13巻、解題）にちがいない。

たしかに詩人を料理人に見立てた「料理人の挨拶」を巻頭に置いて、「出陣の夕……既に我軍の大半は国境に達せり。」ではじまる仏独の戦火を伝える「出征」を巻末に据えた『リラの花』の構成には、「複雑な現代仏蘭西詩壇の一角」（序文）に精通しているという自負心が読みとれる。そのことを明白に物語るのは、ベルギーの詩人ヴェルハーレン（一八五五―一九一六）の詩が集中最多数を占める十八編も訳詩されているということにとどまらず、パウル・コステルの「頽廃詩人」、「生の詩人」の二編によって、「生の詩人、ああ彼等は終に来りぬ／ヱルアアランよ汝は此処にあり、他の詩人等も此処にあり。／こは生を渇望する強者にして憂世家なり、／戦士にして使者なり。」、「予は愛す、ヱルアアランを、その熱烈なる韻律を、その力を、その豊富なる詞藻の美を。」というようにきわめて理想的な現代詩人としてヴェルハーレンが讃美されている点にある。

しかし実際には、

『リラの花』刊行にはさしたる反響もなく、また論評も加えられずいわば無視された……

（永岡健右『鉄幹晶子全集』第13巻、解題）

無名の新進詩人に重きを置いたことに失敗があった。上田敏の『海潮音』や永井荷風『珊瑚礁』のような安定した評価のある詩を選んで訳していたなら日本詩壇で認められたかも知れない。

（逸見久美「寛と晶子のヨーロッパ行き(二)」「鉄幹と晶子」第4号、平成10年10月）

この『リラの花』は、ほとんど人々の視線をとらえることはなかったようだ。鉄幹の意気込みを思うと切ないが、これが現実であった。これはあくまでも推測だが、この鉄幹の一冊をきちんと受けとめて読もうとする動きが、当時の人々の間には薄かった。せっかくの新しい試みが見過しにされた気配がある。

（青井史「『鴉と雨』時代の鉄幹」「鉄幹と晶子」第3号、平成9年10月）

日本の詩壇、あるいは文壇には、通用する受皿はなく、せっかくの大冊『リラの花』も無視に近い待遇を受けたもようである。

（香内信子『与謝野晶子と周辺の人びと—ジャーナリズムとのかかわりを中心に』平成10年7月）

などと諸家の見解がほぼ一致するように、寛が『リラの花』に期した意気込み、目論見、自負心は大正初期の詩壇に容易に受け入れられることはなかった。

ところがここに一人の理解者でもあり共鳴者がいた。

杉本邦子が『山村暮鳥全集』第一巻の解題で、つぎのように注目すべき指摘をしている。

……この人魚詩社を発行母体として、詩集『聖三稜玻璃』が出された。大正四年十二月のことである。暮鳥は大正四年九月十五日付小山茂市宛書簡の中で「小生は今の文壇乃至思想界のためにばくれつだんを製造してゐる」と書いたが、その背後にはつとに入手していた与謝野寛の『リラの花』（大正三年十一月一日発行　東雲堂書店）及び木村荘八『未来派及び立体派の芸術』（大正四年三月十五日発行　天弦堂）等による未来派の思想があった。『聖三稜玻璃』に収められた詩篇はまさに当時の詩壇に対する挑戦であった。

この杉本の指摘を裏付けるように、大正三年十二月号の「秀才文壇」の「詩欄選評㈤」に、「小曲　シンボリカルな作である。うすやみ　かういふ詩も世間にはある、これが生命派のながれの岸の詩である。『リラの花』をよんだ。仏蘭西あたりの本場の新詩人もこれなんだと慨歎した。しかしその中にもあるがさすがにベルアアレンばかりは光つてゐる。生命派もあゝなれば自分はその前に跪拝するも厭はない。あゝ、日本の象徴派よ、そして生命派よ。」と暮鳥はのべている。

この暮鳥じしんの証言でもわかるように、暮鳥は『リラの花』のもっともはやい読者の一人であった。と同時に、あるべき象徴派、もしくは生命派の詩人としてヴェルハーレンを高く評価していた寛の詩想をだれよりもよく理解する詩人でもあった。もとより周知のことであるが、『聖三稜玻璃』でこころみられた実験的な詩法もまた当時の詩壇では萩原朔太郎らのわずかな同調者を別にすれば拒絶される運命にあった。しかし澤正宏が木股知史編『近代日本の象徴主義』（平成16年3月、おうふう）で解説するように、「日本の近代詩の最後を飾るとともに、現代詩のさきがけをなす」前衛的な表現手法が暮鳥の『聖三稜玻璃』にあったことが近代詩の可能性を豊かなものにした。その意味では詩壇で歓迎されることのなかった『リラの花』もまた近代詩史の展開において一定の位置が与えられているといえよう。

〔2〕『鴉と雨』とダンディズム

中皓「鉄幹晶子の恋愛歌―その発想構想措辞をめぐって―」（「同志社女子大学日本語日本文学」第7号、平成7年10月）の、鉄幹時代の「『鉄幹子』『紫』の歌には、センシュアルイズムあり、恋の一齣あり、痴態あり、千篇一律ではないが、どれにも、どこか、一首の姿の聳立するように仕立てられている。感情そのものを主情的、素直に表現しているというよりも、ポーズと英雄主義、ダンディズムとがあらわである」という卓見にしたがえば、強度の美意識と自意識とを基調とした文学的反俗主義とでもいうべきダンディズムは寛の文学的生涯を一貫していたといえよう。そのダンディズムの頂点が帰国後の大正四年八月刊行の詩歌集『鴉と雨』にみられる。

衰へて身を隠すべき菅笠を清十郎に借らんとぞ思ふ
十五より身の痩せけるをいかがせん人を恋ふとて物を読むとて
わが歌は人嗤ふべししかれどもこれを歌へばみづからの泣く

いずれも「自らを嗤ふ歌」そのものであり、逸見久美のいう「自嘲歌集」、「自虐詩歌集」の性格を如実に反映している。しかし、「若し帰朝後、詩壇に返り咲いていたなら恐らくこうした自虐詩歌集は世に送らなかったであろう」という逸見の見方は是とすべきであろうか。文壇ジャーナリズムの功罪を熟知している寛にとって文壇ジャーナリズムにおける成否にかかわらず、『リラの花』に傾注した以上の精力をもって、渡欧以前の「幻滅と、苦笑と、倦怠と、および焦燥との中に醜く懊悩していた」自己像を見つめなおす必要が帰国後の寛にはあった。さらに補足的にいえば、復帰すべき文壇的居場所の有無にかかわらず、「巴里に行つて自分は新生の喜びを知つた」寛としては、「新生の喜び」を知るにいたる渡欧前の苦渋にみちた自己像を詩歌集として記録しておくことに何よりの意味があった。

ここにいう何よりの意味とは、ダンディズムの真骨頂を発揮することにほかならない。『鴉と雨』に表出された近代都市居住者特有の〈幻滅〉〈苦笑〉〈倦怠〉〈焦燥〉〈懊悩〉という屈折した心理の陰翳は、ゆるぎのない美的感性と自我意識とを内包したダンディズムによってもたらされた。こうしたかれのダンディズムが如上の渡欧体験によってより洗練されたことはいうまでもないが、寛じしんが『リラの花』の序文に、「固より自分の傷を見るやうで厭に感じながらも、まだ時代遅れの頽唐派の詩が一ばん僕と共鳴するやうである」と告白するように、そのダンディズムが十九世紀末的デカダンスと分かちがたく結合していたということは文学史的にも注意しておかなければならない。

つまり、木股知史「イメージと心の深みへ―近代日本の象徴主義を再考する」（『近代日本の象徴主義』）は、「近代日本では、自然主義を主系とする文学史の見方が規範となっていて、反自然主義的な流れは、耽美派や異端として、その残余のようにとらえられがちである。だが、象徴主義と関連するデカダンスの視点に立てば、自然主義そのもののなかに、退廃の傾向を見出すことも可能である」ことを文学史の観点から提起しているが、『相聞』がそうであったように反自然主義的な立場を鮮明にしながら自然主義の基層をなすデカダンスと相通じる傾向が『鴉と雨』にもあった。私見によれば、『鴉と雨』を頂点とする寛のダンディズムひいてはデカダンスはもっとも自然主義の本質に近い要素を内包していたといえる。さらには与謝野寛ならぬよさのひろしによる『鴉と雨』は、短歌と詩という二つのジャンルの均衡を配慮した詩歌集として大正四年に出版されたが、文学史的には北原白秋『桐の花』、斎藤茂吉『赤光』、山村暮鳥『三人の処女』、三木露風『白き手の猟人』の刊行された大正二年を結節点として、短歌と詩というジャンルがそれぞれに自立し分化していくという文学状況においていわば分水嶺的な意味を担っているといえよう。

3　晶子における渡欧体験の意味

〔1〕『夏より秋へ』と女性歌人の台頭

前述のように、渡欧前の明治四十四年一月に刊行の『春泥集』は、その年の九月に創刊の「青鞜」を舞台に登場する若い女性歌人たちの台頭をうながすことになったが、とりわけ三ヶ島葭子、原田琴子、原阿佐緒、岡本かの子らの活躍には目を見張るものがあった。

三ヶ島葭子
ゆゆしくも君によりては生死すおのれを拒む心なれども　（第2巻第3号）
なにごとぞ君を思ふをおのが世のわざはひのごと思ひなせるも　（第6巻第2号）
原田琴子
黒髪を美しとするおろかしき男のすなる恋もうれしき　（第2巻第8号）
ただひとり闇にまぎれて逢ひにゆくこれをも弱き少女といふか　（第3巻第2号）
原阿佐緒
愛欲のおとろへもよし黒髪をないがしろにもふるまへる今日　（第3巻第1号）
めづらかにあかるき顔の吾をしも鏡に見つつふと恐れけり　（第6巻第1号）

岡本かの子

眼を閉ぢて我が拍つ恋の手拍子にただ舞ひねかし稚き男（第2巻第11号）

語るとき笑ふときより泣くときの美しき君を見出でけるかな（第3巻第1号）

これらの掲出歌にあきらかなように、「君」、「男」にひたすらかしずく「吾」、「女」とは異なる自我に目覚めた〈新しい女〉の素顔がうたわれている。「女子文壇」の選者であった晶子によって見いだされた三ヶ島葭子らは、いずれも新詩社に入社し、「スバル」、「青鞜」においてその才華を開花させた。すでに拙稿「大正歌壇のなかの晶子─女人歌の台頭をめぐって」（上田博・富村俊造編『与謝野晶子を学ぶ人のために』平成7年5月、世界思想社、本書に所収）で論及したとおり、若い女性歌人たちは一様に『みだれ髪』の晶子に感化され、晶子短歌を意識しながらも独自の女人歌を模索していたが、「青鞜」は彼女たちにとって女人歌の可能性をこころみる絶好の舞台であった。そして晶子が渡欧中のわずかな期間に「青鞜」の女性歌人たちはめざましい成長をとげることができた。

大正元年十月に単身帰国した晶子は、香内信子が前掲書『与謝野晶子と周辺の人びと』の第三章「晶子と三歌人との交流」で詳しく紹介するように、翌二年八月三日の「時事新報」に三ヶ島葭子、原田琴子、原阿佐緒の三人の女性歌人に寄せる期待をのべている。その大正二年という年が近代詩歌史にとって分水嶺的な意味をもっていたということからいえば、『桐の花』『赤光』の歌集によって短歌史における近代の成熟が可能であったとともに、四月に原田琴子の『ふるへる花』、五月に原阿佐緒の『涙痕』が刊行され、新しい世代の女性歌人の誕生を記念する年でもあった。

そうした若い女性歌人たちの躍進と呼応するように、晶子は大正三年一月に帰国後最初の詩歌集として『夏より秋へ』をまとめた。この詩歌集には「文学博士上田敏先生に献ず」という献辞が巻頭にある。『春泥集』の巻頭に添えられた上田敏の「春泥集のはじめに」という長文の序にたいする返礼の意味もあった。しかし何よりも意味深いことは、「日本女詩人の第一人、後世は必らず晶子夫人を以て明治の光栄の一とするだらう」という女詩人としての晶子の天分と業績を認めた上田敏の文学史的評価があったことである。

くろ髪の女の族は疎けれどわが師となりぬ人うらむ時
自らの心に我れとことわりをしふる時の苦きあぢはひ
死ぬ夢と刺したる夢と逢ふ夢とこれことごとく君に関る
シベリヤに流されて行く囚人の中の少女が著たるくれなゐ
物売にわれもならまし初夏のシヤンゼリゼエの青き木のもと

異性には容易には理解しがたい女性であるがゆえの屈折した心情を「くろ髪の女の族」のなかに愛憎をもって照応し、感情と理性との激しい振幅に「自らの心」をもてあます「我れ」にうろたえる。「死ぬ夢」、「刺したる夢」、「逢ふ夢」と目くるめくような恋情に苦悶する女の内面は、「シベリヤ」での緊張した体験をへて、ようやくにしてたどりついたフランスの首都パリの「シヤンゼリゼエの青き木のもと」で一気に解放される。

秋風は凱旋門をわらひにか泣きにか来る八つの辻より
恋人と世界を歩む旅にしてなどわれ一人さびしかるらん

しかしその解き放たれた女ごころは、「初夏」から「秋風」へと季節がうつろうように、ふたたび渡欧前の女性であるがゆえの物思いにとりつかれる。

味気なく心みだれぬわが手のみ七人の子を撫づる日に逢ひ
一人居て身のうらめしさまさる時わが黒髪に蛇の生るる
今さらに我れくやしくも七人の子の母として品のさだまる

「恋人と世界を歩む旅」にあこがれ、「死ぬ夢」、「刺したる夢」、「逢ふ夢」に揺れうごいた女性の感情は、「七人の子」のために乱れる女ごころとなり、「わが黒髪に蛇の生るる」女の底知れぬ性の深みにはまる。それもこれもすべては「七人の子の母」という断ちきれぬ絆のゆえにほかならない。

このように寛を渡欧させて「一人居」となり、みずからも単身渡欧し、そして単身帰国し、ふたたび「一人居」となった晶子の起伏の激しい内面生活がきわめて微細にうたわれた『夏より秋へ』は、「下の巻」に収載の詩編においても同様の発想を示している。というよりもある意味では短歌よりもより直截的により象徴的に表現されているともいえよう。

山の動く日来る、
かく云へど人われを信ぜじ。
山は姑《しばら》く眠りしのみ、
その昔彼等皆火に燃えて動きしものを。
されど、そは信ぜずともよし、
人よ、ああ、唯これを信ぜよ、
すべて眠りし女今ぞ目覚めて動くなる。

この渡欧前のあまりにも有名な「山の動く日」の詩を冒頭に据えた詩編は、「あれ、あれ、あれ、／後から後からとのし掛つて、／ぐいぐいと喉元を締める／凡俗の生の圧迫……」という詩につづけて、大正三年一月号の「新日本」を初出とするつぎの詩で巻末となる。

被眼布《めかくし》したる女にて我がありしを、
その被眼布は却《かへ》りて我れに
奇しき光を導き、
よく物を透して見せつるを、
（略）

あな、あはれ、我が被眼布は落ちぬ。
天地は忽ちに状変《さまかは》り、
うすぐらき中に我れ立つ。
（略）
あな、悲し、わが推しあての手探りに、
凡俗の生の圧迫は触るる由もなし。
とゆき、かくゆき、徘徊《たもとほ》る此処は何処ぞ、
かき曇りたる我が目にも其れと知るは、
永き夜の土を一際黒く圧す
静かに寂しき扁柏《いとすぎ》の森の蔭なるらし。

まるで「目覚めて動く」女性の黎明から「凡俗の生の圧迫」にたえかねて、「肉色の被眼布」によって「永き夜」の「闇の底」へと後退したかのようにみえる。しかしいわば逆説的反語的な表現によって、「被眼布」をされて「凡俗の生の圧迫」にたえている女性の〈現実〉をよりリアルに描写しているといえよう。

晶子の作品史でいえば、『みだれ髪』時代以後の唯美的で情熱的な詠風が渡欧前の『春泥集』以後から、「産む性」の自覚によって次第に内省的な深まりをみせるようになるが、いわゆる女性表現者としての成熟を渡欧体験後の『夏より秋へ』にみることができよう。のみならず寛の『鴉と雨』とおなじく短歌と詩の二つのジャンルに女性表現者としての可能性を具現化した『夏より秋へ』は、「日本女詩人の第一人」という上田敏の評価を名実ともに近代詩歌史にとどめることになったといえよう。

〔2〕『一隅より』から『雑記帳』への飛躍

山本千恵『山の動く日きたる―評伝与謝野晶子』（昭和61年8月、大月書店）がいうように、『みだれ髪』からの十年という熟成の時間をへて、女性による女性のための女性論の嚆矢である『一隅より』をまとめた晶子は、女性思想の結実への歩みを確実なものにしていた。そしてその歩みは未知の異文化体験によってよりゆるぎのないものになった。

四年後の大正四年五月に刊行された第二評論感想集『雑記帳』の冒頭には、「自分の近頃の思想を適切に表現した」という詩編「エトワアルの広場」が掲載されている。

土から俄に
孵化して出た蛾のやうに、
わたしは突然、
地下電車《メトロ》から地上へ葡ひ上つた。
巨大な凱旋門が真中に立つて居る。

凱旋門から「八方の街」につながる「エトワアルの広場」を横断する勇気がなくて立ちすくんでいたわたしは、「何とも言ひやうのない／叡智と威力とが内から湧いて、／わたしの全身を生きた鋼鉄の人」にし、「決然として、馬車、自動車、／乗合馬車、乗合自動車の渦の中を真直に横ぎり、／あわてず、走らず、逡巡せずに」進み、「仏蘭西の男女の歩くが如くに歩いた」という詩編の主題は、『雑記帳』に収録の「鏡心燈語」（「太陽」大正4年1月〜3月）のつぎの一節とみごとに照応している。

「私はピカデリイやグラン・ブルヴアルの繁華な大通で、倫敦人や巴里人の車馬と群衆とが少しの喧囂も少しの衝突もせずに軽快な行進を続けて行くのを見て驚かずに居られなかつた。そして自由に歩む者は聡明な律を各自に案出して歩んで行くものであると云ふことを知つた」。

つまり異文化体験あるいは渡欧体験を通して発見した「自由に歩む者は聡明な律を各自に案出して歩んで行く」という生きかたそのものが晶子の「思想」となった。もとより婦人問題の真の解決は日本婦人が思想をもつことからはじまるということを、渡欧前の『一隅より』におさめられた「婦人と思想」において力説する晶子であった。そうした渡欧前の晶子に独自の思考軸があったからこそ、「自由に歩む者は聡明な律を各自に案出して」いるという西欧文化の真髄を見きわめることができたといえよう。「『一隅より』の時に比べて自分の思想に多大の変化のあつた」という『雑記帳』の晶子じしんの言葉にしたがえば、いかに渡欧体験が晶子の「思想」形成に大きな影響力があったかが理解できよう。

そのことをもっとも具体的に示しているのが『雑記帳』のなかの「二人の女の対話」(「東京朝日新聞」大正3年11月4日～28日)の思想的文脈であろう。

教育と財力に恵まれた若い独身女性である第一の女から、「私は折々日本の中に孤立して居る感じを覚えるのですが、あなたはどう日本を見ておいでになります」と問いかけられた第二の女は、

「あなたは御自身の上には人並外れた欧州文明の讃美者でおありになりながら、日本人全体のことになると外来思想の模倣者だとお罵しりになりますのね。露西亜のやうな若々しい国ばかりではなく、老熟した仏蘭西がどの国よりも外来の新思想を真先に歓迎して、平時の巴里がまるで世界の新意匠の競進会場のやうな観のあるのはあなたも御存じでせう。」

「もつと文明国の思想を取り入れて御覧なさい。(中略)新しい刺激に逢つて新しい変り花が突発する植物の様に、世界の刺激を受けることが劇しい丈、日本人の創造力も激変するに違いないのですから、私はあなたのやうに日本人の体質を基礎に将来の生活を悲観しようとは思ひません。」

と、自己の日本論、日本人論をのべる。この第二の女が夫寛にかわって与謝野家の生計を一身に背負って文筆にあけくれる帰国後の晶子であることは明白であるが、「日本人の創造力」によって日本人の体質や将来の生活が改善されるというその日本論、日本人論は、「自由」と「聡明」の精神を涵養する欧州文明の土壌を体験し、「日本を愛

する心と世界を愛する心との抵触しないことを私の内に経験した」晶子じしんの「思想」の血肉化でもあった。その意味においても『一隅より』から『雑記帳』にいたる晶子の思想的成長にはめざましいものがあった。

4　寛と晶子をつなぐ文学思想

帰国後の晶子が「祖国の上に熱愛を捧げる一人の日本人」として、「自分の全肉を挙げて没入することの出来る仕事」を多面的に精力的に開発していったのにたいし、寛は齢四十にしてすでに老境に入るごとく隠忍自重の日々を過ごしていた。香内信子はその対比に「〝時流〟にのって生き抜いてゆく」晶子とジャーナリズムとの密接なかかわりを指摘している。しかしくりかえしていえばジャーナリズムの功罪を熟知する寛には、時流にかかわりなくおのれの文学的ダンディズムを貫くことに意味があった。たとえ拗ね者、卑下慢と揶揄されようともジャーナリズムの世界に生きのびる思いはなかった。

こうした寛と晶子の渡欧後の齟齬は、とりもなおさず夫婦という関係に深い溝をつくることになった。渡欧中に「思郷病」と妊娠のために心身ともに不安定であった晶子は、帰国後もおそらく鬱々とした日常のなかにひたすら夫の帰りを待っていたにちがいない。しかし寛が帰国した大正二年一月から『鴉と雨』が刊行される大正四年八月にかけて、与謝野夫婦はもっとも危機的な状況を迎えねばならなかった。あえて憶測すれば渡欧体験がなければ夫婦の関係はたやすく崩壊していたであろう。逆にいえば、実生活における夫婦の危機をのりこえることができたとすれば、たとえば寛が巴里を去る直前に憧れのヴェルハーレンを訪問し、「翁は日本の詩壇の近状を問ひ、仏蘭西の象徴主義の影響した事を聞いて驚き、主な日本詩人の名を予等より聞いて書留められた」（『巴里より』）ということや、「私はロダンの芸術の偉大なのは、仏蘭西人の心強い生活が背景となつてロダンの天才を生んだからだと思つて居ます」(「二人の女の対話」)ということに明示されるように、渡欧体験によって獲得された芸術的な対話が共通の絆になったからであろう。

結論的にいえばそこにこそ渡欧体験の文学史的意味がある。

「凡そ文学的内容の形式は(F+f)なることを要す。Fは焦点的印象又は観念を意味し、fはこれに付着する情緒を意味す。されば上述の公式は印象又は観念の二方面即ち認識的要素(F)と情緒的要素(f)との結合を示したるものを云ひ得べし」とは、夏目漱石の『文学論』冒頭の一節であるが、文学の本質は認識的要素と情緒的要素との結合にあるという漱石の文学思想もかれの英国留学体験によってもたらされた。つまり英文学者漱石にとって洋行体験は、論理や理性という認識的要素だけでは成り立たない文学の本質を体得し、感知することであった。別言すれば、「外来思想の模倣」から「自己本位」という独創性への飛躍は、日本的な精神風土あるいは日本人の精神構造の特性を再認識することによって可能であった。英文学者漱石のいう情緒的要素とは、たとえそれが英文学からの例証であってもきわめて日本的日本人的な感覚や感性による解釈にもとづくものであったという意味にほかならない。

翻って寛と晶子の場合もまた文学表現において情緒的要素の必要性を実感した渡欧体験者であった。晶子は認識的要素と情緒的要素とのバランス感覚に自己の独創性を見いだし、評論という新しいジャンルによって自己の「思想」の成熟をめざした。一方、寛は日本詩人としてのおのれの文学的資質に自足し、「わたしの歌はすべてが叙情詩の積りである」と明言するように、より情緒的要素の強い抒情的世界に沈潜するほかなかった。

このように寛と晶子の渡欧体験は、それぞれに漱石のいう認識的要素と情緒的要素との結合において微妙な差異をみせたが、しかしその文学思想ではひとつにつながるものがあった。それは詩的感性にもとづく情緒的要素を基盤とする文学観であり、人間観でもあった。いまあらためて文学ジャンルの問題に立ちかえれば、詩と短歌というジャンルの生成に貢献した「明星」の文学運動の中核にあった寛と晶子が、ふたたび詩と短歌を日本文学の本道として位置づけるべきであるという文学思想を明確にしたのが渡欧体験後の大正初期であった。しかし、たとえば〈近代文学の成立と文壇の形成〉という近代文学史を想定するとき、小説・評論を主流とし、また〈明治文学の展望〉という明治文学史を構想するとき、自然主義文学を本流とした文学史的な規範が〈明治空間〉のゆるぎのない文学的所産であったとすれば、寛と晶子の文学思想は〈明治から大正へ〉と流動するなかでまさしく傍流に追いやられる運命にあった。

寛と晶子にとってよき理解者であった保田与重郎「与謝野鉄幹」（「短歌研究」昭和13年4月）は、「歌史的に云へば明治短歌の変革者は鉄幹に決定される」とし、「鉄幹の和歌革新は、自覚した芸術と共に客観的な芸術を作ることであつた、つまり詩人と歌人を作ることであつた」、そして「鉄幹が晶子の天才を得たことは美神の恩寵であらう、さうして鉄幹がなければ晶子も亦存在しないのである」と明断している。小説・評論というジャンルを主流とし、詩と短歌というジャンルが分化してゆく〈明治から大正へ〉という文学的動向にあって、渡欧後の寛と晶子は時代の潮流に逆らうように詩と短歌というジャンルのそれぞれに自己表現の可能性をこころみた。それは、保田与重郎のいう「詩人と歌人を作る」という使命にたいする自覚であり、寛と晶子とがともに〈明治から大正へ〉という時代の大きな転換期を欧州の近代文明との対話のなかで迎えたことで可能であった。

〔付記〕　寛と晶子の渡欧体験という文学史的意味を考えるなかで、〈明治から大正へ〉という転換期におけるジャンルの問題とは別にいわゆるナショナリズムの問題が最後まで気がかりであった。そのことは「『暁紅』『寒雲』の位置―茂吉におけるヨーロッパ―」（『昭和文学論考―マチとムラと―』平成2年4月、八木書店）で論及したことがあるが、とりわけ晶子の渡欧体験とナショナリズムの問題については、別稿をもって考察したい。

〔補記〕　本稿は、上田博編『明治文芸館V――明治から大正へ』（平成17年10月、嵯峨野書院）に所収の「与謝野寛・晶子論――渡欧体験の文学史的意味」に若干の修正をした。

二　近代歌人における〈奈良体験〉の意味

和辻哲郎博士の不朽の名著『風土―人間学的考察』（昭和10年9月、岩波書店）によって、風土というものが人間の思想や文化にいかに大きな意味をもつものか、ということをわれわれはよく知っているわけですが、今日は、文学（作家や作品）を生みだす土壌としての奈良やまとの風土をあらためて考えなおしてみたいと思います。

風土あるいは自然は、詩人《うたびと》の魂の故郷であるといい継がれておりますが、とりわけここやまとは、倭建命の「国しのひ歌」として

　大和は国の真秀《まほ》ろば
　畳《たた》なづく青垣
　山籠もれる大和し美《うるは》し（景行記）

と絶唱されているように、古代日本人にとってかけがえのない精神風土であったといえます。

実際には、『万葉集』の巻頭に

大和には　群山《むらやま》あれど　とりよろふ　天の香具山　登り立ち　国見をすれば　国原は
煙立ち立つ　海原は　かまめ立ち立つ　うまし国そ　あきづ島　大和の国は

（巻一・二）

舒明天皇御製歌として詠みこまれているように、大和の風土は政治権力の象徴的意味を担っていたのかも知れませんが、より原初的に古代日本人の心をとらえてはなさぬいわば一期一会の精神がこのやまとの地に宿っていたように思われます。

1　やまと歌枕の誕生

ところで、かかる古代日本人の精神風土たるやまとの国原はどのように文学的風土として肉化されたのであろうか。結論的にいえば、それはひとえに歌枕誕生に由来すると考えられます。歌枕という視点からやまとの風土をみますと、大和学の先学辰巳利文氏の「大和に於ける万葉の歌枕」によれば、『万葉集』全体の一割強にあたる約五百首にやまとの歌枕が詠みこまれていることがわかります。たんなる数値ばかりではなく質的にもやまとの歌枕が重い意味をもっていることは如上のとおりですが、ここではむしろその質的変化について注目しておきたいと思います。

それは、どういうことかと申しますと、たとえば、自然神というものが人格化され、地名そのものが説話化されあるいは符号化記号化されてゆくということです。言葉をかえていえば、本来、普通名詞であったものが次第に固有名詞化されることによって、歌枕の内実にそれなりの重量がくわえられたと思います。こうした傾向が和歌の詠法として洗練されながら歌題・歌材そのものを充実させることになったことは自明のとおりです。

そこで、ここやまと天理における歌枕について考えてみますと、すぐさま想起されるのが私ども天理大学キャンパスの東側に鎮座する〈石上・布留〉の杜です。これらは、やまとの歌枕としていわば双璧をなす「桜（雪）の吉野山」「紅葉の竜田川」とともに、『古今集』を祖とする王朝和歌の美意識の一翼を担うことになります。歌枕としての〈石上〉〈布留〉については、『天理市史』下巻所収の文学篇（中村忠行博士執筆）に詳細な解説、用例がありますので、ここではその一端だけを紹介しておきます。

『万葉集』には、〈石上〉〈布留〉の用例は合計十五首ありますが、そのうち十首までが〈石上布留〉と詠みこまれています。しかもその大半が相聞歌です。これは、現在の石上神宮の辺りが古代やまとの歌垣の広場であったことを明瞭に物語っております。

娘子らが　袖布留山の　瑞垣の　久しき時ゆ　思ひき我は　（巻四・五〇一）

ところが、古代人のロマンスを彩る歌枕も王朝和歌における歌題・歌材に広がりをもたらしつつも類型的な表現形態として次第に定着してゆくことになります。かかる傾向を助長することになったのは、やはり屏風歌の流行にあります。屏風歌は、唐絵にたいする、四季絵、月次絵、名所絵などの大和絵による一種の題詠であるといえます。歌人としては『古今集』の編者、『土佐日記』の作者として知られた紀貫之、歌集としては三番目の勅撰和歌集『拾遺集』にその典型をみることができます。

延喜御時月次御屏風に

あふさかの関のし水に影見えて今やひくらんもち月のこま　（貫之・拾遺・一七〇）

ちはやぶる神代もきかず龍田川韓紅《からくれなゐ》に水くくるとは　（業平・古今・二九四）

「ちはやぶる」の歌には、「御屏風に龍田川に紅葉流れたる形をかけりけるを題にてよめる」という詞書がつけられています。この詞書によってあきらかなように、やまとの歌枕そのものが〈龍田川と紅葉〉というかたちでいわば見立ての構図として屏風絵の世界に封じこめられています。つまり、もともと生きた風土のしるしであった歌枕が死せる風土のしるしとして変質しているということになります。やや性急にいえば、生きた、開かれた風土そのものが屏風歌の隆盛によって観念化、名所化、観光化され、屏風絵のなかに封じこめられたままで、わが国の文学史はその歳月をむなしく過ごしたように考えられます。

2　出郷のドラマ

では文学史のうえでこの空白を埋めるものがあったか。あるいはかかる形骸化されてゆく歌枕を本来の生きた風土のなかに蘇生させるエネルギーがふたたび出現するのはいつどのようなかたちでみられるのか。芭蕉の「奥の細道」は、みちのくの歌枕の追体験というかたちのすぐれた文学的営為であることは自明のことですが、歌枕のなかに詩精神のありかを問い、さらに風土そのものを生きた文学媒体としてとらえなおした功績にははかり知れぬものがあったといえます。そして、その元禄期芭蕉のエピゴーネンというふしもありますが、風土そのものを生きた文学的モチーフとしてとらえなおそうとしたのが近代短歌ではなかったかと思われます。

たとえば、与謝野晶子と堺・京都、石川啄木と北海道、北原白秋と九州の柳川・葛飾、島木赤彦と信州諏訪というように、それらは『みだれ髪』『一握の砂』『雀の卵』『太虚集』という傑作を生みだす風土としてかけがえのない位置を示しています。さらに、ひとつの共通した現象をわれわれに語っています。晶子は明治三十四年六月、啄木は三十五年十月、白秋は三十七年四月、赤彦は大正三年四月、それぞれ故郷を捨てて東京へと向かいます。つまり、故郷脱出・上京というかたちがそれぞれの卓越した文学作品を生みだすモメントとなっているわけです。視点をかえていえば、かれらを育んできたところの故郷の風土を一度断絶させ、東京という大都市の空間のなかであらためてとらえなおすということが必要でした。しかも、かれらに共通しているのは、ことごとく失意・挫折といういわば傷心の思いで故郷を捨てざるをえなかったという点、さらにそうした苦渋にみちた出郷のドラマによって都市居住者の悲哀として心の故郷《ふるさと》であるおのが風土をとらえているという点であります。こうした共通項によってとらえられた風土であるだけに、近代歌人たちにとってそれらはたぐいのないつよさでひきつけられる文学的土壌ともなりえたに違いありません。こうした近代歌人と風土とのかかわりは、このやまと奈良においても文学史のうえで看過できぬ現象を生みだしています。

3　近代歌人と奈良の風土

さまざまな出会いがやまと奈良の風土をめぐっておこります。五条近内町出身で「明星」「スバル」で活躍し、石川啄木の小説「赤痢」の成立に深くかかわる藤岡玉骨、磯城郡川西村出身で前田夕暮に師事、「詩歌」で作歌、「好日」主宰の米田雄郎、北葛城郡新庄町出身で佐佐木信綱に師事、昭和初期のモダニズム短歌運動の第一人者と目され、「日本歌人」を主宰、生れ故郷の風土をみごとにうたいあげた前川佐美雄、その佐美雄によって作歌活動に入り、故郷の吉野山中にあって古代やまとの祖霊をさぐる前登志夫などと枚挙にいとまがありません。ただ、ここではむしろこうした奈良出身の歌人たちよりも、やまと奈良という風土がいわば外在的なものであった近代歌人にとってそれが内在的なものになってゆくという点に注目しておきたいと思います。

たとえば、最近、大阪難波の高島屋百貨店でその作品展（昭和59年10月24日～29日）が開催された紙塑人形師（人間国宝）の鹿児島寿蔵は「アララギ」派歌人としてもよく知られていますが、かれの場合もその芸術的履歴においてやまと奈良との出会いははかり知れぬおもみをもっています。大正七年、二十歳の秋、かれは彫刻家たらんとして故郷の北九州福岡から上京します。その途次、京都・奈良の古社寺を歴訪、とくに法隆寺五重塔内の塑像群、新薬師寺の十二神将像を観て、紙塑研究の端緒をつかみます。のみならず、当時の「アララギ」の〈万葉集に還れ〉というスローガンに立脚する古代やまとの風土に心よせつつ、堅実な写実的作風によって歌人として独自の世界をきわめてゆくことになります。

また旅と酒をこよなく愛した歌人若山牧水にとっても、大和路は着眼すべきかかわりを示しています。

法隆寺のまへの梨畑、梨の実をぬすみしわかき旅人なりき

大和の国耳なし山の片かげの彼の寺の扉をたたかばや此の手

いずれも大正元年九月刊行の第五歌集『死か芸術か』に詠出の作である。『別離』によって夕暮とともに明治四十年代歌壇の花形として登場した牧水であったが、同時に実生活と芸術において深刻な苦悩を抱えこんでいました。牧水短歌において奈良を詠みこんだ作はかならずしも多いとはいえませんが、やはり〈わかき旅人〉にとってやまとの風土はそのさまよえる魂を鎮める場であったと考えられます。

さらに「アララギ」発展のためにたがいに切磋琢磨するところのあった島木赤彦と中村憲吉の二人は、大正十一年十一月、晩秋の飛鳥路をおとずれています。

わがために二日の業《なり》を休み来し友と夜を寝《ね》る明日香の家に

明日香川瀬の音《と》ひびかふ山峡《やまかひ》に二人言止《ことや》みあるが寂しさ

『太虚集』に収載の右の歌でわかるように、当時、大阪毎日新聞の経済部記者として多忙の日を送っていた憲吉は、京都大学図書館で万葉の古写本を筆写するために滞洛中の赤彦とともに大和路をめぐります。この頃、大正歌壇にあって「アララギ」の位置はゆるぎのないものになりつつありますが、その領袖赤彦のいう〈万葉に還れ〉というスローガンの根底には、歌友憲吉とともに吟遊した万葉の聖地ともいうべきやまと奈良の風土がかかわってい

たことを忘れてはならないと思います。一方、憲吉にしても、のちの『軽雷集以後』（昭和9年）に、「夢殿秘仏」として「大正十一年霜月はじめ島木赤彦と法隆寺にあそぶ」という詞書のもと七首の詠作をおさめています。

われ等来つる靴のおとのみ甃石道《いしみち》のくさ霜枯れし夢殿の庭

赤彦の危篤が知らされた大正十五年三月、憲吉は奈良東大寺二月堂での修二会にのぞみ、病気平癒を祈願するために参籠さえしています。

うちつづく春さむくして信濃《しなの》なる友のやまひのための無きころ　（『軽雷集』）

憲吉の祈りもむなしく赤彦は寂寥の思いを深めながら五十歳で他界しますが、その直後、家督相続のために新聞社を退いた憲吉は帰郷のまえに吉野山の竹林院に投宿しております。曾遊の地を訪れた憲吉の脳裏には、赤彦につながるやまと奈良のさまざまな風景が去来したに違いありません。

同じく「アララギ」歌人として出発した釈迢空の場合にも、かかる痕跡が認められます。明治三十七年の春、天王寺中学の卒業試験に落第したかれは、その傷心を癒すべく吉野・飛鳥の万葉遺跡をめぐっています。

三輪の山　山なみ見れば　若かりし旅の思ひの　はるかなりけり　（『水の上』）

高市郡の飛鳥ニ坐ス神社の神主の家系であった祖父の血脈をうけつぐかのように、かれの「魂の一部分がそこに預けてゐるやうな親しい大和」との出会いは、つぎの

大和々々われは忘れじ母が背にさすらひ出でし山めぐる国　（明治38年作）

という初期の歌でもあきらかなごとく、その出生以前からすでに用意されていたものともいえます。

4　鷗外と「奈良五十首」

では、こうした近代歌人と奈良の風土とのかかわりをきりひらいた先駆者はだれでしょうか。結論からいえば、やはり正岡子規を挙げねばならないでしょう。明治二十八年十月下旬、日清戦争従軍前に子規は墓参のために帰郷します。松山中学に英語教師として赴任中の夏目漱石と会見、東京への途次、奈良に数日を過ごし作句に励みます。

渋柿やあら壁つゞく奈良の町
渋柿や古寺多き奈良の町
晩鐘や寺の熟柿の落つる音

この子規のやまと行脚は、のちの近代詩歌における万葉ぶりの源泉となりますが、近代の歌聖子規の文学風土を

追体験するかたちで、ここやまと奈良の風土は近代歌人にとっておのが詩魂をみがく場として存在することになります。

そこで、かかる傾向について、森鷗外、佐佐木信綱、会津八一、長塚節という四人の近代歌人によってあきらかにしておきたいと思います。

まず鷗外。かれは漱石とならぶ近代文豪の双璧と目されていますが、ここでは歌人鷗外の側面に注意したいと思います。鷗外は大正六年末、帝室博物館総長の要職に就きますが、平山城児『鷗外「奈良五十首」の意味』（昭和50年10月、笠間書院）が検証するように、七年から十年にかけての四年間の奈良出張にまつわる詠出をのこしています。

1 京はわが先づ車よりおり立ちて古本《ふるほん》あさり日をくらす街
2 識れりける文屋《ふみや》のあるじ気《き》狂《くる》ひて電車のみ見てあれば甲斐なし
3 夕靄《ゆふもや》は宇治をつつみぬ児《ちご》あまた並居《なみゐ》る如き茶の木を消して
4 木津過ぎて網棚《あみだな》の物おろしつつ窓より覗く奈良のともし火
5 奈良山《ならやま》の常磐木《ときはぎ》はよし秋の風木の間木の間を縫ひて吹くなり
6 奈良人《ならびと》は秋の寂しさ見せじとや社《やしろ》も寺も丹塗《にぬり》にはせし
7 蔦かづら絡《から》む築地《ついぢ》の崩口《くえくち》の土もかわきていさぎよき奈良
8 猿の来《こ》し官舎の裏《うら》の大杉は折れて迹なし常なき世なり

9 敕封《ちょくふう》の笋《たかんな》の皮切りほどく剪刀《かみそり》の音の寒きあかつき

21 晴るる日はみ倉守るわれ傘さして巡りてぞ見る雨の寺寺

22 とこしへに奈良は汚さんものぞ無き雨さへ沙に沁みて消ゆれば

これらは、「奈良五十首」として、大正十一年一月号「明星」に掲載されました。

5・6はいかにも万葉的な素朴な詠み口がひとつの特色となっています。9は、難解で硬質なことばの重畳によって、正倉院の曝涼にのぞむ公人としてのある心地よい緊張感が詠みこまれています。この公人としての緊張感をうらがえした私人としての安堵感が21の歌によってあきらかにされています。〈晴るる日〉に〈み倉守る〉公人の厳かさと、〈雨の寺寺〉を〈傘さして巡りてぞ見る〉私人の安らかさとが、いわばハレとケという対比によってみごとにうたいこまれています。鷗外じしんの言葉でいえば、「奈良の一ヶ月は誠に僕にとつての好い休養日だ」といえるもの――公人と私人との立場を適度に調節する心のバネのようなものが奈良の風土にはあったということがよくわかります。この頃の鷗外は、歴史小説から史伝に転じて「北条霞亭」を書き、さらに「帝謚考」などの考証の世界をきわめつつありました。しかし、これらの「奈良五十首」の連作をみるかぎり、考証を密とした散文世界に立ち向かう鷗外にとって、むしろ詩歌はかれの偽らざる内面の憤怒・志を託するにあたいするものであったに違いありません。鷗外にとって奈良は、史伝・考証ではあらわしえぬ私人の内奥にひそむ志をよみこむための詩的土壌であったといえます。

5　ゆく秋の大和の国

佐佐木信綱といえば、われわれにはすぐさまつぎの一首が想起されます。

ゆく秋の大和の国の薬師寺の塔の上なる一ひらの雲　　（『新月』）

この歌は「心の花」（明治45年2月）に初出の作で、明治四十一年の晩秋に薬師寺を訪れた折の体験がふまえられています。国学・国文学を家学とする信綱は、三十八年に東京帝大の講師に迎えられ、万葉学者としての地固めをなします。四十三年には、元暦校本万葉集十四帖本を発見、翌四十四年にはその功績によって文学博士の学位を授与します。さらに四十五年の東京帝大の卒業式に行幸の明治天皇に万葉集古写本について言上するという栄誉をもえています（東大行幸の二十日後に明治天皇は崩御されています）。このように、この一首は、作者みずからがいう、万葉学者としての「わが生涯喜びの日」によまれているわけです。ところが、この〈ゆく秋の〉をおさめた、第二歌集『新月』の意義を考えるとき、この一首のもつ様相はかなり複雑なものであることがわかります。

野の末を移住民など行く如きくちなし色の寒き冬の日
蛇遣ふ若き女は小屋いでて河原におつる赤き日を見る
死の海の水底深く眠りてをあるべかりしが覚めし悲しび

ほほゑめばはつかに見ゆる片ゑくぼとまとが赤き白かねの皿

〈くちなし色の寒き冬の日〉〈蛇遣ふ若き女〉〈河原におつる赤き日〉〈死の海の水底〉〈とまとが赤き白かねの皿〉などのように、『新月』には、清新なイメージや近代的な倦怠感、退廃美をたたえた歌が多く見いだされます。歌集の性格からいえば、かかる頽廃的世界をきりひらく作と、〈ゆく秋の〉をふくむ一連の大和懐古の作とは対極的な位置にあります。本来、歌人信綱のめざしたものは、近代人の意識の底によこたわる哀感を自由奔放にうたう新しさにありました。明治四十年末に結成された竹柏会の若手グループによる「あけぼの会」や、鷗外発起の「観潮楼歌会」などでの新進歌人との積極的交流によって高められた信綱の内なる改革が『新月』一巻を生み出したともいえます。まさしく『新月』という歌集の表題するゆえんもそこにあるのだと思います。ところが、その一方で、こうした新しい詠み口をあえて切り捨てねばならぬという方向をも『新月』はその根底にそなえています。それは歌人信綱のなかにゆるぎなく存在する学者信綱としての節度、抑制によるものであるといえます。別言すれば、すでに佐佐木幸綱『底より歌え』（昭和54年1月、小沢書店）で指摘されているように、父弘綱の敷いた家学の路線との〈非断絶の苦悩〉およびそれからの脱出ということにおいて、『新月』をいわば〈孤立する歌集〉と命名せざるをえぬ問題にかさなることになります。

我が行くは憶良の家にあらじかとふと思ひけり春日の月夜
靄ごもる布留の川添とめゆかば昔少女に蓋し逢はんかも

これらの万葉調の詠風にも顕著なように、万葉学者としての端正な詠み口が、歌人信綱の内奥にある清新さを隠蔽するかたちで歌集の主調音を奏でることになります。その典型が〈ゆく秋の〉の一首であることをあらためて強調しておく必要があります。

六回もかさねられる助詞「の」や、第二、三句「や」の頭韻の反復によって、結句「一ひらの雲」に向かって一種の弾力がつけられ、さながらカメラ・アングルが塔の各層にある裳階をゆるやかに追いあげつつ、晩秋の澄みわたる青空にそびえ立つ東塔の上にかかる一片の白雲をクローズアップするかのような映像的手法が巧みに取り入れられています。信綱は、「塔」(『和歌の話』大正10年)のなかで、薬師寺の東塔を眺めつつ、

時の流は千数百年の月日を速にはこび去れども、芸術の力はかはることなし。人のこころのまことよりなれるもの凡てかくの如きかと、今に於てなほ千古不朽の響を伝ふる万葉集の歌のこころを、さだかに知り得つる心地しつつ、あたりのほの暗くなりゆくをも忘れてたたずみたりき

という感慨にふけったことを書きとめています。「塔の上なる一ひらの雲」には、ただよえる自己の心のおぼつかなさを〈塔〉というゆるぎのないものに収斂させようとする思いがはたらいていたようにみえます。歌人信綱の内部にあってたえず動揺する近代的情感を、〈千古不朽の響を伝ふる万葉集の歌のこころ〉によって抑制しようとする学者信綱のあるべき姿勢がこの一首に結実しているようにも思えます。佐佐木幸綱氏も言及するように、この一首は信綱の内なる「退廃への指向を背後に置いて読まれるべき」でしょう。同時に、歌集『新月』の巻末が一連の

大和旅詠であることからも、歌人信綱がめざそうとしたいわば頽廃的抒情との訣別がすでに用意されていたことがわかります。

〈余談〉

『作歌八十二年』（昭和34年5月、毎日新聞社）によれば、信綱八十四歳、昭和三十年五月二十九日、薬師寺東塔の下に〈ゆく秋の〉の歌碑が建立され、その除幕式がおこなわれました。この式典に臨んだ信綱は、「万葉集の創成をもはるかに見おろして、千二百年の月日を今日に聳え来ったこの古い宝塔に向って、たまたま一旅人として、明治の末年頃におとずれ、晩秋の日に思いを寄せた諷詠が、かく久遠に遺るということは、夢のような心地がする」という深い感慨によって、つぎの一首を記念しています。

天そそる宝刹のもとおほけなくわが歌碑ここに建たむと思へや

6　「南京新唱」の世界

信綱をしてやまとを「心のふるさと」と自覚させるにいたった薬師寺東塔を

すゐえん　の　あまつ　をとめ　が　ころもで　の　ひま　にも　すめる　あき　の　そら　かな

と詠んだ会津八一も、「われ奈良の風光と美術とを酷愛して、其間に徘徊することすでにいく度ぞ。遂に或は骨をこゝに埋めんとさへおもへり」と、大正十三年刊行の『南京新唱』の自序に明言しています。明治四十一年の最初の奈良旅行いらい、終生やまと奈良の風物を愛しつづけ、そのことによって独自の歌境をきりひらいた八一における奈良体験について、これまた大和路にひきつけられた小説家堀辰雄の場合に照らし合わせながら考えてみたいと思います。

しぐれ の あめ いたく な ふり そ こんだう の はしら の まそほ かべ に ながれむ
あきしの の みてら を いでて かへりみる いこま が たけ に ひ は おちむ とす
おほてら の まろき はしら の つきかげ を つち に ふみ つつ もの を こそ おもへ

〈しぐれのあめ〉の歌は、平城京の東北隅に位置する海龍王寺での眼前の実情を詠みこみ、〈あきしのの〉の歌は、西行の「秋篠や外山の里やしぐるらむ生駒の岳に雲のかかれる」をふまえつつ、秋篠の里から西方の生駒山を顧みた折の景致をよくとらえています。さらに、〈おほてらの〉歌では、唐招提寺金堂のふき放しの円柱の力強くも短い陰影を石畳の上にふみしめる作者の心情が冷徹なまなざしで浮き彫りにされています。

一方、堀辰雄は、昭和十六年十月、古代のロマンを作品化する構想をまとめるために秋の大和路を訪れています。その折の感想が、妻に書きおくる書簡のかたちで「十月」と題する小品にまとめられています。

「とにかく何処か大和の古い村を背景にして、Idyll 風なものが書いてみたい。そして出来るだけそれに万葉集的な気分を漂はせたい」という思いで、「海竜王寺といふ小さな廃寺」の「八重葎の茂つた境内」で「女の来るのを待ちあぐねてゐる古の貴公子のやうにわれとわが身を描いたりしながら」小一時間ばかり過ごします（十月十二日）。またその翌々日には、「いま、秋篠寺といふ寺の、秋草のなかに寝そべつて、これを書いてゐる」「此処はなかなかいい村だ。寺もいい」という心地で、「秋篠の村はづれからは、生駒山が丁度いい工合に眺められた」と記しています。さらに「ただ伎芸天女と共にした幸福なひとときをけふの収穫にして、僕はもう何をしようといふあてもなく、秋篠川に添うて歩きながら、これを往けるところまで往つて見ようかと思つたりした。が道がいつか川と分かれて、ひとりでに西大寺駅に出たので、もうこれまでと思ひ切つて、奈良行の切符を買つたが、ふいと気がかはつて郡山行の電車に乗り、西の京で下りた」とあります。

西の京の駅で下車した堀辰雄は、「荒れた池の傍をとほつて、講堂の裏から薬師寺にはひり、金堂や塔のまはりをぶらぶらしながら、ときどき塔の相輪を見上げて、その水煙のなかに透かし影になつて一人の天女の飛翔しつつある姿」に眺め入り、夕闇が迫る唐招提寺の「金堂の石段にあがつて、しばらくその吹き放しの円柱のかげを歩きまはつて」「円柱の一つに近づいて手で撫でながら、その太い柱の真んなかのエンタシスの工合を自分の手のうちにしみじみと味はほうとした」、という〈異様に心が躍つた〉ありさまを描出しています。

このように、「十月」に描かれた堀辰雄の足どりを追い求めてゆくと、会津八一の「南京新唱」の風景と不思議なほどみごとにかさなることがわかります。当時のかれが折口信夫博士（釈迢空）への傾倒を深めていたことは周知のことですが、おそらく折口博士の「古代研究」とともに「南京新唱」も大和路めぐりのよき道案内書として愛読されたに違いありません。会津八一の「南京新唱」という詩歌の風景をひとつの道づれとしながら、堀辰雄のめざす〈万葉集的な気分を漂はせた〉〈イディル〉〈小さき絵〉という散文世界が形成されていったようにも思えます。

7　長塚節と大和路

「アララギ」を代表する歌人長塚節と奈良との関係については従来ほとんど言及がありません。わずかに扇畑忠雄東北大学名誉教授が「長塚節・大和の旅」（『随筆大和』昭和18年7月所収）と題する文章のなかで、〈冴え〉の歌境を開拓する節晩年の「内部を形成する重要な因子として、〈大和〉は働きかけたに違ひない」と示唆されるにとどまっています。そこで、ここではこの扇畑博士の卓見に拠りつつ、長塚節の大和路体験について少しく考えてみたいと思います。

管見のおよぶかぎりでいえば、節は都合六回にわたり奈良旅行をしております。

①明治三十六年（一九〇三）二十五歳

八月二日、奈良の嫩草山に登って、三日、大和国多武の峰に宿る。四日、初瀬を経て三輪神社、法隆寺に詣で、五日、橿原神宮に参拝、逝回の丘、橘寺など飛鳥を巡る。

②明治四十一年（一九〇八）三十歳

四月十六日、吉野へ、蔵王堂、水分神社、如意輪堂を見物。十八日、和州下市町鮓屋へ寄り奈良へ着く。この日弟順次郎アメリカより帰朝。奈良では大極殿跡、東大寺、西の京の薬師寺、唐招提寺を見物、「奈良は一度見ねば生れた甲斐なし」と感激する。

③明治四十三年（一九一〇）三十二歳

十二月二十一日は宇治川畔に宿り、奈良へ回り博物館と新薬師寺を見学して、二十五、六日ごろ帰宅。

④明治四十五年・大正元年（一九一二）三十四歳

四月十二日、吉野へ行き二泊。花の盛りを賞で、京都へ戻って再度治療を受け、二十日、京都を発つ。

⑤八月十六日、高野山を下山、五条泊か。十七日、法隆寺、法輪寺、十八日、興福寺、博物館を見学、奈良泊。十九日、東大寺、博物館、二十日、浄瑠璃寺、二十一日、当麻寺、法隆寺に参り畝傍泊。二十二日、久米寺、岡寺、橘寺、二十三日、唐招提寺、薬師寺、博物館。二十四日、京都へ。

⑥大正二年（一九一三）三十五歳

四月三日、宇美八幡に詣でて九州を離れ、宮島で心ゆくばかり仏像を拝し、八日、門司から瀬戸内海を汽船で、神戸へ上陸。京都、奈良を経て十五日、安来泊。

（春陽堂版『長塚節全集』第五巻参照）

まず最初の奈良旅行は、明治三十六年八月の上旬のことです。この年の六月には、根岸短歌会の機関誌「馬酔木」が創刊され、節は論評「万葉集巻の十四」や長歌を発表し、万葉歌の摂取につとめていたわけですが、ゆききの丘

（雷丘）をはじめとするこの旅の目的はいわゆる万葉の歌枕を歴訪することにあったようです。たしかに、この時点ではすでに扇畑博士も指摘されるように、「大和の風土や古美術からの直接的な影響は殆んど認められない」といえるかもしれません。しかし、「西遊歌」六十一首という大作としてよまれたつぎの旅行詠をみるかぎり、

みれど飽かぬ嫩草山にゆふ霧のほの〴〵にほふくさ萩の花
ゆふ月のひかり乏しみ樹のくれの倉梯山にふくろふのなく
こもりくの初瀬のみちは艾なす暑けくまさる倚る木もなしに
味酒三輪のやしろに手向けせむ臭木の花は翳してを行かな

たんなる〈万葉大和の歌枕〉の追体験ではなかったように思われます。やはり、長歌「甘橿の岡」とあわせ、これら大和旅詠には上代万葉の精神風土に深く共感しえた真率さが読みとれます。おそらく、はじめてふれた万葉やまとの風土は〈みれど飽かぬ〉精神のふるさととしてかれの内部にきびしく宿ったといえるでしょう。

第二回の奈良旅行は四十一年四月のことです。「ホトトギス」掲載の「芋掘り」でえたわずかばかりの稿料を手に思いたったように大和路をたずねます。「せむぐり〳〵歩きよつたら足がきつう痛みよる、そやけどあんたはほむまに奈良を見んことに建築やとてな、仏画やとてな、彫刻やとてな、よう物がいはれんさかいに一遍なとお出でやす」（41年4月18日、藤倉新吉宛）、「生駒一郡ヲ除イテハ日本ニ建築物ナシ（中略）奈良は一度見ねば生れた甲斐はなしと存じ候」（4月20日、同）、「ふと思ひたち京都の花を見て吉野へ行き一昨日奈良へもどり申候（中略）、

奈良をよく見ねば生れた甲斐はなしと存じ候」（4月20日、青木𩋙児宛）などと、大和路の春を満喫しえた感激を知人に書き送っています。この折の奈良旅行も、扇畑博士が言及されるように「作歌の上に収穫はなかった」が、そこで節じしんが直接目にふれえた古美術からの影響は「隠微の間にその作風に浸透して行つた」といえます。この年の一月の「馬酔木」（終刊号）に詠出の「初秋の歌」十二首をもって写生歌の境地をひらいた節は、次第に歌から散文へとその関心を移しており、本人の言葉でいえば「近年全く散文的頭脳に相成、歌に全く絶縁」という状態でもありました。二回目の奈良旅行は、そうした気持の移りゆきを客観的にながめるためにも必要な旅であったといえるでしょう。

第三回は、四十三年十二月下旬。十一月初旬にほぼ半年がかりで脱稿、十七日に百五十一回をもって新聞小説「土」を完結させた節は、みずからを慰労すべく冬の大和路をあわただしく駆けまわります。その翌四十四年の春、黒田てる子との婚約が整いますが、十一月に喉頭結核と診断され、婚約を解消することになります。この不治の病と破談という心身ともに二重の痛手をこうむった節は、四十五年春、九州大学付属病院で久保猪之吉博士の診察をうけるために西下します。その途次、京都医科大学で入院、治療をうけますが、そのつかの間に花の吉野山にわざわざでかけています。この四回目の奈良旅行には、二回目の四十一年四月に見損なった吉野山の桜花を是非とも愛でたいという執念のようなものが感じられます。

念願であった吉野の花見をはたした節は、病状良好との診断をえて九州から帰京の途につきます。その帰路のさなかの大正元年八月、五回目の奈良旅行がなされています。盆地特有のきびしい残暑にもめげず、法隆寺、法輪寺、興福寺、博物館、東大寺、久米寺、岡寺、橘寺、唐招提寺、薬師寺などで古美術の鑑賞につとめます。とくに法隆寺夢殿の秘仏を二度も拝観しえたことは、久保博士夫人宛に「私は今歌も文章も出来ませんが今度位精神に滋養を供給したことはありません」（大正1年8月23日）というように、至福のひとときを節にもたらしたといえます。

ところで、ここで注意しておかねばならぬことがひとつあります。

それは何か。結論的にいえば、長塚節はこの折の奈良旅行によって、晩年の歌境である〈冴え〉の境地というものをきりひらく端緒をつかむことができたということです。前引の久保博士夫人宛の絵はがきに「此前のやうに何でも彼でも歌さへ作ればいゝと思つて歩いた頃とどつちがいゝことか分りません」、と明治三十六年八月の最初の奈良旅行の折との差異を節じしんがあきらかにしています。かつてのように万葉の精神風土にふれることで万葉ぶりの歌を積極的に詠みこもうとした姿勢は、ここには微塵もみられません。「何でも彼でも歌さへ作ればいゝ」という、かつての作歌態度にたいするきびしい批判の眼がここにはあります。端的にいえば、日本の芸術観の理想的な極致ともいうべき「作らない」ことへの悟入がかれの精神内部に胎生していたといえます。「如是の懐疑は度々の旅行による見識の拡張、東洋古美術から得た彼の内部精神の沈潜深化に基因したものであつた事は推するに難くない」とは扇畑博士の卓見ですが、「此の残暑のひどい中を五六日せつせと奈良近傍の寺院の最優秀な仏体を拝んで歩いた」（大正1年8月23日、三浦義晃宛）節がこの時点でくりかえし口にする〈本当〉という言葉にもうかがえるように、作歌精神における〈本当〉志向というものが今度の奈良旅行によって感得されたように思われます。

さて、長塚節にとって最後の奈良旅行である六回目の旅が大正二年四月におこなわれます。この年の初め、病気が再発し、久保博士の診察をうけるために再度九州へと向かいます。「結核の疑さへなし、喀痰の検査にも病菌を発見せず」という博士の診断をえた節は、旅の人生の証をしるすべく山陰旅行をかねて帰郷の途につきます。その途次の四月中旬、奈良の博物館で法華寺の三尊仏画を拝観しています。このように東洋古美術の歴訪を主たる目的とした節の奈良行脚は、歌人としての精神内部を冷徹に見据える眼を死に立ち向かう節じしんにもたらすことで終わりを遂げます。

白埴の瓶こそよけれ霧ながら朝はつめたき水くみにけり

長塚節畢生の作といえる右の一首は、明治四十五年二月の「病中雑詠」いらいひさびさの大作「鍼の如く」(「アララギ」大正3年6月)冒頭歌であります。「秋海棠の画に」という詞書があるように、いわゆる画讃の作としてもよく知られていますが、当時のアララギ派の新傾向を代表する斎藤茂吉らに、「朝泉に下り立つて清冽な水を飲むやうな気持の歌」を披瀝すべく、秋海棠の画とは別にすでに作者の胸中に秘められていたものと考えられます。この「鍼の如く」が詠出される前年にあたる大正二年十月に、茂吉の第一歌集『赤光』がアララギ叢書の第二編として刊行されています。自明のことですが、『赤光』の出現によって、子規いらいの写生歌の方向にある屈折が生じることになります。伊藤左千夫との内部対立へと発展した、いわゆる乱調の傾向が「アララギ」の若手歌人たちに浸透してゆくこの時期に、いわば芸術における〈本当〉なるものをめざす節としては黙坐しているわけにはいかなかったはずです。詳しくは「茂吉に与ふ」「千樫に与ふ」「斎藤君と古泉君」などの一連の文章にゆずることにしますが、これまた自明のごとく、歌論として体系化された左千夫の〈叫び〉の説にくらべて、節の〈冴え〉の説はかならずしも体系的であるとはいえません。換言すれば、言葉にいいあらわしがたい〈冴え〉の境地は、この歌から読みとるほかありません。この〈白埴の〉の清浄感が写生歌の根本理念である〈冴え〉ということだ、このことを茂吉ら新世代の歌人に示す必要が先師子規を敬慕してやまぬ節には痛感されたわけです。節は死の前年、「奈良の藤を見て参りたく思つてゐた処がどうもはかぐ〳〵しく行かないのでどうやらそれも空しき望みに成り相です」（大正3年5月1日、久保よりえ宛）、「私はまた咽喉の療治に九州へ行かねばなりません三度も久保博士をたよつて行つてそれでいけなければもうそれまでゝあります、途中奈良の藤が見られると楽んで居た処が思ひの外に在院の日数が長く成りましたから今年はとても見られません、命があつたら是非一度奈良の藤は見たいと思つて居ります」（5月1日、胡桃沢勘内宛）、「私も今頃には奈良の藤を見られること、楽しんでゐたのですが、今年は迚も駄目になりました、明年も生きてゐたら、高野山へ掛けて行きたいと思つてゐます、奈良へばかり六度も行つてゐて、藤花を知らないのを常々残念に思つてゐたのですから」（5月6日、横瀬虎寿宛）、としきりに奈良への愛着を訴えています。

「白埴の……」の歌も、こうした節の奈良大和路への執着を背後に置いて読みとるべきでしょう。中村憲吉宛の「アララギは今私には闇くて困ります、陰鬱な空の下に居るやうで、私のやうな絶えず頭脳を病んで居るものには苦しくてしやうがないのです、（中略）私はしみ〴〵蒼い空と明るい光とを欲して居ます」（大正3年5月22日）とか、斎藤茂吉宛の「凡ての芸術は〈冴え〉があつて活きる、短歌の雑誌を見る毎に此の〈冴え〉のある作品を発見してさうして十分の尊敬を以て之に対したいと念じてゐる、これは小さな問題ではない」（大正3年9月）とかに言明されているように、透明なるもの、冴えわたるものへの希求によって〈白埴の〉の一首は成立しているわけですが、その根底には〈本当〉のものに出会った奈良の精神風土が大きくかかわっていることを忘れてはならないと思います。

万葉の精神風土であり、建築、仏像、絵画などの東洋古美術の宝庫でもあるこの地に終生かわることのない敬慕の念をよせていた長塚節にとって、清浄無垢の純潔境をたたえる〈冴え〉の歌境をきりひらき、茂吉ら「アララギ」の新進歌人をいわゆる乱調から立ち直らせるにいたる契機を与えた重要なファクターとして奈良やまとの風景は存在しているわけですが、歌枕として類型美のなかに封じこめられたやまとの風土を、万葉集に立ち返えることで、文学上の原風景として活性化させようとしたところに、鷗外をはじめとするさまざまな近代歌人たちの役割と意味があったように思われます。今後は、窪田空穂や木下利玄などもふくめて、それぞれの作品をつぶさに検討しつつ、わが奈良の風土が近代短歌に及ぼした内在的意味をより深く考察したいと念じております。

（付記）本稿は、昭和五十九年十一月二十四日に天理市川原城会館において開催された天理大学公開講演会での講演「奈良と近代短歌」の記録である。

［補記］本稿は、天理大学学報・別冊2『大和のことばと文学・「生」と「死」を考える』（昭和61年1月、天理大学学術研究会）所収の講演記録「奈良と近代短歌」を若干修正したものである。

三　会津八一『南京新唱』の世界

秋艸道人・会津八一にとって、「大和旅行は、常に美術史学研究のために為したる」（『鹿鳴集』例言）ものであったが、

私はまだ二十八歳の青年で、宿は東大寺の転害門に近い対山楼といふのであつた。その頃の私は、歴史も美術も、奈良のことはまるで無知であつたから、宿へ着くとすぐ、二階の廊下で店を出してゐた名物屋の女から、一冊十銭かそこらの、通俗な名勝案内を買つて、それをたよりに、見物を始めたのであつた。

（「衣掛柳」『渾斎随筆』）

という回想は、いわゆる八一における奈良体験の起点を知るうえで興味深いものがある。

というのは、すでに岩津資雄『会津八一』（昭和56年7月、桜楓社）も明言するように、奈良美術の研究と作歌との前後関係は「むしろ作歌のほうから研究に入った」とみるべきであり、八一にとっての奈良がまずはうたわずに

はおられぬものであった、ことをあらためて確認しておかねばならぬからである。

その最初のかたみといえる『南京新唱』は大正十三年十二月に春陽堂から出版された。その自序にいう「われ奈良の風光と美術とを酷愛して、其間に徘徊することすでにいく度ぞ。遂に或は骨をここに埋めんとさへおもへり。ここにして詠じたる歌は、吾ながらに心ゆくばかりなり」。「心ゆくばかりなり」に詠じられた九十三首は、明治四十一年から大正十三年までの十七年間の歳月をかけてかもしだされたものであるだけに、その奈良体験の起点と軌跡のありようをあまねく語りかけているように思われる。「わが生涯にただ『南京新唱』一巻だけを世に遺しておきたい」とは八一の宿願であった。かれにとっていわば最後の著作となった『自註鹿鳴集』(昭和28年10月、新潮社)をテキストとして、八一をしてうたわずにはおられなかった『南京新唱』の世界を散策してみたいと思う(以下、便宜的に昭和40年2月に中央公論美術出版から刊行された『自註鹿鳴集』に拠って通し番号を付し、その引用は『自註』と略称する。ただし、表記についてはかならずしもそれにしたがわなかった)。

1　築地の崩れ

〔18〕たびびとのめにいたきまでみどりなるついぢのひまのなばたけのいろ
〔41〕しぐれのあめいたくなふりそこんだうのはしらのまそほかべにながれむ
〔48〕まばらなるたけのかなたのしろかべにしだれてあかきかきのみのかず
〔51〕ひとりきてかなしむてらのしろかべにきしやのひびきのゆきかへりつつ

春日野から新薬師寺にいたる高畑の集落に見られる築地の風景は、「奈良の築地の破れは、『伊勢物語』以来、あはれ深いものであるが、そんな古典を想ひ出さずとも、ただの見た目にも、これほど旅人の胸を搏つものは少い」（自作小註）というように、大和行脚の旅びとの感傷をさそうにふさわしい〈廃墟の美〉の象徴でもあった。「ゆふがた、浅茅が原のあたりだの、ついぢのくづれから菜畑などの見えたりしてゐる高畑の裏の小径だのをさまよひながら、きのふから念頭を去らなくなつた物語の女のうへを考へつづけてゐた」（「十月」）堀辰雄にその典型をみることもできよう。

平城京の東北隅に位置する海龍王寺の「西金堂を古びた白壁に、柱の色が、赤くにじんでゐるのを、実際に見て詠んだ」（自作小註）〔41〕、秋篠の里から西の京あたりにかけての晩秋の景観を詠みこんだ〔48〕、いずれも北国育ちの旅人のまなざしに〈かべ〉〈しろかべ〉があざやかな色彩をともなって写象されたところに味わいがある。〔51〕は「屋根破れ、柱ゆがみて、荒廃の状目も当てかねし」菅原の喜光寺のしろ壁の崩れを詠みこんでいるが、かかる荒廃のなかに〈ひとりきてかなしむ〉のは、植田重雄『会津八一とその芸術』（昭和46年4月、早稲田大学出版部）のいう「若き日の愛」の破綻から傷心の旅に出た青年教師会津八一の心情のあらわれかも知れない。

麦青く秀づる畑の中に見え築地の僅か崩れ残れる　　窪田空穂

薬師寺の築地の外にみちもせに敷莚して豆殻干すも　　川田　順

おなじように奈良の築地の風景を詠みこんだこれらの作品とくらべてみると、そうした風景にみずからのいたましい青春をかさねることで滅びゆく美を発見しようとする、八一の奈良体験の基調がうかがえそうである。

2　入日の雲に燃える塔

この大和には近世にいたるまでの間におよそ四百の造塔があり、明治に入っても約三十基の塔が残されていたという。とくに平城京では東大寺の七重の巨塔（約百メートル）をはじめとして大安寺の七重塔、興福寺、元興寺、新薬師寺の五重塔、薬師寺、法華寺の三重塔などの十余基の高塔が極彩色のあでやかな姿で林立していたことを、川添登『象徴としての建築』（昭和57年11月、筑摩書房）はある感動をもってわれわれに伝えようとしている。現在、大和にはわずか十三基しか残されていないことを思えば、たしかに川添のいうように、それらの塔は「自らの炎上、崩壊によって、それぞれの時代の終末を、歴史のなかで語ってきたのである」。だからこそ、われわれは〈塔〉に不変、悠々なるふるさとのイメージを見いだすのかも知れない。

そのような意味においても、大正九年歳末の奈良旅行で出会った薬師寺東塔が会津八一の精神内部をゆさぶるような感動をもたらすことになることは察知できよう。

〔55〕しぐれふるのずゑのむらのこのまよりみいでてうれしやくしじのたふ
〔56〕くさにねてあふげばのきのあをぞらにすずめかつとぶやくしじのたふ
〔57〕すゐえんのあまつをとめがころもでのひまにもすめるあきのそらかな
〔58〕あらしふくふるきみやこのなかぞらのいりひのくもにもゆるたふかな

「今はあさましき原野となりはてたる平城の都址を隔てて、西の京の方を望むに、時雨の降りしきる里落の中より、まづ薬師寺の塔の目に入り来れるを詠めるなり」（自註）とあるが、いかにも冬ざれの荒涼たる村里を歩む旅びとに何かを語りかけるように〈塔〉は聳えていたのであろう。植田重雄は「この作品は大正九年歳末、奈良美術研究に打ち込むべく旅をしたときの作で、長い彷徨と耽溺と模索の中から、自己のすすむべき道を確乎として見出した、いわば、精神発見の記念の歌でもある」という。たしかに時雨にけむる法起寺の三重塔を詠んだ「近づきてつくづくあふぐ千年《ちとせ》経て今日の時雨にぬれゐる塔を」「時雨空に見上げる塔の層々の甍《いらか》のぬれの色のさむけさ」（『一路』）という木下利玄の流麗な作品と読みくらべてみると、さすがに八一の「しぐれふる」には「みいでてうれし」の主観句に類いのない緊張を喚起させる力がこもっている。

「西天の暮雲に映ずる落照を背景として、燃ゆるばかりなるこの塔のさまを形容したる」〔58〕の「いりひのくもにもゆるたふ」とあわせて、これらの〈塔〉に八一の心象のありようをかさねてみたい誘惑にさえかられる。なぜならば、佐佐木信綱の「ゆく秋の大和の国の薬師寺の塔の上なる一ひらの雲」にみられる、万葉学者としての「わが生涯喜びの日」を具象した〈塔〉とはあきらかに異質の心象をわれわれに与えてくれるからである。大正九年から十一年にかけての会津八一はその精神史に重大な転機を迎えることになる。早稲田中学教頭であった八一はこの時期右腕関節リューマチを病んで体調すこぶる不調ではあったが、日本希臘学会を創立、さらに奈良美術研究会の発足へと発展させる気運をみずからに奮いたたせようとしていた。そうしたなかで八一は病身をおして博物館前の日吉館を常宿とする奈良旅行へとでかけている。「大和路の諸仏は皆な知己なれば慈眼を以て病軀を迎へくれらるべしと存じ候」（大正10年10月13日、坪内逍遙宛）、「実際病中といふことを忘るゝばかりにて、奈良は小生第二の故郷とも申すべしとひそかに存じ居候」（大正10年10月26日、市島謙吉宛）というような奈良行脚のなかで見いだした〈塔〉そのものに、八一みずからは不惑の生きかたを問いかけようとしていたのではないか。植田重雄のいう、「精神発見の記念の歌でもある」ゆえんもここにある。その意味でも、山崎馨『會津八一の歌』（平成2年3月、和泉書院）が会津八一の歌碑について紹介する、「大正十一年、道人がわが歿後のためにみづから留魂碑の撰文を定め、若草山の麓に葬られて建碑されることを願ったとき、多数の自作南都詠草の中からただこの一首〔55〕を選んで撰文に添へたのであった」という事実は、〈塔〉との出会いがいかに八一の奈良体験にゆるぎないモチーフとなったかを明瞭に物語っていよう。

3　ふるきみほとけたち

『南京余唱』（昭和9年2月）に「かたむきてうちねむりゆくあきのよのゆめにもたたすわがほとけたち」とうたうように、奈良に向かう窮屈な夜汽車の旅の夢にも立ちあらわれる「わがほとけたち」のさまざまな姿態をあざやかに浮き彫りにした作品が目立つのも『南京新唱』の大きな特色であろう。

〔16〕はつなつのかぜとなりぬとみほとけはをゆびのうれにほのしらすらし

この「みほとけ」を法隆寺百済観音像、あるいは中宮寺弥勒菩薩像に限定して鑑賞する必要はない。奈良博物館に出陳されていた唐招提寺、薬師寺、大安寺などの「みほとけ」たちの瞑想三昧に契印している「をゆびのうれ」

に「はつなつのかぜ」のぬくもりをほのかに感じとるところに一首の主題がある。植田重雄は、この歌は「観音の思念の頬をさゝへたるゆびのさきにもかぜのふくらむ」の未定稿を推敲したものと見なしているが、〔84〕「なまめきてひざにたてたるしろたへのほとけのひぢはうつつともなし」、〔89〕「みほとけのひぢまろらなるやはだのあせむすまでにしげるやまかな」などにみられる仏像の豊麗妖婉なまでの肉感と、〔12〕「くわんおんのしろきひたひにやうらくのかげうごかしてかぜわたるみゆ」、〔53〕「せんだんのほとけほのてるともしびのゆらゆらにまつのかぜふく」などにうたう心の微動をつたえる〈風〉のモチーフとがみごとにかさなりあった作品だといえよう。

ともあれ、ここには信仰者の崇高視をこえた「みほとけ」を見る目がある。それは、ふるきみほとけたちの絶対的な美しさをあまねく鑑賞しうるたしかな目でもある。

〔20〕たびびとにひらくみだうのしとみよりめきらがたちにあさひさしたり
〔21〕みほとけのうつらまなこにいにしへのやまとくにばらかすみてあるらし
〔22〕ちかづきてあふぎみれどもみほとけのみそなはすともあらぬさびしさ

右の三首は新薬師寺のみほとけをうたう。〔20〕は、本尊は薬師如来の右脇で守護する迷企羅大将の「太刀を抜き持ち、口を開きて大喝せるさまに、怒髪の逆立したる」（自註）姿影を、暗闇の堂内に一条の陽光をあてることで立体的にとらえようとしている。田中励儀「会津八一『鹿鳴集』」（『奈良県史』第9巻、昭和59年6月）のいう「微視的な眼で細部を詠う」とか、「仏像の第一印象を堂内に明暗のうちにクローズ・アップするのは、この作者のしばしば用いた手法である」（岩津資雄）といわれる映像的技法は、飛鳥園の仏像写真家小川晴暘との出会いによって練磨されてゆくが、それとともに「めきら」「あさひ」の音の響きを工夫した声調もこの歌に巧みな躍動感を与えていることを見のがしてはならない。

〔21〕〔22〕の「みほとけ」は、「奈良高畑なる新薬師寺の香薬師如来は、予が年来思慕頂礼の霊像なり」という八一酷愛のみほとけである。このわずか二尺四寸の青銅の小像の「何所を見るともなく、何を思ふともなく、うつら、うつらとしたる目つき」（自註）に魅入られた作者は、さらに「みそなはすともあらぬさびしさ」の姿情のあえかな動きさえ見いだそうとする。「あのうつとりとした、特有の眼つき」（『渾斎随筆』）の小さなみほとけに、八一じしんのつねづね若き日の吉野秀雄に説いてきかせた「古美術は素より美の完成品であるから、これを真向から称讃しただけでは抒情詩にはなりにくい。対象を心裡に涵して、自分の発見を自分の感情で抒べねばならない」という思いがこめられた傑作であろう。

〔30〕おほらかにもろてのゆびをひらかせておほきほとけはあまたらしたり（写真①参照）
〔32〕びるばくしやまゆねよせたるまなざしをまなこにみつつあきののをゆく

「おほきほとけ」は、三千世界に遍満する仏法の象徴である東大寺盧舎那仏をさす。「『梵網経』などに見える、仏教の雄渾な宇宙観から、盧舎那仏が、三千大千世界に遍満される気持を感じながら、この大仏を見て歌つたのである」（自作小註）と八一はいう。前述の香薬師如来の小像とはおよそ対照的な巨大な仏像を、吉野秀雄『秋艸道人会津八一』上・下（昭和55年10月、11月、求龍堂）のいう「真向から堂々と詠みこな」そうとする一種の気魄さえ感じられる。そこにはおのずから大和のさまざまなふるきみほとけたちとは異なる魅力をひきだそうとする態度がうかがえよう。

「東大寺断想」と題する随筆のなかで、「この寺で私どもが打たれるのは、まづその明るさ、そして、その大さと久しさである。詳しくいへば千何百年の久しさの上に亘るところのその大さである」と八一はいう。それは、「それぞれ一番古い時代の雰囲気が、まだかなり濃く漂つてゐて、すぐ吾々をその奥へ曳き入れさうにする」みほとけたちの魅力とはまるで違つた方向を促しているようにもうけとれる。「吾々としては、唯いつの果までも反発と復活とをその将来の上に求めて行くべきである。これこそ人生に於て芸術を永遠ならしめる一つの道、恐らく唯一の道であろう」と、終戦直前のこの随筆を結ぶことになる秋艸道人・会津八一の芸術魂を真向からぶつけてゆくにふさわしいおおらかさを〈おほきほとけ〉に発見しているように思われる。

①東大寺歌碑

かかる会津八一の全存在をつつみこむような〈おほきほとけ〉の〈もろてのゆび〉にたいして、東大寺戒壇院の「びるばくしや」（毘楼博叉）はその〈まゆねよせたるまなざし〉で作者を凝視するかのように立つ。「この広目天は、何事か眉をひそめて、細目に見つめた眼《まな》ざしの深さに、不思議な力があつて、私はいつもうす暗いあの戒壇の上に立つて、此の目と睨み合ひながら、ひとりつくづくと身に沁み渡るものを覚える。まことに忘れられぬ目である。やがて此の堂を出て、春日野の方へ足を向けても、やはり私の目の前には此の目がある。何処までもついて離れぬ目である。私はこれを歌にした」（「毗楼博叉」『渾斎随筆』）と、八一はその作歌の背景をあきらかにしている。

八一じしん、極度の近視でまるで獅子のように爛爛とかがやいた目で仏像などの対象に迫ったと伝えられているが、毗楼博叉の〈まゆねよせたるまなざし〉と睨めっこをするような緊迫した情景が思いうかべられよう。ロマネスクとしての奈良を追体験する堀辰雄も、「僕は一人きりいつまでも広目天の像のまへを立ち去らずに、そのまゆねをよせて何物かを凝視してゐる貌《かほ》を見上げてゐた。なにしろ、いい貌だ、温かでゐて烈しい」（「十月」）と、毘楼博叉のきびしい視線に見入られている。さらに八一はこの随筆に写真家の小川晴暘が「どうもあなたは、だんだん戒壇院の広目天そつくりの目になつて来られましたといふ」ような挿話もやや得意気に書きとめているが、それはとりもなおさずこの仏像の相貌におのが自画像の要訣を看破しえたことの告白にほかならない。

〔43〕ふぢはらのおほききさきをうつしみにあひみるごとくあかきくちびる
〔44〕ししむらはほねもあらはにとろろぎてながるるうみをすひにけらしも
〔45〕からふろのゆげたちまよふゆかのうへにうみにあきたるあかきくちびる

いずれも法華寺本尊の十一面観音をモチーフとした作品である。「実際あの暗い御堂の内陣で、尼さんの点けてくれる細い蠟燭の光で仰ぎ見ると、壇の上の厨子の中の、あの黒い眉と、大きく長く切れた白い目と、鮮かに赤い唇から、たちまち吾々に襲ひかかるあの強い感覚をなにとしたものであらう」(「衣掛柳」『渾斎随筆』)というように、十一面観音の〈黒い眉〉〈白い目〉〈赤い唇〉に官能的な情味を感じとるところにこの歌のねらいがある。作者じしんは「会津のエログロだ」という批評を潔しとしなかったが、仏道信仰にあつかった光明皇后の化身とされる十一面観音の妖艶な〈あかきくちびる〉にさまざまなイマジネーションをひろげてゆくしたたかな感性に裏打ちされたエロチシズムこそゆるがせにはできまい。「皇后と醜悪な病者、そして、阿閦如来への変貌は、信仰の情熱とロマンである」(植田重雄)とは卓見というほかない。

〔83〕「さきだちてそうがささぐるともしびにくしきほとけのまゆあらはなり」、〔84〕「なまめきてひざにたてたるしろたへのほとけのひぢはうつつともなし」の〈まゆ〉〈ひざ〉〈ひぢ〉にもいわば美的信仰者の情熱とロマンによってかもしだされたエロチシズムが色濃く漂っているといえよう。「私は美術の方で、いくらかの心遣ひを持つてゐるので、同じく仏像といふ中でも、しらずしらず、その間に差別をつける。そして同じ御釈迦さんでも、観音さんでも、歌になれば、つい一体ずつ詠みわけてゐるやうなことになる」(「歌材の仏像」『渾斎随筆』)と会津八一はいうが、まさに一仏一体を刻むかのようにみほとけたちの魅力をひきだそうとするとき、十一面観音の〈あかきくちびる〉や如意輪観音の〈まゆ〉〈ひざ〉〈ひぢ〉になまめきたる美を感じないではいられなかったのではなかろうか。

4　いかるがの里

法隆寺、中宮寺、法輪寺、法起寺などの古寺院や龍田川の名勝をひかえた斑鳩の里にひなびた閑寂さが消えうせてかなり久しくなるが、八十二年ぶりに夢殿を出た救世観音と八頭身の百済観音とが同時に特別公開された今年(昭和六十二年）の秋はいつにもましてのにぎわいがあった。

〔59〕いかるがのさとのをとめはよもすがらきぬはたおれりあきちかみかも

明治四十年五月の「ホトトギス」に高浜虚子の「斑鳩物語」が発表されるが、その翌年の八月に会津八一ははじめて斑鳩の里をおとずれる。『渾斎随筆』におさめられた「斑鳩」で、「私は法隆寺のことが好きで、年来少し美術のことなどを調べてゐるために、いつとなしに、その名のイカルガといふ響きまでが、耳に慣れて、親しみがついて来た」として、〔59〕の一首のなかで「一番声調豊かに思はれる部分は、ほかよりも、イカルガノといふ一句にあるらしい。してみると、作者としての自負よりも、昔からあり合せた、いはば誰のものでもないこの五字の一句が、いつもよく私の心を惹くのらしい」と八一は語る。この随筆そのものがイカルガという鳥についての考証へと展開してゆくが、イカルガノという五字の響きを偏愛するというところがいかにも声調美にこだわる歌人秋艸道人の面目がうかがいえて興味深い。

〔13〕くわんおんのせにそふあしのひともとのあさきみどりにはるたつらしも
〔14〕ほほゑみてうつつごころにありたたすくだらぼとけにしくものぞなき

いずれも法隆寺の国宝百済観音像をうたう。その伝来不詳の謎につつまれた百済観音の「せにそふあしのひともとのあさきみどり」に希望の曙光をあてようとしている。さらに「ほほゑみてうつつごころにありたたす」には、「この像の幽閒な顔面の表情と、静寂を極めた姿勢の底に動く、大きなリズムの力に感じて、至高の芸術と讃歎した」（自作小註）という出会いの感動が素直に詠みこまれている。『ほろびゆく大和』（昭和43年6月、創元社）の著者寺尾勇は、「〈主の座〉に立つこともなく、漂泊の仏像」でありつづけた百済観音にいつも母なる〈海〉を見るという。八一の感知した「静寂を極めた姿勢の底に動く、大きなリズムの力」とは、その「眼ざしの深さに、不思議な力」を湛えた毗楼博叉におのれじしんのきびしい視線を刻みつけたのとは反対に〈海〉のような母性的な慈愛の深遠さをいうのではなかろうか。

〔62〕うまやどのみこのみことはいつのよのいかなるひとかあふがざらめや
〔69〕うつしよのかたみにせむといたづきのみをうながしてみにこしわれは
〔85〕くろごまのあさのあがきにふませたるをかのくさねとなづさひぞこし

「観仏三昧」（昭和14年10月）の冒頭に、「やまとにはかのいかるがのおほてらにみほとけたちのまちていまさむ」とうたうように法隆寺への思慕は〈奈良狂〉の会津八一にとってもとりわけ深いものがあった。『法隆寺、法起寺、法輪寺建立年代の研究』（昭和8年5月）で文学博士の学位をうけたというアカデミックな造詣の深さは別にしても、〈いたづきのみ〉にもかかわらず〈うつしよのかたみ〉に秋陽に燃える甍や金堂の壁画をその眼底に焼きつけようとする〈奈良狂〉八一の執念には、〈うまやどのみこ〉（聖徳太子）讃仰の気脈がつよくいぶいていたのではなかろうか。

「乗馬靴」などの随筆を読むかぎりでは、八一における太子への敬慕はアカデミックな関心からではなく豊かな人間性に基づいていることがよくわかる。〔85〕が「作者が青年の頃には、欣然として之を太子の半神的愛馬なりと信じて」（自註）詠まれたというところにも、そうした太子讃仰の精神が反映しているのではなかろうか。

〔67〕あめつちにわれひとりゐてたつごときこのさびしさをきみはほほゑむ

この夢殿の救世観音像は聖徳太子等身の像といわれ、古来秘仏として平安時代以降、フェノロサが明治十七年夏に開扉するまでの間、長尺の白布につつまれて厨子に安置されていた（もっとも今回の特別公開に先立つ学術調査では、元禄年間に厨子を出て補修をうけていたことが判明した）。

「中国六朝時代の造像には、常に見慣れたる類型的な微笑ありて、夢殿の本尊もその一例なるを、ここにてこの像の特別なる表情の如く作者の主観として詠みなせり」（自註）とあるが、「このさびしい〈ほほゑみ〉を、いきなり、作者の幽独な主観のせゐにしていることが多い」（自作小註）ともいう。

たしかに〔22〕の〈さびしさ〉と相通う気分の微妙なもつれがあるが、いずれにしても、〈あめつちにわれひとりゐてたつ〉がながく秘仏としていわば孤立していた救世観音像に作者じしんの孤高超然たる姿を投影させたものであることは否めぬであろう。その崇高な微笑によって、観音の慈悲心、聖徳太子の一生、上宮王家の悲運、秘仏としての伝来などのさまざまな想念がひとつの静謐をえることになる。吉野秀雄のいう「われと彫像とのいのちの渾然たる流通融和」をここにみることができよう。

〔75〕みほとけのあごとひぢとにあまでらのあさのひかりのともしきろかも

中宮寺本尊の弥勒菩薩半跏像を礼讃する言葉は、「これほど胸に浸みわたるものを見たことがなかつた。これが木でつくられたものとは思えなかつた。生きて、微笑をうかべて、呼吸をしている」（竹山道雄「中宮寺観音」）をはじめとして枚挙にいとまがない。会津八一じしんも本尊について造詣が深く（全集第九巻に「中宮寺」講義ノート収録）、『自註鹿鳴集』でももっとも長文詳細な註釈をくわえている。しかし、その弥勒菩薩の魅力を語るだれしもがかならずふれるいわゆる古代微笑については不思議にも八一は無言をとおす。「この半跏思惟像の一種微妙なる光線の反影を詠みたるもの」と自註にその作意をあきらかにしているが、空々しいあまたの讃辞を無視するかのように〈玲瓏たる光沢〉にのみおのれの審美眼を集中させようとする。

たしかに昭和四十三年五月落慶の新本堂に安置された菩薩半跏像は今もなおその陰影のこまやかさを誇っている。だがなぜかそこに演出された照明効果を感じないではいられない。八一における光と影の発見は、〔20〕の〈あさひさしたり〉とおなじく〈あさのひかり〉といういわば自然の外光によってもたらされている。かかる「光線の反影」でみほとけの絶対的な美を追求しようとする特異な視点は、前述の古美術写真家小川晴暘との共同作業のなかから切りひらかれていくことはもとより自明のことであるが、それは美しい言葉の羅列への八一なりの物言はぬ挑戦でもあった。

〔12〕くわんおんのしろきひたひにやうらくのかげうごかしてかぜわたるみゆ（写真②参照）

〔76〕みとらしのはちすにのこるあせいろのみどりなふきそこがらしのかぜ

法輪寺講堂の本尊十一面観音菩薩立像の〈やうらく〉（瓔珞）は、「観音の御額の上に、かぶさるやうに、ほどよく垂れて居るといふのでもないし、又なかなかたやすく、風やなどで揺れるやうなものでもなかつた」（『観音の瓔珞』『渾斎随筆』）。その「動きさうも無い瓔珞の影を動かして、其所に微風の吹きわたるのを見たことになる」と八一はいう。瓔珞や微風の客観的状況をあれこれと探りだす必要はもとよりない。動かぬものに動きを与え、見えぬものを見ようとする八一特有の想像力のたくましさにこの一首の眼目があることさえ察知できれば十分である。

②法輪寺歌碑

かかる作者の強い心の感動は、この一丈あまりもある巨像の小さな〈みとらしのはちす〉にあらたな息吹きをふきかける。ここでむしろ風の動きをとめることで〈あせいろのみどり〉を蘇らせようとする、いわば自己本位の気分が前面にはたらいている。おなじく十一面観音をうたった「花がめのかぼそき頸をやはらかににぎるほとけの指のそりかな」（秋艸道人詠草第一冊抄）では、たしかに形態そのもののリアルな描写を見ることができる。こうした形態の写生をこえて作者の主体的な感動の波のおしよせてくるところに〔12〕〔76〕の生動がおこりうるのであろう。

さて『南京新唱』の作品的世界を気任せに散策しとげてあらためて思うことは、秋艸道人・会津八一にとって奈良をうたうということはどういう意味であったのか、ということである。きわめて素朴ないいかたをすれば、「ならやまをさかりしひよりあさにけにみてらみほとけおもかげにたつ」という『南京新唱』の最終歌がすべてを代弁してくれている。

古来、数知れぬ歌人がこのやまと奈良の風景を詠んできたけれども、それをひとつの詩的体験としておのが生涯の文学的モチーフへと結びつけてゆくことはなかった。私見によれば、奈良体験によって〈冴え〉のリアリズム歌境を開拓していった長塚節を別にすれば、会津八一はきわめてまれなる存在である。そのほとんどが行きずりの旅行者のように駆け足で通りすぎたのとはうらはらに、「通俗な名勝案内」をたよりに古蹟めぐりをした最初の浅からぬ感興が「あさにけにみてらみほとけおもかげにたつ」という深まりをみせた点に会津八一における奈良をうたうことの内在的な意味があった。

つまり、それはながい瞑想のうえでの〈みてら〉〈みほとけ〉との心ゆくばかりの対話でもあった。秋艸道人の人生とその芸術を語るとき、かならず〈虚名の棄却〉〈素人的態度〉〈孤高超然の人〉〈趣味の肯定〉〈実物尊重の学問〉〈偉大なる自由人〉〈養素全真〉という言葉が好んで並べられる。かかる会津八一の全人格的骨格はかれをしてうたわずにはおられなかった奈良の風景を土壌として育まれたに違いない。

「遂に或は骨をここに埋めんとさへおもへり」という『南京新唱』の自序は、酷愛の〈奈良の風光と美術〉に一軀一命を捧げる覚悟を公言したことにほかならない。

奈良にむかひていで立たんとする時

あをによし奈良の都にありとある御寺御仏にゆきてはやみむ

（南京新唱〈拾遺〉明治41年8月）

述懐

ふるてらのみだうのやみにこもりゐてもだせるこころひとなとひそね

（南京続唱　昭和5年10月）

御堂のくらがりのなかで述懐する八一じしんの〈もだせるこころ〉に立ち入ることはできないが、その脳裏にははるか二十余年前の奈良体験の原風景があざやかによみがえったことだけはいうをまたないであろう。

［補記］　本稿は、帝塚山短期大学日本文学会の「青須我波良」第三十四号（昭和62年12月）に発表した同題の論考（昭和63年7月に和泉書院から刊行された『奈良と文学――古代から現代まで』に所収）を若干修正したものである。

四　会津八一における〈奈良体験〉の意味

1　会津八一における奈良体験

興福寺の五重塔から五十二段を猿沢池に向かっておりると、その斜面の傍らに秋艸道人・会津八一の自詠・自筆によって刻まれた黒御影石の第三十五号歌碑（平成10年7月22日建立）がある。

わぎもこが　きぬかけやなぎ　みまくほり　いけをめぐりぬ　かささしながら

ときに明治四十一年（一九〇八）八月、青年教師会津八一の奈良体験はここからはじまる。

私が初めて奈良に行つたのは、明治四十一年の夏で、この歌は、その時のものの一つである。私はまだ二十八歳の青年で、宿は東大寺の転害門に近い対山楼といふのであつた。その頃の私は、歴史も美術も、奈良のことはまるで無知であつたから、宿へ着くとすぐ、二階の廊下で店を出していた名物屋の女から、一冊十銭かそこらの、通俗な名勝案内を買つて、それをたよりに、見物を始めたのであつた。そして雨の降る中を、宿の浴衣に、傘も宿の番傘で、何はあれ、先づ猿澤の池に行つて、第一にたづねたものは、此の柳であつた。

「衣掛柳」(『渾斎随筆』昭和17年10月、創元社)で、このように回想するように、八一の最初の奈良見物は、猿沢池の〈きぬかけやなぎ〉であった。そのころの八一は、早稲田大学文学科を卒業後、郷里の新潟県下の有恒学舎(現・県立有恒高等学校)で英語教師として勤めていたが、在学中に知り合った渡辺文子への執着をまぎらすために酒浸りの日々をすごしていた。夏休みを待ちかねたように奈良をおとずれ、宿へ着くなり雨のなかを猿沢池の〈きぬかけやなぎ〉をたずね歩く八一の胸中には、池に身を投げた采女の真情を思いやりつつ、文子への未練を断ち切ろうとする悲壮な覚悟があったにちがいない。このように八一にとって最初の奈良旅行は、心の傷を癒すためにもかけがえのないものであった。それだけにわずか二、三日の旅ではあったが、東大寺、興福寺、法隆寺、春日大社などの古社寺をとりかこむ奈良の風景は八一にとって詩情をそそるものとなった。

かすが野にあそぶ乙女子昨日しも秋たちにきと我につげけり
たき阪やほとけのひざにわすれ来しかきのみあかしひともみるべく
久方の雨にぬれつつ国見すと今ぞ我立つ若草の山
夕立の降りしくなかゆ眺むれば御寺たちたつ大和国原

「西遊詠草」と題されたこれらの歌は、たんに最初の奈良へのひとり旅を記念するだけにとどまらず、第一歌集『南京新唱』（大正13年12月、春陽堂）の自序に、「われ奈良の風光と美術とを酷愛して、その間に徘徊することすでにいく度ぞ。遂に或は骨をここに埋めんとさへおもへり。ここにして詠じたる歌は、吾ながら心ゆくばかりなり」というように、いわば奈良の歌びととしての秋艸道人・会津八一の人生そのものを決定することになったといえよう。いいかえれば、奈良の風景が何よりもまずはうたわずにはおられなかったという八一における奈良体験の起点をここに見いだすことができる。

2　歌びと秋艸道人・会津八一の誕生

はじめて奈良の地を踏みしめた明治四十一年八月から二年後の四十三年九月、八一は恩師の坪内逍遙のはからいで有恒学舎を辞し、早稲田中学校の英語教師として赴任した。上京直後は、「此頃の生活ハ教員四分、学究六分のありさまにてろくろく花見も致さず、其学究も横文字の理屈のみ故、自然十七文字にも遠かり候」（明治44年5月6日、式場益平宛）、と風雅の世界に遊ぶ余裕などはなかったが、早稲田大学英文学科の兼任講師を勤めるようになった大正二年には、「秋艸堂窓前の梅花今や満開。春愁更に加はるが如き感致し候。新刻の印一顆山田寒山の刻するところ、例によつて御目にかけ候」（大正2年3月19日、今井安太郎宛）とのべるように、秋艸堂、秋艸道人の刻印がつかいはじめられていたことがわかる。

ところで、植田重雄『秋艸道人　会津八一の生涯』（昭和63年1月、恒文社）によれば、大学近辺の下宿屋から小石川区（現・豊島区）高田豊川町の一軒家に転居したこのころの八一を、若くして夫に先立たれた傷心の文子がおとずれるようになっていた。文子との再会は八一に少なからぬ動揺をもたらしたが、むしろそのことによって植田も明言するように「生涯を学問と芸術にささげる決意」が八一のなかに動かぬものとなった。そのような内心の葛藤のなかから生まれたのが、三年八月の「秋艸堂学規」四則である。

一　ふかくこの生を愛すべし
一　かへりみて己を知るべし
一　学芸を以て性を養ふべし
一　日々新面目あるべし

もともと高田豊川町の秋艸堂で面倒をみていた学生たちのために作られたものであったが、結局はだれのためでもなく学芸の道に生きようとする会津八一じしんのための生活信条となり、人生哲学となった。かかる信念のもとに、大正十一年八月に目白下落合に転居するまでの豊川町時代の八一は、学芸の道にかける自己存在の確立に徹底しようとした。しかし、徹底しようとすればするほど、世俗的な交わりから孤立していかざるをえなかった。早稲田中学校の教頭に赴任した大正七年からますますその傾向は深まっていったが、錯綜した人間関係に疲れはて、〈病気辞職〉を真剣に考えていた八一にとって人生上の転機がおとずれることになった。

不惑の歳を迎えた大正九年十二月二十八日、思い立ったように八一は、東京を出発し奈良へと向かった。明けて一月六日に逍遙にあてて「数日間遊寺観仏の客と相成候」と書き送り、十四首の旅行詠を添えている。

おしひらく重き扉のあひだよりはやほの見ゆるみほとけの顔（法隆寺にて）
観音のあごと肱とに尼寺の小暗きあさのひかりをぞみし（中宮寺）
しぐれのあめいたくな降りそ金堂の柱の真朱《マソホ》壁に流れむ（海龍王寺）
毘沙門のふりし衣の裾の裏に紅燃ゆる宝相華かな（浄瑠璃寺にて）

さらに帰京後の一月二十四日の逍遙宛書簡によれば、「年度末の教務蝟集致し居候。（略）近来は全く書巻に遠かり居候。かかる間にも本日南都遊行の際のノートを整理致し」とのべ、〈奈良より帰へり来りてよめる〉と題して、「奈良山をさかりし日よりあさにけにみてらみほとけおもかげに立つ」という歌を書き添えていることがわかる。

日吉館

逍遙宛に書き添えたこれらの詠草がことごとく『南京新唱』におさめられることからも、「遊寺観仏の客」として〈みてら〉〈みほとけ〉に迎えられた大正九年歳末から年始にかけての奈良再訪の旅は、八一にとってうたわずにはおられなかった奈良体験のよみがえりをもたらし、奈良の歌びと秋艸道人としての生きるべき方向を定めるものでもあった。

まるで〈みてら〉〈みほとけ〉の魅力にとりつかれたように、翌十年八月、ふたたび酷熱の奈良に向かう八一であった。森閑とした老杉のなかにたたずむ室生寺の五重塔や、絶壁に刻まれた大野寺の大石仏がかもす悠久の美に恍惚となった八一には、〈奈良の風光と美術〉は学問と芸術の対象としてゆるぎのない存在となっていたといえよう。

炎天下の奈良旅行から帰った八一は、持病の腎臓炎を再発、静養のために千葉県勝浦に出かけたが、「大和路の諸仏は皆な知己なれば、慈眼を以て病軀を迎へくれらるべしと存じ候」（大正10年10月13日、坪内逍遙宛）というように、旧知の〈大和路の諸仏〉への思いを抑えがたく、病身にもかかわらず秋の大和路に向かった。十月二十二日、月ヶ瀬、笠置を経て奈良に到着した八一は、このときはじめてのちの定宿となる登大路町の「日吉館」に投宿した。法隆寺の金堂の壁画に描かれた〈みほとけ〉の神秘的夢幻的な美しさを、

いたづきのまくらにさめし夢のごとかべ絵のほとけうすれゆくはや

とうたい、はじめておとずれた菅原町の喜光寺のあまりの荒廃を悲しみ、

かけ稲のひまをこぼるる秋の日のほとけのひざにかたむきにけり

とうたい、西の京の薬師寺、唐招提寺から秋篠寺にかけての村里の風景に立ち去りかねて、

まばらなる竹のかなたのしろ壁にしだれてあかき柿の実の数

とうたい、春日山の奥深い渓谷にある地獄谷の石仏たちをたずねる途中の滝坂の道を歩きながら、

柿の実を担ひてくだる村人にいくたびあひし滝坂のみち

とうたう八一にとって、「日々ふるき都のふるき知己なる菩薩たちをたづねあるき居候」（大正10年10月24日、坪内逍遙宛）、「実際病中といふことを忘るるばかりにて、奈良は小生第二の故郷とも申すべしとひそかに存じ居候」（10年10月26日、市島春城宛）などというように、この秋の大和路でめぐり会えた〈みてら〉〈みほとけ〉は、かれの真情を吐露するにたるかけがえのない知己となった。と同時に、本格的に奈良の古美術探訪の旅をはじめることになる秋艸道人の誕生を意味していた。

3　ふるきみほとけたちとの語らい

大正九年歳末、十年八月、十月とつづく奈良への旅が、会津八一にとって人生上の大きな転機となり、奈良の古美術研究の出発となったことはすでにあきらかなとおりであるが、わけても飛鳥園の若き写真家小川晴陽を見いだした十年秋の奈良旅行は意義深いものであった。明けて十一年一月三日に市島春城にあてて「若きてごろの一人の写真師ありて、近々小生指導のもとに石仏類少しく撮影せしめむと心がけ居候」というように、底冷えのする新春早々から小川晴暘をともなって春日山の石仏の撮影にでかけ、さらに翌十二年八月には、あまりの暑さに閉口しながらも写真集『室生寺大観』の撮影のために小川とともに室生寺に出かけて、仏像本来の美しさをとらえることに

没頭した。もともと奈良美術への憧れは大学時代に親交のあった淡嶋寒月から見せられたエジプト、ギリシアの神殿神像の写真集や奈良の仏像写真に奥深い芸術味を感じたことにあった。そのことからいえば、小川との出会いとその交渉によって、奈良の古美術研究にかけようとする秋艸道人の思いがより高揚したことは容易に想像することができよう。

当然のことながら、仏像写真に新しい芸術性を開拓しようとする八一の並々ならぬ愛着と傾倒は、「ふるき都のふるき知己」たちとの語らいに新鮮な発見と感動をもたらすことになった。そうした〈みほとけ〉たちとの語らいのありようを、「吾ながら心ゆくばかり」にうたわれた『南京新唱』の世界からかいま見ることにしたい。

ちかづきて　あふぎみれども　みほとけの
みそなはすとも　あらぬさびしさ

この〈みほとけ〉は、築地の崩れに旅人の感傷をさそう「奈良高畑なる新薬師寺の香薬師如来は、予が年来思慕頂礼の霊像なり」という八一愛慕の仏像である。『自註鹿鳴集』（昭和28年10月、新潮社）によれば、「香薬師を拝して」と題して、「みほとけの　うつらまなこに　いにしへの　やまとくにばら　かすみてあるらし」の歌につづくものであり、「何所を

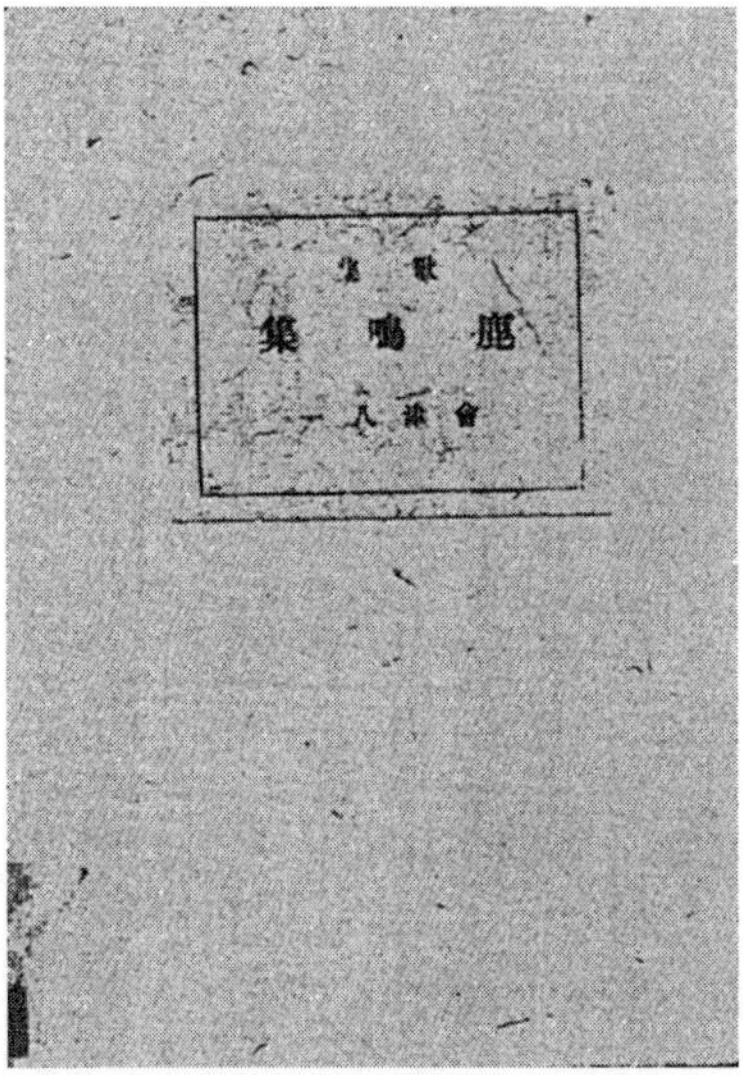
『歌集　鹿鳴集』（昭和15年5月、創元社）

見るともなく、うつら、うつらとしたる目つき」が「高さ二尺四寸の立像」の縹渺とした魅力であることがわかる。その〈みほとけ〉特有の「うつら、うつらとしたる目つき」にひきこまれそうに近づいて仰ぎ見るところに、〈いにしへのやまとくにばら〉をだれよりもこよなく愛するものどうしのいいしれぬ共感がうかがえる。〈みそなはすともあらぬさびしさ〉には、優美で柔和な微笑をたたえる〈みほとけ〉の美しい表情をじつにあますところなくとらえた八一の繊細な抒情を読みとることもできよう。

びるばくしや　まゆねよせたる　まなざしを　まなこにみつつ　あきののをゆく

この〈びるばくしや〉は、東大寺戒壇院の四天王像の一体、広目天をさすが、「この広目天は、何事か眉をひそめて、細目に見つめた眼ざしの深さに、不思議な力があつて、私はいつもうす暗いあの戒壇の上に立つて、此の目と睨み合ひながら、ひとりつくづくと身に沁み渡るものを覚える。まことに忘れられぬ目である。やがて此の堂を出て、春日野の方へ足を向けても、やはり私の目の前には此の目がある。何処までもついて離れぬ目である。私はこれを歌にした」(「毗楼博叉」『渾斎随筆』)と、八一はその作歌の背景をあきらかにしている。

『自註鹿鳴集』に「しかるに奈良に住める一部の人々の中には、この像の目つきは、甚だこの歌の作者のそれに似たりと評する者あれど、果して如何。これにつきて『渾斎随筆』に記せり」と書き、さらにその『渾斎随筆』に、飛鳥園の小川晴暘から「どうもあなたは、だんだん戒壇院の広目天そつくりの目になつて来られました」といわれたことを得意気に書きとめているが、〈びるばくしや〉の〈まゆねよせたるまなざし〉の奥底にある「不思議な力」

にひきよせられるように睨めっこをする作者の気迫がこの歌の真骨頂であろう。

ふじはらの　おほききさきを　うつしみに　あひみるごとく　あかきくちびる

この歌は、法華寺本尊の十一面観音が絶世の美貌であった光明皇后を写したものであるという伝説をふまえているが、『渾斎随筆』で「実際あの暗い御堂の内陣で、尼さんの点けてくれる細い蠟燭の光で、仰ぎ見ると、壇の上の厨子の中の、あの黒い眉と、大きく長く切れた白い目と、鮮かに赤い唇から、たちまち吾々に襲ひかかるあの強い感覚をなにとしたものであらう」というように、「細い蠟燭の光」に照らされた十一面観音の「黒い眉」「白い目」「赤い唇」に官能的な美しさをひきだそうとするところに眼目がある。もっとも、作者じしんは「会津のエロだ」という世評を潔しとしなかったが、十一面観音の〈あかきくちびる〉の一点に妖艶なエロチシズムを見いだす八一のしなやかな感性は、なにびとにももはやゆるがすことのできないものであった。

このように『南京新唱』における〈みほとけ〉たちとの語らいをかいま見るかぎり、まるで一仏一体を精魂こめて刻むかのように〈みほとけ〉たちのそれぞれの魅力をひきだそうとする秋艸道人・会津八一の美意識が、光線の角度や陰影をさまざまに工夫しながら、仏像写真としての芸術美をきわめようとした表現方法によって、より透徹したものになったことが理解されよう。

それにしても、会津八一のようにいわば奈良体験というものを人生的、文学的、学問的課題として背負いつづけ、うたいつづけた歌びとはきわめて特異な存在であるといわざるをえない。「通俗なる名勝案内」をたよりに古社寺めぐりをした最初の奈良旅行の感興が、「ならやまをさかりしひよりあさにけにみてらみほとけおもかげにたつ」とうたい、あるいは「あをによしならのみほとけひたすらにさきくいませといのるこのごろ」とうたわずにはおられないように深化しえたのは、昭和五年（一九三〇）十月詠草の「述懐」と題して、

ふるてらの　みどうのやみに　こもりいて　もだせるこころ　ひとなとひそね

とうたうように、ひとえにながい瞑想の時間をかさねたうえでの〈みてら〉〈みほとけ〉との心ゆくばかりの語らいがあったからである。

たとえ、〈ふるてらのみどうのやみ〉のなかで、あれこれと思念する秋艸道人・会津八一じしんの〈もだせるこころ〉は問いかねるにしても、『南京新唱』が「廃墟の歌」にかたよりすぎるという批評にたいして、「廃墟の讃美者は、たちまち復原の夢を追ふことになる」（「懐古の態度」『渾斎随筆』）と断言したことを思えば、「ふるき都のふるき知己」たる〈みほとけ〉たちとの心ゆくまでの語らいによって、いわば古代の幻想をこの現代に復原することの意味を見いだした稀なる歌びとであったことだけはまぎれもないことであろう。

［補記］　本稿は、浅田隆・和田博文編『古代の幻――日本近代文学の〈奈良〉』（平成13年4月、世界思想社）に所収の「会津八一――奈良の歌びと――」を若干修正したものである。

五　大正歌壇のなかの与謝野晶子
――近代女人歌の台頭をめぐって――

1　『青鞜』の女性歌人たち

いまここに二つの女性雑誌がある。明治三十四年（一九〇一）一月、博文館から創刊された「女学世界」と、大正十一年（一九二二）十月、改造社から創刊された「女性改造」である。

「女学世界」の「発刊の辞」にいう。「智徳兼備して女子の発達を図らむとするの時代也。今の時に当り、女子教育を非とする者は、固陋の見も、亦甚しからずや」。「女子は実に家を治め、夫を助け、子を育つる大任を有する者也。其教育を盛にせずして可ならむや」。その意図するところ、〈賢母良妻〉の女子教育に尽きることあきらかである。一方、「女性改造」の「創造したる新生命」と題する〈巻頭言〉は、「不当なる忍従を強ひられ、奴隷として待遇されつつある幾百万姉妹解放のために率直で、正義そのものである言論機関が生れました」と宣言し、「反省ある自分、権威ある社会、それはあなたがたが各自に独立して生き得ることによりて得られる権威です、自分の存在が経済的に、精神的に独立することによりて得られる最後の果実です」と訴える。

この「女性改造」の主張が大正デモクラシーの女性解放運動と深く結びついていることは明白であろう。近代女性表現史の軌跡を探求するうえでも、「女学世界」から「女性改造」にいたる躍動のありようじたいが、じつに興味ある課題である。さらに、「大正時代のいわゆる〈新しい女〉を産み出した基盤は、この中等教育の機会に恵まれた新中間層の女性群であった」（前田愛「大正後期通俗小説の展開―婦人雑誌の読者層」『近代読者の成立』昭和48年11月、有精堂出版）という大正後期の女子中等教育の充実を無視することもできない。しかしながら、かかるめざましい跳躍をなしえた契機は、明治の女性じしんによるきわめて内発的なくわだてがあったからである。いうまでもなく、それは明治四十四年九月に創刊された「青鞜」の有名な女権宣言にあった。これまた周知のごとく、与謝野晶子はその創刊号の巻頭に「そぞろごと」と題する詩編を寄せている。

山の動く日来る。
かく云へども人われを信ぜじ。
山は姑《しばら》く眠りしのみ。
その昔に於て
山は皆火に燃えて動きしものを。
されど、そは信ぜずともよし。
人よ、ああ、唯これを信ぜよ。
すべて眠りし女今ぞ目覚めて動くなる。

「山の動く日来る」と女性を火山の噴火にたとえ、〈眠りし女〉たちの胎動を期待する晶子の激励にこたえるかのように、あの「元始女性は太陽であつた」というマニフェストが平塚らいてうによって書かれたといってよい。まさに「晶子とらいてうという、二〇世紀はじめの一〇年におけるふしぎな呼応がそこにあった」（山本千恵『山の動く日きたる―評伝与謝野晶子』昭和61年8月、大月書店）。

賛助員として名を連ねた晶子は、第一巻第二号（明治44年10月）に、詩「人ごみの中を行きつゝ」を、第三号（明治44年11月）に詩「風邪」を、第四号（明治44年12月）に短歌「わが家」十首をそれぞれ発表している。

おのれこそ旅ごこちすれ一人居るひるのはかなさ夜のあぢきなさ
ねがはくば君かへるまで石としてわれ眠らしめメズザの神よ
うれふるやはたよろこぶやわが君にかかはる事のいと遥かなる
海こえんいざや心にあらぬ日をおくらぬ人とわれならんため
逢見ねば黄泉とも思ふ遠方《をちかた》へたからの君をなどやりにけん

いずれの歌も、第十歌集『青海波』（明治45年1月）におさめられているが、明治四十四年十一月に渡欧した夫寛へのおさえがたい恋慕をうたいあげている。晶子じしんがシベリア鉄道経由で渡欧することになる明治四十五年（一九一二）の第二巻第一号（明治45年1月）に、詩「夢」を、第二号（明治45年2月）に詩「無題」を、第三号（明治45年3月）に詩「移りゆく心」を発表。第三号の「編集室より」ではパリへ出発する晶子の動静が伝えられ、第四号（明治45年4月）は、日だまりの縁側で子供たちとくつろぐ晶子の写真が口絵として載せられている。

このように創刊当初からの晶子の支援は変わりなく、創刊一周年の記念号である第二巻第九号（大正1年9月）には、「ほんとにセエヌ川よ、いつ見ても／灰がかりたる浅みどり。／陰影《かげ》に隠れたうすものか、泣いた夜明の黒髪か。」と、旅情をうたう詩「巴里雑詠」を寄稿している。帰国後も第三巻第一号（大正2年1月）に詩「巴里雑詠」を、第四巻第二号（大正3年2月）に詩「電燈」をそれぞれ発表、「青鞜」の終刊まで晶子の、〈一人称にてのみ物書かばや〉と願う女性たちへの後援は変わることがなかった。

かかる晶子の真摯にして力強い姿勢にもっとも鮮明に反応したのが、「青鞜」の女性歌人たちであった。

創刊号に淑子「磯のひる」八首、第二号に祐子「稲の花さく頃」九首が掲載されているが、三号に創刊以来の社員である茅野雅子の「枯草」二十首と原田琴子の「夜明の灯」十五首とが登載されたことによって、「青鞜」の女人短歌はひときわ精彩を放つようになった。

「付録ノラ」を特集し、「一切の差別を超越して、元始の天地に我が本性のまゝに生活すべし。されどこは容易のわざに非ず。幸に女性は相対の見に、差別の相に迷はさるゝこと男性よりも少きが如し」という、らいてうの言葉によって、女性解放の方向を積極的に打ち出した第二巻第一号から女人歌の主題もおのずからいわゆる〈新しい女〉の自覚と懊悩をうたうということになる。

三ヶ島葭子

朱《しゅ》の海にいざよふ月か少女子のはぢらひゆゑにもどかしき恋

ゆゆしくも君によりては生死すおのれを拒む心なれども　（第二巻第三号）

原田琴子
われをして魔性女と罵りぬいと心ゆく名とぞおもへる
君がゆく後に投げしだありやのなえてたをれし我とおもひね
黒髪を美しとするおろかしき男のすなる恋もうれしき　（第二巻第八号）

武山英子
平凡の女とするをねがひゐるわがゐまはりの人もにくからず
美しきものにあこがる、女らしき女にて永く君をおもひにし　（第二巻第九号）

岡本かの子
やはらかく拭《ぬぐ》ふ男のかたはらにあるに甘ゆる涙なるかも
やや饐《す》えし果物の香の親しさよ男なき夜の淋しき心に
眼を閉ぢて我が拍つ恋の手拍子にただ舞ひねかし稚《をさな》き男　（第二巻第十一号）

原阿佐緒
煽ることせざれば燃えぬ恋ならば捨て、悔なきものと知りたまへ
愛欲のおとろへもよし黒髪をないがしろにもふるまへる今日
悪しと知りためらふひまにそを強ふる魔のさ、やきに負けぬ心は
もろともに死なばと思ふひとりさへなき世に生くる身のあぢきなき　（第三巻第一号）

矢沢孝子
わがごとくまことに君もおもふやとかく思ふこころ怨言《かごと》とぞなる
魔に似たるこころのさけびきくものかあまりはげしく恋ふる日きたり
君すてむふたたび見じなおもはじなあまりに胸のくるしきゆゑに　（第三巻第九号）

これらの掲出歌はほんの一例にしかすぎないが、抑圧された女の性と官能の悲哀をかみしめる女性歌人たちの特質は明白であろう。とくに三ヶ島葭子は与謝野晶子の選によって「女子文壇」に登場していらい、後述するように新詩社の歌人としてその進境に著しいものがあったが、第二巻第三号の「この胸に」十五首から終刊号の「含葉嘯葉」二十首まで、ほとんど毎号のように短歌を発表し、「青鞜」の女性歌人たちのなかでもっとも異彩を放つ存在であった。

2　「明星」から「スバル」へ

「青鞜」の女性歌人たちは、金子薫園の実妹で『傑作歌選第二輯・武山英子』（大正4年5月）の歌集をもつ武山英子を別にすれば、いずれも新詩社と深いかかわりがある。

与謝野晶子、山川登美子とともに「明星」三才媛として、新詩社の初期から独自の地歩をえていた茅野雅子や、「小天地」などによって大阪の短歌運動の推進者として名を成していた矢沢孝子をのぞけば、岡本かの子、原田琴子、三ヶ島葭子、原阿佐緒たちは、晶子の感化を強烈にうけてそれぞれ大正歌壇に特異な個性を発揮した。かの子も琴子も「明星」の後期に新詩社に入社、明治四十一年十一月発行の「明星」終刊号にそれぞれ二十一首、十二首を発表し、新詩社の若手の女性歌人として期待されていた。「明星」終刊後のかの子や琴子の動向については、島津忠夫の「『明星』の終焉と女流歌人たち」(「武庫川国文」第39号、平成4年3月、『和歌文学史の研究・短歌編』所収)に詳しい考証があるが、ともに「スバル」誌上における活躍には刮目すべきものがあった。

「明星」終刊後の新詩社に入社した三ヶ島葭子も原阿佐緒もともに、晶子が選者をしていた「女子文壇」への投稿をきっかけに「スバル」に登場する。

「スバル」第二巻第四号(明治43年3月)には、

生《いき》と死のいづれの海にただよへる我とも知らず夢みつつ経ん

しら梅にみだれ降る日のうすあかり障子の前に黒髪を梳く

この二首をもって阿佐緒が初見する。ついで四月号には、

たへがたくものなつかしき夕ぐれよわが櫛をさへ手にとりて見る

名も知らぬ小鳥きたりて歌ふとき我も名知らぬ人の恋しき

葭子の掲載歌十三首が初登載されている。いずれの歌もそれぞれの第一歌集『涙痕』(大正2年5月)、『吾木香』(大

正10年2月）に収録されているが、明石利代によれば、「彼女らの入社と晶子への師事とは、彼女らが極めて意欲的な女性であるのを顕わして、『みだれ髪』によってその存在を確立した『明星』意識のもとで作歌に努めるものだった」（「三ヶ島葭子・原阿佐緒に見られる『明星』と『アララギ』」『論集　明星とアララギ』昭和58年4月、笠間書院）という事情がここからも理解できよう。

ともあれ、葭子や阿佐緒らの若い女性たちは、『みだれ髪』の晶子を意識しながらも、そのいわば呪縛からのがれるように作歌につとめるほかなかった。

葭子の「スバル」への登載歌は、第二巻第五号（明治43年5月）に四首、第六号に五首、第七号に六首、第八号に十一首、第九号に十八首、第十号に十六首、第十一号に二十二首、第十二号に十二首というように増大の傾向にある。のみならず、第八号では、女性だけの詠草欄「鏡影」の冒頭に、「ぬれ髪のしづくの如くしとどにも涙流る少女なるかな」などの十一首が据えられ、新詩社における地歩も次第に固まりつつあった。翌四十四年には、明石利代の論証するように、「意欲の昂揚だけではなく選者に引きたてられていると窺える」葭子の作品が毎月十首以上つづき、「みな知るはいつの日ならんみ心の片はしを見て不可思議に入る」などの独自の歌境をきずきはじめている。

一方、阿佐緒は第二巻第四号（明治43年4月）に七首、第十一号に十五首、第三巻第三号（明治44年3月）に十二首、第四号に十首、第七号に七首、第十号に十六首、第十一号に十七首を発表し、「もろともに死なんと思ふ悲しかる運命《さだめ》のもとに生れたる我子《わこ》」などのように情感の激しさにきわだつものがあった。

このように晶子の在欧時期の空白を埋め合せるかのごとく、若い二人の女性歌人の作歌はきわめて旺盛であった

（ちなみに葭子の「スバル」掲載歌四百七十四首、「青鞜」掲載歌千三十九首――川合千鶴子調査。阿佐緒の「スバル」掲載歌四百七十八首、「青鞜」掲載歌百十八首――小野勝美調査）。かくして、葭子、阿佐緒が「スバル」にその位置を確立し、女性歌人としての作歌的姿勢を鮮明にしえたのは、大正二年三月発行の「スバル」第五巻第三号であった。「歌」と題する葭子二十一首、阿佐緒三十一首がそれである。この背後には、「葭子・阿佐緒らの作歌姿勢の確立は、『明星』の新たな展開となりえるものであり、それを認め意識しての与謝野寛・晶子であった」（明石利代）という配慮があったことはいうまでもない。

大正二年（一九一三）という年は、近代短歌史のうえで重要な意味をもつ。この年の一月に北原白秋の第一歌集『桐の花』が、十月には斎藤茂吉の第一歌集『赤光』がそれぞれ刊行され、これらの時代を画する歴史的な歌集によって、いわば短歌（史）における〈近代〉の成熟をみたといえよう。と同時に、岡本かの子『かろきねたみ』（大正1年12月）、原田琴子『ふるへる花』（大正2年4月）、原阿佐緒『涙痕』（大正2年5月）などの女人歌の台頭をたやすくする土壌の成熟も見のがすことはできない。

かかる女人歌の土壌の最初の開拓者が『みだれ髪』の晶子であった。すでにこの時期の晶子は、森鷗外によって「晶子さんは何事にも人真似をしない。個人性がいつも確かに認められる」（「与謝野晶子さんに就て」「中央公論」明治45年6月）と評言されたごとく不動の存在であった。晶子にしても、大正初期から中期にかけての歌壇に開花する女人歌の先達として、そうした気運に積極的にこたえる姿勢を示す必要があった。それが帰国後の第一作であり、大正期の最初の詩歌集である『夏より秋へ』（大正3年1月）の達成である。

ああ皐月《さつき》仏蘭西《フランス》の野は火の色す君も雛罌粟《コクリコ》われも雛罌粟

この一首に「ヴィナスのように豊艶で充実した、意志的でしかも感情量の多い、幅と厚みのある女人像が感じられる」（尾崎左永子）ものがあるとすれば、欧州体験によって解き放たれたみずみずしい詩心の横溢が『夏より秋へ』にあったからであろう。その意味で、「スバル」の後継誌である「我等」が終刊する大正三年をもって、「『明星』『スバル』を経た新詩社の流れというものが、ひとまずここに終焉を告げた」（木俣修『大正短歌史』昭和47年11月、明治書院）と見るならば、『夏より秋へ』は、『みだれ髪』の晶子にとって新生面をひらくための橋梁となった歌集であったといえよう。

3　第二次「明星」の創刊と晶子

大正十年（一九二一）八月二日、原敬内閣の閣議において、原阿佐緒との恋愛問題で辞表提出中の東北帝大教授石原純の休職が決定された。さらにこの年の十月、「心の花」の柳原白蓮が九州の炭鉱王である夫伊藤伝右衛門と別れ、社会運動家宮崎龍介と結ばれた。厨川白村の『近代の恋愛観』が多くの青年男女に歓迎されたのも翌年秋のことである。

このように、〈恋愛の自由〉を謳歌する大正デモクラシーの思潮は、台頭する女性歌人にとって受難の歴史でもあった。大正十年に葭子、阿佐緒が「アララギ」を破門されたのはその一例証である。この年の二月に葭子の第一歌集『吾木香』が、十月に阿佐緒の第三歌集『死をみつめて』がそれぞれ刊行された。その意味で、大正十年という年は葭子、阿佐緒という女性歌人に重要な転機をもたらしたが、女性歌人の先達であった晶子にとってもきわめて意味深い年となったといえよう。

この年の一月に、第十七歌集『太陽と薔薇』が、三月に第十評論感想集『人間礼拝』がそれぞれ刊行され、四月には、西村伊作によって設立された文化学院の学監として夫寛とともに、芸術的な自由教育の実践にかかわった。そして十一月には、第二次「明星」が創刊された。まさに与謝野夫妻にとって「新しい生きがい」「第二の人生」（新間進二）を記念する年であった。

周知のように、渡欧体験によって「自由に歩む者は聡明な律を各自に案出して歩んで行くものであることを知った」（「鏡心灯語」）晶子は、女性の徹底した独立のために活発な評論活動を展開する。平塚らいてう、山川菊栄、山田わか子らとの母性保護論争をとおして、つぎのように自己の信念をのべる晶子であった。

私は以前から女子の解放を求めています。一面には男子の専制から、一面には女子自身の依頼主義と寄生生活とに甘んじる卑屈な因習的精神とから、あわせて逸出しなければならないと思つています。そうして一人前の自由を得た女子は、更にその自由を善用して、私のいう意味の自己を創造する生活に向つて堅実なる実行家とならねばなりません。

この『女人創造』（大正9年5月）の自序にいう、「自己を創造する生活」とは晶子にとって一人称にて物書くということにほかならなかった。しかしながら、「良人の世話、子供たちの教育、台所の心づかい、訪問客の応接、ある程度の社交」（『若き友へ』大正7年5月）に追われ、四、五時間程度の睡眠以外の休息はもっぱら十一人の子供たちの着物の裁ち物と読書につとめ、この十年来は毎月三、四度は徹夜で著作するという生活であった。こうした多忙な実際生活のなかにあって、「私は母性ばかりで生きていない」、「文筆を透して実現する私の生活の上には、決して家庭を主としてはいません」と言明する晶子の〈自己を創造する〉内面生活をうたいあげたものが『太陽と薔薇』であった。

一体に、私の生活の全部が自由画の積りです。殊に前人の規矩に支配されない私の芸術が其れです。私は自分の個性を自由に表現したいために詩や歌を作ります。私は自分の個性の時々の感動に一つ一つ備はつた特殊の表情のあることを信じて居ます。出来るだけその感動を忠実に表現しようとすれば、どうしても自由画風の表現に帰して行く外は無からうと思ひます。

この歌集の自序にいう、「自分の個性を自由に表現したい」とする芸術観は、晶子にとって普遍の真理であったが、とりわけそれは短歌においてより具現されるものであった。晶子はいう。「私の個性がどんなに特異な感動を持つて生きて居るかを、私の歌から読まうとなさつて下さい」。さらに晶子は読者にたいして、「世界共通の、現代の詩の標準で私の歌を批判して頂きたい」とのぞむ。ここには、〈私の個性の表現〉としての短歌が「世界を摂取して世界に生きて居る」現代人の〈個性表現〉であるという晶子の自覚と認識の高まりが示されている。

凋落も春の盛りのあることも教へぬものの中にあらまし
みづからの寄辺なきこと太陽に似ると歎けば人咎めけり
高力士候ふやとも目を上げて云ひ出でぬべき薔薇の花かな
美くしきわれをば覗く天地《あめつち》の片はしとして先づ見しは君
春の人十六億の白鳩の舞ふにたとへんまた戦《いくさ》せず
空にして円《まど》かに薔薇の咲きめぐる太陽を愛づ恋に次ぎては

〈太陽〉と〈薔薇〉とは円環と豊饒の宇宙を表象し、「内から自然に湧き上る熾烈な実感」の光輝を意味するものであった。さながら〈熾烈な実感〉を若い女性たちに熱烈にアピールするかのようにうたう晶子であった。

この年の十一月に創刊された第二次「明星」は、アピールする晶子にとってかけがえのない文学的広場であった。もとよりかつての浪漫的香気と甘美な抒情性はすでにあせていたが、〈熾烈な実感〉をうたう円熟の晶子がそこに輝くように存在していた。

越《こし》の国かかる幾重の山なみの何処《いづこ》を割《さ》きてわれ来りけん
死とわれとはたまた恋と近く居ぬいつ横ざまに思ひ入りけん
明星のひかり郭公はたおのれ殊更《ことさら》めくと楽むわれは

この「草枕」百首を創刊号に発表した晶子は、以後「出来るだけ他の雑誌への執筆を断り、専ら本誌にのみ物を書くやうにして、心身両方の静養を計る時間を作る」べく専念する。大正十年十二月号に感想「愛の創作」、「錦木」五十二首、十一年一月号に「源氏物語礼讃」五十首、四月号に「鏡中小景」と題する詩七篇、十二年九月号に評論「気儘な雑感」、十三年六月号に「病床にて」五十首、九月号に「炎日断章」と題する詩六篇、十四年七月号に「中禅寺湖」六十八首、十月号に「十和田湖其他」百四首を発表、昭和二年四月号の終刊まで晶子の多彩かつ旺盛な創作活動は間断なくつづいた。

のみならず、第二次「明星」の広場からは、晶子のアピールにこたえる深尾須磨子と中原綾子という卓絶した新人が出現したことも注目される。深尾須磨子は詩において、中原綾子は短歌においてそれぞれ晶子の後継者として期待され、精力的な活躍を見せた。とくに中原綾子の第一歌集『真珠貝』（大正10年11月）に寄せられた序文には、

中原さんの短歌には、ふつふつと燃えさかる火の塊を投げ出したやうな、純粋と、熱烈と、華麗とがあります。若い、初々しい、一徹で逡巡のない女性の愛着が、みづから焔の舞踏を取つて現れて居るのです。

〈奔放の姿態〉で彩られた綾子の歌にみずからの詩心の高ぶりをかさねてみる晶子の熱いまなざしが感じられる。第二次「明星」の文学史的意義については、すでに藤田福夫「第二期『明星』の意義」（『論集　明星とアフラギ』）が考察するように、「大正期におけるロマン主義の命脈の大きな源泉であった」だけではなく、赤彦主導の「アララギ」歌風が大正歌壇を制覇するなかで女人歌の命脈を保ちえた功績も大きいといえよう。

4　灰燼からの復活

大正十二年（一九二三）九月一日の関東大震災が当時の文壇や歌壇にどのような影響を与え、作家や歌人たちはこれをどのようにうけとめたのかは、木俣修の大著『大正短歌史』（昭和46年10月、明治書院）に詳しい。

身の弱きわれより早く学院は真白き灰となりぞはてなる
地にものを語る人のみ過ぐるなり東京の街廃墟となれば
失ひし一万枚の草稿の女となりて来りなげく夜

文化学院が焼失し、書きためていた『源氏物語』現代語訳の原稿数千枚も烏有《うゆう》に帰した。文化学院の西村伊作の後援によるところ多大であった第二次「明星」も当然のことながら休刊のやむなきにいたった。晶子の悲嘆、落胆、心労は想像するに余りあるが、意外にも超然たるところがあったかもしれない。

というのは、大震災の一年前にあたる大正十一年九月に、「森林太郎先生に捧ぐ」という献辞をもつ歌集『草の夢』がすでに刊行されていたからである。この年の五月号の「短歌雑誌」に発表された萩原朔太郎の「現歌壇への公開状」は、自然主義的傾向と「アララギ」歌風によって沈滞し、結社の分立的色彩をつよめる歌壇へのきびしい告発であった。この朔太郎の公開状をめぐる論議は、篠弘『近代短歌論争史　明治大正編』（昭和51年10月、角川書店）に綿密に分析されているように、翌年にかけてかなり活発な展開を見せた。朔太郎の主眼は、現在の沈滞し、かつ閉塞した大正後期の歌壇に〈鮮新の香気〉と〈時代の情調〉をもたらしえるのは、「たとへば与謝野晶子氏等によつて代表されるあの当時の浪曼的な和歌」の復活でしかない、という点にあった。

もっとも、「ともあれ雑誌『明星』の復活によつて、現歌壇に対する第一の革命は叫ばれた。つづいてまた第二の炬火は投げられるだらう」という朔太郎の結語は、たとえ局外者の批評であるにせよ、やや見当ちがいのきらいがあった。しかし、『草の夢』はかかる朔太郎の期待にみごとにこたえた歌集であった。

却初より作りいとなむ殿堂にわれも黄金の釘一つ打つ
しどけなきわがしいでつるさまと見て心の騒ぐ落椿かな
ほととぎすわれは五更の浴槽に恋の涙を洗はんとする

「却初より」の一首は、旅行詠の多いなかでやや趣きを異にするかのように巻頭に据えられた。芸術の殿堂に「われも黄金の釘一つ打つ」という自負と誇りには、晶子らしい生命の躍動があり、「一首の歌として沈静と華麗さがあって、かうした歌に伴ひがちな昂奮と嫌味がない」（窪田空穂）。落椿の花に「しどけなきわがしいでつるさま」をかさねるような視覚的手法は、「王宮の氈を踏むより身の派手にわが思はるる落椿かな」の歌集第二首目にも相通ずるものがある。夜明け前の暗いうちから鳴きわたるほととぎすの声をきいて、旅先の「浴槽に恋の涙を洗はんとする」には、「ほととぎす治承寿永のおん国母三十にして経よます寺」（『恋衣』）や「ほととぎす東雲どきの乱声に湖水は白き波たつらしも」（『夢之華』）などのかつての古典的物語的な情趣とは異なる観照の深みがある。これらの歌は、朔太郎のいう、芸術の本質である〈叡智〉と〈情緒〉の両面を豊かに内包している。

別言すれば、『草の夢』の跋文にいう、「芸術品である歌を多くの人々に提供し批評と共感を得て、自己の精神生活の高さと正しさを知りて明日の成長の刺激としたい」とする晶子の強靭な意志とみずみずしい感傷が『草の夢』の本領であった。

いわば行動する晶子から認識する晶子へと思想的に成長した晶子にとって、『草の夢』はひとつの結節点であり、大都会を瞬時に廃墟と化した大震災後の風景はそれを助長するに十分であった。この廃墟からの復活を大正歌壇に顕示しえたのが大正十三年五月刊行の第十九歌集『流星の道』であった。

御空より半《なかば》はつづく明きみち半《なかば》はくらき流星のみち

歌集の表題、主題とかかわるこの巻頭歌には、「私は去年の大震に死を免れ、また此春の病気からも回復しましたが、以前から短命の予感される私は、かう云ふ風に歌ふ時がもう幾年も無い気がします。『流星の道』はやがて小さな個性のはかない記念として永遠の幽闇に消えてしまふでせう」、という自序にこめられた晶子の寧静と気迫がある。

わが落ちし奈落の底に燃ゆる火も衰へがたくなりにけるかな

却初より地にくだりたる流星のすべてを集め川のうづ巻く

地の上の落葉ゆたかになりぬなど見てあり老いし太陽なれば

いずれも自己の命運を達観したかのような歌である。ここには、「われも黄金の釘一つ打つ」という不撓の信念と柔軟な感性をもつ者のみが知りえる静謐な境地があった。

ときに数えて四十七歳の晶子をめぐる大正歌壇は、大正十三年四月の「日光」創刊、大正十五年三月の島木赤彦の死、同年七月の「改造」の特集「短歌は滅亡せざるか」——とめまぐるしく動揺しながら、短歌史における大正を閉じようとしていた。

昭和二十四年（一九四九）に女人短歌会が結成され、「女人短歌」の創刊によって女性歌人の輩出にはめざましいものがあった。この気運を促した折口信夫「女人の歌を閉塞したもの」（「短歌研究」昭和26年1月）の、「アララギ第一のしくじりは女の歌を殺して了つた——女歌の伝統を放逐してしまつたやうに見えることです」という批判は、近代短歌における女人歌の軌跡をあきらかにするうえで重要な意味をもつ。しかしながら、つぎの見解は是正されるべきであろう。

晶子の歌も『乱《みだ》れ髪』から『舞姫』に来、『夢之華』が頂上で、歌境が行きづまつてしまひ、それからは下る一方であつたのも、つかむ文学の座が浅かつたからでありませう。

あらためていうまでもないが、女人歌の台頭はひとえに大正期における晶子の精進のたまものであった。たしかに大正歌壇からは孤立した存在であったが、あえて歌壇の域外にみずからの立場を孤立させることで、晶子のたえざる歌境の深まりが可能であったといえよう。思うに、「女学世界」から「女性改造」へといたる二十年の道程は、晶子という歌人にとっては『みだれ髪』から『草の夢』にいたる軌跡でもあった。

近代女人歌のゆくえを問いかけるいまの私たちにとって、『流星の道』の巻末に付載された「詩歌の本質」の、つぎの晶子の言葉はどのように考えるべきであろうか。

「私は芸術の中で詩や歌は特に自分一人に終始してゐる芸術であると思つてゐます」。

「詩人は自分の内部生活の成長に自ら驚かうとする者です」。

〔補記〕　本稿は、上田博・富村俊造編『与謝野晶子を学ぶ人のために』（平成7年4月、世界思想社）に所収の「大正歌壇のなかの晶子——女人歌の台頭をめぐって」を若干修正したものである。

六　近代女人歌の命脈

――武山英子・原阿佐緒・三ヶ島葭子――

島津忠夫『女歌の論』（昭和61年3月、雁書館）は、古典和歌から現代短歌にいたる和歌文学史の展開にとって、「女歌」（おんなうた）がどのような意味をもつものであったか、をきわめて多角的に論証している。近代短歌から現代短歌への展開にとっても、与謝野晶子をはじめとする女性歌人の存在とその表現が重要な意味をもつものであることはいうまでもない。ここでは武山英子・原阿佐緒・三ヶ島葭子という三人の女性歌人の生と表現によって、晶子が開拓した近代女人歌の台頭の様相を見ておきたい。

1　武山英子――かたちとこころの確執

このこころまげても順《なら》ひまつるべき女の性《さが》をやしなひてあり

明治三十二年から大正四年までの作約二百首が編年体で配列された『傑作歌選第二輯・武山英子』（大正4年5

月、抒情詩社）の四十二年の巻、三十七首のうち。

金子薫園の実妹として近代短歌史にその名をとどめている武山英子は、その病没五か月前に刊行された『傑作歌選』一冊をのこして多年にわたる宿痾との闘いもあえなく三十五歳で夭折している。英子の女性歌人としての夭折の意味については、すでに「短歌」（特集夭折歌人と青春歌、昭和61年9月）の「《武山英子》順《なら》ひまつるべき女の性」という拙論でのべたことがあるが、この「順ひまつるべき女の性」を冷徹に見据えようとする病床歌人の作品世界には、同世代の晶子に代表される「明星」派の官能的な恋歌はもとより、「アララギ」派の理智的なそれとも異質な女歌の可能性を模索する方向が内包していたように考えられる。それは、かつて熊谷武至がその「武山英子」（「水甕」昭和10年1月）で明察したように、「四十二年辺りを境界として、急に純粋に展開して来たことについては、直接の原因として病気とか恋愛とかが考えられるのであるが、それが原因の全部でないにしても、作歌態度の安易をゆるさない心境に到つた」こととともきびしく絡みあうものである。

われ君にすがらむとして傾けるかたちをおぼえこころさびしき
眠りてふいと安らかに死にちかき形の中にこころよく老ゆ
をんなてふ形はじめてみこころに触れまつりにし日をおもふかな
やはらかき真綿のなかにわがこころみだれみだれ針もすすまぬ
うたがひを覚ゆるまでに衰へしこころさびしく冬をむかふる
やうやうに人の情をかなしめるわかき心のあはれなるかな

「こころまげても順ひまつるべき女の性」には、たしかに中河幹子が評釈するように（『短歌講座』第8巻〈女流歌人篇〉昭和7年4月、改造社）、「幾分反抗的な心で女としての弱さを嘆いてゐる」作者の運命がよみとれなくもない。しかし、「君にすがらむとして傾けるかたち」「死にちかき形」「をんなてふ形」などとカタチそのものにこだわる英子の作歌態度が、自己の内部にしぶとくまといつく「順ひまつるべき」気脈を女の性としてしたたかに見据えようとする、まさにただならぬ女の弱さに裏打ちされているものであることを見のがしてはならぬと思う。いわば女であることのいたみを恋愛者のかたちとこころの確執のなかからうたおうとする方法をこれらの歌はあざやかに示しているといえよう。

恋する女人のこころが「をんなてふ形」と切りはなしてありえないことを英子はだれよりもよくわきまえていた。だからこそなのか、英子の歌には〈掌〉をよみこんだものが多いことにも気づく。

ふところに掌《て》をあたためて火なき室《ま》にひとり足らへり何事もなく
掌《たなぞこ》を水にひたしてうつくしく冷たく見つつ君をおもひぬ
たなぞこは骨まで冷えぬ熱湯にひたしてしばしものを覚えず
たなそこに珠をささへて足らひぬる幸《さち》てふもののあはれなるかな
あたたかきわが掌にふれえたるものの感じの春となりけり
秋の日の光をうけて掌《たなぞこ》のうすくれなゐのさびしく匂ふ

病身の恋愛者にとってその〈掌〉は、「君にすがらむとして傾ける」「をんなてふ形」のありようをうらなうかけがえのない存在であったにちがいない。めでたい完結へ向かうことをこばまれた恋愛者のやるかたない孤独、悲傷をその〈掌〉は艶やかにつつみこむ、いわばものいわぬ内心のカタチでもあった。

あさましく狎るる女の性なりやゆゑわかずこの恋しきこころ

『傑作歌選』四十三年の巻、五十六首のうち。「九時打てば雨戸おろして寝るてふふるきわが家のならひさびしき」というような行住坐臥にあって、病弱の三十女の鬱屈は深まるばかりであった。

ことごとく君に捧げしうらわかき心のままに衰へゆくかな
あはれ今日も昨日に同じ悲しみに君を待つなるわがこころかな
親もなくみづからもなくただ君をおもへるこころまた秋にあふ
安らかに君をおもひてありうべき心をもとめ悲しまむとす

「親もなくみづからもなく」、君を「涯《きはま》りもなくおもひつゞ」け、「おもひきはめしあはれなる」女。「ことごとく君に捧げしうらわかき心のままに」「やすらかに身のほろびゆく」ことをこいねがう女。そのことを「さもしきこころ」と思いつつも、「君によりて足らひし生」への執着はたちがたい。むしろ「病みぬれば」こそ「ひろやかにををしき君の御胸」にすがりつきたい。まさに「をんなてふ形はじめてみこころに触れまつりにし日」より次第に悶えの色彩を濃くしてゆく女ごころは、遂に「みづから」さえも見失う盲目の闇につつまれることになる。

和泉式部の和歌をきわめて犀利な分析でよみすすめる森重敏の言葉をかりるならば、「女の性は、男の性よりはつねに心とともにあり、また、心による抑制をかけようとする性質のものである。底のしれた男の性に比して、女の性は底なしであることを女は本能に知っている」(『新古今入集和泉式部和歌略注〈上〉』「ことばとことのは」昭和59年10月)。

「をんなてふ形」をあやうくさせる「あさましく狎るる女の性」に驚きあきれはてるというよりも、「恋しきこころ」そのもののはかりしれぬ懊悩、あるいはその不可思議さ、その神秘性に作者は陶酔しているようにみえる。中河幹子はさきの評釈で、「君を待つなるわがこころかな」は、「人を思ふ悲しい真実が滲み出てゐる」としながらも「自分と自分に甘へすぎてゐるところがある」と容赦がない。しかし、いわば盲目的な恋ごころの底であえかに息づく「みづから」を嘆き悲しんでばかりいるのではない。むしろ、女人であるかぎり命はてるまでひきずってゆかねばならぬ、「あさましく狎るる女の性」を見つめる英子のとまどいやためらいには、「君を待つなるわがこころ」にまといつく「みづから」の〈甘え〉にたいする一種の挑撥にも似たきびしい姿勢さえ感じられる。

恋は秘し、忍んでこそ恋というべきものなのか。ともあれ、叶わぬ恋、忍ぶ恋に憂き身をやつす女ごころは、かくて「ありうべき心をもとめ」ることでその懊悩を抑制、鎮静させようとする。「ありうべき心」とは、「あさましく狎るる女の性」によって攪乱された「をんなてふ形」をただそうとする、底なしの女の性というべきものかもしれない。

君をのみ待てる心に木がらしをさびしく親の家にきくかな

『傑作歌選』四十四年以後（四十四—四十五年作）三十一首のうち。兄薫園とともに湯島六丁目の父の別邸で老祖父に仕えていた英子は、その祖父の死（40年4月）、兄の結婚（40年9月）を機に、この歌のように神田淡路町の生家にもどって父親の世話にあけくれていた。

生れたる家に死ぬべき運命につながるるやと或《ある》はおそるる
死ぬるより道なしといふ力あるひびきの胸に入りぬる貴さ
死ぬる前にいたるしばしの静けさを思ひつつひとり眼を合すかな
このさきも死ぬるまでもなほ淋しさに堪へなむとするわれを泣くかな

「君」待つ女のこころに「死」という荒寥たる陰影がしのびよる。「作者は自我があるけれども自らの悲しい運命に涙を流してだけゐる。どうしても明治時代の女性である」「古い因襲を破り捨身になつてとびこむまでに到らない」（中河幹子）とは、おなじ女人でありながら恋する女ごころにたいしてあまりにも無理解な批評であろう。

女人歌には古くからいわゆる〈待つ心〉をよみこむ傾向がある。

ありつつも君をば待たむうちなびく我が黒髪に霜の置くまでに　（磐姫皇后）
世の中に苦しきことはこぬ人をさりとももとのみ待つにぞありける　（和泉式部）
我も人もあはれつれなき夜な夜なに頼めもやまず待ちも弱らず　（永福門院）
すさまじき望をかけてわれ待てり待つ身といへばはかなきものを　（三ヶ島葭子）
十年をわびて人まつひとりゐにざれ言いはむすべも忘れし　（九条武子）

もとよりそれぞれの〈待つ心〉は一様ではない。しかしこれらには「恋ひ恋ひて逢へる」ことをひたすら待ちのぞむ女ごころのすさまじさとあわれさとが時代をこえた不変の抒情としてうたいつがれている。

「親もなくみづからもなくただ君をおもへる」女ごころを「ふるきわが家のならひ」のためにむなしくさせねばならぬ、「順ひまつるべき」女の性の機微などは、恋の勝利者であり夫与一の理解に恵まれた中河幹子には無縁なものであったのかもしれない。が、英子の「君をのみ待てる心」は、ただに「明治時代の女性」だからというのではなく、いつの世も変わることのない、恋の懊悩をもてあまし、もてあそばれる女の性の底知れぬうずきをみごとに掬いとっているといえよう。

つぎの歌集未載の歌もまた、失意、落胆のうちにくぐもる〈待つ心〉のあえかな気息をあざやかにとらえている。

そのことはおもひたてよと親《おや》親《おや》のいましめの中に日を送るかな
女といふ弱き名にしもつながれてこのま丶になほ生きわぶるらむ

何ゆゑに君つれなくはしたまはぬ弱き女の死にもえぬかな　（「創作」明治44年10月）

まさに骨肉の愛は「おもひたてよ」と「君をのみ待てる心」を無惨にもうちくだく。「女といふ弱き名」にその悲運をかこちながら「なほ生きわぶるらむ」か、それとも「死ぬるより道」はないのか。「病みぬれば」「親なれば負くるよりほか道もなし」というように、その胸奥にひそむ「淋しさに堪へ」きることでしかみずからを生かすべはもはや病身の恋愛者には与えられなかった。世をうらみ、生をいとおしむ、〈弱き女〉のしなやかな恋ごころをうたいきわめることだけが、死期を迎えようとする病床歌人英子にとって唯一の救いであり、切ない祈りでもあった。

ところで、かかる「死」の陰影におびえる英子にとって、その八歳の折に双生児の死産にともなう悪疾のため三十一歳で急逝した生母ちかをしのぶ歌はどのような意味をもつのであろうか。

子をおきてわかくはてにし我が母の終焉《をはり》さびしく見えぬる夕
わが母は父をおもひて嫁ぎきてわかく死にたり幸《さいはひ》なりしかな
父の眼に残れる母のわかさなど時にきく夜のわが涙かな

「父をおもひて嫁ぎきて」「子をおきてわかくはてにし」母の年齢《よわい》は、「生れたる家に死ぬべき運命につながるる」

わが身のそれでもあった。そのうらわかき母をおもいなつかしむことで、「わがこころ君をおもへるひとつより有《も》たざる」身でありながら「恋ひ恋ひて逢へる」こともなく、ましてや恋しき人の児を身ごもることもできぬみずからの孤影のうちにひそむ母性的なぬくもりをいとおしんでいるかのように読みとれる。

女なれば女なればただこのままに疑ひてうたがひてあはれ死ぬるべし

『傑作歌選』近作（大正元—四年作）五十八首のうち。大正二年四月、宿痾小康をえて兄とともに京都・奈良に遊ぶこともあったが、高輪の父の別邸で「わが死にし後なる君をおもひつつ」死を待つよりほかない女人であった。

よのつねの女とするをねがひゐるわがゐまはりの人もにくからず
美しきものにあこがるる女らしき女にて永く君をおもひにし
世のそしりも親の怒りもふりすてて君にゆくべくよわき女なり
君に逢はばこころゆるみてみづからを失ふことのありやしぬらむ
うらみたる心はいつかやさしさに返りて君を泣けるなりけり

「妹にも胸深く思ふ人があつた。其の人は海遠く行つて帰つて来なかつた。いつの程よりか全く消息の絶えたのを非常に苦《く》にしてゐるらしかつた。私は其の真相を知つてゐたが、病み窶れた妹に其れを打明けるのは苦しかつた」

（『青流』大正7年6月）。この兄薫園の回想にしたがえば、叶わぬ恋であればあるほど、死期の迫る英子にとってそれはたちがたい生への絆としての意味をもつことになる。「親の家をのがれ」、「世のそしりも親の怒りもふりすてて」でも「君」に逢いたい。しかし、「君に逢はば」、「みづからを失ふこと」になるやも知れぬ。いうまでもなく、それは「よのつねの女」としてあくまでも「無事をねがふ」周囲の思惑ときりむすびあう「順ひまつるべき女の性」によって培われた、おのが「をんなてふ形」そのものの喪失につながる。たしかに、「泣けるだけ泣け」ばの「あきらめ」もつこう。しかし、泣くことで堪えようとする「順ひまつるべき女の性」は、「にごりえ」のお力がうたう「我恋は、細谷川の丸木橋、わたるにや怕し渡らねば、思ふお方に逢はりやせぬ」という、理性では抑えがたい〈逢恋〉への恋着もまた激しい。のみならず、死をみつめつつもなお「美しきものにあこがるる女らしき女」でありつづけたいと思う英子の執念には、女歌の深層にひそむ宿業のすごみのようなものがある命脈をもってつらぬかれているともいえよう。

「女なれば女なれば」と、おそろしいまでに張りつめた恋愛者の悲傷をまるでたたきつけるようにうたいあげたこの破調の歌は、この頃、岡本かの子、原阿佐緒、柳原白蓮、今井邦子、若山喜志子らによって輝かしい軌跡を展開しつつあった近代女人歌のなかにどのように組み入れられるべきものなのか。

十年にもおよぶ宿痾と恋愛によって喘ぎ苦しむ〈弱き女〉の繊細な感性をみずみずしい抒情でうたいこんだ英子の作品は、大正初期から中期にかけての女歌の隆盛のさなかにあってひとつの異彩を放ったというべきであろう。ともあれ、熊谷武至のいう「作歌態度の安易をゆるさない心境」は、いわゆる官能的な恋の体験者とはなりえなかった。さらにいいかえれば「死」という諦念の底に榾火のようにひそやかに燃えつづける恋ごころを失わなかった英子の、女人としてのかたちとこころの確執のうずきによって体得した自己表白そのものであった。

2　原阿佐緒──夢の女・謎の女・多恨の女、その黒髪

愛欲のおとろへもよし黒髪をないがしろにもふるまへる今日

第一歌集『涙痕』（大正2年5月、東雲堂書店）の「あきらめ」に所収の一首。原阿佐緒は与謝野晶子によってその資質を見いだされ、原田琴子、岡本かの子とともに新詩社の三才媛として期待されていただけに、『みだれ髪』で近代女人歌のゆるぎないモチーフとしてよみがえった〈黒髪〉をみずからの作品世界に積極的にとりこもうとしている。たしかに、「愛欲のおとろへもよし」というきわめて奔放大胆な発想は、同歌集に収載の「愛欲よわれをば掩へ美しく悔も命も忘れ得るまで」にみられるように、官能のうごめきにみずから挑撥的にのぞもうとする、女人の妖しい心情をみごとに伝えている。

ともあれ、この歌の初出「青鞜」（大正2年1月）の「あまき縛め」二十九首のうちには、つぎのような作がある。

うれしかる苦しみを今君により心におぼゆあまきいましめ

捨ても得ぬ保ちもあへぬ恋のためわが煩惑のしげきことかな

おそらく「捨ても得ぬ保ちもあへぬ恋」による「愛欲」であろう。その相手の「君」とはだれか、ということをあれこれセンサクすることはかならずしも本意ではないが、小野勝美の『原阿佐緒の生涯・その恋と歌』（昭和49年11月、古川書房）によれば、「アララギ」派の歌人古泉千樫をさすようである。

歌集『涙痕』が小野勝美のいうように「呪わしい青春期への訣別の賦」であった、ということはたしかである。そのことは、つぎの一連の歌によっても明白である。

花多くつめどかざさず黒髪をなみし淋しむ尼心地かな
わが恋をつなぐにあまり弱かりき蜘蛛の糸《い》にすら劣る黒髪
見給ふは黒髪かづく俗体の子なれど早くみ仏に行く
片生のわれらが恋を相寄りてはぐくむひまに君はやく醒む
生きながら針に貫かれし蝶のごと悶へつゝなほ飛ばむとぞする
髪切らむ死なむ呪はむ女てふ名を忘れては狂ほしきわれ

日本女子美術学校で知り合った小原要逸は、恋多き人生をおくることになる阿佐緒に最初の受難をもたらす男性として登場する。妻子ある小原の「無恥な行為が彼女の処女性を真黒に塗り潰してしまつた」（「黒い絵具」㈠）。あえて恥辱をもって生きるより、死んで家名を保つために、二十歳の彼女は自殺をはかる。が、それもかなわず、恋愛の敗残者として苦悶のなかで長男千秋《ちあき》を出生する。小原との離別は彼女ののぞむところではあったが、その悲恨をはらすすべは歌よりほかになかったのかもしれない。

「悶へつつなほ飛ばむとぞする」「女てふ名を忘れては狂ほしきわれ」にとってまさにかけがえのない心のよるべとして千樫はあらわれる。小原要逸によってむなしくひきさかれた〈黒髪〉は、千樫との「愛欲」のるつぼのなかにきわめて官能的な表象としてあざやかによみがえった。

黒髪もこの両乳《もろちゝ》もうつし身の人にはもはや触れざるならむ

第二歌集『白木槿』（大正5年11月、東雲堂書店）所収の一首。歌集前歌の「森ふかく独り居りつつひそやかに我が両乳《もろちゝ》をもちて寂しむ」と照らし合わせてみるまでもなく、女人における「両乳」の存在は、もはや「愛欲」にゆれうごく妖艶な光彩を失っている。

千樫と別れた阿佐緒は、大正三年の春、初恋人の庄子勇と結婚するが、大正八年の夏に協議離婚が認められるまでの五年間、空閨をかこつことになる。「こもり妻」と題されたつぎのような作もこの歌集にはおさめられている。

かくひとりいつまであらん秋の来て肌も荒れなむこのこもり妻

しのびかに朝けの蚊帳に秋風のふれてかなしも別れゐ妻は

黒髪もなほゆたかなれ君を見む日を近みかも児もすこやかに

みずからを「こもり妻」として、戸数わずか二百戸足らずの東北の寒村で「歌にでもよらなければ生きられないやうな自分」（歌集自序）としみじみと向かい合わねばならなかつた。そして同時にその作品には、それまでの、いわば新詩社調のロマンチックな情感はようやく影をひそめ、阿佐緒じしんがいうように「自然と融合した渾然たる境地に自己の感情を見出すことが出来るやうになつた」（「この集の終りに」『現代短歌全集第十八巻』所収）。自然を好んでうたう歌人ではなかった『みだれ髪』時代の晶子が『夏より秋へ』（大正3年1月）あたりからようやく平明な自然詠の境地をもきりひらいてゆくように、あたかも歩調をあわせるごとく阿佐緒もまたかかる傾向をたどりつつあった。しかし、厳密にいえば、『白木槿』全歌数四百四十四首を一瞥すればおのずからあきらかなように、自然と立向かう自己のありようを冷徹に見据えるという境地にはほど遠く、万葉調の詠口によりながら写実的作風を示しているものの、女であることにみずからを甘やかすという姿勢から完全にぬけきれているとは認めがたい。

とはいえ、「アララギ」に入会し、「大きな信念のもとに、意を決して斎藤茂吉先生の御教を乞ふべく」、歌道をきわめようとするひたむきな熱意はこの歌集から充分にくみとることができる。その自序に明言するように、「『白木槿』を分水嶺として新しい道程にのぼりたい心持ち」によって編まれた『白木槿』一巻が、近代女人歌の展開に及ぼした「明星」と「アララギ」との位相を考えるうえで、一つの記念碑的な意味をもつものであることは認めざるをえないであろう。

愛《かな》しみて人が触《ふ》りける黒髪の今はしるしなし吾がいのちありて

第三歌集『死をみつめて』（大正10年10月、玄文社詩歌部）の巻末ちかくにおさめられた「断髪」八首のうち。

うつそみのいのちにひびき音をたてて自が髪は断《たた》る吾が手掌《たなうら》に
ひとつかみの断たれし髪をねもごろに櫛を梳きつつ心むなしも
ものかげにゆけばおのづから触り見るわが髪はみぢかく肩までとどかず

この第三歌集の出版を計画し、その選歌を島木赤彦に依頼したのは、大正十年の春であった、と小野勝美は『原阿佐緒全歌集』（昭和53年6月、至芸出版社）の解題に記している。それによれば、歌集名も『合歓木の花』と決まっていたという。ところが、「断髪」一連の作品が「アララギ」誌上に見当たらぬところをみれば、これらの作は石原純との恋愛問題が世界的な物理学者と〈新しい女〉との艶聞としてその年の七月末の新聞紙上にとりあげられた直後によまれたものではないか、と考えられる。とすれば、〈断髪〉という行為そのものは、「世間のあらゆる呪詛や、罵倒や、憎悪」（歌集序言）に向けられた、か弱い女の、あたうかぎりの抵抗を意味していたとうけとれよう。別言すれば、それは「煉獄にひとしい苦悩の生活」（同上）にあって女人のいのちを自裁するという厳粛かつ真摯な一つの儀式でもあった。

当時のアメリカの実状に明るく、『米国を放浪して』（大正10年7月）『女難文化の国から』（昭和2年3月）などの随想集もある、佐々木指月が昭和二年七月号の「婦人公論」に「銀座のモダンガール評」と題する文章を寄せている。「日本の女のチヨン髷時代は、もうそろそろきりあげて、散髪時代にはいつてもよかろうではないか」。要するに、モダンガールの旗じるしは断髪にこそある、という主張である。

よかれあしかれ〈断髪〉の歌人原阿佐緒は、モダンガール主義の先駆けとして世評を高めることにもなる。

ところで、この歌集には、子どもをうたって、きわめてすぐれた作品が多いということに気づかされる。

土埃《ほこり》あがる春のちまたをくれなゐの帽子を被りゆく子供見ゆ

児に送る玩具の馬を膝におきこころ寂しく電車に居るも

長男千秋、次男保美、それぞれの父親を失わせることになった阿佐緒の母性愛には、おのが肉体をきりきざむという悲痛な覚悟がひめられていたように思える。なぜならば、黒髪のしるしを失くした阿佐緒にとっていまやわが子は最後の分身であったから。

松村英一はその『短歌論鈔』（昭和2年1月、紅玉堂書店）で、「まことを持ち乍ら潤ひのないといふのは、表現に欠陥があるのではないのかと思ふ。感じ方、捉へ方の上には女性の敏感さが働いてゐるが、どうも潤ひに乏しい点で魅力のないものになつてゐる」としたうえで、「しかし、子を詠んだ歌には生々と潤ひのある作があつたには流石と思つた」と的確な批評をくわえている。さらに尾崎左永子がおなじ女性歌人の立場から、「この一首（注・児に送るの歌）をみるごとに、大正期の男たちの専横と、いまも変らぬジャーナリズムの暴力に対して、強い怒りを感じるのは筆者ばかりではあるまい。信じやすく裏切られやすい可愛い女、阿佐緒は、やさしく素直な一人の母親でもあったわけである」（『女人歌抄』昭和58年1月、中央公論社）と、真率な理解を示しているのも興味深い。

口よせて安くならせやと一言をわがこゑにして云ひたかりしを

第四歌集『うす雲』（昭和3年10月、不二書房）所収、「吾が友三ヶ島葭子逝く」十一首のうち。

阿佐緒がはじめて三ヶ島葭子の面貌に接しえたのは大正三年十月五日のことである。「女子文壇」「スバル」「青鞜」「アララギ」「日光」と、ほとんどおなじ歌歴をもつとはいえ、これほど深いきずなで結ばれた女性歌人もめずらしい。阿佐緒が「私の命に深い愛を知らしめたひとりの人」石原純との恋愛問題によって、世人の罵詈雑言を浴び、さらには「アララギ」から追放されるという苦境に立たされたとき、病身のわが身を犠牲のうえではかりしれぬ同情を寄せたのは葭子をおいてほかにはいなかった。

ところで、この二人の破門に関して、「アララギ」の領袖である赤彦の〈ある種の意図〉がはたらいていた、と小野勝美は推測している。小野のいう、〈ある種の意図〉とは、「赤彦には阿佐緒への愛憎があったのではなかったろうか」ということである。かかる赤彦のいわゆる私情を重くみる小野の推断もあながち不当だとはいえない。しかし、美貌の女性歌人阿佐緒にたいする私情にこだわるあまり、赤彦その人の実像をゆがめることにならぬかと危惧される。赤彦の歌風形成のうえで中原静子体験が一つのファクターとなっていることは、神戸利郎の『評伝島木赤彦』（昭和58年10月）や川井奎吾編の『赤彦への相聞歌集・去りがてし森・川井静子遺歌』（昭和58年11月）によって現在ではあまねく知られている。

赤彦が『太虚集』（大正13年11月）で結実させた〈鍛錬道〉をきわめつつあったこのころ、〈丹色の相聞歌〉として中原閑古はつぎのような歌をのこしている。

今更に迷ふ心にあらねども寂し心に定めかねつも
こと更にみ便りなけれど今宵しも寂しさせまり文かきにけり
たへたへて三年経にけり思はずも夢に再び先生に逢へたる
行く末を惑ふ心はのたまひしみ心にそひ運命《いのち》定めむ
（以上大正9年作「三年」より）

おそらく赤彦の胸中には、わが〈のたまひしみ心〉をたよりとして三十歳にしてなお孤愁をかこつ女弟子閑古の存在が重く険しくよこたわっていたにちがいない。もし、あえて赤彦の私情にこだわるならば、それは阿佐緒への愛憎というよりも、むしろ忘れがたき女人中原静子への自責の念というべきものをくみとらねばならぬであろう。ともかく、阿佐緒、葭子の破門には、中原静子体験による女性歌人たちにたいする赤彦の複雑な心理がはたらいていたことだけはたしかである。

少し赤彦の私情に深入りしすぎたようだが、いずれにしても、折口信夫が「女流の歌を閉塞したもの」（「短歌研究」昭和26年1月）で言明したように、「アララギの第一のしくじりは女の歌を殺して了った」という根本的な問題がそこにかかわっているという点も忘れてはならない。別言すると、女流特有の情念をきびしく封印してゆくところに、赤彦＝「アララギ」歌壇の不幸があった。阿佐緒、葭子の破門事件は、「アララギ」の大きなしくじりとして、女人歌の軌跡に一つの空白をもたらすことになった。

心友葭子のあわれな末期をみとることのできなかった阿佐緒の「安くならせや」という一言には、かかる近代女人歌の不幸と空白への、いわば鎮魂の思いがこめられていたのではなかろうか。

すでに、このとき、恋多き黒髪の歌人も四十路に入らんとしていた。もはや、歌はぬ人生が歌友葭子を亡くした阿佐緒を待ちうけるほかなかった。

3　三ヶ島葭子——すさまじき望をかけてわれ待てり

わが家とさだめられたる家ありて起き臥しするはたのしかりけり

『三ヶ島葭子歌集』（昭和23年7月刊の創元選書版が遺児倉片みなみの校訂によって平成2年2月に短歌新聞社から再刊された）の大正十五年「うす氷」十四首のうち。

この歌集におさめられた倉片みなみ編の詳細な年譜によれば、「わが家とさだめられたる家」とは、大正八年五月に引越すことになった麻布区谷町五十番地の二軒長屋の二階家をいう。関東大震災の折も類焼をまぬがれたこの二階のある「わが家」は、葭子にとって文字通り終生の家となった。

　二階ある家にうつりて久しぶり夕べの雲の動くを見たり
　二階をばよろこびにつつ薄暗き下の座敷におほかたはをり
　うす日さす二階の窓にもの縫へり声いそがしく百舌鳥の鳴きをり

　大正七年作の「日のあたる家はなきかと街なかの空家を探し今日も疲れぬ」「雨降ればものも縫ひえず天窓《ひきまど》にがらすの板を欲しと思ひぬ」などの歌にみるように、いつもじめじめした陰気くさい路地裏の間口二間七畳一間の借家とはくらべようのない明るさが、表通りに面した「二階ある家」にはあった。たしかに、血痰をみて「一日の朝から私は突然病みついた」大正五年四月いらい、薬餌の絶えない病臥生活がつづくことになる葭子にとって、この「うす日さす二階」は安らぎの場であり、「わが家」と呼ぶべきかけがえのない生活空間でもあった。しかし、実際には、引越してまもなく「からだの工合が悪く悲観厭世のとりこになつて一日床にゐた」（五月二十日）という状態のなかで、つぎのように日記に書きとめておかねばならぬ暗澹たる心境にあった。

　私はこの日記帳をひろげるまでにどんなに自分のからだの疲れや衰へを気にするのだかわからない。私ほど自分のからだのことを気にするものがあるだらうか。ほんに私はもう幾年ともなく自分のからだはもう何もなしえないほどのものだと思つてきた。こんなに衰へてゐてはこんなに寂しくつてはこんなに疲れてゐてはとても何も出来ないと思つて来た。ところがそう思つてゐた時のことを思ふと今よりもずつと元気があつたのである。それを思ふと私はもうどうすることも出来ない。じつと死を待つよりほかはない。（五月二十三日）

相思の人倉片寛一との夫婦関係は、いまや「私はほんとうに地獄のやうだ」と呪わずにはいられない窮境にあった。女人としての「からだの疲れや衰へ」は、夫たる男性《おとこ》の肉体《からだ》はもとより精神《こころ》さえも「伝染病のコレラの様に恐れ」、拒みつづけることになる。

つつしみを知らぬやからと怒りつつおのが妬をひそかにおそるる
障子しめてわがひとりなり厨には二階の妻の夕餉炊きつつ

「つつしみを知らぬやから」とは、大阪に転勤し、二年ぶりに帰京した夫と、その夫が連れ帰った若い愛人とをさす。いわば妻妾同居というただならぬ「起き臥し」がおよそ二年ちかくもつづいたはての、独居する病者の感慨が掲出作の「わが家」にはきわめて聡明なまなざしでうたわれている。

ところで、葭子のいわゆる病床詠には、〈障子〉を詠みこんだものが目立つ。

病みこやり灯《あかり》もつけず一人あればよその灯の障子にさすも
正午《ひる》近く障子の隅《すみ》にあたる日のこの明るさやすでに春なり

やや大き障子の破れ目ゆふる雪の見えつつたのしたびたび見るも
病床のかたへにすわり夏の日を障子張るなりひとりたのしく
しみじみと障子うす暗き窓の外音立てて雨の降りいでにけり
ともしびのひかり明るき夜の室鼠顔出しぬ障子の間ゆ
紙に吐きし痰赤からずわが窓にあたる障子の日かげのしづけさ

いずれも実に素直で平明な歌である。それでいて季節のうつろいや自然の息遣いを〈障子〉を通して吸収しようとする心の豊かさがひしひしと感じさせられる。葭子の人と歌にとって、よき理解者のひとりであった橋本徳寿はつぎのようにいう。「感情だけで歌ひあげてゐるやうに見えながら、見る眼は現実の奥の相にふかく徹つてゐる。だから作品に浮いた所が少しもない。この写生の勉強を葭子はアララギの諸先輩から学び、それを葭子独特ののびやかな声調のなかによく融かしこんだのだ」。

死期を迎えた折の「しみじみと障子のうす暗き」は、「さだめられたる家」での「起き臥し」のありようをじっと見据えた境涯詠のきわまりを示している。

張物をみななしをへて心すがし吾子のをりなば遊びやらんを

『三ヶ島葭子歌集』所収、大正九年「起居」九首のうち。

何よりもわが子のむつき乾けるがうれしき身なり春の日あたり
爪立てて我をつかめる手の力ゆるぶが如し子の眠りつく
答ふべきわれかと思ひ片言をふといひそめし子にをののきぬ
らんぷの灯届かぬ部屋に寝たる子の柔き髪寄りて撫でつも
咳をするこの子すべなし痰《たん》もちのわれの子なるに思ひいたりつ

入籍も認められぬままに長女みなみを出産した葭子にとって、「爪立てて我をつかめる手」「片言をふといひそめし子」「寝たる子の柔き髪」は、何ものにもかえがたい心の支えであった。それだけに、大正五年春、結核の再発をおそれて生後一年三か月になったばかりの赤ん坊を所沢の舅姑のもとに手ばなさねばならなかった葭子の悲痛にははかりしれぬものがある。昭和二年、多量の喀血につづく脳出血のために数え四十二歳で急逝するまで、母娘ともに住むという生活はついにありえなかったが、だからこそたまさかに許された吾が子との語らいの時間はおろそかにできるものではなかった。「張物をみななしをへて心すがし」という母葭子の胸中には、成長いちじるしい五歳の愛娘がいる。「一日にて別るる吾子のほころびを着たるままにてつくろひやれり」もおなじころの歌である。脳出血のため右半身不随となった大正十三年以降にはつぎのような作品もある。

この露路にさきまで遊びゐたる子のこゑなくただに風吹きわたる
わが家の窓の前なる日だまりに石蹴り遊ぶ幼子の声

子供らの夕かたまけてさわぐこゑ春のさむさもゆるびたるかな
綱引のかけごゑすれど子供どちまことは誰も綱は引かぬらし
夕ぐれとなりて毬投はじめけりあそぶ子どもの心のどけし

「久久に来たりし吾子よ日に焼けて色黒黒とかたく肥れり」と娘のおとずれをひたすらに待ち、あるいは「さかりゐる一人の吾子を思ひつつ眼つぶりて飯かきこみぬ」と離れた「一人の吾子」をいとおしむ葭子にとって、「わが家の窓の前」で「遊ぶ幼子」たちもまた愛すべき「吾子」の仲間であった。かれらと遊びたわむれるようにうたう葭子の歌には、

おもてにて遊ぶ子供の声きけば夕かたまけてすずしかるらし　（『川のほとり』）

「アララギ」を退会させられてから師事することになる古泉千樫の病者としての穏やかな抒情と通い合うものがある。葭子はその生涯におよそ二百首のわが子の歌をうたったといわれている。さながらそれは「一篇の涙ぐましいほほゑましい愛育史」（橋本徳寿）であった。と同時に、そこから忍苦にみちた境遇にめげぬ母性の力強さを読みとることも可能であろう。

生ひたちの異る思へばこの友にわがさびしさは告げがてにけり

この歌も『三ヶ島葭子歌集』所収、大正九年「みちのくの友」十七首のうち。葭子は友として原阿佐緒と最も親しかった。明治十九年生まれの葭子と二十一年生まれの阿佐緒とは、実の姉妹よりも親密な間柄でもあった。大正三年十月に二人ははじめて顔を合わせることになるが、「格好のいい廂髪や高くしよいあげた帯の上から着流されたちりめんのお被布がほんとうによかった」（大正3年10月3日）という阿佐緒の訪問は、結婚早々から別れることや死ぬことばかりを考えている葭子にとって、一筋の光明を投げかけるに余りあった。

遠くきて友のかたへに寝ねてありあかつきがたのかなかなの声
洗濯のなかばに友の文つけば急ぎ拭く手のなほ濡れをるも

阿佐緒に誘われるままに「アララギ」に入会した大正五年以降、女性歌人としてたがいに研鑽をかさねてゆくことになるが、石原純と阿佐緒との恋愛問題の相談をうけた葭子が宮城県宮床村を訪れた折の一首が掲出作の「生ひたちの」である。

二人のみこもれる二階こやりゐる友の素顔にしたしみ語る

ひたすらに友の語ればわが心いまはやうやくまじめになりぬ
この病める友よりも痩せしわがからだともに湯に入りかたりつつをり

掲出作の前後に詠みこまれたこれらの歌をあわせよめば、石原純からの求愛に懊悩する親友に「生ひたちの異る」ゆえに「わがさびしさ」を告白しかねる葭子自身の悲嘆の深さが伝わってくるようである。それは愛される悩みとはうらはらな愛されることのない嘆き苦しみとでもいうべきものであったろう。

ともあれ、周知のように純と阿佐緒との恋愛問題は、葭子をふくめて多くの人たちを泥沼へひきよせるスキャンダルとなった。愛されすぎる女人の立場にたってその苦悶のありようを明白にすべく、葭子としてはきわめて献身的な努力をしたが、結果としては、当の阿佐緒がいうように、「私の唯一の友としての葭子さんには、償ひ切れないめいわくを超えた、大きな悲しみを負はせることになつた」（「回想の三ヶ島葭子」「短歌研究」昭和29年8月号）。

すさまじき望をかけてわれ待てり待つ身といへばはかなきものを

歌集『吾木香』（大正10年2月、東雲堂書店）所収、大正二年の作品である。

年譜によると、明治四十五年（大正1）の項に、「倉片寛一と文通始まる」「倉片寛一小宮村訪問」とある。さらに大正二年十月には「倉片寛一御嶽山遊行の途次小宮村に立寄る」とある。西多摩郡の奥深い山村の小学校で教鞭をとる一方で、「スバル」「青鞜」に夢見るような恋歌を投稿していた若い女教師にとって、ひとりの文学青年との出会いは、いわば待つ心の切なさや悩ましさを現実の情愛としてたしかなものに彩色してゆくものであった。「いつまで続くか知れないが思ふ人をえた私の心は今焼えないではしかたがないぞと思つた」（大正2年10月31日）。かかる倉片への恋慕をうたった作には、さらにつぎのようなものがある。

この日まで待つといふにもあらざりし身のえ逢はずばいかに恨《うら》みん
このあした思ふことなきさびしさに我を人待つ身かと思ひぬ
はかられし身とは思はじ君は今火をもて我を囲《かこ》みたまへど
いま誰か山に火を焚《た》くああこの身煙となりて君に往《ゆ》かまし

ところが、みずからを「あさましい廃人の身」と思いつめる葭子に生きる歓びを与えた倉片の存在は、大正三年春の結婚直後の日記帳では、倉片さんからKへと呼びかえられることになる。「主観一点張りよりほかにものいふことの出来ない私は大道を歩く盲人のやうな寂しさを感ずる。私の一生は時間といふ色もつやもない一本の針金を引張つて行くやうに思はれる」。のみならず、「もう何もかも男の毒素に溶解されてしまつて形もなければ気分もない」、という悲嘆に明け暮れる葭子であった。

言葉早くあやまりがたしこの夫《つま》の怒りやすきを知りつつわれは
うらさびしき世に生きながらあやまちを繰りかへすわれとそを怒る夫《つま》と

夫《つま》の帰る報《しら》せ来りぬにはかなる暑さにわれのからだ弱れり
はるばると夫の仮住おとづれて小さきばけつにしやつを洗へり
断ちがたき思ひなりけりこの心いまはみづから苦しむにまかす
必ずいつか我の心にかへりこん君と思ひつつ涙とどまらず
この夫の心つなぐに足らはざる我とも知らでひたに待ちゐし

あまりに健康的で精力的な夫との夫婦生活を「残酷な猛獣のやうな恐ろしい」ものと思う葭子にとって、夫の大阪への単身赴任はしばしの平穏をうけあうものであったにちがいない。しかし二年ぶりの夫の帰京は、葭子にあたに「断ちがたき思ひ」をもたらす。「必ずいつか我の心にかへりこん君と思ひつつ」、「この夫の心つなぐに足らはざる我」であることをわきまえねばならぬ。妻の内憂をはかりかねてためいきをもらし、「よそにおきふしするという夫」との別離はもはや時間の問題であった。

待つものもいまは無ければ臥《こや》りゐてむなしおもひにひとり眈るも

大正十三年三月、夫は愛人冨野とともに転居し、昭和二年三月に病没するまでの独居生活が病身の葭子をまちうけていた。

ひとりゐの何か待ちがてに置時計けさも巻きたり朝餉の前に

待ちわびしたよりのやうやく今日はきて雨さへ久に降りいでにけり

今にして人に甘ゆる心あり永久に救はれがたきわれかも

いずれも昭和二年「病床雑詠」の作である。独詠的なうたいかたのなかにも、死期を迎えた女人の切迫した生命の哀傷を感じさせるものがある。小宮小学校退職記念に貰った「置時計」は、葭子の一生を通じて最も幸福な小宮村教員時代のメモリーでもあった。それは、「ひとりゐの何か待ちがてに」病床に臥せる葭子に、「待つ身といへばはかなきもの」と知りつつ、「すさまじき望をかけて」待ちつづけた青春のときめきをふたたび思いおこさせることになった。

われながらあきれかえるほどのあさましいものであったかもしれない。たとえ「永久に救はれがたき」ものであったにせよ、否だからこそ、「人に甘ゆる心」を「今にして」抑制することはできなかった。おそらく、「わが家とさだめられたる家」の玄関二畳と六畳にまたがるように昏倒したとき、葭子はそのまなかひに「すさまじき望をかけて」待ちつづけていたものの正体をはっきりと見据えることができたにちがいなかろう。

［補記］　本稿は、伏流の会の同人誌「伏流」の第一、二、三号（昭和61年12月、63年4月、平成3年9月）に発表した同題の論考を若干修正したものである。昭和六十年代、天理大学の演習で「近代女人歌の研究」をテーマとして学生たちとともに学んだ成果のひとつである。しかし、この当時は〈女流歌人〉という意識の枠内でしか「女歌」の意味を考えていなかった。

第三章　昭和短歌史の展望

一　前川佐美雄『植物祭』の短歌史的意味

*

昭和五年七月刊行の前川佐美雄の第一歌集『植物祭』は、窪田空穂、土岐善麿、土屋文明編『近代短歌史』全三巻の『昭和短歌史』（昭和33年7月、春秋社）では、渡辺順三執筆の第一章「昭和初期から太平洋戦争開始までの歌壇の動向」に、「前川の歌は、彼のその後の傾向をすでにあらわしているが、しかしとにかく時代の激動にゆすぶられて、大きく動揺していることを示している」とあり、渡辺順三『定本近代短歌史』上・下（昭和38年6月・39年6月、春秋社）でも、『植物祭』じたいへの言及はなく、佐美雄短歌が現実離れした幻想的なものであると指摘するにとどまり、黙殺にちかい扱いをされている。当時のいわゆる新芸術派短歌運動の同志であった木俣修『昭和短歌史』（昭和39年10月、明治書院）でさえ、「前川は新興歌人聯盟を経て昭和四年、プロレタリア歌人同盟が結成された時に、そのメンバーに加わり、機関誌『短歌前衛』に作品を発表していたが、間もなく脱退して芸術派を称するに至ったものである。プロレタリア歌人としての生活基盤を持たなかった彼としては早晩その派から逸脱せざるを得なかったと思われるが、敏捷に機を見て芸術派に転じたのである」というきわめて図式的な見方であった。

岡井隆や塚本邦雄らの前衛短歌をめぐる論議が再燃した昭和四十年代以後にようやく菱川善夫『現代短歌　美と思想』（昭和47年9月、桜楓社）が昭和十五年七月刊行の合同歌集『新風十人』を〈現代短歌〉の起点とすると提起したことによって、前川再評価の機運が到来するようになった。しかし久保田正文『近代短歌の構造』（昭和45年2月、永田書房）の「間もなく第一歌集『植物祭』刊行のころには、徹底した反写実主義・超現実主義的な立場に移行する。『植物祭』後記で、〈あられもない姿〉と〈わがまま〉が求めるポエジイであると主張している。作風は幻想的・空想的にロマンティックであり、青春期に特有な懐疑や不安、絶望や自虐などが、人工的ないろどりをもって妖しくただよっている」というような評価が最大公約数的なものであったといえよう。

ともかく前川佐美雄という歌人および『植物祭』という歌集は、近代短歌史（あるいは現代短歌史）のうえでながらく正当に位置づけされることがなかった。いいかえれば前川佐美雄という歌人および『植物祭』という歌集の存在は、簡潔に論断することを許さないきわめて多層的な問題を短歌史のうえに投げかけているともいえよう。

＊＊

そうしたなかで、三枝昂之が『前川佐美雄』（平成5年11月、五柳書院）ではじめて前川佐美雄という歌人の存在を総体としてとらえ、短歌史に位置づけしなおした。もとより『植物祭』という歌集の短歌史的意義についても綿密な考察をくわえている。そのすぐれた論考において、何よりも卓見というべきは、佐美雄じしんが「植物祭後記」で、「本歌集には大正十五年九月以前の作品は、全部これを割愛した」とのべた言説にこそ、「再上京した佐美雄の歌人としての強い決意の象徴といった意味合い」と、「昭和初期の新興短歌運動の、その運動の実践者としての佐美雄が生まれる日付、そんな意味合い」が表明されているということを論証したところにある。

それは同時に木俣修に代表されるプロレタリア歌人から芸術派歌人への転向という短歌史的位置づけへの異議申し立てであった。つまり『植物祭』が刊行された昭和五年をもっていわゆる芸術派への転身がなされたのではなく、芸術派への志向はすでに大正十五年九月に再上京する佐美雄じしんの自覚するところであった、というのが三枝の論点である。より厳密にいえば、三枝が小高根二郎編の佐美雄年譜をふまえて検証したように、大正十一年二科展の受賞作「埋葬」、十二年の入選作「涅槃」の古賀春江の作品に感銘した佐美雄は、そこからキュービズム、シュールレアリスムという新しい表現方法を発見していたといえる。

佐美雄の作品史からいえば、大正十一年十一月号「心の花」に掲載の「向日葵」十二首、あるいは歌集『春の日』（昭和18年1月、臼井書房）におさめられた大正十一年九月から十五年九月までの作風にモダニズムへの志向のきざしを読みとることは可能である。さらに昭和初期のモダニズム詩の開花に貢献した春山行夫の『植物の断面』（昭和4年7月、厚生閣書店）との関連はいうまでもなく、大正十三年七月に刊行されたかれの第一詩集『月の出る町』（地上社出版部）との同時代的接点も、『植物祭』以前の佐美雄におけるモダニズム的言語空間の内実を検討するうえで視野に入れておくべき必要があろう。

いずれにしても大正十一年の最初の上京以後の東京生活、そして十五年九月の再上京によって、佐美雄におけるモダニズム的言語空間は、小説、詩、俳句などの文学は当然ながら美術、音楽、映画、写真、建築などにも多彩な表現方法をもたらしたシュールレアリスムの手法を貪欲なまでに摂取し、三枝のいう「古典派から現代派への転換」をゆるぎのないものにしていた。私見によれば、プロレタリア短歌への積極的な関心も「現代派への転換」をめざす佐美雄にとっては、「古典派の悪趣味」からの脱皮という方向において同一のものであったといえる。

したがって、「真の芸術的短歌は何か㈠」（「心の花」昭和5年6月）において、「短歌の革命」と「革命の短歌」を混同し、「革命の短歌」に専心していた方向から、いまは「短歌の革命」を意図していた四、五年前の自己に立ち還り、再出発したいと明言するように、『植物祭』という歌集は、プロレタリア歌人から芸術派歌人への転身を記念するものではなく、四、五年前の大正十五年いらいのモダニズム志向による新しい表現方法が開花したものであった、と考えるべきであろう。それは、谷沢永一が「文学史の修正」（「いずみ通信」第29号、平成14年7月）で、大正十二年の関東大震災以前にプロレタリア文学が隆盛していたという事実を無視した既成の文学史にたいして、修正を提起したように、モダニズム短歌の発生をプロレタリア短歌と拮抗する昭和初期とみなす短歌史的通説をも再検討しなければならないことを意味している。

＊＊＊

『植物祭』が刊行された昭和五年の一月には、プロレタリア歌人同盟による『プロレタリア歌論集』が出版され、その巻末に渡辺順三が「土田秀雄、前川佐美雄両氏のものも同氏等の御都合のために採録出来なかつたことを、編者として遺憾に思ふ次第である」と書き添えている。すくなくとも佐美雄が『プロレタリア歌論集』にあえて「一時はプロ派の最尖端に立つて、指導的その驍将を自他共に許した時があつた」というみずからの足跡を留めなかったという事実は重い。つまり「古典派の悪趣味」から脱皮するために、本来のモダニズム志向に立ち還るという決意のあらわれをそこから読みとることができるからである。

あらためて『植物祭』の短歌史的意味を問うならば、三枝の指摘するように佐美雄という歌人にとってプロレタリア歌人から芸術派歌人への転身ではなく、「古典派から現代派への転換」を明確にする歌集であったといえよう。

のみならず、短歌史における位置づけからいえば、すでに島津忠夫が『和歌文学史の研究短歌編』（平成9年9月、角川書店）所収の「前川佐美雄論」で明断するように、「まさしく近代短歌が現代短歌に生まれ変わろうとする息吹を感じさせてくれる」という意味において、『植物祭』という歌集を「現代短歌の始発」として位置づけることができよう。

［補記］　本稿は、『植物祭』の短歌史的意味をあきらかにするために、覚え書きとして書きおろしたものである。

二　一九三〇年の短歌史的意味

――啄木の『一握の砂』から佐美雄『植物祭』へ――

二〇〇〇年十一月に開催された国際啄木学会のシンポジウム「「明星」創刊一〇〇年と石川啄木」で、「短歌における生活派の出発は石川啄木の出発と同時に考えるべきである」（『近代短歌辞典』昭和25年8月、新興出版社）、「啄木、哀果の提出したいろいろな問題、それが大正、昭和を通じてやがてプロレタリア短歌というものに展開してゆく」（『現代短歌の源流―座談会形式による近代短歌史―』昭和38年6月、短歌研究社）、「啄木以後の生活派の運動の源泉ともなって今日に続いている」（「短歌」昭和53年9月臨時増刊号《現代短歌辞典》）というような従来の短歌史的位置づけにたいして、啄木の現代短歌への継承については、むしろモダニズム短歌とのかかわりを重視すべきである、と問題提起した。さらに平成十三年三月号の「国文学解釈と鑑賞」にシンポジウムの内容が掲載された折りにも、篠弘や三枝昻之らのすぐれた先見をふまえて、「モダニズム短歌の中にこそ啄木短歌の発想はつながって行くということを短歌史は書き換えないといけない」とし、昭和五年七月に刊行された前川佐美雄の第一歌集『植物祭』への継承性を提言しておいた。本稿では、啄木の『一握の砂』と佐美雄の『植物祭』との類縁性を表現論的な視点からあきらかにし、一九三〇年における短歌史的意味を考察することにしたい。

1　偶像化された啄木

「では何ゆえに啄木を選んだか。彼が我々の時代に最も近く生きたがゆえに、我々がそれについて考えずにはいられない人生ないしは社会組織に関して積極的の見解を残したがゆえに、そして彼が多くの追随者を有し、それら追随者間に社会思想家としての彼の属する種類に関して見解の相違があり、ために彼の真の姿が見失われたかに思われるがゆえに。かくて私の目論むところは、彼の真の姿を見直すことによって、この革命的詩人をその誤れる追随者どもから正当に取り戻すことにある」――これは明治四十五年に死んだ啄木の全体像をとらえるうえで後続の啄木研究に大きな影響をあたえた中野重治「啄木に関する断片」（「驢馬」大正15年11月）の冒頭の一節である。

この中野が「彼が多くの追随者を有し」というように、感傷的浪漫詩人であるにせよ革命的思想家であるにせよ、没後十五年にして啄木はいわば大衆化、偶像化、伝説化されながら国民的詩人としての栄誉を勝ちえていた。実際、それを裏付けるように、西村陽吉『歌と人　石川啄木』（昭和4年10月、紅玉堂書店）が、「啄木はいま、すこし過大に評価されてゐるやうな傾向がある。そして啄木の声価をも少し割引してやらうと企てるのがこの文の主意ではない。ただ啄木は偶像化されてゐる、そして偶像となるには彼はあまりに未完成の青年であり過ぎたといふことを云つて見たのである」とのべざるをえない啄木ブームが勃興した。

啄木の受容史を実証的にまとめた上田哲『啄木文学・編年資料受容と継承の軌跡』（平成11年8月、岩手出版）によれば、昭和三年七月に改造社版日本文学全集の第四十五編として刊行された『石川啄木集』および同年十一月から第一回配本がはじまった改造社版『石川啄木全集』全五巻によって、啄木ブームの口火が切られた。そして昭和四年四月に盛岡啄木会を基盤とした全国啄木会聯盟結成の機運がおこり、昭和五年すなわち一九三〇年八月には、啄木遺族の石川正雄、京子夫妻によって、「啄木没後十八年。決して短しとしない。その十八年の間我々は如何なる世相に直面して来たか。十八年前我々に呼びかけた啄木の言葉の数々は我等のゼネレーションに対する正しき指針でなかつたか。（略）啄木によつて啄木を乗り越へる事こそ彼が我々に指し示した道ではあるまいか」という使命のもとに、「呼子と口笛」が創刊された。ここに上田のいう「全国的には啄木ブームの最盛期」を迎えることになった。

その「呼子と口笛」の第四号（昭和5年11月）に、渡辺順三の「新興短歌運動の概観—口語歌運動からプロレタリア短歌運動への発展—」の連載がはじまり、啄木短歌の正当な継承がプロレタリア短歌にこそあるという路線が表明された。それは終刊号（昭和6年9月）の、「階級闘争に於ける、我々の陣営は、自づと決定する。プロレタリアートの陣営へ、そして階級闘争へ、——これが、真の啄木愛好者の登場舞台だ」というきわめて政治的な色彩の強い「終刊の言葉」とみごとに呼応し、たとえば、窪田空穂、土岐善麿、土屋文明編『近代短歌史』の第三巻『昭和短歌史』（昭和33年7月、春秋社）に所収の一條徹「プロレタリア短歌運動」が、

啄木・哀果を源流とする生活派は、大正九年頃から口語歌運動に合流し、既成歌壇との断絶のなかで発展し、大正一四年（一九二五）西村陽吉を中心に『芸術と自由』を創刊、翌一五年全国の口語歌人が大同団結して新短歌協会を組織した。その内部では定型律と自由律との対立・抗争がはげしかったが、この運動のなかで渡辺順三の『貧乏の歌』や中村孝助の『土の歌』などの記念碑的な歌集が出版された。こうして、口語歌運動の内

部から、プロレタリア短歌は徐々に醗酵しつつあった。

とのべ、さらに『日本プロレタリア文学集40　プロレタリア短歌・俳句・川柳集』（昭和63年11月、新日本出版社）で碓田のぼるが、

啄木は、自らの思想と文学を、時代の進歩と発展の方向に重ね合わせることをめざしつつ、時代に先駆していったのである。それゆえに啄木は、プロレタリア短歌運動の輝ける源流となったのであった。

と解説するように、啄木短歌からプロレタリア短歌への路線継承は近代短歌史では疑う余地のない通説となった。もっとも渡辺順三をわが師と敬慕する田島静香の遺稿集『短歌運動史考』（平成2年7月）でさえ、「啄木・生活派・プロレタリア短歌の系統説が定まっていく。そこに問題はないかという私などの問いがたつ」とし、「啄木・哀果以来プロレタリア短歌の系統のなかで、〈生活派〉と自他ともに認められる流派があったのは、一九三八年五月（昭13）から四〇年三月（昭15）にかけて登場するこの雑誌『短歌時代』派においてだけであった」という見方によって、「プロレタリア短歌運動史の政治的・便宜主義」をきびしく分析しているように、啄木を生活派およびプロレタリア短歌の源泉として位置づける短歌史そのものがいわゆるプロレタリア文学運動の基底にある政治的側面に左右されていることは否定できない。

そうした傾向は戦後の短歌運動にあっても同然であった。渡辺順三が代表幹事をつとめる新日本歌人協会の機関

誌「新日本歌人」の昭和三十二年四月号は啄木特集であるが、その巻頭論文の速水惣一郎「啄木と現代短歌」にあきらかなように、戦前のプロレタリア短歌を継承するいわゆる民衆短歌の源流は啄木にほかならない。昭和三十一年六月号の「短歌研究」が当時の歌壇状況を反映した特集「民衆詩としての短歌」を組んで、小田切秀雄、丸山静、岩城之徳による「民衆歌人・啄木を繞る異見」を掲載しているのもそのたしかな例証となろう。

しかしこの「短歌研究」の特集のなかでひとり異彩を放つのが菱川善夫の「人間疎外と現代短歌」であった。菱川が民衆詩としての短歌の可能性を問いながらモダニズム短歌の創造性のなかから現代短歌の可能性を見いだそうとしていることは明白であるが、一九五六年＝昭和三十一年は民衆短歌運動と前衛短歌運動とが拮抗するように隆盛をきわめていた。ここにいたってようやくプロレタリア短歌運動から民衆短歌運動へと継承された啄木短歌とは異なるあらたな一面を摸索することができたといえよう。いわば偶像化された一九三〇年における啄木短歌をモダニズム短歌との接点においてとらえなおす方向が見えてきたともいえよう。

2　『一握の砂』と『植物祭』との類縁性

このようなプロレタリア短歌とモダニズム短歌の二項対立は、昭和四年の「改造」創刊十周年記念の懸賞文芸評論が一等に宮本顕治「敗北の文学」、二等に小林秀雄「様々なる意匠」であったという昭和初頭の象徴的な文学事象と緊密に連動しているが、昭和文学史の展開をいわゆる三派鼎立という公式によって解明した平野謙のひそみにならえば、昭和短歌史もまた島木赤彦主導によって大正歌壇に君臨したアララギ派を加味した三派の動向を無視することはできない。

島木赤彦没後の「アララギ」の実質的な指導者であった斎藤茂吉が写生理論を集大成した『短歌写生の説』を刊行したのは、昭和四年四月のことであった。その翌五年に「アララギ」の編集責任者となったのが土屋文明であった。赤彦没後の大正末年から昭和初年にかけて茂吉と文明はともに「アララギ」内部の主導権をめぐって赤彦系の門人と激しい抗争をくりかえしただけでなく、外部の敵ともいうべき反「アララギ」陣営とも徹底的に闘争しなければならなかった。その意味で昭和二年に文明と佐美雄とのあいだにくりひろげられた〈模倣〉論争は、短歌表現の新しさとは何か、とりわけ『植物祭』という作品世界のめざす新しさとは何かということを考えるうえできわめて重要な論争であった。

この論争の発端は、新しい都市感覚にもとづくリアリズム短歌によって「アララギ」内部の地固めをはかろうとしていた文明が、歌壇最古の「心の花」の作品を痛烈に批評したことによる。その標的は「心の花」の代表的新人と目された佐美雄であった。「感覚から奔る新しさ」を認めつつも、「まだ稚気や衒気が先に立つてほんとの所には遠いやうに思ふ」という文明の批判にたいして、「土屋氏の歌ぐらゐは僕らの目から見れば路傍の雑草程にも考へてゐない」とし、文明を「詩の足りぬ側の人である」と佐美雄は反論した。「アララギ」「心の花」の威信をかけてたがいに激しい応酬をくりかえしたが、論争の争点は〈模倣〉ということにあった。佐美雄の近作に赤彦や茂吉の作品からの〈模倣〉が多いことを実例をあげて指摘し、「『心の花』に於ける前途ある新しさのある作者」である佐美雄短歌の盲点をきびしく指弾するところに文明のねらいがあった。

しかしすでに三枝昂之『前川佐美雄』（平成5年11月、五柳書院）が、「心の花」誌上における内部批評を丹念に調査し、「文明による模範歌という批判は、実は佐美雄に関して、『心の花』内部で繰り返し論議されてきた問題だった」と指摘するように、『春の日』から『植物祭』にいたる佐美雄短歌には文明に批判されるまでもなくつねに模倣問題が絡んでいた。事実、のちに『短歌随感』（昭和21年11月、臼井書房）で、『春の日』を短歌的出発としたうえで、「先輩の影響が極めて顕著なことである」と認め、模倣歌人であるという批判にたいし、

勿論進んで模倣をしようとしたのではない、つい不知不識のうちに影響を受けるわけだが、これを或る人は感受性が鋭敏だからとも言ひ、また自主的な考へが不足してゐるせゐだとも言つた。そのやうな批評に拘はらず僕は愈々熱心に勉強した。念の為に記しておくがその頃僕に一番大きい影響を与へたのは、第一に島木赤彦、木下利玄、中村憲吉らであり、それから古泉千樫、新井洸、川田順らであつて、……

と告白する佐美雄であった。

このように「心の花」はいうまでもなく「アララギ」をもふくめた同時代歌人の作品を積極的意欲的に模倣し摂取しようとした佐美雄は、篠弘『近代短歌論争史　昭和編』（昭和56年7月、角川書店）にしたがえば、「思想表現にうちこむプロレタリア短歌と、技法上の改革を優位に置くモダニズム短歌との、未分化的混沌をはらみながら、論争によって佐美雄はいきおいよくスタートしはじめていた」。のみならず、「佐美雄はこの八方破れの模倣論争を通じて、昭和初頭におけるそれらの本格的な論争の実質的な火付け役を果たした」。

もっとも篠のいう「本格的な論争の実質的な火付け役」を演じた佐美雄の立場からすれば、この論争でたとえ「面白き新珍な歌」（茂吉）と揶揄されようとも、「僕らの短歌の圏内には過去になかつた新しいものを盛る。短歌の感

味を改造してゆくつもりだ」と言明するように、既成の短歌表現のすべてに飽きたりぬ異端者としての意識をみずから明確化することに論争じたいの意義があった。

＊

ところで、文明との〈模倣〉論争のなかで引用された佐美雄短歌の多くは、『植物祭』に収録されることになる歌であった。

押入は暗いものよと決めてゐるこころのうちをたどり見るべし
（「押入風景」十三首のうち）

押入のふすまをはづし畳敷かばかはつた恰好の室になるとおもふ
（同右）

吾を寝するこよひの夜具は押入にしまはれてありとなぐさまる
（同右）

夭く死ぬこころがいまも湧いてきぬ薔薇のにほひがどこからかする
（「薔薇類」十首のうち）

まくらべの白薔薇のはなに香水のしづく垂らしおきて昼やすみする
（同右）

天井を逆しまにあるいてゐるやうな頸のだるさを今日もおぼゆる
（「美麗なる欲望」十六首のうち）

覗いてゐると掌はだんだんに大きくなり魔もののやうに顔襲ひくる
（同右）

「押入」という日常的空間を異次元の空間からとらえなおし、「薔薇のにほひ」「香水のしづく」によって〈夭折〉〈ナルシシズム〉の気分を高揚させ、「頸」「掌」「顔」などの身体感覚から研ぎ澄まされた心象世界がうかびあがるというこれらの歌の発想は、「アララギ」的写生歌によるものでもプロレタリア短歌によるものでもないことはもとより明白である。だとすれば、いわば日常世界の自明性を発想の転換によってとらえなおすという表現方法は、すでに篠弘「近代短歌史における啄木―反骨精神の原型」(「短歌」平成2年3月)が、

その自己にたいする懐疑や不安をうたった表現、ならびにその特徴的な視覚に、すくなからぬ啄木からの暗示がうかがわれる。いかに啄木の思索を意識しながら、前川が作中の「私」を構築しようとしたか、その内的な葛藤もみることができよう。

とのべ、あるいは「佐美雄の自己客体化の目、自己批評の目も多分啄木から学んだものである」「作品上の比較からは共通性は歴然であり、二人の間に摂取関係を見ていい」と三枝昻之がのべるように、啄木短歌の摂取によるものであるといわざるをえない。

＊＊

篠弘は、「孤独」「自虐」「狂気」「不安」「幻想」「社会」などのモチーフについて、啄木短歌と佐美雄短歌との類歌十三例を具体的に検証しながら、「啄木が挑んださまざまな試行を吸収することによって、新興短歌における方法を模索したということ、そのことが十分に確認されよう」とし、さらに「啄木からの摂取関係―『植物祭』のア

イロニー」（『前川佐美雄全集』第1巻月報、平成8年6月、小澤書店）で、

もとより佐美雄の出発は、啄木のみとの抗争によるものではないが、啄木を社会主義歌人と画一的に見なす風潮に、すくなからず抵抗を感じていたにちがいない。佐美雄の「啄木の歌は夢や空想ばかりでなく、そこに一つの新しさがあつて何かを成しえてゐる」（「短歌の革新とその文学化について」、「日本歌人」昭和十五年五月）といった認識が、短歌における「私」を戯画化する契機であったにちがいない。

と明断した。まさに篠の明断は卓見というほかないが、啄木短歌に「一つの新しさがあつて何かを成しえてゐる」と看破しえた佐美雄の認識が、「過去になかつた新しいものを盛る。短歌の感味を改造してゆくつもりだ」という文明との〈模倣〉論争におけるかれじしんの決意にもとづいていることを気づかせてくれる。

そうした観点から『植物祭』五百七十四首を再読してみたとき、その素材や発想において類似的であることもさることながら、あまりにも『一握の砂』の主題や構成に近似的であることにあらためて驚かされる。

A　かなしみを締《し》めあげることに人間のちからを尽《つく》して夜《よる》もねむれず
人間のおとなしさなればふかき夜《よ》を家より出でてなげくことあり
春の夜のしづかに更けてわれのゆく道濡れてあれば虔《つつし》みぞする
人みながかなしみを泣く夜半《よは》なれば陰のやはらかに深みて行けり

人間の世にうまれたる我なればかなしみはそつとしておくものなり
かなしみはつひに遠くにひとすぢの水をながしてうすれて行けり
手の上に手をかさねてもかなしみはつひには拾ひあぐべくもなし
おもひでは白のシーツの上にある貝殻のやうには鳴り出でぬなり
晴着きて夜ふけの街に出でてをる我のさびしさは誰も知るまじ
ひとの世に深きうらみをもちをれば夜半の涙も堪へゐねばならず
床の間に祭られてあるわが首をうつつならねば泣いて見てゐし

B

砂浜にいつか捨てて来たぼろ靴をいま両眼鏡《めがね》あてて見出ださうとする
砂浜にくさつた馬尻《ばけつ》を蹴とばしたそれからの記憶は夢のやうなる
いまになり恐れてにぐるか逃げぎはのその一言《ひとこと》が何んてやさしき
はらわたをゐぐりとられて死んでをるわが体臭《たいしう》は知るものよ知れ
はらわたを握りとられて今はもう何んとでもしろと為されるがまま
君につね怖《おび》えきつてるわが影を歯がゆしとおもはば踏みにじりくれ
君のその胸まで暗くのびてをるわが影を見よ見ぬとは言はさぬ
深夜ふと目覚めてみたる鏡の底にまつさをな蛇が身をくねりをる
かまくびをぐつともたげて我をにらむ深夜の蛇よはや逃げてくれ

砂浜に目も鼻もないにんげんがいつごろからか捨てられてあり

砂浜の日ざかりをいま海虫《うみむし》がくろぐろと這ふわれはわすれる

Aの「かなしみを締めあげることに」ではじまる巻頭歌群からBの「砂浜の日ざかりを」でおわる巻末歌群にいたる歌集『植物祭』は、いわゆる制作年代順に配列したものではなく、「故園の星」「五月の断層」「過去の章」という三つの章によって構成されている。佐美雄じしんはその配列や構成について「別に大した意義があるわけでもなく、ただちよつとした僕の趣味であるにしかすぎない」（「植物祭後記」）とのべているが、実際には「その草稿を土台として、今度作品の選択をかへ面目を一新して」、「何度も歌を捨てたり拾つたり、順序をかへたり書き改めたり」というように、周到な配慮がその背後にはあった。たとえば、「故園の星」「五月の断層」「過去の章」という三つの章立てによる構成は、

何んといふこのふるい都にかへりきてながい歴史をのろふ日もあり

五月のひかりあかるい野あるきに耳のほてりを清水に濡らす

君たちの過ぎとほり行くみちは何処われはここにゐる確にゐる

というそれぞれの歌に明示されるように、東京という都市に生きる哀歓を故郷大和への望郷の思いによって際だたせつつ、草木の萌え立つ「五月」の田園に鬱屈した現代人の情動を解放し、過去から現在にいたる時間のなかでさ

まざまな「敵」と闘争し、傷ついた「私」を過去の時間へ放逐することによって、あらたに「私」を蘇生させようとする歌集の物語性とみごとに合致している。

さらにAの巻頭歌群十一首（「夜道の濡れ」十七首のうち）の発想には、三枝が提示するように「表現上の斬新さを求める姿勢」「作為的なナンセンス」「奇妙な自己客体化」という特徴がみられるが（もとよりそれらは啄木短歌の特徴でもあった）、Bの巻末歌群「忘却せよ」十一首によってその表現上の特徴がより深化するように、『植物祭』という歌集は編集、構成されていることがわかる。

歌集のAの巻頭歌群にうたう「人間」としての根源的な「かなしみ」「さびしさ」を凝視するまなざしは、第一章「故園の星」では、

死ね死ねといふ不思議なるあざけりの声が夕べはどこからかする　（「敵」十四首のうち）
不安でたまらないわれの背後《うしろ》からおもたい靴音がいつまでもする　（「国境の空」十三首のうち）

死ね死ねと己《おのれ》を怒り
もだしたる
心の底の暗きむなしさ

こつこつと空地《あきち》に石をきざむ音
　耳につき来ぬ
　　家に入るまで

「死ね死ねといふ不思議なるあざけりの声」に脅かされ、つきまとう「おもたい靴音」のためにいらだちを隠しきれないようになる。それは「死ね死ねと己を怒り」「こつこつと空地に石をきざむ音」のように、内面的な葛藤、不安によるいわば不定愁訴にとらわれた自己の心象を徹底的に分析しようとする『一握の砂』の基調でもあった。「鏡」をモチーフにした作品が『植物祭』に多いのは、三枝のいう「自己客体化」という表現上の特性にかかわることはいうまでもないが、第二章「五月の断層」の「鏡」十一首にうたうように、

　街をあるきふいとわびしくなりし顔そのままかへりきて鏡にうつす
　鏡のそこに罅《ひび》が入るほど鏡にむかひこのわが顔よ笑はしてみたし

「わびしくなりし顔」「わが顔」を「鏡」によって客体化し、自己の鬱屈した内面を相対化する。これも「鏡」の作用によって、

　鏡とり

能ふかぎりのさまざまの顔をしてみぬ
泣き飽きし時

鏡屋の前に来て
ふと驚きぬ
見すぼらしげに歩むものかも

自己劇化をはかる『一握の砂』の方法であった。もっとも佐美雄は第二章「五月の断層」の「明暗」十四首にも、

真夜なかにがばと起きたわれはきちがひで罅《ひび》入るほどに鏡見てゐる
こんなに世間がしづまつた真夜なかにわれひとり鏡に顔うつし見る

「真夜なか」の「鏡」という設定によって内面生活の暗部をとらえようとしているが、第三章「過去の章」の「忘却せよ」十一首のうちのつぎの歌では、

深夜ふと目覚めてみたる鏡の底にまつさをな蛇が身をくねりをる

自己の寝姿を深夜の「鏡」に映し、「蛇が身をくねりをる」という既成の短歌表現には見られない前衛的な表現技法によって、内面生活の暗部がより微細に濃密にとらえられるとともに歌集全体に一種の緊張感をもたらしている。

そうした張りつめた緊張感を解きほぐすように、

尋常のおどけならむや
ナイフ持ち死ぬまねをする
その顔その顔

自己を戯画化することで「弱者」の心象を客観的にとらえようとした『一握の砂』の「おどけ」歌と同様に、第二章「五月の断層」において、

誰も室にをらねばひよつと腹切りの真似して見しがさびしきなり
ひとり室に不動の姿勢をとりたるが少しおどけてありしが如し

ときには「腹切りの真似」「不動の姿勢」というパフォーマンスを誘導することさえある。

そして第三章「過去の章」では、『一握の砂』の最終章の第五章「手套を脱ぐ時」が都市生活者の心象風景に焦点があてられていたように、

脂肪ばかりの人間どものばちあたりたまらなくなつて我は飛び出す
見たことのない沢山のひとに見られゐるわれは頭を垂れてはならぬ
腐りはてた汝のはらわたつかみ出し汝の顔にぬたくるべきなり

「脂肪ばかりの人間ども」「見たことのない沢山のひと」たちとの現実社会における激しい闘争のなかで、欺瞞や虚偽にみちた「汝」にたいする激しい怒りを表出する。そうした人間社会、都市生活に耐えられず、「飛び出す」ようにしてBの巻末歌群である「砂浜」へと向かう。しかしその「砂浜」の風景で発見したものは、「都市」よりも無惨な光景であった。ひとりの都市生活者のまなざしは、「砂浜」にうち捨てられた「目も鼻もないにんげん」と向かいあうというきわめて虚無的なまなざしへと微妙な深まりをみせることになる。

こうした三つの章立てによる構成および巻頭歌群と巻末歌群との照応から理解できることは、Aの巻頭歌群における「人間」が、現実の桎梏に苦悩する社会的存在としての「人間」であり、日常的現実的存在であるのにたいして、Bの巻末歌群における「にんげん」は、あらゆる既成の社会的枠組みを否定した異端的存在としての「にんげん」であり、非日常的超現実的存在であり、同時にもっとも原初的な存在の象徴でもあった。つまり、日常的な人間世界の記憶を断絶させるかのように、もっとも原初的な存在としての「にんげん」という異なる視点から、「人間」の本来的な存在の意味をとらえなおすことによって、都市生活者としての多面的重層的な自己像を構築するというところに歌集の主題があったということである。

＊＊＊

かかる『植物祭』の主題と構成が、五つの章立てによって過去と現在という時間、思郷と漂泊というモチーフを生かしながら都市漂泊者としての自己像を表出するという『一握の砂』のそれときわめて近似的であるということは前述のとおりであるが、Aの巻頭歌群の二首目の

人間のおとなしさなればふかき夜を家より出でてなげくことあり

と、『一握の砂』の冒頭に位置する「砂山十首」の三首目の

大海にむかひて一人
七八日
泣きなむとすと家を出でにき

と対比し、Bの巻末歌群の一首目の

砂浜にいつか捨てて来たぼろ靴をいま両眼鏡あてて見出ださうとする

と、おなじく「砂山十首」の四首目の

いたく錆びしピストル出でぬ
砂山の
砂を指もて掘りてありしに

と対比することによって類推することもできよう。しかし何よりも明白なことは、『植物祭』の最終歌群「忘却せよ」十一首が『一握の砂』冒頭部の「砂山十首」の「砂浜」を舞台としていることである。

いのちなき砂のかなしさよ
さらさらと
握れば指のあひだより落つ

この「いのちなき砂」の一首が『一握の砂』の主題と深くかかわることは自明のことであるが、死の想念にとらわれた虚無的刹那的厭世的な心情が〈いのちなき砂〉との対話によって〈いのちの一秒〉という独自の生命観へと転換したように、『植物祭』の最終歌群「忘却せよ」十一首にもまた終末的な風景を象徴する「砂浜」を舞台に人間性の喪失から再生へと向かう物語が象徴的に仕組まれていた。一首の場面が織りなす物語性を歌ことばのイメージによって紡いでいくという表現方法は、かくのごとく『一握の砂』から『植物祭』へと確実に継承されていた。啄木短歌に「一、つ、の、新、し、さ、が、あ、つ、て、何、か、を、成、し、え、て、ゐ、る、」と佐美雄が看破しえたのも、『一握の砂』も『植物祭』もともに〈死と再生〉という内面劇であり、都市生活者としての漂泊からの帰還を主題とした象徴劇であったというゆえんによるといえよう。

3　『植物祭』の短歌史的位置

近代短歌史の展開からいえば、大正十三年四月の「日光」創刊以後の歌壇は、口語歌、新短歌、無産者短歌というように、めまぐるしい変動のなかで大正から昭和という時代を迎えた。赤彦の死を待っていたかのように、大正十五年七月の「改造」は「短歌は滅亡せざるか」という特集を組んだ。赤彦という総帥をうしなった「アララギ」にあって短歌滅亡論をもっとも危機的に受けとめたのはほかならぬ文明であった。佐美雄もまた「心の花」の新人歌人として危機意識を強めていた。前述の昭和二年の文明と佐美雄による〈模倣〉論争もこの危機的状況をいかに打破するかという共通の認識を前提としていた。

そうした危機感を背負いながら、昭和三年九月の新興歌人連盟、同年十一月の無産者歌人連盟、四年七月のプロレタリア歌人同盟などに積極的に参画した佐美雄は、たえず歌壇の最前線にかかわっていたといえよう。その意味で、昭和五年＝一九三〇年六月号、七月号の「心の花」に発表された「真の芸術的短歌は何か」は、文明との〈模倣〉論争から『植物祭』にいたる佐美雄じしんがどのように危機意識を克服し、新しい短歌表現の可能性を模索していたかをきわめて簡潔に物語っている。

「一時はプロ派の最尖端に立つて、指導的その驍将を自他共に許し」、「マルクスシズムの洗礼を受け」、「革命の短歌」に参与していたが、「四、五年前の」「短歌の革命」を漠然と意図していた地点に立ち還り、そこから再出発するという。それは同時に「心の花」をふくめた「現歌壇の古典的な風潮への精神的反逆」と無産派口語歌への批判とを意味していた。かれはいう。「古典への復帰、万葉への帰還」に伝染された今日の短歌（歌壇）はマンネリズムの時代であり、新しい短歌のエスプリに欠乏し、「新しき方法の発見」もできず、どのようにマンネリズムから脱出しようかと焦慮している。では、どうすればこのマンネリズムからぬけだせるのか。「それはたゞ方法、方法のみによつて」である。では、その方法とは。「新しい角度から見る」ということ、そしてそれは「新しい精神《エスプリ》」を必要とする。その「新しいエスプリ」「新しい角度から見る」――そのために「古典への反逆」「万葉への反逆」「現歌壇への精神的反逆」「日本的な詩的精神への反逆」を第一とし、「西洋的な詩的精神」を輸入しなければならない。

この「真の芸術的短歌は何か」における短歌観は、六月二十日および六月二十二日の日付による歌集巻末の「植物祭後記」の、「若くて年寄じみた古典派の悪趣味、さうした骨董的な作品には、おほよそ好意が持ちえられない」とし、「日本の短歌は、日本の短歌なるが故に、もつと西洋的になる必要がある。ポエジーに於いて。又方法に於いて」という提言に反映している。そのうえで注目すべきは、「大正十五年九月以前の作品は、全部これを割愛した」という「植物祭後記」の文脈と、「四、五年前」「短歌の革命」を漠然と意図していた地点から再出発するという「真の芸術的短歌は何か」の文脈との関係である。

結論的にいえば、すでに三枝昂之が前掲書『前川佐美雄』で明断するように、大正十五年九月に「再上京した佐美雄の歌人としての強い決意の象徴」と、「昭和初期の新興短歌運動の、その運動の実践者としての佐美雄が生まれる日付」とが『植物祭』の歌人前川佐美雄のなかではゆるぎなく合致していたという明証を、二つの文脈の関係性から見いだすことができよう。ただし、この関係性は後述のように短歌史のうえではかならずしも認知されているとはいいがたいが、三枝の論証に同調する立場からすれば、『植物祭』という歌集は、「四、五年前の」大正十五年九月いらいの「短歌の革命」をめざし、「日本の短歌は、日本の短歌なるが故に、もつと西洋的になる必要がある。ポエジーに於いて。又方法に於いて」というこころみの具現化にあった。

＊

では、そのポエジーや方法においてもっと西洋的になる必要があるとは――「西洋的な詩的精神」を輸入することとは、いかなる芸術表現を具体的にイメージしていたのであろうか。これもまた結論からいえば、「深夜ふと目覚めてみたる鏡の底にまつさをな蛇が身をくねりをる」という歌集巻末の一首に、「啄木の劇化からの累積のうえ、シュールレアリスムの結実」を読みとった篠の理解や、同じく歌集巻末の「砂浜に目も鼻もないにんげんがいつごろからか捨てられてあり」という特異な比喩表現に、「こと短歌に関する限り、シュールレアリズムを摂取して、それを喩表現としての歌の力に還元できたのは、それを歌の読み応えに捻じ曲げることができたのは、佐美雄一人である」ことを見ぬいた三枝の見解にあるように、リアリズムの手法ではとらえがたい無意識、あるいは深層意識の領域を重層的多元的な角度から解析しようとするシュールレアリスムすなわち「超現実主義」という新しい芸術表現にあった。

自明のことながら、『植物祭』の装幀者古賀春江は、シュールレアリスムを代表する洋画家であった。もともと幼少年期から絵筆をもち、絵画に関心の強かった佐美雄は、東洋大学に入学すべく最初に上京した大正十一年九月、第九回二科展の古賀の受賞作「埋葬」に感銘を受け、それ以後キュービズム、シュールレアリスムの影響を受けることになった。そして大正十五年九月の再上京以後の佐美雄が、シュールレアリスムを基盤としたモダニズムへの志向を強化しながら、「過去になかつた新しいもの」(短歌表現)をめざしたことは前述のとおりである。

ところで、ジョイス、ウルフ、ロレンスの作品を思想的コンテクストのなかで綿密に解読し、モダニズムの統一的特質を解明した丹治愛『モダニズムの詩学　解体と創造』(平成6年5月、みすず書房)によれば、モダニズムの文学と思想は、たえず未創造の状態(「形なきもの」)へと環帰し、そこから再創造へと向かう精神的運動であり、前衛的な芸術運動であると定義できる。いいかえれば、「形あるもの」(形式)をまったく無価値なものとして否定し、破壊するのではなく、形そのものを別の形(「形なきもの」)に変容させ、あるいは環帰させることによって、あらたな表現の可能性を創造するこころみでもあった。

その意味では、古典的日本的な詩的精神への反逆のために西洋的詩的精神を輸入しなければならないという佐美雄の短歌観もまた、西洋的詩的精神を摂取することによって、古典派の悪趣味を脱皮し、古典的詩精神としての日本短歌を再創造するという理念があった。かれのめざすモダニズムは、最終的には「正しき古典」という再創造のプログラムが予定されていたといえよう。

かかるモダニズム志向による新しい短歌表現の成果(佐美雄じしんは総決算という)として、一九三〇年の歌壇に提起した問題作『植物祭』は、どのように受けとめられたのであろうか。

その年の十月号「心の花」巻末の広告では、「この歌集がひとたび歌壇におくられると、新旧歌壇はごつたがへした。賛否交々の声は喧騒を極めてゐて、なかなか止みさうにない」と伝えられているが、同号の付録「植物祭批評集」に寄せられた諸家の批評も極端であった。たとえば児山敬一「裸すぎる真実」が、「常識や観念が見落としてしまふ真実を、選ばれた天才の神経が嗅ぎだした」作品であり、「詩人的資質をもつた、生れながらの」天才歌人であったといい、清水信「葉脈・花冠—植物祭展観—」が、現代語と古語を混在させた短歌様式には「奇怪なる新短歌の創設」であり、「歌人的良心の欠如を暴露することの他の何物でもない」といい、西村陽吉「『植物祭』雑感」が、「ダダイズム、シュル・レアリズム。何でもその似寄りの名を探しだしてきて、この作者の作品の上に冠せてもよい。だが、私はそれらのものを、変質的神経主義と呼ぶ」とし、「ルンペン的であり、小ブル的であり、神経衰弱的であり、芸術至上主義である」というように。

こうした天才歌人か変質歌人かという両極端に分裂した同時代評価のなかで、岡野直七郎「歌集『植物祭』雑感」は、「作者の才の光と観点の特異性を見せようとする」歌集の編集方法に啄木歌集との類似を指摘し、「今度の『植物祭』を見るに及んで、君もやつと自己の道に立帰つて来た」という理解を示しているが、岡野のいう「自己の道」とは、大正十五年九月いらいの「短歌の革命」をめざすモダニズムへの道程であった。岡野は同時代歌人としてそこに啄木との類似性を読みとったが、下村海南「『植物祭』見物記」も、短歌観の相違をこえて、「君の集を見て石川啄木君のそれが連想される」とし、「着想の天外」「奇想」「奔放奇抜」な表現に注目している。それにしても、『植物祭』のモダニズム表現が啄木短歌の発想の大きな特性であった奇想体あるいは象徴表現とかさなることを感知しえた同時代歌人の証言はきわめて意味深いものであるといわざるをえない。

＊＊

かくして昭和初頭において「革命の短歌」の最前線にいた佐美雄は、一九三〇年七月の地点で『植物祭』によって「短歌の革命」というモダニズムの最前線に位置することになった。しかし、それは同時に木俣修『昭和短歌史』

（昭和39年10月、明治書院）に代表される、プロレタリア歌人から芸術派に転身したという短歌史的通説をもたらすことになった。この通説にたいしては、すでに三枝の前掲書『前川佐美雄』や「初期の軌跡について」（『前川佐美雄全集』第1巻月報）が、「大正末にモダニズムに転じた佐美雄は強い時代的な磁力の中で触手をプロレタリア短歌の方にも広げて行って、昭和四年末にモダニズム一本に戻った」という異議申し立てをしている。この三枝の異議はいまだ少数派の立場であるが、如上の前提からいえば、もとより従来の短歌史的通説は書きあらためるべきであろう。しかし昭和短歌史の展開からいえば、書きあらためることを容易に許さない根深い歌壇的（同時に時代的社会的）状況があったことも無視できない。

一九二九年七月にプロレタリア歌人同盟を結成し、一九三〇年一月に『プロレタリア歌論集』を刊行したプロレタリア短歌運動の立場からすれば、『植物祭』の歌人前川佐美雄は戦線離脱者として、その背信行為は断じて許されるものではなかった。モダニズム、現代派、芸術派はいわゆるプチブルの象徴として敵対するしかなかった。そうした一九三〇年の歌壇状況は一九三〇年すなわち昭和五年に最高潮に達する啄木ブームと無縁ではなかった。全国的な啄木ブームは、啄木をその源流とするプロレタリア短歌運動が啄木という存在を偶像化大衆化することによって可能であったが、プロレタリア短歌運動じたいの政略としてはプチブル的意識を一掃することにあった。したがってプチブルの勃興と密接に連結するモダニズムへの通路は遮断される必要があった。

つまり、『植物祭』の歌人前川佐美雄をプロレタリア派からモダニズム派へと転向した背信者として公式化することによってプロレタリア戦線の統一がはかられたように、啄木におけるモダニズム性を覆い隠し、社会主義的側面だけが強調されることになったということを、一九三〇年の歌壇的社会的状況の動脈として記憶しておかなければばならない。

＊＊＊

本稿の主意に立ちもどっていうならば、三枝昂之のいう異議申し立てと、啄木短歌の特異な発想はプロレタリア短歌にではなく『植物祭』のモダニズム短歌により確実に継承されたという私じしんの異議申し立てとは、近代短歌史の書きかえのうえでは緊密に連動している。啄木短歌がプロレタリア短歌に継承されたという画一的な見方が是正されないかぎり、佐美雄がプロレタリア歌人からモダニズム歌人へと転身したという短絡的な見解も容易には是正されないであろう。

与謝野鉄幹、与謝野晶子を日本の藝文史における師表とした保田与重郎は、昭和十三年四月号の「短歌研究」に掲載の「与謝野鉄幹」のなかで、歌壇結社を中心とした現実主義的短歌の横行する現在にあって、前川佐美雄の「日本歌人」が鉄幹を再認識することによって〈浪曼的日本〉を喚起させた、とのべている。この保田の藝文史観にしたがえば、佐美雄が鉄幹を再認識するという視野のなかには啄木という存在も入っていたにちがいない。あえてくりかえしていえば、「明星派の出であつても、たとへば啄木の歌は夢や空想ばかりでなく、そこに一つの新しさがあつて何かを成しえてゐる」という佐美雄じしんの発言が何よりも説得力があろう。

ここに鉄幹から啄木へ、啄木から佐美雄へという系脈を近代短歌史のうえに位置づけておきたい。新派和歌運動における和歌革新者として、短歌滅亡論を危機的なものとして真摯に受けとめ近代短歌の成立に貢献した者として、そして赤彦没後の歌壇にあってたえず短歌戦線の最前線にいた者として、かれらは「短歌の革命」をめざすことによって近代短歌の、あるいは現代短歌の可能性を問いつづけた。とりわけ啄木は『一握の砂』という歌集によって、短歌における〈近代〉とは何かという難問と向かいあい、佐美雄もまた『植物祭』という歌集によって、短歌における〈現代〉とは何かという難問と向かいあった。三枝昻之のいうように『植物祭』をもって、「現代短歌における象徴表現の源流」と見なし、島津忠夫のいうように「現代短歌の始発」として位置づけることも可能である。私見をいえば、「シュールレアリスムによる最初の歌集」として『植物祭』を現代短歌の出発点に位置づけたい。

明治四十三年＝一九一〇年から昭和五年＝一九三〇年という二十年の歳月は、近代短歌の成立から現代短歌の始発にいたる熟成の時間でもあった。

［補記］　本稿は、「山邊道」第四十九号（平成17年3月）に発表した同題の論文を若干修正したものである。

なお、啄木の戦後受容については、小菅麻起子氏が「寺山修司における〈啄木〉の存在―〈啄木〉との出会いと別れ―」（『国際啄木学会研究年報』第4号、平成13年3月）、「人生雑誌にみる戦後の〈啄木〉受容―『葦』・『人生手帖』を中心に―」（『国際啄木学会研究年報』第7号、平成16年3月）で綿密に実証している。

三　昭和初期の前衛短歌運動の一面

1　新短歌の起源

関東大震災の翌大正十三年四月に創刊された「日光」に、石原純は、評論「短歌の新形式を論ず」と、「短唱数篇」のもとに口語歌二十五首を発表している。すでに行分け表記の歌集『靉日《あいじつ》』（大正11年5月）によって三十一音の制約に疑問を投げかけていた純は、この評論で現代人の感情生活の表現に精気を吹きこむためにあらたに口語的発想を提唱し、その試作として短唱と名づけられたつぎのような作品を載せている。

震災地の
傾いた雪やねのもとに
あかい焚火《たきび》がもえてゐる。
農家のひとたちが、
いま朝飯《あさいひ》を炊くのであらう。

短唱とは、あきらかに伝統的な短歌の韻律にたいする反逆の謂である。かかる石原純の伝統短歌への意欲的な挑戦は、大正十一年十一月に青山霞村、西出朝風、西村陽吉らの共編によって刊行された『現代口語歌選』を導火線として次第にたかまりつつあった口語歌運動を本格化させることとなった。この時期の石原純の所論「短歌の新形式」（「週刊朝日」大正12年11月）、「将に生るべき新短歌について」（「週刊朝日」大正13年1月）を発端として、歌壇においてにわかに新短歌についての論議が集中するようになるが、「テンポ的な馬車馬の歩みは、喧ましい電車や自動車の響によつて換へられてゐるではないか。多忙なる街頭の姿、新聞の雑報的記事に打ち囲まれて、我々はもはや韻文的美文に読み耽る余裕をもたないのは、余りにも明らかである。美くしい古典的音楽詩さへもレヴューの談話的歌謡によつて換へられつつあるではないか」（「新短歌概論」、改造社版『短歌講座』第4巻に所収）として、「新短歌が現代語法を用ひるべきこと、並びに自由形式を採らねばならぬことは、少なくとも新短歌に対する必然的条件である」ときっぱりと言明する、石原純のオピニオン・リーダーとしての役割はゆるぎのないものであった。しかし、十五年一月に全国の口語歌人の統一団体として新短歌協会が結成されたものの、西村陽吉らのいわゆる定型口語派の反発をまねき、翌昭和二年秋には協会そのものは事実上の分裂状態に陥ることになる。

このような口語歌運動を母胎とする新短歌は、その一方で、大熊信行「無産派口語歌運動への一瞥」（「まるめら」昭和2年4月）、大塚金之助「無産者短歌」（「まるめら」昭和2年5月）などによって、口語歌をプロレタリア短歌として発展させようとする方向が強化された。いずれもマルクス主義の立場に立った気鋭の経済学者による立言であっただけに、「アララギ」を主流とする既成歌壇への全面的な否定論としてきわめて前衛的戦闘的な位置を昭和初期の新短歌運動において得ることになった。この気運にたいしてもっとも鋭敏な反応を示したのが石榑茂（五島の「短歌革命の進展」（「短歌雑誌」昭和3年2月）である。その論理や用語はプレハーノフやブハーリンらのマルクス主義芸術論の影響を強くうけており、篠弘がいうように「プロレタリア文学理論を借りた世代論としての性格がつよい」（『近代短歌論争史』）ものであった。茂の立論は、いわゆる《アララギズム》はいうにおよばず口語歌人の西村陽吉、自由律運動の石原純、象徴歌風を提唱する太田水穂、独自の新短歌をすすめる前田夕暮らの動向にたいしても苛烈な批判をくわえた点に世代論的（と同時に時代状況論的なものをあわせもつ）意味があった。たとえ島木赤彦没後の「アララギ」リアリズムを推進していた斎藤茂吉から、「吹けば飛ぶやうな、餓鬼的ヒロイズム」などと揶揄される弱点をその論争上の方法において露見させたとはいえ、茂の「短歌革命の進展」が新興歌人連盟を生みだすモニュメンタルな位置を昭和文学史ひいては昭和短歌史の劈頭に与えられていることは無視できない。

しかし、昭和三年九月に短歌革新運動の戦線統一をスローガンとして、筏井嘉一、渡辺順三、石榑茂、前川佐美雄らによって結成された新興歌人連盟も、その母胎的性格をもつ新短歌協会がそうであったように、〈内容・形式の矛盾の揚棄〉という問題をめぐる対立からその年の十二月には解散するという短命ぶりであった。後述するように、芸術派短歌を提唱することになる筏井嘉一と、無産者歌人連盟（昭和3年11月）、プロレタリア歌人同盟（昭和4年7月）の中心的存在となる渡辺順三とではあきらかにそのめざす方向はちがっていた。渡辺のつぎの発言はその対立がいかに根深いものであるかを明瞭に物語っているといえよう。

我々の運動がまだ極めて幼稚だつた頃は、等しく新興歌人、若くは革新分子などといふ名称の中に抱括されて、彼等プチ・ブル歌人もプロレタリア歌人も共同の戦列にあるかのやうな観があつたが、現在に於いては彼等プチ・ブル歌人共は明かに反動的な存在として、意識的にも無意識的にも我々の運動に対して妨害を企ててゐるのである。かくて今や我々のプロレタリア歌人同盟と其他一切の所謂新興歌人群との間には一本の赤線が太く明瞭に引かれなくてはならない。

（「新興短歌について」『現代短歌全集』昭和6年9月）

2　ポエジイー運動の波紋

新短歌協会の結成によって地固めをした口語歌や自由律などの新短歌は、その後さまざまな前衛的試行をみちびきだすことになる。たとえば、新興歌人連盟の解散後、石榑茂、前川佐美雄らによって「尖端《せんたん》」が昭和四年三月に創刊されたが、プロレタリア短歌との対抗軸が不明確なままにその年の七月に終刊。十月には前川佐美雄、西村陽吉、渡辺順三、中野嘉一らの立場を異にする歌人の参加によって「新興歌人」が紅玉堂より創刊されるが、創刊号の佐美雄「青空はひろい」十首に顕著なように、あるべき前衛短歌の出現にいたる振幅のユレが読みとれる。

昭和五年四月、新興歌人連盟を脱退していた筏井嘉一は新芸術派短歌の旗をかかげた雑誌「エスプリ」を創刊する。「芸術派は不自由な形式内に於て、無限の自由なリズムを感ずるものです」（「短歌月刊」昭和5年4月）という筏井の主張が、唯物弁証法的立場から短歌形式を止揚して自由詩への移行をめざす渡辺順三らのプロレタリア短歌にたいする強い反発をそのテコにしていることはいうまでもない。が、同年四月に新興芸術派倶楽部を結成する文壇の反マルクス主義的な動向とも密接に絡んでいることも無視できない。ともあれ、「エスプリ」じたいは二号で廃刊になったが、これを契機に七月には前川佐美雄、中野嘉一らによって芸術派歌人クラブが結成され、「現代文芸」七月号が「芸術派短歌研究号」を特集するというように、モダニズム派は短歌形式のあらたな可能性を求めて活発な動きをみせた。とりわけ、その特集号に発表された中野嘉一の「短歌に於ける超現実主義」は昭和短歌の前衛を方向づける論文として注目を呼んだ。

われわれの芸術は、――ことにポエジイを方法とする新興短歌に於て、斬新なるメカニズムの美と秩序の美と、シムメトリイの美を表現せんとするものである。――純粋美の把握、僕の超現実主義はその方法としてのメカニズムである。

中野のいう〈ポエジイを方法とする新興短歌〉とは、伝統短歌とはまったく別のジャンルとしての新しい短歌を確立しようとする前衛の位置を明示するものであった。当時詩壇の前衛として欧米の前衛詩論を精力的に紹介し、多様な言語実験の場を提供していた「詩と詩論」の超現実主義《シュールレアリスム》運動に刺激をうけ、西脇順三郎『超現実主義詩論』（昭和4年11月）などの〈詩学〉をあるべき短歌の理念として、新しいジャンルである〈純粋詩《ポエジ》〉を詩作しようとするポエジイー運動は、同時代の詩や美術における前衛派との交流をはかりつつ、「Poésie」（昭和5年7月創刊）「ポエジイ運動」（昭和5年10月創刊）などを拠点として新短歌壇に特異の地歩を展開してゆくことになる。

こうした〈新しきポエムの方法〉による〈純粋詩〉の実験は、中野の属する「詩歌」をはじめとして「近代短歌」（昭和6年2月創刊）、「短歌と方法」（昭和7年3月創刊）、「立像」（昭和9年3月創刊）などの新短歌壇の結社誌においても、人間心理の言語表現化に新しい創造をもたらすものとして積極的にこころみられたものの、シュールレアリスムの詩の方法を短歌の上に強引にしかも性急に持ちこみすぎたために、作品としては高踏的主知的傾向のマンネリズムに陥り、プロレタリア短歌陣営から〈抽象的に純粋なるものを夢想する小市民インテリゲンチヤの現実逃避〉と指弾される一面もたしかにあった。

しかしながら、芸術派の旗手と目された前川佐美雄の第一歌集『植物祭』（昭和5年7月）の新感覚派的な歌風に、さらに「アララギ」の若き領袖土屋文明の第三歌集『山谷集』（昭和10年5月）の即物的手法にと、〈純粋詩試行の影響は濃淡の差はあれたしかにみられる。昭和十一年二月には、新短歌運動をめざす結社各派の交流の場として新短歌クラブが結成された。新短歌のゆくえをみるために、ポエジイ―運動と自由律派とのそれぞれの先鋒であった、中野嘉一と清水信の作品を、新短歌クラブの年刊歌集『一九三七年新短歌』（昭和11年12月）から抄出しておこう。

中野嘉一

硬質の都会の空。枯木のうちに伝統的な鳥が死ぬ。日本晴の午後の一隅

Ad-baloonが麦畑の丘を越えて居る。夥しき疑問符を包み今に降りてくる様にみえる

不安に満ちた心象。棒杭の鈍い光。地面には秘かに祈禱する人の影が黒くしみついてゐる

清水　信

十銭で数本の胡瓜となり　工場からの帰りを待つリズムに刻まれてゆく

山すそを通つてきた水の　一挙　コンクリート工作に抱きすくめられる　（水源地）

砂の　礫の　小魚の記憶を濾過されて水の沈鬱な透明度

3　文明の即物的表現

短歌表現の素材に新味をくわえる一つの催しが昭和初頭の歌壇にあった。四年十一月二十八日、斎藤茂吉、前田夕暮、土岐善麿、吉植庄亮の四歌人が朝日新聞社の企画で、コメット型第一〇二号にのり、〈四歌人空の競詠〉をおこなった。

斎藤茂吉

上空より東京を見れば既にあやしき人工《じんこう》物質塊“Masse”と謂はむか

電信隊浄水池女子大学刑務所射撃場塹壕赤羽の鉄橋隅田川品川湾

前田夕暮

自然がずんずんからだのなかを通過する——山、山、山

機体が傾くたび、キラリと光る空、真下を飛び去る山、山、山

土岐善麿

上舵、上舵、上舵ばかりとつてゐるぞ、あふむけに無限の空へ

遠山のうへのエアポケットに吸はれてわが肉体の重心を感じる

吉植庄亮

東京のあらはなる内臓を俯瞰しつつ視野外の人間の心見んとす

無辺際の大きなるものわが心を通過しさりてほがらかなり

これらの飛翔詠にみられるように、定型か非定型か、内容か形式かという論議よりも、多角的な視覚のパララックスと躍動的な身体のリズムとが新しい言語感覚をうみだすものであることを実証している。すでに「新短歌提唱」（「詩歌」昭和3年4月）によって新定型律短歌を模索していた夕暮は、この空中競詠を契機として自由律口語短歌にふみきり、五年一月号より「詩歌」をあげて自由律に挑むこととなった。さらには定型歌人としての地位に端座していた金子薫園およびその主宰誌「光」一門をして昭和七年に自由律へと大転換させるにいたるきっかけをさえこの空中詠はもたらすことになる。

ともあれ、この空中詠という新しいこころみは、新短歌の動向にあらわな拒否反応を示していた伝統歌人たちにもあらためて短歌形式の可能性を問いかけさせることになり、昭和九年前後の松村英一と土屋文明をめぐる定型散文化論議へと発展してゆくことになる。松村英一の「短歌散文化」（「短歌研究」昭和9年4月）は、短歌が散文化する傾向を「無差者流短歌、自由律短歌の刺激影響があるのであつて、従来ならば拒否されたであらうと思ふものが、却て緊張感を伴つて味はれる」というように、既成歌人としての立場からきわめて好意的に是認した。しかし、この散文化を時代的に必然なものとして強調した英一の言説にたいして、昭和五年から茂吉に代わって「アララギ」の編集発行人となっていた文明は、「短歌の存在の意義はただそれが純粋なる抒情詩である」という観点から散文化の方向は「短歌の自殺」である、ときびしい突き放しをみせた。だが文明じしんはかならずしも頑迷な定型歌人ではなかった。むしろ、この時期の短歌論をまとめた「短歌概論」（昭和7年8月、改造社版『短歌講座』所収）をみるかぎり、短歌形式への可能性にたいして柔軟な姿勢を示しているといえよう（もっとも、昭和十九年刊の『短歌小径』所収の「和歌の大凡」では、「三十一音の短歌が日本語の詩には最も適した形式であるといふ結論」がはっきりとうちだされる）。

文明ほど定型歌人にあって短歌という伝統的な詩型と苦闘した実作者はいなかったのではあるまいか。昭和初年代短歌における前衛とはなにか、という難問をときあかす鍵は、伝統短歌の主潮流を形成する「アララギ」の新しい指導者たる文明の言説とその作品の内実のありかにゆだねられているのではなかろうか。ここではその言説をくわしく分析するゆとりはないが、すでに杉浦明平が『現代短歌　茂吉・文明以後』（昭和34年12月、弘文堂）で検討しているように、島木赤彦いらいの「アララギ」短歌の風土を農村から都会にとりもどすという緊急の課題を文明じしんが背負っていたことが、かれの言説とその作品に切実に投影している。

木場すぎて荒き道路は踏み切りゆく貨物専用線又城東電車
小工場に酸素熔接のひらめき立ち砂町四十町夜ならむとす
横須賀に戦争機械化を見しよりもここに個人を思ふは陰惨にすぐ
無産派の理論より感情表白より現前の機械化専制は恐怖せしむ

これらの『山谷集』(昭和10年5月) にみる即物的表現は、岡山巌のように西欧における新即物主義《ノイエザッハリヒカイト》の影響を指摘するむきもあったが、あくまでも現実を冷徹にみすえ、あえかな短歌的情緒を峻拒するきびしい技法に立脚したものであろう。定型という形式にこだわらぬ〈ザックバラン調〉のなかに「近代産業、近代工場にたいしての感動」(杉浦明平) はあまねく伝えられていよう。あたかも、芥川龍之介の〈ぼんやりとした不安〉の底を凝視するかのように、文明は都市生活の急激な変容に動揺する近代知識人の苦悩を〈言葉〉と〈言葉〉をぶつけあわせる即物的手法によってうたいあげようとした。と同時にそれは、「日本浪曼派」(昭和10年3月)「多磨」(昭和10年6月) の創刊によってうながされる日本的伝統への回帰その前夜の、みずみずしい知的抒情の最後の発露でもあった。

[補記] 本稿は、『講座昭和文学史第一巻〈都市と記号〉』(昭和63年2月、有精堂出版) に所収の「短歌・俳句における前衛」を若干修正したものである。

なお、昭和俳句の新興運動にかんする論述は割愛したが、あらためて短歌、俳句、詩が交差する視点によって、前衛表現の意味について考えてみたい。

その意味では詩、短歌、俳句をひとつの総体としてとらえた、野山嘉正氏の『日本近代詩歌史』(昭和60年11月、東京大学出版会) の論考から多くの教示をえた。

四　斎藤茂吉『暁紅』『寒雲』における〈西欧体験〉の意味

太平洋戦争勃発前夜の激動のなかで、自己の文学観の訂正・変改のために書きすすめられた『斎藤茂吉ノート』（昭和39年5月、筑摩書房）で、中野重治が「ヨーロッパが彼において、茂吉的・日本的に生きた」、「茂吉において初めて、そして大規模に、ヨーロッパが全く媒体とされて一日本人が抒情された」と提起した問題は、茂吉研究においていわば古くて新しい課題であるといえよう。重治のいう「ヨーロッパが、いかに一日本人茂吉の個に即して生きられたかが明瞭である」かを、その抒情された第十一歌集『暁紅』（昭和15年6月）、第十二歌集『寒雲』（昭和15年3月）の作品世界によってあらためて問いなおしてみたい。

1　『暁紅』の抒情された風景

〔1〕 立体性の街

月島の倉庫《そうこ》にあかく入日さし一月《いちぐわつ》一日《いちにち》のこころ落ちゐぬ

休息《きうそく》の静けさに似てあかあかと水上警察《すゐじやうけいさつ》の右に日は落つ
一月《いちぐわつ》の一日《いちにち》友と連れだちて築地明石町《つきちあかしちやう》の界隈《かいわい》ありく
月島を向ひに見つつ通り来し新年《しんねん》の静かなる立体性《りつたいせい》の街《まち》
美しき男をみなの葛藤《かつとう》を見るともなしに見てしまひけり

これらは、昭和十、十一年作九百六十八首をおさめた『暁紅』の巻頭ちかくに、「一日」と題して詠みこまれた連作である。昭和十年の元旦、門弟の山口茂吉を道連れに「築地明石町の界隈」を街あるきする茂吉のまなざしにうつる隅田川の河口の風景は、「今までにどのくらい、輝子らのために犠牲を払つたか」（昭和9年2月11日、日記）という苦渋を背負う、かれの〈精神的負傷〉をやさしく慰撫するに足るものであったにちがいない。同時に、この「新年の静かなる立体性の街」は、いわば郷愁《ノスタルジア》をそそるかのように印象派風の都会的風景をかれの心象によみがえらせることにもなる。

夕映えのなかで見るともなしに見てしまうことになる「美しき男をみなの葛藤」は、本林勝夫もすでに指摘するように、『滞欧随筆』の随処にみられるのぞき趣味的なものの露呈といえよう。重治は「茂吉短歌のなかにあるわかりにくいもの」としてこの「美しき」の一首をあげているが、そののぞき趣味的な視線には、うら若い女弟子永井ふさ子への愛執の情があやしく絡みついていることはもはや自明であろう。ともあれ、「美しき男をみなの葛藤」にいざなわれるように、「春の雪みだれ降る日に西北《にしきた》の郊外にゐるをとめ訪ひたり」とうたう茂吉であった。そして、「夕街《ゆふまち》に子を負《お》ひてゆく女《をみな》ありいかなる人の妻とおもはむ」にみられるように、「夕街に子を負ひてゆく女」を見送る作者のまなかひには、「いかなる人の妻」と思い入ることで、あきらかにはやる思いで訪れた〈をとめ〉との情愛の刹那がうかびあがったにちがいない。

西洋《せいやう》も然《しか》にあれかも衢《ちまた》ゆくをとめはなべていよよ美《うつく》し
わが体《からだ》机に押しつくるごとくにしてみだれ心《ごころ》をしずめつつ居り
老いづきていよよ心のにごるとき人《ひと》居《を》り吾をいきどほらしむ

「みだれ心をしづめ」ようとする茂吉の内界はかぎりなく暗鬱である。「老いづきていよよ心のにごるとき」は、作者の孤影が暗翳を深めるように痛ましい措辞である。かかる陰鬱な内心にあってたえず希求するものが清浄無垢な〈をとめ〉であり、それは「西洋も然にあれかも」という詠嘆のなかにあらわれたかれのロマンチシズムの表徴とみることもできよう。

かくして江戸情緒の残映とともに〈立体性の街〉という近代的な都市景観をもかたちづくる築地河岸の水脈が、〈西欧〉という〈海彼岸〉へと流れてゆくように、われわれもまた『暁紅』の抒情のみなもとである〈西欧〉へとその水路を遡及しなければならない。

〔2〕　エジプトの浮彫

ソビエットロシアの国《くに》の境《さかひ》にて飛行機ひとつ堕《お》ちゐたるのみ
落ちのびし王《わう》にむかひて慰《なぐさ》むる詞《ことば》のかずを幾つ持ちけむ
年老いてかなしき恋にしづみたる西方《さいはう》のひとの歌遺《のこ》りけり
身のまはり世話するもののゐぬ儘に留学生のごとく明《あけ》暮《く》る
少女《せうぢよ》等が脚の一聯動くときエヂプトの浮彫《レリーフ》おもひつつ居り

いずれも昭和十一年の作である。たしかに重治のいう「わかりにくさ」はあるけれども十年作の「つつましくして豚食はぬ猶太族《ユダぞく》のをとめとも吾は谷をわたりき」とおなじく、大正十一、十二年のウィーンやミュンヘンでの滞欧生活に結びつけて考えることもできる。「ソビエット」の一首にしても、新聞紙上のニュースを「現実の断片」としてとりあげているに過ぎないが、本林勝夫のいうように「不思議に鮮やかなイメージを読者に与える」とすれば、それは当時の緊迫する蘇満国境への視界に、「国境《くにさか》ふ瑞西《スイス》のうへに白雲《しらくも》のかたまるさまをふりさけ居りき」「Inn《イン》河はにごりて流る国境《くにざかひ》こえつつここを流れくる河」（『遍歴』）とうたわれた記憶の痕跡がとどめられているからであろう。

「落ちのびし王」が預言者サムエルに選ばれてイスラエル国の最初の王位についたサウルであることも本林勝夫のすでに指摘するところである。のちペリシテ人の攻撃をうけてギルボア山で戦死することになるが、そのことを題材にしたブリューゲルの「サウル王の自害」（一五六二年製作）と題する「一つの小さい絵」をウィーンの美術史博物館で見た印象が『暁紅』をうたう茂吉の抒情とどのように絡みついているのであろうか。この一枚の絵にたいする茂吉じしんの精緻な鑑賞眼は、『滞欧随筆』のなかの「ピエテル・ブリューゲル」によってうかがい知ることができるが、「未だこの絵の作者について詳しい知識を持っていなかった」（片野達郎）茂吉が、どうしてこの「一つの小さい絵」にとりつかれていくのか。『斎藤茂吉のヴァン・ゴッホ』（昭和61年2月、講談社）の著者片野達郎は、このブリューゲルの絵から「さむらひ自害の図を見た」幼少期の記憶が呼びさまされ、ウィーン到着まもない茂吉が思郷の念をかきたてられたことに注目している。たしかに異邦人茂吉にとって、この一枚の小さな絵には〈保元乱絵巻物に対するやうな気持〉〈東洋流のところ〉を思いおこさせ、かれの精神的土壌ともいうべきムラ的なるものへのノスタルジアを視覚化させる魅力があった。「心の寂しくなる時は、いつも美術館に来て、この画家の絵の前に立つてゐた」という茂吉は、それから十四年後の老境のなかでこの一枚の絵とふたたび向かい合い、対話することになる。しかし「慰むる詞のかず」はままならぬ。「年老いてかなしき恋にしづみたる西方のひとの歌」さえも慰めにはならぬ。ブリューゲルの画境によって抒情化された「石垣にもたれて暫し戦を落ちのびて来しおもひのごとし」という心象（敗残のなかのつかの間の安らぎ）ともつながりつつ、「落ちのびし王」にむけられた茂吉の心の波立ちは、かぎりない哀傷と沈痛をともなって本然の孤心を見据えることになる。それは、わが孤心をかみしめるように「留学生のごとく」と詠みこんだとき、異邦人としてのノスタルジアをかきたてたサウル王の悲愴な最期が茂吉じしんにある諦念めいた覚悟をもたらしたことを意味する。

「身のまはり」のすぐまえにある、「煉瓦ひとつ何の目的に持ち来しかわが部屋にありて彼此《かれこれ》四五年か」「あきらめてわが来し道はハイラルの騎兵戦よりも暗黒にして」にも身のおきどころのない苛立ちが読みとれる。「わが来し道」を「あきらめて」といいはなつ茂吉の内界には、むしろあきらめかねる心の波立ちが激しく渦巻いていたのではないか。だからこそ、「いい年をして悟り切れない者」（『作歌四十年』）として自己を諦視しなければならぬところに茂吉は身を置いていたともいえる。

　かかるおいらかならぬ孤心が女弟子永井ふさ子への愛着によってからめとられていることはすでにあきらかなところであるが、ロマンチシズムの表徴としての〈少女〉への執着は衰えることを知らない。「少女等が」については、「作者の少女・処女を見る目は常にみずみずしく、おのずから回春に繋《つなが》るかのときめきに満ちているのは、まことにほほえましい。エジプトのレリーフに譬《たと》えた例は珍しく、一瞬読者は古拙にして鮮麗な、古代エジプトの壁画等を思い浮かべ、現実の少女らは絵と化する」という塚本邦雄のすぐれた鑑賞がある。「サン・ピエトロの円き柱にわが身寄せ壁画のごとき僧の列見つ」（『遠遊』）という海外詠をここに並べれば、「現実の少女らは絵と化する」という理解はたやすい。少女らのなまめかしい脚線とそののびやかな動きに魅了されたかれのまなざしには、おそらくドイツ最南端のオーベルスドルフの高原の旅舎で出会った赤い頬の娘が健康的な微笑をうかべつつ浮彫りにされたことであろう。「ここの野を過ぎてむかうに部落あり寺の塔あらば独逸《どいつ》にし似む」とうたう茂吉のまなかひによぎった風景がそのことをあきらかにしてくれよう。

　ところで、『暁紅』の巻末記に「抒情詩としての主観に少しく動きを認め得る」といい、「観入した対象に幾らか新しいものがある」とも茂吉はいう。かかる抒情の清冽な流れは、すでにあきらかなように〈西欧〉を水源としている。『暁紅』にあらわれた清新な抒情の核心は、かつて在欧時代の〈マチ〉の風景《モチーフ》をかれの精神的土壌である〈ムラ〉（日本的な）共同体にどのように生かすかにある。そして、それは同時に日本のなかの都市風景の生態をとらえなおす契機にもなる。つぎの『寒雲』によってこのことがよりはっきりとした方向をもって抒情化されてゆくことをわれわれは知ることになるであろう。

2　『寒雲』の抒情された風景

〔1〕抒情的空間としての〈浅草〉

『寒雲』は昭和十二年の年頭から十四年十月までの作品千百十五首をおさめるが、そのなかにつぎに掲げるように〈浅草〉の風景を詠みこんだ歌が目につく。

少し前《まへ》参道《さんだう》とほり浅草の人ごみのなかに時《とき》移《うつ》りゆく
罪ふかきもののごとくに昼ながら浅草《あさくさ》寺《でら》のにはとりの声
シエパアドも既に常識となりたるか浅草皮《かは》店《てん》の路《ろ》地《ぢ》にも居たり
わがそばの女《をんな》しきりに煙草《たばこ》吸ふ芝居みる時は多く吸ふらし
もろともに滅《ほろ》ぶといへど現《うつつ》なる罪にもいろいろの種《しゆ》類《るゐ》あるべし
浅草のみ寺に詣《まう》で戦《いくさ》にゆきし兵の家族と行きずりに談《かた》る
浅草の五重塔《ごぢゆうのたふ》のまぢかくに皆あはれなる命うらなふ
洋傘《かうもり》を持てるドン・キホーテは浅草の江戸館に来て涙をおとす
浅草のみ寺をこめて一《ひと》目《め》なる平《たひ》らなる市《し》街《がい》かなと見おろす

茂吉にとっての東京《みやこ》は〈浅草〉であり、〈浅草〉はかれにとってかけがえのない抒情的空間であった。遺歌集『つきかげ』（昭和29年2月）に、「浅草の観音力《くわんおんりき》もほろびぬと西方《さいはう》の人はおもひたるべし」「浅草の晩春《ばんしゅん》となり人力車《じんりきしや》ひとつ北方へむかひて走る」「浅草の観音堂にたどり来てをがむことありわれ自身のため」とうたうように、心安からぬ疎開先の東北から戦後の焦土と化した東京に帰ってきた茂吉にとって、〈浅草〉はいわば滅びざる都市風景のシンボルでもあった。

昭和十二年の元旦、浅草の観音堂に初詣する茂吉は、その群衆のなかにムラからマチへはじめて出てきた十五歳の少年を発見していたかもしれない。「浅草の人ごみ」から「街上《がいじやう》の反吐《へど》を幾つか避けながら歩けるわれは北へ向きつつ」「一月の二日になれば脱却《だつきやく》の安けさにゐて街《まち》を歩《ある》けり」へとつづく「一月雑歌」の作にみられるように（『つきかげ』の「浅草の……北方へむかひて走る」もふくめて）、街あるきする茂吉はあきらかに北向きの意識にとらわれている。「浅草の夜のにぎはひに／まぎれ入り／まぎれ出で来しさびしき心」とうたう啄木にもいえることであるが、かれらの郷愁《ノスタルジア》は〈北帰行〉というモチーフによって分析されねばならない。少なくとも、茂吉にとって北へ帰る起点が〈浅草〉であるということは、そこがムラとしての東北《みちのく》とマチとしての東京《みやこ》とをとりかこむ抒情的空間でもあったことを明示している。

いずれにしても、〈罪ふかきもの〉をひそませ、「戦にゆきし兵の家族と行きずりに談」り、「あはれなる命うらなふ」場所が〈浅草〉であった。聖・俗・遊の空間を貪欲にとりこむ「浅草の江戸館に来て涙をおとす」ドン・キホーテが作者の自画像であることはまぎれもない。本林勝夫のいうように、「一首の感傷が複雑なあじわいをもってくる」とすれば、それは十五歳ではじめて〈浅草〉の地を踏みしめていらい、医師となるべく定められた五十有余年の来し方への深い感慨にほかならない。

「浅草のみ寺をこめて」の一首は、昭和十四年九月の作であり、茂吉にとっての〈浅草〉を集約するかのように『寒雲』の巻末をかざる。都市風景としての〈浅草〉を「一目なる平らなる市街かな」と俯瞰する茂吉の心象にあざやかによみがえってくるのは、「浅草の三筋町《みすぢまち》なるおもひでもうたかたの如や過ぎゆく光《かげ》の如や」（『つゆじも』）にうたわれた浅草三筋町の風景であったにちがいない。おのれの境涯を穏やかに客観視しようとする、ある諦念めいたものが「一目なる平らなる市街かなと見おろす」まなざしにこめられている。「いくら東京弁にならうとしても東京弁になり得ず、鼻にかかるずうずう弁で私の生は終はることになる」という茂吉にとって、まさに「一目なる平らなる」〈浅草〉はいわば素顔の東京《みやこ》でもあった。すでに茂吉研究者によってあきらかにされているが、『寒雲』時代の茂吉が永井ふさ子との別離を決意し、自己のリビドーを検証するように随筆「三筋町界隈」を執筆するのもゆえなきことではなかった。別言すれば、「三筋町界隈」は『寒雲』をうたう茂吉の抒情的空間（生活空間はいうまでもなく）のありかを細かく記録する貴重なノートでもあった。そしてこの克明に記されたノートによって、茂吉の〈浅草〉はうたわれるべき抒情的空間としてゆるぎのない位置を与えられることになる。

〔2〕　浄らかなものへの思慕

きさらぎの二日《ふつか》の月をふりさけて恋しき眉をおもふ何故《なにゆゑ》
ヴエネチアに吾の見たりし聖《きよ》き眉おもふも悲しいまの現《うつつ》に

こよひあやしくも自《みづか》らの掌《たなぞこ》を見るみまかりゆきし父に似たりや
のぼり来し山の一夜《ひとよ》のまなかひにまぼろし見つつ吾は眠《ねむ》らむ
とほき彼方《かなた》の壁の上《うへ》にはくれなゐの衣《ころも》を著《き》たるマリア・マグダレナ
山の雪にひと夜《よ》寝たりき純全《またき》にも限《かぎり》ありてふことは悲しく
みちのくの山形《やまがた》あがたの山中《やまなか》を行くおもひして歩きつつあり
チロールをわが行きしとき雪山《ゆきやま》の寒《かん》施行《せぎやう》見つつ谷をくだりき

「くらやみに眼《まなこ》ひらきて浮《うか》びくるはかなき事もわが命とぞおもふ」という「一月雑歌」の一首をよむかぎり、昭和十二年の年頭の茂吉はかならずしも「僕ハ所詮孤独ナルベシ。特ニ婦女子ニ縁ナシ、今後トモソノツモリニテ生クベシ」（昭和11年10月29日、日記）という離脱の境地に身を置いていたとは思えない。この時期の「近作一首」におさめられた、「きさらぎの」「ヴェネチアに」などが塚本邦雄も言及するように「茂吉の心中の女性讃美・渇仰によって創《つく》られたものだ」とすれば、〈何故〉にとみずからに問いかけねばならぬ〈いまの現に〉たえかねる〈はかなき事〉の内実はきわめて痛切である。老境にあっての愛恋は、すでに『暁紅』の歌によってあきらかにされているが、まさに〈清らなるをとめ〉への抑えがたい迷妄は聖母マリア像の〈聖き眉〉によって浄化されてゆく。だからこそ〈恋しき眉〉〈聖き眉〉は、「いずれも作者のロマンティシズムが濃厚だ」（塚本邦雄）といえよう。

「こよひあやしくも」「のぼり来し」「とほき彼方」の三首は、昭和十二年晩春の作、「木芽」と題する一四首のうち。「一夜のまなかひ」にうかびあがる〈まぼろし〉は、前後の破調の歌とたがいに共鳴するかのように茂吉の心象をうつしだそうとする。実父の守谷伝右衛門は大正十二年七月二十七日に急性肺炎のために七十三歳で亡くなっているが、茂吉じしんは十四年後の昭和十二年二月上旬に郷里の宝泉寺境内に墓を造営し、「茂吉之墓」の文字を書いている。墓碑銘をみずからの手で書きあげた茂吉は、伝右衛門の訃報を夢心地でうけとらねばならなかったミュンヘン留学中のうつろいやすい記憶をいわば体現化することによってたしかなものとすることができた。

つまり、「みまかりゆきし父」と「くれなゐの衣を著たるマリア・マグダレナ」とを、その〈まぼろし〉にかさねることによって、茂吉における西欧体験はきわめて日本的な風土のなかに生かされることになる。たしかに塚本邦雄もいうように「突然の、紅衣のマグダラのマリアは衝撃的と言ってもよいくらい鮮烈」で、しかも「山中一夜の作者の幻覚は、真に迫っている」。それは、「伊太利パヅアのジオットウの壁画」（『作歌四十年』）に描かれたマグダラのマリアの聖母のごときまなざしを思いうかべることによって、おのれの身のうちにまつわる垢穢を浄めようとする内的モチーフがこれらの歌から読みとれるからであろう。たとえ「作歌に熱中していても満足を覚えるなどということは殆ど無い」茂吉ではあったが、おそらく〈西欧〉が呼びかける声にこたえるようにこの連作をうたいあげたときにはいわば忘我の境地に身を置いていたにちがいない。

「山の雪」は、昭和十三年作の「夏深し」二十首のうち、「墺太利をおもふ」という注記をもつ。〈恋しき眉〉〈聖き眉〉〈マリア・マグダレナ〉に見られる浄らかなものへの思慕は、在欧時代のさまざまなロマンチックな体験をふまえつつも、むしろ「純全にも限あり」というまぬがれえない人間的苦悩の陰影をその内奥に漂わせている。別言すれば、はるかな（失われた）時間の劇《ドラマ》をいわば限りのないものとして短歌のなかに還元させることで現在の生の汚穢や妄執が浄化されるという発想がある。本林勝夫も明断するように、「墺太利をおもふ」ことによって、茂吉における「生の流れは、つねに現実の一点において反芻され、皺寄せられ、共時的な存在を持って」、いわゆる「リビドウの連鎖」がはたらくことになる。

昭和十四年の「雑歌抄」の「みちのくの」と「チロールを」の二首は、かかる共時的な生の存在としてのリビドーの内界をあざやかに照射する。雪の降りしきる都会の冬の風景は、「みちのくの山形あがたの山中」から「チロール」の雪山へと遡及することで、失われた過去の時間を表現としての現在にみごとに蘇生させる。かくして、ムラとしての〈みちのく山形〉もマチとしての〈チロール〉もともにかれの抒情世界において共時的な生の連鎖としてゆるぎなく充足することになる。

3　一つながりの風景

『暁紅』『寒雲』の二つの歌集に連綿として流れる抒情は、くりかえしのべるようにふさ子への秘められた愛執や諦念をつつみこむ、茂吉のロマンチシズムをその底に湛えている。しかし、かかるかれのひそやかな抒情さえも、戦争の進行とともにおのずから戦時詠の背後へと後退せざるをえなくなる。ここに「『寒雲』は、あたかも恋愛歌人の国民歌人への転換期であって、その図式は再び愛から性へであり、性は直ちに戦争への道行をとり、戦争はここでは性に密着し、強弁すれば性の代償の形をとっていた」という上田三四二『斎藤茂吉』（昭和39年7月、筑摩書房）のような鋭い見解が提起されるゆえんがある。茂吉じしんにしても、そのように理解されてもやむをえぬかのように、「作歌はやはり業余のすさびといふことになる」（『寒雲』巻末記）と明言せざるをえなかった。もっとも、茂吉にとって作歌が「業余のすさび」であるという認識には、中野重治のいう「客観的な重さ」がたしかにあり、塚本邦雄のいう「暗く重い事実がその底に沈んでいる」ことも明白である。つまり、それが「業余のすさび」であることによって、かれの抒情主体そのものは勢いの赴くままに重苦しい「業」から解きはなたれたといえる。かれのいう「昭和十二年に支那事変が起り、私は事変に感動した歌をいちはやく作つてゐる」のもかかるゆえんによる。ともあれ、さまざまなわかりにくさをはらみつつも、抒情主体としての茂吉の個は肯定され解放されねばならぬことだけはゆるがぬ事実であった。

では、その抒情主体である茂吉の個の内実はいかなるものか、われわれはあらためて問わねばなるまい。あえて結論からいえば、それは茂吉における〈西欧〉を日本的な風土や精神のなかによみがえらせることであった。中村稔『斎藤茂吉私論』（昭和58年11月、朝日新聞社）が論断するように、「茂吉のヨーロッパ体験には、歴史感覚というべきもの、文明批評というべきもの」はたしかに欠落している。しかし、民族や国家という問題を理知的につきつめるのではなく、あるがままのヨーロッパをあるがままに受容する点にこそ茂吉の個性があった。だから中村稔にしても結局のところ「感性のレベルでうけとめ、それに表現を与えたという意味で、これらほど率直に、生き生きと反応した文学者を、私は他に知らないのである」と認めねばならなかった。茂吉は、いわば表層的一時的な異文化衝撃とはまるで無縁のように、「自己の主体性において生きえた殆ど唯一の期間であった」（本林勝夫）ヨーロッパを貪欲に吸収し、克服した。その結果、十余年後の今、いつどこにあってもたえず孤独であった茂吉の個はつぎのように生かされ抒情された。

春の日はきらひわたりてみよしのの吉野の山はふかぶかと見ゆ

三輪路《みわぢ》なる岡《をか》に大和の三山《みつやま》のゆふぐれゆくを恋《こほ》しみにけり
人麿《ひとまろ》が妻を悲しみし春日《かすが》なる羽易《はがひ》の山をたづねゆかむ

あらためていうまでもなく、『暁紅』『寒雲』をうたう歌人茂吉は、『柿本人麿』にとりくむ学究の徒でもあった。妻てる子との別居生活のなかではじめられた人麻呂研究は、「読む」というデスク・ワークから「書く」ために実地踏査というフィールド・ワークへとかわってゆく。万葉聖地をみずからの足で「歩く」。吉野山の残花をいとおしみ、晩秋の大和路の夕陽のなかで嗟嘆する茂吉。「人麿が妻を悲しみし……」と詠嘆する茂吉の精神内部からは、妻や愛人をふくめたいっさいの女人たちへの愛執がきわめておだやかに客体化され相対化されていることがはっきりと読みとれる。いわば女人たちとの確執とつれそうかのように人麻呂研究は進展する。ここに作歌と人麻呂研究とは、かれの内面的真実を伝える「業余のすさび」としてたぐいのない連動を発揮する。

茂吉の生涯にあって唯一の、孤にして自己の主体性を生かしえた在欧の日々がもっとも日本的なる風土としての〈大和〉の風景によみがえり、茂吉におけるヨーロッパ体験は「改めて日本的なものを自覚すること、より日本的なものに回復させる作用をもたらした」（北杜夫）。北杜夫「茂吉あれこれ（その十五）」（「図書」平成1年4月）のいうように、茂吉の「異国体験、西欧文学への認識はずっとのちになって本当に彼の内奥に別の形で生きてきた」とすれば、それは人麻呂＝〈大和〉との出会いによって孤にして自己の主体性を生かしえたヨーロッパなるものを克服し、一日本人茂吉としての個を解放するということを意味する。

歌人茂吉としてはみずからの孤にして個なる人間の共時的な生をうたう抒情の方法を、『暁紅』『寒雲』の二つの歌集にゆるぎなく構築しえたといえよう。

さみだれの晴間《はれま》をしみ一日《ひとひ》だに大和《やまと》のくにへ行かむとぞ思ふ

茂吉にとって〈西欧〉と〈日本〉は、〈大和〉のなかで一つながりのかたちで生かされてゆく。いわば次第に「皇国」の歌や「日本精神」へと傾斜してゆくあやうさをその背後にひそめつつ、「茂吉において初めて、そして大規模に、ヨーロッパが全く媒体とされて日本人が抒情された」まぎれのない徴証をこの一首は明瞭に物語っている。

〔補記〕　本稿は、小田切進編『昭和文学論考―マチとムラと―』（平成2年4月、八木書店）に所収の「『暁紅』『寒雲』の位置―茂吉におけるヨーロッパ―」を若干修正したものである。
なお、塚本邦雄氏の『鑑賞日本現代文学⑨斎藤茂吉』（昭和56年10月、角川書店）、「斎藤茂吉のヨーロッパ歌枕」（「中京国文学」昭和63年3月）、本林勝夫氏の「茂吉短歌私解二十首」（「解釈と鑑賞」昭和40年4月）、『斎藤茂吉』（昭和55年6月、桜楓社）に負うところが大きい。本林氏は『斎藤茂吉の研究―その生と表現―』（平成2年5月、桜楓社）で、永井ふさ子との恋愛体験が茂吉短歌の円熟と転機にいかに作用したかという観点を発展させている。

五　戦後の短詩型文学をめぐる問題

いわゆる第二芸術論をめぐる短詩型芸術論争の発端となったのは桑原武夫の「第二芸術——現代俳句について」(「世界」昭和21年11月)であった。桑原の論旨は、「俳句を若干つくることによつて創作体験ありと考へるやうな芸術に対する安易な態度の存するかぎり、ヨーロッパの偉大な近代芸術のごときは何時になつても正しく理解されぬであらう」という立場から、結社の党派性や俳人の俗物性を批判したうえで現代俳句は真の芸術と呼ぶにあたいするものではなく第二芸術にすぎないというものであった。

このような桑原の西欧近代主義にねざした鋭利な批判精神は、すでに「日本現代小説の弱点」(「人間」昭和21年2月)に示されていたが、「もし文化国家建設の叫びが本気であるのなら、その中身を考へねばならず、従つてこの第二芸術に対しても若干の封鎖が要請されるのではないか」というように、俳句があたかも諸悪の根源であるかのごとく告発された点に「第二芸術」命名のゆえんがある。

もっとも桑原の「第二芸術」以前にも、小田切秀雄「歌の条件」(「人民短歌」昭和21年3月)、臼井吉見「短歌への訣別」(「展望」昭和21年5月)などによって短詩型芸術への批判的発言はなされていた。小田切の論は、人民の短歌確立をめざす渡辺順三らによる「人民短歌」の創刊にあたり、プロレタリア短歌の可能性を主張、短歌が真の芸術としての条件を持ちえないのなら短歌などきっぱりと投げ捨てるべきであるといい、その否定のなかから短歌のもつ創造的エネルギーを喚起させようとする意図があった。また臼井は短歌形式になじむかぎり合理的で批判的な芽生えはみられないとし、短歌への愛着を断ち切るべきであるといい、「これは単に短歌や文学の問題に止るものではない。民族の知性変革の問題である」という峻烈な提言によって論を結んでいる。とくに臼井の短歌否定論は桑原の「第二芸術」論の発想をみごとに先取りし、かれじしんが言及するように「ぼくは、多少短歌に親しんできたものとしての告白的なものが基調になっており、桑原武夫は、もともと俳句には無縁であった立場からの冷笑的啓蒙的な態度が強く示されていて、その点大きなちがいがある」（『近代文学論争』昭和31年10月）。

ともあれ、結局は臼井、桑原らの否定論には戦後の文化批判が包括されているところに特色があり、「第二芸術」という題目がいつしか「第二芸術論」として一般化し、歌壇俳壇をふくめて戦後まもなくのジャーナリズムをにぎわすことになった。

さらに歌人の木俣修を顧問とし、久保田正文の編集する短歌総合雑誌「八雲」が昭和二十一年十二月に「短歌の運命を探求する公の機関たらんことを念願」して創刊され、第二芸術論をめぐる多彩な論争の場を提供した。二十二年一月には座談会「短歌の運命に就いて」が企画され、五月に桑原武夫「短歌の運命」、六月に座談会「短詩型文学の批判に答ふ」、窪川鶴次郎「短歌の新方向」、二十三年一月に小野十三郎「奴隷の韻律」がつぎつぎと掲載され、「歌壇展望」欄の久保田の痛烈な発言とともに注目すべき第二芸術論議はここにほぼ出揃った。

「短歌の運命に就いて」の座談会は歌壇に大きな影響を与えたものの、出席者の臼井吉見があらためて短歌訣別論の動機を強調したのにたいして歌人の側からはさしたる反批判は示されなかった。桑原論文は短歌の「近代化」こそむしろ短歌の滅亡につながることを提言し、窪川論文はラディカルな左翼的立場からの第二芸術論への反批判で、「第二芸術論に与う」（「人民短歌」昭和23年2月）および「短歌革命の史的展望」（「短歌主潮」昭和23年6月）によって、短歌に新たな発展の可能性のあることを強調し、戦後の人民短歌運動に理論的な方向を与えた。小野論文はすでに「短歌的抒情に抗して」（「新日本文学」昭和22年9月）で訴えた〈ナニワブシ的〉短歌的抒情にたいする嫌悪感を詩人の立場からきびしく指摘するものであった。

一方、俳壇においても二十一年九月に創刊された「現代俳句」を拠点として、二十二年四月に山口誓子「俳句の命脈」、加藤楸邨「俳句は生き得るか」、六月に中村草田男「教授病」などの先鋭的な発言がみられた。誓子は桑原の「第二芸術」説にたいしていち早く反論をこころみた「俳句は回顧に生きず」（「大阪毎日新聞」昭和22年1月6日）を実作者の立場から再論し、楸邨は「俳句没落の不安」から俳句と人間とのかかわりを自己批判の目で問いなおし、草田男は「恣意による教壇的言説」として第二芸術論を排斥しようとした。ほかにも無季俳句運動の指導的立場から栗林一石路「俳句の近代詩への発展」（「世界」昭和22年4月）などの発言もあった。

かかる短詩型芸術論争は「八雲」が終刊する二十三年三月頃をもって終息期を迎える。臼井吉見じしんが証言するように、「われわれの短歌、俳句批判には、部分的には性急な独断をふくんでいたことは否定できない」（前掲書）ということもあって、この論争も土岐善麿や釈迢空などのようにそこに伝統詩としての短詩型文学の活路を見出そうとした例をのぞけばほとんど実質的な論議が展開されるにはいたらなかった。

しかし、こうした局外者のいわゆる文明批判として提起された第二芸術論議は、俳壇にあっては中村草田男、加藤楸邨、石田波郷らに新生面をみちびき、それぞれみのりある創作活動をうながすことになった。一方、歌壇にあっては、アララギ派の近藤芳美や白秋門下の宮柊二らの戦中世代が超結社の新歌人集団を結成し、近藤の「新しき短歌の規定」（「短歌研究」昭和22年6月）と宮の「孤独派宣言」（「短歌雑誌」昭和24年6月）とはいずれも戦後短歌のマニフェストとして注目された。近藤は歌集『早春歌』『埃吹く街』を刊行し、「未来」を結成、宮は歌集『群鶏』を刊行し、「コスモス」を結成、それぞれ文字通りの新風を戦後歌壇にもたらすことになった。

やがて塚本邦雄や岡井隆らを中心とした前衛短歌が昭和三十年代の歌壇を席捲することになるが、この時期までは如上の第二芸術論議の影響下にあったとみなされる。別言すれば、戦後短歌の再生への道筋が前衛短歌の登場によって鮮明になったからである。

いま（平成十七年）、戦後六十年の歳月を経て、歌人像、主体と表現、現実と認識、メディア論、ジェンダー批評などさまざまな課題を現代短歌は背負っている。いいかえれば歌の発生いらい背負いつづけてきた短詩型文学としての問題でもそれらはある。したがって短詩型文学としての近代短歌が近代文学そのものとしてどのように位置づけられ、あるいはどのように位置づけるべきか、という問いかけを無視することはできない。その意味でも、第二芸術論争のさなかにあってもっとも旺盛な論調を展開した窪川鶴次郎の『短歌論』（昭和25年6月、新日本文学会）のつぎの主張は、きわめて今日的かつ永遠の命題としてきわめて示唆的であろう。

短歌を広く文学論としてあつかうことは、その長く古い伝統と日本語独特の定型形式といわゆる短歌的特殊性のために必ずしも容易ではないと思う。定型における形式と内容の問題、これと創作方法との関連の問題、定型におけるジャンルと様式との発展性の問題など、特にそうである。

思うに短歌は日本文学史のもつとも重要な部分を占め、重要な問題にかゝわつている。明治以後の近代文学史について考えたゞけでも、日本の詩そのものの発展が、短歌・俳句の真の発展と、上記の諸問題がその発展のなかで解決されることなしには、ありえないと確信している。

〔補記〕　本稿は、「群像」の特集「戦後の文学論争」（昭和61年9月）に発表した「第二芸術論争を含む短詩型芸術論争」を若干修正したものである。

結章　近代短歌史の構想に向けて

ここにいう〈近代短歌史の構想に向けて〉とは、本書の第一章「明治短歌史の展望」の十「明治四十三年の短歌史的意味」の冒頭にのべた短歌史を創るという謂にほかならない。戦後六十年という歴史的時間のなかで短歌史はどのように創られ、それが研究史のうえでどのように位置づけられているのか。この当面の問題について、短歌史家としての篠弘、菱川善夫、三枝昂之、国文学者の島津忠夫の仕事や提言、そして小泉苳三創設の白楊荘文庫の意義に焦点をあてながら、以下に私見を要約しておきたい。

1　戦後の近代短歌研究の先鞭

篠弘が『歌の現実　新しいリアリズム論』（昭和57年3月、雁書館）などの旺盛な評論活動によってたえず現代短歌の第一線にあってその理論的方向を牽引してきたことは自明であろう。その篠弘が近代文学懇談会編『近代文学研究必携』（昭和36年9月、學燈社）の「近代短歌」の項目のなかで、近代短歌に関しては、自立した評論が少なく文学史の構造とは無縁な歌壇史が横行してきた状況にあって、「作品の構想・内容そのものだけに固執したりしないで、よく作品のニュアンスを味わいなおすところから」新しい近代短歌の研究は出発しなければならないと提言し、文学史的な観点から窪川鶴次郎『短歌論』（昭和25年6月、新日本文学会）、『近代短歌史展望』（昭和29年11月、和光社）には、今後に引き継がれるべき多くの創見が提起されていると指摘していることは注目にあたいする。

というのは、本書の第三章「昭和短歌史の展望」の五「戦後の短詩型文学をめぐる問題」の末尾に窪川の言説を引いておいたように、戦後まもなくの第二芸術論議にたいして短歌擁護の立場を貫いたかれの、「短歌はその伝統的な形式にもかかわらず、近代文学史において近代文学としてのすぐれた『詩』的業績を残している」ことを、限られた状況のなかで明晰に検証したそれらの短歌論は、戦後の近代短歌研究史の第一頁をかざるにふさわしいものとして銘記しておくべきであると考えるからである。

2　前衛短歌の理論的構築

戦後十年の昭和三十年代は、塚本邦雄、岡井隆らの前衛短歌の時代であった。と同時に上田三四二『戦後短歌史』（昭和49年5月、三一書房）のいう〈評論自立の時代〉でもあった。戦後短歌はいかに今日的であるべきか、という問いが〈戦後短歌論〉の根本的命題であるとすれば、その命題にもっとも精力的に立ち向かったのが菱川善夫であった。それは写実万能にたいする反措定の立場を旗印にかかげた前衛短歌運動の理論的構築をめざす批評家の登場を短歌史のうえに鮮明に印象づけた。かれの第一評論集『敗北の抒情』（昭和33年2月、作品社）は、塚本邦雄をして「『敗北の抒情』は、昭和二十九年以来、私達三十年代歌人にとってのバイブルであった」と感激せしめた迫力があった。第二芸術論によって末期的な危機に瀕した短歌の抒情的特質を冷徹に分析した論点の核心は、抒情主体内部の問題が第一義的な問題として意識されないかぎり「敗北を決定づける抒情的論理の自縛をたち切ることは不可能である」というところにあり、「現代短歌が、真に現代の短歌として存立するためには、近代短歌の終末を認識」しなければならない、という独自の短歌史観にあった。

その独自の短歌史観は、第二評論集『現代短歌　美と思想』（昭和47年9月、桜楓社）で確固たる理論を構築した。昭和三十年代が前衛短歌の時代であったとすれば、昭和四十年前後は前衛短歌にとって受難期であった。極論すれば前衛短歌は現代短歌として不毛であったという批判が集中した。その詳細は篠弘『近代短歌論争史　昭和編』（昭和56年7月、角川書店）の終章二「現代短歌の論争」に譲るが、上田三四二、玉城徹らのいわゆる戦中派による前衛短歌批判にたいする応酬に菱川善夫の真骨頂が発揮された。塚本の表現技法を「辞の断絶」と命名し、前衛短歌の表現法の代名詞として定着させた「実感的前衛短歌論」、一九四〇年すなわち昭和十五年をもって近代短歌と現代短歌を区分し、昭和十五年七月の合同歌集『新風十人』に現代短歌の起点をおくという現代短歌史の構想を提起した「現代短歌論序説」などの鋭利な短歌評論によって、短歌史を創るといういわば自覚的な方法の内実がうかがうことができる。

昭和二十九年から五十四年にいたるほぼ二十五年におよぶかれの批評家としての仕事が立体的に展望できる『菱川善夫評論集成』（平成2年9月、沖積舎）と、最近の『美と思想―その軌跡』（平成16年6月、沖積舎）とであきらかなように、評論自立の時代にあって短歌批評の可能性を問いつづけ、現代短歌史はいかにして可能かという短歌史への執着が菱川の短歌史観をゆるぎのないものにしたといえよう。

3　論争史は歌論史であり、短歌史であった

ふたたび篠弘にたちかえれば、いまさらにかれの短歌研究の方法がたえず実作という歌の現場に立脚していることに感銘をうける。無名歌人の作品史と専門歌人の選歌意識とを明治三十年代から昭和三十年前後にいたる新聞、雑誌の選歌欄によって検証した『近代短歌史―無名者の世紀』（昭和49年3月、三一書房）にしても、歌をつくるという立場と意識を根底に見据えた新しい近代短歌史であった。そしてそれは従来の歌壇史にありがちなたんなる歴史的記述ではみられない現代短歌との接点が基盤にあった。

『近代短歌論争史　明治大正編』（昭和51年10月、角川書店）、『近代短歌論争史　昭和編』（昭和56年7月、角川書店）は、膨大な資料を駆使し、綿密な調査にもとづく〈論争〉という新しい視座による近代短歌史を構築した。そこにも「近代短歌は、いわば滅亡論とのたたかいであった」という篠の短歌史観が「作歌の原点」を根幹としていることを容易に理解させるものがある。とはいえ篠の研究方法が実作者の視点に偏重しているというのではなく、学問的な意味において堅実な実証性と創見性とに裏打ちされた説得力がある。『自然主義と近代短歌』（昭和60年11月、明治書院）はそのことを立証するものであるが、自然主義の影響を小説や評論にのみ重点をおいた従来の文学史観では発想されない柔軟かつ清新な視覚があった。すでに「近代と現代とのあいだ―現代短歌は始まったばかりである」（「短歌」昭和38年8月）で、近代短歌の上限を明治四十年代におき、その下限を昭和二十八年前後に設定し、あわせて前衛短歌が登場した昭和二十八年前後に現代短歌の起点をおくという提言をしていたが、『自然主義と近代短歌』によって自然主義の影響をうけて短歌が近代文学として成熟し、近代短歌の成立を明治四十年代に位

置づけるという短歌史観が不動のものとなった。

4　短歌史、あるいは和歌史の可能性

篠弘や菱川善夫が前衛短歌の歌人たちとほぼ同世代であり、いわば同時代者として短歌史の可能性を問いつづけてきたとすれば、三枝昻之はかれらに啓発され昭和五十年代から評論活動をはじめ、『歌の源流を考える』（平成11年4月、ながらみ書房）、『歌の源流を考えるⅡ』（平成14年7月、ながらみ書房）、『昭和短歌の再検討』（平成12年7月、砂子屋書房）、『昭和短歌の精神史』（平成17年7月、本阿弥書房）などに顕著なように、いま現在もっとも短歌史の構築に意欲的な仕事をしている現代歌人でもある。その三枝が「短歌史の可能性」（『鑑賞日本現代文学第32巻現代短歌』昭和58年8月、角川書店）で、従来の短歌史の「多くの記述が〈現象の整理〉といった」歌壇盛衰史にかたより、「和歌史の総体の中の現代短歌」という視点が欠如していると言及している。この三枝の指摘は短歌史を構想するうえできわめて今日的な課題である。

じつは、前述の『菱川善夫評論集成』の巻末におさめられた三枝の解説「菱川善夫論―批評の創出」は、昭和五十四年の夏に書きおろしたものであるが、「和歌史の総体の中の現代短歌」という視点にもとづく短歌史論として研究史に記念されるべきであろう。

こうした現代短歌を和歌史としてどう位置づけるかという問題は、もとより近代短歌においても同然である。しかし古典和歌、近代短歌、現代短歌と細分化され、個別化され、あるいは歌人と研究者もしくは歌壇と学会がそれぞれに分立し遊離しているのが現状である。そうした現状のなかで国文学者の島津忠夫は両者の立場の交流に積極

的にかかわり、和歌史という総体について考究しえる数少ない文学史家のひとりである。

『島津忠夫著作集全十四巻別巻一冊』（平成15年2月〜、和泉書院）によって文学史家としての業績が集大成されるが、すでに『和歌文学史の研究　和歌編』（平成9年6月、角川書店）、『和歌文学史の研究　短歌編』（平成9年9月、角川書店）に所収の「和歌史の構想」をはじめとする諸論考によって島津の和歌史観を理解することができよう。そのうえで「いわゆる古典和歌と現代短歌を一貫したもの」と考え、「和歌文学史」として「古典和歌から現代短歌までを一貫した眼で追究」するという学問的姿勢は、短歌史を創ることをめざす者にとっての師表であることはいうまでもない。

5　白楊荘文庫の意義

立命館大学図書館の白楊荘文庫は、近代短歌研究の宝庫である。拙稿においても再三引用したように、小泉苳三の学恩ははかりしれない。『近代の短歌を読む―小泉苳三博士旧蔵〈白楊荘文庫〉60年記念』（平成11年3月、立命館大学人文科学研究所）によってあきらかなように、近代短歌史研究の始祖は小泉苳三であると断言できる。幸いにも『小泉苳三全歌集』（平成16年4月、短歌新聞社）には、歌人としての作品はもとより明治大正期を近代期と規定し、明治短歌史を最初に体系化した『近代短歌史　明治篇』（昭和30年6月、白楊社）をはじめとする著作にたいする行きとどいた解説があり、国崎望久太郎の「小泉苳三と近代短歌史研究」も再録されているので、ここでは近代短歌研究の原点（と同時に原典でもある）は小泉苳三の白楊荘文庫にあるということだけを確認しておきたい。

国崎望久太郎『近代短歌史研究』（昭和35年3月、桜楓社）、和田周三（繁二郎）『現代短歌の構想』（昭和56年12月、

短歌公論社)、そして上田博『石川啄木　抒情と思想』(平成6年3月、三一書房)、安森敏隆『斎藤茂吉短歌研究』(平成10年3月、世界思想社)、木股知史の『和歌文学大系77　一握の砂・黄昏に・収穫』(平成16年4月、明治書院)の『一握の砂』の注釈などに顕著なように、小泉苳三を源流とする短歌研究の学統は豊かに息づいているといえよう。

最後に、如上の先行研究をふまえて今後の私じしんの「近代短歌史の構想」をのべておきたい。すでに拙著『啄木短歌論考　抒情の軌跡』(平成3年3月、八木書店)の「あとがき」で、「啄木という存在を分水嶺とする近代短歌史の輪郭をとらえなおしてみたい」という課題を示しておいたが、本書『日本近代短歌史の構築』もそうしたこころみによるものであった。もとよりそのこころみは十全ではなかったが、

Ⅰ近代短歌の発生…明治二十六年(一八九三)

＊落合直文の浅香社の結成、旧派和歌から新派和歌へ

Ⅱ近代短歌の開花…明治三十四年(一九〇一)

＊「明星」創刊から子規鉄幹不可並称へ、与謝野晶子『みだれ髪』、近代歌集の第一期黄金期

Ⅲ近代短歌の成立…明治四十三年(一九一〇)

＊短歌滅亡論議と石川啄木『一握の砂』、短歌における自然主義の問題。近代歌集の第二期黄金期

Ⅳ近代短歌の成熟…大正二年（一九一三）
＊北原白秋『桐の花』と斎藤茂吉『赤光』、「アララギ」における内部論争、近代歌集の第三期黄金期
Ⅴ近代短歌の円熟…大正十年（一九二一）
＊島木赤彦主導の「アララギ」と反「アララギ」の潮流

右のような構想のもとに、近代短歌史の研究をすすめていきたいと考えている。

〔補記〕　本稿は、学位論文『近代短歌史の研究』のために書きおろしたものを若干修正したものである。

初出一覧

序章　近代短歌史の輪郭　『和歌史』（昭和60年4月　和泉書院）所収の「明星とアララギ」

第一章　明治短歌史の展望

一　明治三十四年の短歌史的意味　天理大学国文学研究誌「山邊道」第四十八号（平成16年3月）

二　金子薫園と『叙景詩』運動　「山邊道」第二十一号（昭和52年3月）

三　地方文芸誌「敷島」の短歌史的位置　「立教日本文学」第三十五号（昭和51年2月）

四　明治四十一年の新詩社歌人の交渉のある一面

天理やまと文化会議「GITEN」第二十五号（昭和62年12月）所収の「啄木・玉骨の青春と天理教」

五　女性表現者としての与謝野晶子の存在

「短歌」（平成7年2月　角川書店）所収の「与謝野晶子・近代ヒロイニズムの誕生」

六　『みだれ髪』から『一握の砂』への表現論的意味

「日本研究」（平成8年2月　韓国・中央大学校日本研究所）所収の「石川啄木と与謝野晶子」

七　短歌滅亡論と石川啄木の短歌観　「山邊道」第三十七号（平成5年3月）

八　『一握の砂』における「砂山十首」の意味

『啄木短歌の世界』（平成6年4月　世界思想社）所収の「「砂山十首」をどう読むか」

九　『一握の砂』の構想と成立について　「山邊道」第四十七号（平成15年3月）

十　明治四十三年の短歌史的意味　「山邊道」第四十号（平成8年3月）

十一　天理図書館所蔵「島木赤彦添削中原静子歌稿」について
天理図書館報「ビブリア」第八十号（昭和58年4月）所収の同題論文
十二　島木赤彦と女弟子閑古の歌
『去りがてし森』（昭和58年11月　文化書局）所収の解説

第二章　大正短歌史の展望

一　与謝野寛・晶子における渡欧体験の文学史的意味
『明治文芸館Ⅴ』（平成17年10月　嵯峨野書院）所収の「与謝野寛・晶子論」
二　近代歌人における〈奈良体験〉の意味
天理大学公開講座『大和のことばと文学』（昭和61年1月）所収の「奈良と近代短歌」
三　会津八一『南京新唱』の世界
帝塚山短期大学日本文学会「青須我波原」第三十四号（昭和62年12月）所収の同題論文
四　会津八一における〈奈良体験〉の意味
『古代の幻』（平成13年4月　世界思想社）所収の「会津八一―奈良のうたびと」
五　大正歌壇のなかの与謝野晶子
『与謝野晶子を学ぶ人のために』（平成7年4月　世界思想社）所収の同題論文
六　近代女人歌の命脈
「伏流」第一、二、三号（昭和61年12月、63年4月、平成3年9月）所収の同題論文

第三章　昭和短歌史の展望

一　前川佐美雄『植物祭』の短歌史的意味
書き下ろし
二　一九三〇年の短歌史的意味
「山邊道」第四十九号（平成17年3月）
三　昭和初期の前衛短歌運動の一面
『講座昭和文学史第1巻』（昭和63年2月　有精堂）所収の「短歌・俳句における前衛」

四　斎藤茂吉『暁紅』『寒雲』における〈西欧体験〉の意味
『昭和文学論考』（平成2年4月　八木書店）所収の「『暁紅』『寒雲』の位置」

五　戦後の短詩型文学をめぐる問題
「群像」（昭和61年9月　講談社）所収の「第二芸術論争を含む短詩型芸術論争」

結　章　近代短歌史の構想に向けて
書き下ろし

あとがき

本書は、二〇〇五年三月に立命館大学に提出した学位論文『近代短歌史の研究』を増補したものです。その意味では、短歌史研究を学位論文としてまとめるようにという上田博教授の慫慂がなければ、本書の刊行にいたらなかったかも知れません。上田氏に衷心より感謝申し上げます。

私じしんは、一九七〇年度の卒業論文「盛岡中学時代の啄木における二つの意識」で、「明星」に最初に掲載された「血に染めし歌をわが世のなごりにてさすらひここに野にさけぶ秋」の成立について、七二年度の修士論文「啄木小論―啄木像統一のために」で、地方文芸誌「敷島」と「明星」という中央文芸誌とが交流する短歌史的意味について、七六年度の博士予備論文「金子薫園の研究―薫園と『叙景詩』運動」で、『叙景詩』の短歌史的意義について、それぞれ考察したというように、近代短歌研究を研究課題としてきました。

卒業論文は、前著の『啄木短歌論考』に、修士論文と博士予備論文については、本書にそれぞれ取りこむことができました。まことに遅々とした歩みであり、未熟なものであるとしかいえませんが、短歌という表現が日本の短詩型文学としてどのように存在し、文学史的にどのような意味があるのか、その問いかけを本書にまとめてみたつもりです。

そうした問いかけが自己の研究姿勢としてより自覚的になったのは、島津忠夫氏を中心とした『和歌史―万葉から現代短歌まで』にかかわった昭和六十年＝一九八五年前後あたりからです。近代短歌を古典和歌から断絶させるのではなく、また現代短歌とも切断させるのではなく、和歌文学としての繋がりからその存在意義を検証するという視点は、このときの共同研究によって学び得たものでした。これもひとえに島津氏の導きによるものと、あらためて感謝申し上げます。

さらに正直にいえば、小説では味わうことのできない短歌という表現のもつ魅力が本書を書かせたといえるでしょう。陶芸は、自分の手で土をよく練り、手わざで形をつくる手捻りにはじまり手捻りにおわるといわれています。また茶の湯のやきものでは、伝承の定法に茶陶家としての感性なりこころざしを盛りこむところに醍醐味があるともいわれています。歌ことばによって成形されたかたちである短歌もまた、うたわずにはいられないこころをまさに手わざで練りあげるところに、奥深い味わいがあります。

うたわずにはいられないこころ、あるいはかくうたわねばならないこころ、さらにはいかにうたわれたか、いかにうたいえたかを見据える主体をたんに歌人と呼ばずに、抒情主体と呼ぶゆえんもそこにあります。ともかく、三十一音という凝縮されたかたちのなかに、ことばとこころとによって紡ぎだされる豊穣な世界を読みとることが何よりも面白く楽しい、というのが実感です。そうした短歌という表現の底知れない魅力を最初に教えてくださったのは、いまは亡き石井勉次郎先生でした。石井先生の霊前に本書を捧げ、その遺徳を偲びたいと思います。

私じしんの今後の研究課題については、結章「近代短歌史の構想に向けて」でのべたように、啄木を分水嶺とする近代短歌史の構想を、短歌史を創るという自覚的方法としてより明確に論証することにありますが、こころから先学のご教示ご批判をお願い申し上げます。

最後になりましたが、本書をまとめるにあたって、たえず励ましをいただいた村上悦也さん、校正と索引作成で協力いただいた小菅麻起子さん、玉田崇二さんにこころから感謝申し上げます。さらに出版にあたってご高配をたまわった八木書店の八木壮一社長、同出版部の滝口富夫課長に厚くお礼申し上げます。

二〇〇六年三月一日

太　田　　登

著者略歴　太《おお》田《た》　登《のぼる》

1947年　奈良市に生まれる
1971年　天理大学文学部国文学国語学科卒業
1977年　立教大学大学院博士課程修了
現　在　天理大学文学部教授　文学博士
共編著　『奈良近代文学事典』(1989.6　和泉書院)
　　　　『漱石作品論集成』(1990-91　おうふう)
　　　　『啄木短歌論考　抒情の軌跡』(1991.3　八木書店・単著)
　　　　『一握の砂―啄木短歌の世界』(1994.4　世界思想社)
現住所　〒630-8357　奈良市杉ケ町7

日本近代短歌史の構築 —晶子・啄木・八一・茂吉・佐美雄—

定価（本体7,800円＋税）

2006年4月28日　初版発行

著　者　太　田　　登
発行者　八　木　壮　一

発行所　株式会社　八　木　書　店
〒101-0052　東京都千代田区神田小川町3-8
電話　03-3291-2961（営業）
03-3291-2969（編集）
03-3291-2962（FAX）
E-mail　pub@books-yagi.co.jp
Web　http://www.books-yagi.co.jp/pub

印刷所　天理時報社
製本所　牧製本印刷

ISBN4-8406-9034-0　中性紙使用

索　　引

＊この索引は、本文中（引用文、注記、付記、補記を除く）のうち、主要な「人名」「書名・作品名」（歌集・歌書・新聞・雑誌など）「事項」（結社・論争・事件など）を50音順に配列した。
＊ただし、与謝野晶子、『みだれ髪』、石川啄木、『一握の砂』などのように、章題や副題に表記された項目は、原則としてそれぞれの当該の論文中からは省略した。
＊本名・筆名・別号などが重複する場合は、「折口信夫→釈迢空」、「与謝野鉄幹（寛）」とした。
＊同一書名の場合は、「『昭和短歌史』（木俣修）」、「『昭和短歌史』（春秋社）」とし、独立項目にした。また同一著者の同一書名で本文中の表記が異なる場合は項目では統一した。
＊新聞・雑誌、作品名、論文名は「　」、単行本・全集などは『　』で示した。
＊事項のうち、見出し語として幾通りもある場合は、「短歌滅亡論（短歌滅亡論議、滅亡論議、滅亡論）」とした。

【あ】

【い】

【う】

【え】

【お】

【か】

【き】

【し】

【つ】

【て】

【と】

【な】

【に】

【ね】

【の】

【は】